Indriðason Codex Regius

Weitere Titel des Autors:

Menschensöhne
Todesrosen
Nordermoor
Todeshauch
Engelsstimme
Kältezone
Frostnacht
Gletschergrab
Tödliche Intrige

Arnaldur Indriðason
Codex Regius

Thriller

Aus dem Isländischen von
Coletta Bürling

editionLübbe

Dieser Titel ist auch als Hörbuch bei Lübbe Audio lieferbar.

editionLübbe
in der Verlagsgruppe Lübbe

Titel der isländischen Originalausgabe:
KONUNGSBÓK

Satz: Kremerdruck GmbH, Lindlar
Gesetzt aus der DTL Documenta
Druck und Einband: Friedrich Pustet, Regensburg

Printed in Germany
ISBN 978-3-7857-1623-6

Sie finden uns im Internet unter: www.luebbe.de
Bitte beachten Sie auch: www.lesejury.de

5 4 3 2 1

Zum Gedenken an meinen Vater
Indriði G. Þorsteinsson

Da lachte Högni,
als zum Herzen sie schnitten
dem kühnen Kämpfer,
ihm fiel nicht ein zu klagen.
Blutig auf einer Schale
brachten sie es Gunnar.

Aus dem Atli-Lied

1863

Der alte Bauer hörte durch das Toben des Unwetters hindurch ein dumpfes Geräusch und wusste, dass er auf den Sarg gestoßen war. Er stützte sich auf seinen Spaten und schaute zu dem Reisenden hoch, der am Rand des Grabes stand und ihn beobachtete. Der Mann schien plötzlich sehr erregt zu sein und befahl ihm, sich zu beeilen. Der Bauer setzte den Spaten wieder an und grub weiter – was schwierig war, denn das Regenwasser strömte unentwegt in das Grab, und er fand nur mit Mühe ein wenig Halt für seine Füße. Das Erdreich war steinig und schwer und das ausgehobene Loch eng. Der Bauer war nass bis auf die Haut, er fror und konnte kaum etwas sehen. Der Mann am Rand hielt eine kleine Laterne in der Hand, deren schwaches Licht unruhig über das Grab zuckte. Gegen Abend war eine dicke Wolkenwand näher gerückt, das Wetter hatte sich zusehends verschlechtert. Und jetzt stürmte es und goss wie aus Kübeln.
»Siehst du etwas?«, rief der Mann ihm zu.
»Noch nicht«, rief der Bauer zurück.
Sie hatten ein Grab auf dem Friedhof entweiht, aber der Bauer zerbrach sich deswegen nicht den Kopf. Er würde das schon wieder in Ordnung bringen, und von der Existenz dieses Friedhofs wussten sowieso nur wenige. Er wurde zwar in alten Schriften erwähnt, aber es war schon lange niemand mehr darauf bestattet worden. Der Reisende schien sich aber auszukennen und auch einiges über

diejenigen zu wissen, die dort begraben lagen. Er weigerte sich jedoch, einen Grund dafür anzugeben, weshalb er das Grab öffnen wollte.
Dies geschah zu Beginn des Winters, wo man mit schlimmen Unwettern rechnen musste. Der Mann war wenige Tage zuvor ganz allein zum Hof hinaufgeritten gekommen und hatte um eine Unterkunft gebeten. Außer seinem guten Reitpferd hatte er noch zwei Tragpferde dabei. Gleich am ersten Tag war er zum alten Friedhof gegangen und hatte sich darangemacht, ihn zu vermessen. Er schien eine Beschreibung dabeizuhaben, wie der Friedhof früher ausgesehen hatte, und schritt ihn von einer imaginären Ecke aus ab, änderte dann die Richtung, ging nach Norden und anschließend nach Westen; er legte sich sogar ins Gras und hielt das Ohr an den Boden, als wolle er den Verblichenen lauschen.
Der Bauer selbst hatte keine Ahnung, wer da auf dem Friedhof ruhte. Er war vor vierzig Jahren mit seiner Frau, einer Magd und einem Knecht auf dieses abgeschiedene und schwer zu bewirtschaftende Anwesen gezogen. Seine Frau war vor fünfzehn Jahren gestorben. Kinder hatten sie keine gehabt, und das Gesinde war schon lange fort. Mit der Zeit war der Grund und Boden mit allen Rechten und Pflichten in ihren Besitz übergegangen. All das erzählte er dem Ankömmling. Der Hof hieß Hallsteinsstaðir und war der letzte bewohnte Hof auf dem Weg zum hochgelegenen Heideland; hierhin verschlug es nicht viele Gäste. Die Winter waren schneereich, und dann traute sich niemand hier hinauf. Der alte Mann schien Angst vor dem Winter zu haben. Er gab dem Ankömmling zu verstehen, dass er mit dem Gedanken spielte, diese Kötterwirtschaft dranzugeben und sich bei einem der Kinder seines Bruders aufs Altenteil zu setzen. Darüber sei bereits gesprochen worden. Er konnte die Schafe mitneh-

men, um sich erkenntlich zu zeigen. Almosen wollte er nicht.
Wenn sie abends nach dem Essen in der Wohnstube saßen, lauschte der Gast dem Bauern geduldig, wenn der seine Geschichten erzählte. Bevor er sich am ersten Abend hinlegte, fragte er den Bauern, ob er Bücher besäße. Die waren jedoch kaum der Rede wert, er hatte einen alten Psalter, sonst fast nichts. Als der Mann sich weiter erkundigte, ob er etwas von Büchern verstehe, zuckte der Bauer nur mit den Schultern. Das Essen, das er dem Mann vorsetzte, war wohl sehr armselig für einen solchen Gast; morgens gab es einen Brei aus angerührtem isländischem Quark mit Flechten, abends einen Eintopf mit kleinen Fleischbrocken darin. Bestimmt hatte er in den Städten dieser Welt Besseres gegessen, dieser Mann, der behauptete, in Köln gewesen zu sein, wo man wieder am Dom baute.
Der Bauer fand, dass dieser Gast sich wie ein Mann von Welt gebärdete. Er war nach Art reicher Leute gekleidet, davon zeugten die silbernen Knöpfe und die Lederstiefel. Der Bauer wiederum war noch nie in seinem Leben gereist. Er hatte keine Ahnung, weshalb der alte Friedhof für jemanden, der von weit her kam, eine solche Bedeutung hatte. Er sah aus wie jeder andere vergessene Friedhof in Island, denn er bestand nur aus ein paar länglichen Grashügeln unterhalb eines Hangs. Der Gast erinnerte den Bauern daran, dass Hallsteinsstaðir früher ein Hof im Besitz der Kirche gewesen war. Ach ja, doch, natürlich erinnerte er sich an die Geschichte von der kleinen Kirche. Die war schon ziemlich baufällig gewesen, und dann brannte sie eines Tages nieder. Es hieß, dass das Feuer wegen einer Unachtsamkeit ausgebrochen war. Damals waren aber schon lange keine Gottesdienste mehr dort abgehalten worden, höchstens einmal im Jahr gab es einen, falls der versoffene Pfaffe in Melstaður sich dazu aufraffen konnte.

In dieser Art redete der Bauer über dieses und jenes, jetzt, da er ja – was sonst selten der Fall war – einen Gast hatte. Manchmal kam den ganzen Winter über niemand. Der Ankömmling selbst war überaus wortkarg, was sein Vorhaben auf dem Friedhof und die Abmessungen betraf. Aus der Gegend stammte er angeblich nicht und hatte auch keine Verwandten in diesem Bezirk. Geboren in Island, sagte er, Jurastudium in Kopenhagen. Er hatte jahrelang dort und auch in Deutschland gelebt. Man hörte es an seiner Sprache. Er hatte einen seltsamen Tonfall, der ihn in den Augen des Bauern manchmal ein bisschen affektiert wirken ließ.

Der Mann hatte zwei große Reisekoffer dabei, in denen sich schön eingebundene Bücher und Kleidung befanden, außerdem Branntwein, Kaffee – und Tabak, den er dem Bauern schenkte. Er hatte noch anderen Proviant dabei, den er mit dem Bauern teilte, getrockneten Fisch, geräuchertes Lammfleisch und Aufstrich. Von den Büchern schien ihm am meisten eine Art Tagebuch am Herzen zu liegen, in das er sich immer wieder vertiefte. Dabei murmelte er leise vor sich hin, ohne dass der Bauer etwas verstehen konnte. Anschließend begab er sich meist auf den Friedhof. Der zutrauliche Hund des Bauern mit dem geringelten Schwanz gewöhnte sich an den Gast, der ihm hin und wieder ein Stück geräuchertes Lammfleisch oder Fischhaut zuwarf und ihn streichelte.

Manchmal hatte der Bauer Mühe, ein Gespräch mit dem Reisenden anzuknüpfen. Er spürte, dass dieser Mann nicht zum Zeitvertreib nach Hallsteinsstaðir gekommen war.

»Reden sie immer noch über den Blitz?«, fragte der Bauer.

»Davon weiß ich nichts ...«

»Drei Menschen wurden vom Blitz erschlagen«, sagte der Bauer. »Das war auf der Halbinsel Reykjanes, wie ich gehört habe. Ein Jahr ist das jetzt her.«

»Ich weiß nichts über einen Blitz«, entgegnete der Mann. »Ich bin erst im Mai mit dem Schiff nach Island gekommen.«
So vergingen drei Tage. Zum Schluss hatte es den Anschein, als sei der Gast zu einem Ergebnis gekommen. Tief in Gedanken versunken stand er bei einem dieser Grabhügel unter dem Hang und blickte auf, als der Bauer sich ihm näherte. Es wurde schon dunkel. Der Wind war stärker geworden, und es hatte angefangen zu regnen. Er beobachtete die Wolken. Wahrscheinlich würde es in der Nacht ein schlimmes Unwetter geben, der Himmel im Westen sah ganz danach aus.
Der Bauer hatte sich zu dem Gast auf dem Friedhof begeben, um mit ihm über das heraufziehende Unwetter zu sprechen. Er wusste nur zu genau, was zu erwarten war, wenn um diese Jahreszeit der Wind auf West drehte. Aber bevor er dies zur Sprache bringen konnte, hatte der Mann schon ein Anliegen vorgebracht, auf das sich der Bauer keinen Reim machen konnte.
»Könntest du hier für mich graben?«, fragte der Gast und deutete auf den Grashügel.
»Wieso das denn?«, fragte der Bauer, und seine Augen wanderten von dem Mann zu der niedrigen Erhebung.
»Ich muss hier graben«, sagte der Mann. »Ich bezahle dafür. Zwei Reichstaler dürften genug sein.«
»Wollen Sie das Grab hier ausheben?«, fragte der Bauer mit weit aufgerissenen Augen. Noch nie hatte er etwas dergleichen gehört. »Warum, wenn ich mir die Frage erlauben darf?«
»Es geht um Altertümer«, erklärte der Mann, zog zwei Reichstaler aus seiner Tasche hervor und reichte sie dem Mann. »Das ist mehr als ausreichend.«
Der Bauer starrte auf das Geld in seiner Hand. Es war lange her, seit er solche Münzen aus der Nähe gesehen hatte. Er

brauchte eine ganze Weile, bis er im Kopf nachgerechnet hatte, dass die Bezahlung für diese Gefälligkeit dem Monatslohn eines guten Knechts entsprach.
»Altertümer?«, fragte der Bauer.
»Ich kann es auch selbst erledigen«, sagte der Mann und streckte seine Hand nach dem Geld aus.
»Sie brauchen aber meine Genehmigung, wenn Sie hier auf meinem Land graben wollen«, sagte der Bauer beleidigt und hielt die Taler fest umklammert.
Das Benehmen des Mannes hatte sich geändert. Bislang war er zwar wenig gesprächig, aber immer höflich und sogar liebenswürdig gewesen, hatte sich nach diesem oder jenem erkundigt, nach alten Verbindungswegen über die Berge, nach Verwandten und Besuchern, nach dem Wetter und nach der Anzahl der Tiere, die zum Hof gehörten. Nun hatte er einen völlig anderen Ton angeschlagen, er klang ungeduldig, sogar anmaßend.
»Es ist völlig überflüssig, so viel Aufhebens zu machen«, sagte der Mann.
»Aufhebens machen?«, fragte der Bauer. »Ich kann natürlich hier graben, wenn Sie es wünschen. Ich kann mich aber nicht an irgendwelche Altertümer erinnern. Wissen Sie denn, was für ein Grab das ist?«
Der Mann starrte den Bauern an. Dann wanderten seine Blicke zum schwer verhangenen Himmel im Westen, von wo sich das Unwetter näherte, und seine Miene wurde hart und entschlossen. Der Mann war groß und muskulös, und das schwarze Haar reichte ihm bis auf die Schultern. Unter der hohen Stirn, die ihn wie einen Gelehrten aussehen ließ, lagen die braunen Augen in tiefen Höhlen, sein Blick war unstet und forschend. Der Ring, den er trug, hatte gleich am ersten Abend die Aufmerksamkeit des Bauern auf sich gezogen, ein schwerer Siegelring mit einem seltsamen Symbol.

»Nein«, sagte er, »deswegen muss ich ja graben. Wirst du das übernehmen? Mir pressiert es.«
Der Bauer sah den Mann an, dann die beiden Reichstaler.
»Ich hole die Gerätschaften«, sagte er dann und steckte die Münzen in die Tasche.
»Beeil dich!«, rief der Mann ihm nach. »Das Wetter gefällt mir nicht.«
Jetzt stand er oben am Rand des Grabes und spornte den Bauern an weiterzugraben. Das Wetter verschlimmerte sich zusehends. Der Sturm heulte, und der Regen prasselte auf sie herunter. Der Bauer schlug vor, am nächsten Tag weiterzumachen, in der Hoffnung, dass sich das Wetter bis dahin bessern würde und sie bei Tageslicht arbeiten konnten. Aber davon wollte der Mann nichts wissen. Er musste sein Schiff erreichen. Er war seltsam erregt und redete mit sich selbst über etwas, was der Bauer nicht verstand. Dauernd erkundigte er sich, ob der Bauer schon etwas sähe, ein Skelett oder irgendwelche anderen Gegenstände da unten im Grab.
Dem Mann ging es ganz offensichtlich um solche Gegenstände. Er wollte dem Bauern jedoch nichts Genaueres sagen. Ob es sich beispielsweise um einen oder mehrere Gegenstände handelte oder wieso er von ihrer Existenz auf diesem alten Friedhof wusste, auf dem seit mehr als hundert, wenn nicht zweihundert Jahren niemand mehr beerdigt worden war.
»Siehst du da etwas?«, rief er wieder durch das Toben des Unwetters.
»Ich kann überhaupt nichts erkennen«, rief der Bauer zurück. »Kommen Sie doch etwas näher mit dem Licht.«
Der Mann trat ganz bis an den Rand des Grabes und leuchtete mit der Laterne hinunter zu dem Bauern. Unten sah er Überreste des Sargs, der durch den Spaten beschädigt worden war, Holzstücke lagen verstreut herum. Etwas, das

wie ein Stück Stoff aussah, war zu sehen, und er überlegte, ob die Leiche möglicherweise in ein Leinentuch gewickelt worden war. Dem Bauern hatte das Graben zugesetzt, und er schaufelte jetzt langsamer. Jedes Mal, wenn er den Spaten zum Grabesrand hob, war weniger Erde darauf.

»Was ist das da?«, rief der Mann und deutete auf eine Stelle vor ihm. »Grab dort!«

Der Bauer stöhnte.

»Komm raus!«, befahl der Mann. »Ich werde weitermachen. Komm hoch!«

Er reichte dem Bauern seine Hand, der froh war, sich auszuruhen zu können. Der Mann zog ihn aus dem Grab und übergab ihm die Laterne. Dann kletterte er selbst in das Loch hinunter, warf die Holzplanken des Sargs nach oben und fing an, wie besessen zu schaufeln. Bald stieß er auf Knochen. Der Mann legte den Spaten zur Seite und grub mit den Händen weiter. Rippen- und Handknochen kamen in der Erde zum Vorschein, und schließlich konnte der Bauer auch einen Schädel erkennen. Ein Schauder überlief ihn, als er die leeren Augenhöhlen und das Nasenloch sah, aber keine Zähne.

»Wer liegt dort?«, rief er. »Wem gehört dieses Grab?«

Der Mann tat, als höre er ihn nicht.

»Ist das wirklich ratsam?«, flüsterte der Bauer. »Wir wollen doch keine Gespenster aufwecken! Die Toten müssen in Frieden ruhen dürfen!«

Der Mann beachtete ihn nicht, sondern fuhr fort, mit den Händen die Erde von den Knochen wegzukratzen. Der Regen, der immer heftiger auf sie niederprasselte, hatte das Grab in ein einziges Morastloch verwandelt. Plötzlich stieß er auf einen Widerstand. Er tastete sich vorsichtig vor und stieß einen leisen Schrei aus, als er sah, was es war. Er hatte einen Behälter aus Blei gefunden.

»Kann es denn wirklich wahr sein«, stöhnte er, und es

hatte ganz den Anschein, als hätte er Ort und Zeit um sich herum vergessen. Er säuberte den zylindrischen Behälter und hielt ihn unter das Licht der Laterne.
»Haben Sie etwas gefunden?«, rief der Bauer.
Der Mann legte den Behälter auf dem Rand des Grabes ab und kletterte heraus. Die beiden Männer hatten sich von Kopf bis Fuß mit Erde besudelt und waren völlig durchnässt. Dem Gast schien das nichts auszumachen, aber der alte Bauer, der sich mit der Laterne in der Hand kaum bewegt hatte, fing an zu zittern. Sein fast zahnloser Mund wurde von einem weißen Bart umrahmt, unter der Mütze verbarg sich eine Glatze. Seine gebückte Haltung ließ auf ein beschwerliches Leben schließen. Er hatte dem Gast erklärt, dass er sich eigentlich darauf freute, bei seinen Neffen unterzukommen.
Der Mann hob den Bleibehälter auf und wischte die Erde von ihm ab.
»Lass uns ins Haus gehen«, sagte er und setzte sich in Bewegung.
»Das wird guttun«, sagte der Bauer und folgte dem Mann. Als sie im Haus waren, ging der Bauer sofort zur offenen Feuerstelle in der Küche und legte Holz nach. Der Ankömmling setzte sich mit dem Behälter hin, und nach einigen Anstrengungen gelang es ihm, ihn zu öffnen. Er fischte den Inhalt mit dem Zeigefinger heraus, betrachtete ihn eingehend und schien zufrieden zu sein mit dem, was er gefunden hatte.
»Die Leute im Tal werden staunen, wenn sie das hören«, sagte der Bauer und starrte auf den Inhalt.
Der Mann blickte hoch. »Was hast du gesagt?«
»Das ist der seltsamste Besuch, den ich je bekommen habe!«, erklärte der Bauer.
Der Mann stand auf. Die beiden standen einander in der kleinen Wohnstube gegenüber, und der Mann schien

einen Augenblick zu überlegen. Der Bauer starrte ihn an und sah das regennasse, glänzende Gesicht und die braunen Augen unter der Hutkrempe, und plötzlich fiel ihm wieder die Geschichte ein, die ihm beim letzten Besuch im Handelsort zu Ohren gekommen war, über den Blitz, der die Männer auf der Halbinsel Reykjanes getroffen und auf der Stelle erschlagen hatte.

Nach der Schneeschmelze im folgenden Frühjahr drängte der Neffe des Bauern darauf, bei seinem Onkel nach dem Rechten zu sehen. Sie trafen niemanden an, der Bauer war nicht anwesend und schien auch den ganzen Winter über nicht auf seinem Hof gewesen zu sein. Es war lange kein Feuer gemacht worden, und auch einiges andere deutete darauf hin, dass monatelang niemand auf dem Hof gewesen war. Die Küche war ordentlich verlassen worden, alles stand an seinem Platz. Die Schlafplätze in der Wohnstube waren hergerichtet, und die Haustür war sorgfältig verschlossen worden. Der Hund des Bauern war nirgends zu finden, und auch im Tal war er nicht aufgetaucht. Beim Schafabtrieb im folgenden Herbst fand man seine Schafe, sie hatten den ganzen Winter und den Sommer im Freien verbracht.

Die Nachricht darüber, dass der Bauer verschwunden war und wie es auf dem Hof ausgesehen hatte, erregte einiges Aufsehen in der Gegend. Niemand wusste etwas über seinen Verbleib, er hatte sich auf keinem der Nachbarhöfe blicken lassen. Mit der Zeit glaubten die Leute, dass er während des Winters mit seinem Hund losgezogen war, vermutlich um die Weihnachtszeit, und wahrscheinlich in einem Unwetter den Tod gefunden hatte.

Als in dem Frühjahr eine Suche nach ihm durchgeführt wurde, fand man nicht die geringste Spur. Auch später tauchten keinerlei Überreste von dem Bauern und seinem

Hund auf. Diejenigen, die nach Hallsteinsstaðir kamen, um die armseligen Hinterlassenschaften des Bauern unter sich aufzuteilen, nachdem kein Zweifel mehr bestand, dass er nicht mehr am Leben war, bemerkten die aufgewühlte Erde unweit des Hofes und gingen davon aus, dass der Bauer vor seinem Verschwinden damit begonnen hatte, die Grashügel in der Wiese unterhalb des Hangs einzuebnen.

1955

Eins

Ich hatte nicht die geringste Ahnung, dass mein Entschluss, Mitte der fünfziger Jahre das Studium der Nordischen Philologie an der Universität in Kopenhagen fortzusetzen, mich in derartige Abenteuer verstricken könnte. Am besten verrate ich gleich, dass mir in jenen Jahren kaum der Sinn nach Abenteuern stand, an denen ich selbst in irgendeiner Form beteiligt wäre; ich zog es vor, in Büchern über dergleichen zu lesen. Mein bisheriges Leben war ausgesprochen ruhig und friedlich verlaufen – bevor ich dem Professor begegnete. Entsprechend sah ich damals einer beschaulichen Zeit innerhalb von Bibliothekswänden entgegen. Man könnte sogar sagen, dass ich eine Art Geborgenheit zwischen all dem Alten und Vergangenen suchte. Ich machte mir Hoffnungen, dass es mir mit der Zeit gelingen würde, meinen Teil dazu beizutragen, die Kenntnis und das Wissen über unser kostbares nationales Erbe zu mehren. Das war mein zugegebenermaßen etwas romantisches Lebensziel. Seit jeher hatte ich eine Vorliebe dafür, in alten Büchern herumzustöbern, und nahm mir bereits in jungen Jahren vor, mein Leben in den Dienst der Forschung an mittelalterlichen isländischen Handschriften und ihrer Erhaltung zu stellen.

Aber sehr bald nachdem ich den Professor in Kopenhagen kennengelernt hatte, nahm vieles einen so ganz anderen Lauf als geplant. Meine Vorstellungen von der Welt änderten sich ebenso wie mein Selbstwertgefühl. Der Professor sorgte dafür, dass sich mein Weltbild rapider und gründlicher erweiterte, als ich es mir jemals hätte träumen lassen. Er stellte mein Leben auf den Kopf. Von ihm habe ich gelernt, dass nichts unmöglich ist.

Das alles brach unvermittelt über einen naiven jungen Mann von der Insel im hohen Norden herein. Im Nachhinein kommt es mir jedoch so vor, als hätte ich es auch gar nicht anders haben wollen.

In meinem Reisegepäck befand sich ein Empfehlungsschreiben eines Mentors von der Universität Islands. Dieser freundliche und überaus beschlagene Mann war drei Jahre lang mein Lehrer gewesen. Er hatte mich in die faszinierende Welt der Nordistik eingeführt, und man kann sagen, dass seine Ermutigung einer der Gründe für meinen Entschluss gewesen war, mich voll und ganz der Erforschung der isländischen Mittelalterliteratur zu widmen. Dr. Sigursveinn hatte einen sehr liebenswürdigen Empfehlungsbrief an den Professor in Kopenhagen geschrieben, den er persönlich kannte. Dieses Schreiben hütete ich auf der Überfahrt nach Dänemark wie meinen Augapfel. Ich kannte den Inhalt: Darin hieß es von mir, ich sei ein außerordentlich befähigter Student, der das Studium mit den besten Noten des Jahrgangs absolviert hatte und das Zeug dazu hatte zu promovieren. Ich war sehr stolz darauf und freute mich, es dem Professor in Kopenhagen aushändigen zu können. Ich fand, dass ich das Lob verdient hatte. In meiner Abschlussarbeit über die *Eyrbyggja saga* hatte ich neue Theorien über die Verbindung zwischen den einzelnen Fassungen der Saga aufgestellt, über die Datierung und den mutmaßlichen Autor. Ich konnte gute Gründe dafür anführen, dass kein Geringerer als Sturla Þórðarson der Verfasser war.

In meiner Jugend bin ich wahrscheinlich das gewesen, was man einen Bücherwurm nennt. Das Wort hat mir zwar

nie gefallen, aber es fällt mir kein besseres ein, das mich als jungen Menschen beschreiben könnte. Zu Hause bei meiner liebenswerten Tante war ich ständig in irgendeine Lektüre vertieft; ich hatte nur wenige Freunde und verstand mich nicht auf die komplizierte Kunst, Freundschaften zu schließen. Doch für Bücher und Lesen interessierte ich mich seit meiner frühesten Kindheit. Das wurde von meiner Tante, Gott hab sie selig, sehr unterstützt, indem sie alle möglichen wichtigen Werke der Weltliteratur für mich beschaffte. Sie war es auch, die mich mit den isländischen Sagas vertraut machte, was dazu führte, dass ich eine ganz besondere Vorliebe entwickelte für diese großartigen Erzählungen von Helden, von Rache, Liebe, Ruhm und Ehre, von untadeligen Männern und bedeutenden Frauen, von hochspannenden Kämpfen und so heldenhaftem Sterben, dass mir beim Lesen die Tränen kamen.
Ich wuchs die meiste Zeit bei der Schwester meiner Mutter auf, die ich entweder Systa nannte, genau wie meine Mutter, oder einfach Tante, was ich eigentlich viel lieber mochte und sie auch. Sie war unverheiratet und kinderlos und war mir wie eine Mutter. Manchmal machte sie sich Sorgen darüber, dass ich so viel daheimsaß und diese großartigen Sagas von alten Helden verschlang, während sich die gleichaltrigen Kinder in den Westfjorden draußen trafen, mit Holzschwertern fochten oder Fußball oder Verstecken spielten. Später, als die Jungen in meinem Alter sich für Mädchen und Alkohol zu interessieren begannen, hatte ich bereits angefangen, alte Handschriften zu entziffern. Statt der üblichen vier Jahre Gymnasium bis zum Abitur brauchte ich nur drei, und ich war der beste Schüler auf dem sprachlichen Zweig; Latein wurde so etwas wie meine zweite Muttersprache. Ich immatrikulierte mich im folgenden Herbst an der Universität am Institut für isländische Philologie und lernte dort Dr. Sigursveinn

kennen, mit dem mich schon bald aufgrund des gemeinsamen Interesses für unser isländisches Kulturerbe so etwas wie Freundschaft verband. Viele Stunden verbrachte ich bei ihm zu Hause mit intensiven Diskussionen über unser beider Lieblingsthema, die alten Handschriften. Meine Tante wollte unbedingt, dass ich in Kopenhagen weiterstudierte, und wir beschlossen im Grunde genommen gemeinsam, dass ich ins Ausland gehen sollte. Dr. Sigursveinn unterstützte das voll und ganz und ließ mich wissen, dass ich seiner Meinung nach früher oder später einen Lehrstuhl an der isländischen Universität erhalten würde. Am Tag meiner Abreise überreichte er mir das Empfehlungsschreiben. Er las es mir vor, bevor er den Umschlag verschloss, und erklärte, dass nichts als die lautere Wahrheit darin stünde, und mich durchströmten dankbare und ergebene Gefühle.

Eine Flugreise hätte ich mir nicht leisten können, aber ich bekam eine billige Passage mit einem unserer Frachtschiffe, das nach Kopenhagen fuhr. Dort traf ich Anfang September an einem schönen, sonnigen Morgen ein. Die Reise war sehr angenehm verlaufen, vor allem, nachdem mir etwas klar geworden war, wovon ich bis dato nichts gewusst hatte, nämlich dass ich überhaupt nicht unter Seekrankheit litt. Die Überfahrt war zudem ziemlich ruhig, wurde mir gesagt, und dieses leichte Schlingern in Kombination mit dieser Mischung aus Meeresluft und dem Geruch aus dem Maschinenraum bekam mir gut und bewirkte, dass ich jede einzelne Minute genoss.

Mit an Bord war ein junger Mann, der auf mich einen guten Eindruck machte. Er hatte vor, in Kopenhagen Ingenieurwissenschaften zu studieren. Sein Name war Óskar, er stammte aus Nordisland, und wir lernten uns im Laufe der Seereise ziemlich gut kennen. Wir teilten uns eine Kabine, und wenn wir abends im Bett lagen, unterhielten wir uns noch eine Weile. Ich erzählte ihm von meinem bisherigen Studium am Institut für isländische Philologie, und er schilderte mir die komischen Käuze aus seinem Dorf. Er war ein amüsanter Reisebegleiter, nahm das Leben nicht allzu ernst und hatte Sinn für Humor. Allerdings sprach er für sein Alter dem Alkohol etwas reichlich zu; er fand schnell heraus, wie man auf diesem Schiff an dänisches Bier herankommen konnte, und führte sich dies dann auch abends ausgiebig zu Gemüte. Andere Passagiere waren nicht an Bord.

»Und was ist mit dir?«, fragte er eines Abends mit einer Flasche Carlsberg Hof in der Hand, »willst du wirklich für den Rest deines Lebens in alten Handschriften herumschnüffeln?«

»Falls sich die Möglichkeit bietet, ja«, entgegnete ich.

»Was ist so interessant daran?«

»Was ist interessant daran, Ingenieur zu sein?«, fragte ich zurück.

»Die Kraftwerke, Mensch«, antwortete er. »Wir werden riesengroße Staudämme im Hochland bauen, um unsere Stromversorgung zu sichern, und zwar nicht nur für die Privathaushalte, sondern auch für die Schwerindustrie. Da werden grandiose Fabriken entstehen. Hast du nicht von den Möglichkeiten gehört, die die Aluminiumherstellung bietet?«

Ich schüttelte den Kopf.

»Wir verfügen über die billigste Energiequelle der Welt. Wir bauen Staudämme im Hochland und lassen Stauseen entstehen, und damit erzeugen wir Strom für die Fabriken, die überall aus dem Boden schießen werden. Elektrizität macht uns reich. Einar Benediktsson hat das ganz genau erkannt.«

»Willst du überall auf dem Land Fabriken errichten?«

»Was sonst? Das ist die Zukunft.«

»Und wer wird diese Fabriken besitzen?«
»Das weiß ich nicht, wahrscheinlich die Amerikaner. Die sind die Größten in Sachen Aluminium. Es spielt aber auch gar keine Rolle. Wir bauen die Staudämme und verkaufen ihnen den Strom. Meinethalben können sie sich daran dumm und dusselig verdienen.«
»Aber wird nicht mit all diesen Staudämmen das Hochland zerstört?«
»Das Hochland? Was meinst du damit? Wen interessiert schon das Hochland? Und was gibt's da überhaupt zu zerstören? Da ist doch nichts außer Steinen und Geröll.«
»Weideland für die Schafe.«
»Wer interessiert sich schon für Schafe?«
»Ich kümmere mich mehr um die Vergangenheit«, gab ich zu.
»Darin bist du bestimmt gut«, erklärte Óskar und trank einen ordentlichen Schluck aus der Flasche.
Ich war voll gespannter Erwartung, als das Schiff zwei Tage später am Asiatisk Plads in der Nähe der Strandgade anlegte. Ich sah dort unseren wunderschönen Passagierdampfer *Gullfoss* aus dem Hafen auslaufen. Ich erinnere mich, dass ich mir vorstellte, wie die Passagiere der ersten Klasse in eleganter Garderobe an Deck standen, die Männer mit Zigarren und die Frauen in langen Kleidern, und in die Abendstille hinein drangen die Klänge des Klaviers aus dem Rauchsalon. Ich hätte mir eine Passage mit diesem Luxusschiff niemals leisten können, noch nicht einmal in der dritten Klasse. Meine liebe Tante schuftete sich krumm, um mir das Studium zu ermöglichen, sie arbeitete vormittags bei der Post und nachmittags und abends in der Fischfabrik. Ich hatte während der Semesterferien im Sommer in den Westfjorden immer in einer Bücherei gearbeitet, mich aber ansonsten voll auf das Studium konzentriert. Nach dem Abitur erhielt ich wegen meiner

guten Leistungen dann ein Stipendium, das mir das Studium erleichterte.
Ich weiß nicht, wie ich die Empfindungen beschreiben soll, die ich damals als unerfahrener junger Mensch hatte, als ich zum ersten Mal in eine ausländische Hauptstadt kam, und noch dazu in eine so prachtvolle und liebenswerte wie Kopenhagen, die jahrhundertelang die kulturelle Hauptstadt Islands gewesen war. Das Reisen war ich nicht gewöhnt, denn ich war jung und stammte aus keiner wohlhabenden Familie. Auslandsreisen waren ein Luxus, den sich nicht jeder leisten konnte. Ich hatte mich den ganzen Sommer darauf gefreut, und ich kann mich noch ganz genau an die erwartungsvolle Spannung erinnern, die sich meiner bemächtigte, als ich von Bord ging und meine Füße den Boden der Stadt am Sund betraten. Vor den Augen eines Hinterwäldlers breitete sie sich mit ihren mächtigen Bauten aus, mit alten historischen Gebäuden, mit Restaurants und Kneipen, breiten Alleen und engen Gassen, die mir aus den Berichten von Studenten und Dichtern früherer Zeiten vertraut waren. Ich erinnere mich an den schweren Duft der üppigen Vegetation, an das Rattern der Straßenbahnen und der Kutschwagen, die das Bier zu den Kneipen brachten, an die Limousinen, die an mir vorbeirauschten, an die Menschenmenge und den Verkehr auf Strøget und bei Kongens Nytorv. Ich hatte das Gefühl, die Stadt in gewissem Sinne zu kennen, als ich dort eintraf, und die Vorstellung, die ich von ihr hatte, passte erstaunlich gut zu dem, was ich an diesem meinem ersten Tag in Kopenhagen sah und erlebte. Sie war mehr als nur eine altehrwürdige europäische Stadt. Für den gebildeten Isländer war sie über viele Jahrhunderte hinweg das Zentrum isländischer Kultur und Bildung. Ich freute mich darauf, sie besser kennenzulernen, vor allem ihre Museen und die historischen

Schauplätze, und nicht zuletzt wollte ich auf den Spuren der berühmten Isländer wandeln, die vor langer Zeit hier studiert hatten. Ich genoss den Gedanken an den bevorstehenden Winter.

In erster Linie war ich aber wegen meiner einzigen wahren Leidenschaft nach Kopenhagen gekommen, wegen der isländischen Handschriften aus dem Mittelalter. Zu dieser Zeit wurden unsere kostbarsten Schätze alle in der Königlichen Bibliothek und im Handschrifteninstitut aufbewahrt, das nach Árni Magnússon benannt war; es war damals in der Universitätsbibliothek untergebracht. Dort befanden sich *Flateyjarbók*, *Möðruvallabók*, der *Codex Regius* mit den Eddaliedern, die *Njáls saga* und viele, viele andere Manuskripte. Es war schon seit langem mein Traum gewesen, diese alten unschätzbar wertvollen Pergamente berühren zu dürfen, die durch die Hände von vielen bedeutenden Männern gegangen waren, durch die von Bischof Brynjólfur Sveinsson, Hallgrímur Pétursson und Árni Magnússon bis hin zu Jónas Hallgrímsson und Jón Sigurðsson, um nur einige zu nennen. In diesen Jahren unternahmen wir große Anstrengungen, um diese Handschriften wieder nach Island zu holen, wo sie nach Ansicht aller redlichen Menschen auch hingehörten, doch die Dänen sträubten sich, uns das Nationalerbe zurückzugeben. Damit wäre unser Kampf um die Unabhängigkeit wirklich zu einem Abschluss gekommen, den man vielleicht als einen späten Triumph über die alte Kolonialmacht auslegen konnte. Der Widerstand in Dänemark war stark, unter anderem argumentierte man damit, dass das britische Empire auch keinen Grund sah, all die Schätze nach Ägypten zurückzuschicken, die dort aus dem heißen Wüstensand ausgegraben worden waren.

Über all das grübelte ich um die Mitte des Jahrhunderts, als junger Student ganz auf mich gestellt, in Kopenhagen. In den neuen Schuhen, die meine Tante mir besorgt hatte, tat ich die ersten Schritte in ein neues Leben und wusste nicht, was mich in der großen, weiten Welt erwartete. Einerseits war ich etwas beklommen, andererseits brannte ich aber darauf, mich in das Studium der Nordischen Philologie zu stürzen. Ein gewisses Selbstvertrauen verlieh mir die Tatsache, dass ich es aus eigener Kraft geschafft hatte, nach Kopenhagen zu kommen: dank meiner Fähigkeiten und dem unlöschbaren Wissensdurst, der wie ein heißes Feuer in mir loderte.

Auf dem Hafenkai verabschiedete ich mich von Óskar und versprach, mit ihm in Verbindung zu bleiben. Mit Hilfe von Dr. Sigursveinn hatte ich ein kleines Mansardenzimmer in der Skt. Pedersstræde gemietet, nicht weit von Jónas Hallgrímssons letzter Wohnung und dem alten Universitätsgelände. Ganz in der Nähe war die Øster Voldgade, wo das Haus von Jón Sigurðsson steht. Und in der Tat galt mein erster Besuch in dieser Stadt seinem Haus; ich saugte alles in mich auf, was ich dort sah. Ich versuchte, mich in die Zeit hineinzuversetzen, als Jón noch in dem Haus gelebt und gewirkt hatte, um für Islands Unabhängigkeit zu kämpfen. Damals war das Haus noch nicht in isländischem Besitz. Ich erklomm die Treppe zum zweiten Stock und atmete den Geist des Hauses ein. Am Abend unternahm ich einen Spaziergang am Kongens Nytorv, trank einen Krug Bier im *Skinnbrogen* und beobachtete die Menschen auf der Straße. Ich ging früh zu Bett und vertraute meinem Tagebuch an, dass ich nunmehr in Kopenhagen eingetroffen sei und mich darauf freuen würde, spannende wissenschaftliche Aufgaben in Angriff nehmen zu dürfen.

An diesen ersten Tag habe ich wehmütig süße Erinnerungen; alles wirkte so neu und fremd und geheimnisumwoben auf mich. Der Geschmack des Biers im *Skinnbrogen.* Die Menschenmenge auf Kongens Nytorv. Die Septembersonne auf meinem Gesicht. Die selbstbewussten Mädchen auf ihren schwarzen Fahrrädern.

Am Tag nach meiner Ankunft in der Stadt sollte ich meinen zukünftigen Professor in der Abteilung für Nordische Philologie treffen. Diese Begegnung mit ihm sollte einschneidenden Einfluss auf mein Leben haben. Wenn ich zurückdenke, taucht der Professor immer so vor meinem geistigen Auge auf, wie er war, als ich ihn in meinen ersten Tagen in Kopenhagen kennenlernte.

Nichts hätte mich auf diese Begegnung vorbereiten können.

Zwei

An meinem ersten Morgen in Kopenhagen wachte ich früh auf und ging zu Fuß von meiner Unterkunft in der Skt. Pedersstræde zum Universitätsgelände bei der Vor Frue Kirke. In der Nacht hatte es geregnet, aber jetzt war ein schöner Spätsommertag angebrochen, mit strahlend blauem Himmel und schneeweißen Wolkentürmen im Osten. Die Bäume standen nach einem sonnenreichen Sommer immer noch in vollem Laub. Es war sehr warm – solche Temperaturen hatte ich zu dieser Jahreszeit noch nie erlebt. Hitze vertrug ich schlecht, und ich besaß überhaupt keine Sommerkleidung, sondern nur warme Hosen, lange Unterhosen, Strickpullover und -westen und einen ziemlich abgetragenen Anzug für besondere Gelegenheiten. Meine Tante machte sich Sorgen, dass ich den ganzen Winter frieren würde, und hatte mir ans Herz gelegt, mich immer warm anzuziehen und darauf zu bestehen, dass in meinem Zimmer nicht an der Heizung gespart würde.

Das Büro des Professors lag im ersten Stock eines alten Gebäudes in der Skt. Kannikestræde, nicht weit von der Universitätsbibliothek. Als ich die alte Holztreppe hinaufging, knarrten die Stufen anheimelnd. Kurz darauf klopfte ich wohlerzogen an die Tür, an der sich ein kleines Messingschild mit seinem Namen befand. Er wusste von meinem Kommen. Dieser Termin war schon vor längerer Zeit festgesetzt worden, die Begegnung war eigentlich nur eine Formsache, denn meine Bewerbung um die Aufnahme in die Fakultät war schon längst angenommen worden. Ich klopfte ein weiteres Mal, diesmal etwas fester. Ich warf einen Blick auf die Armbanduhr, die meine Tante mir zum Abschied geschenkt hatte. Es war Punkt neun Uhr; damals gab ich mir alle Mühe, pünktlich zu sein, denn ich hielt das für wichtig.

Ich stand ziemlich verloren auf dem Flur herum, und die Zeit verging. Es war fünf nach neun, dann Viertel nach, und schließlich waren fünfundzwanzig Minuten vergangen, ohne dass der Professor aufgetaucht wäre. Ich kam zu dem Schluss, dass er unsere Verabredung vergessen haben musste, und war halbwegs sauer darüber. Aber nur halbwegs. Wegen des Rufs, in dem der Professor stand, hatte ich nämlich auch etwas Bammel vor dieser Begegnung gehabt. Studenten, die nach Beendigung ihres Studiums nach Island zurückgekehrt waren, hatten Geschichten von ihm erzählt, die keineswegs dazu angetan waren, ihm einen Heiligenschein zu verleihen. Trotzdem hatten sie alle uneingeschränkten Respekt vor dem Professor, das stand außer Zweifel. Soweit ich wusste, verwies er Studenten, die einen schläfrigen oder unkonzentrierten Eindruck machten, einfach aus seinen Seminaren. Es war sehr ratsam, gut vorbereitet zum Unterricht zu erscheinen, denn falls er die geringste Nachlässigkeit bei den Studenten gewahr wurde, konnte es passieren, dass er sich weigerte, sie weiter zu unterrichten. In den Prüfungen ließ er die Leute gnadenlos durchfallen, wenn es ihnen an Auffassungsgabe und Arbeitseifer mangelte, und bei mündlichen Prüfungen legte er es geradezu darauf an, schlecht vorbereitete Studenten aus der Fassung zu bringen und sie zu verunsichern, wie seine ehemaligen Studenten erzählten.

Auf diese Weise siebte er diejenigen aus, die ihm nicht in den Kram passten oder seiner Meinung nach nichts in dieser Wissenschaft verloren hatten. Wenn er aber wirklichen Forscherdrang und Talent zu erkennen glaubte, war er sehr darum bemüht, solche Studenten zu fördern. Sein Gedanke dabei war der, dass nur die Besten das Vorrecht genießen durften, unsere kostbarsten Schätze in den Händen zu halten, die Pergamenthandschriften.

Das alles ging mir durch den Kopf, während ich da auf dem Korridor stand und die Zeit verstrich. Es war jetzt halb zehn. Ich hatte noch einige Male ergebnislos angeklopft und mich mehrmals vergewissert, dass dies der richtige Tag und die richtige Uhrzeit war. Schließlich riskierte ich es, die Klinke herunterzudrücken, aber das Büro war verschlossen.

Ich gab auf, aber just in dem Augenblick, als ich mich umdrehte und den Korridor zurückgehen wollte, kam es mir so vor, als hörte ich ein leises Stöhnen aus dem Büro. Das konnte aber auch eine Täuschung gewesen sein. Ich legte das Ohr an die Tür und lauschte eine Weile, doch nichts geschah.

Ich war also gezwungen, unverrichteter Dinge abzuziehen. Auf dem Korridor kam mir ein Mann entgegen, der offenbar zu seinem Büro wollte, und ich fragte ihn nach dem Professor. Mein Schuldänisch war passabel, doch während der ersten Zeit hatte ich einige Probleme, schnell sprechende Dänen zu verstehen. Der Mann schüttelte den Kopf und erklärte, der Professor sei völlig unberechenbar. Er erkundigte sich, ob ich mit ihm verabredet gewesen sei, und grinste, als ich das bejahte. Er meinte, dass er wahrscheinlich noch gar nicht in seinem Büro erschienen sei. Es hörte sich so an, als sei das nichts Ungewöhnliches.

Ich verbrachte den Morgen damit, mir das Universitätsgelände anzusehen, schlenderte durch die Krystalgade und Fiolstræde mit dem Runden Turm und stand ehrfürchtig vor den Kirchen in der Altstadt: der Trinitatiskirke, der

Skt. Petri Kirke, Helligåndskirke und nicht zuletzt vor der Vor Frues Kirke mit den Aposteln des Bildhauers Bertel Thorvaldsen zu beiden Seiten. Dr. Sigursveinn hatte mir ans Herz gelegt, die Vor Frues Kirke gleich nach meiner Ankunft zu besuchen, und mir einen langen Vortrag über die interessante Tatsache gehalten, dass Judas sich nicht in der Schar der Jünger befand, sondern durch den Apostel Paulus ersetzt worden war. Ich verspürte Lust auf einen Kaffee, ging vorbei am Hauptgebäude der Universität beim Frue Plads zurück und suchte mir einen freien Tisch im *Lille Apoteket* in der St. Kannikestræde. Von dort aus ging ich zu dem berühmten Wohnheim *Studiegården* und ruhte mich auf der Bank unter der Linde aus. Auf dem Weg zu meiner Unterkunft in der Skt. Pedersstræde kam ich am Haus Nr. 22 vorbei. Zwischen den Fenstern im ersten Stock war eine Tafel angebracht, die an Jónas Hallgrímsson erinnerte. Ich starrte zum obersten Stockwerk hoch, wo Jónas zuletzt gewohnt hatte. Von dem Augenblick an, als sich mir die Zaubermacht seiner Poesie erschlossen hatte, hatte Jónas in meinen Gedanken einen quasi göttlichen Status erhalten. Ich weiß, dass es vielen Isländern so geht. Als ich jetzt vor diesem Haus stand, bemächtigte sich meiner ein seltsames Gefühl der Trauer, aber auch der Verehrung für diesen Dichter, der vor langer Zeit mit gebrochenem Bein unter der schrägen Wand in der dänischen Mansarde lag und seinem Schicksal furchtlos und seltsam gefasst entgegensah.

Ich hatte unrealistische Vorstellungen von der Großartigkeit der Handschriftensammlung gehabt. Sie machte auf mich alles andere als einen prächtigen Eindruck, als ich sie auf meinem Bummel durch die Stadt zum ersten Mal sah. Ich betrat die Universitätsbibliothek, ein mächtiges Gebäude an der Fiolstræde, wo die Handschriftensammlung von Árni Magnússon an der Nordwand des Hauses verstaut worden war. Spaßeshalber versuchte ich, die Länge der Wand in Schritten abzumessen, und zählte achtzehn Meter. Zu beiden Seiten des Raumes waren undichte Fenster. Dr. Sigursveinn hatte mir gesagt, dass es dort im Winter furchtbar kalt sei, die Temperaturen gingen zeitweilig sogar bis auf frostige vierzehn Grad herunter. Zwei Drittel der Wand waren mit Regalen bedeckt, in denen sich die Manuskripte befanden. Außerdem war dort das Arbeitszimmer von Jón Helgason, dem Direktor des Instituts. Nur ganz wenige Handschriften befanden sich in Schaukästen unter Glas. Die meisten waren mit Einbanddeckeln versehen und standen aufrecht im Regal. Auf den Pergamentseiten hatte sich Staub abgesetzt. Eine Aufsichtsperson gab es nicht, und der Schlüssel für das Schnappschloss hing an einem Haken bei der Eingangstür zu der Sammlung, das war alles.

Der Gedanke, wie viel vom historischen Erbe Islands in Kopenhagen zu finden ist, beschäftigte mich sehr. Nicht nur die alten Handschriften, sondern auch jener bedeutsame Teil der isländischen Geschichte, der direkt mit der Stadt Kopenhagen verbunden ist. Schon immer fand ich, dass er gewaltig unterschätzt wurde. Hier gab es so viele für Island historisch bedeutsame Straßen und Plätze, denen wir keine weitere Beachtung schenkten. Hier standen immer noch die Häuser, in denen die Vorkämpfer unserer Unabhängigkeit gelebt hatten, hier war das Heim von Jón Sigurðsson. Hier war die Universität, die all diese Männer und viele andere Isländer im Laufe der Jahrhunderte ausgebildet hatte, und das Studentenwohnheim *Studiegården*, wo die größten isländischen Gelehrten ihre Zuflucht gehabt hatten. Hier befanden sich der Runde Turm und die Trinitatiskirke, in der in früheren Zeiten unsere kostbaren Handschriften aufbewahrt wurden. Hier lagen die Kerker, in die wir gesteckt worden waren, die Kanäle, in denen wir uns ertränkt hatten. Die Restaurants und Kneipen, die wir angeheitert bevölkert hatten. Wo gibt es etwas Vergleichbares in Island? Es durfte nicht in Vergessenheit geraten, dass die Hälfte der isländischen Geschichte mit dieser Stadt verbunden war, mit ihren Pflastersteinen und Straßenecken, mit den Lokalen und den Fenstern der Häuser, in denen sich immer noch die Jahre und die Männer spiegelten, die uns in diesem fernen Land zu einer unabhängigen Nation gemacht hatten.

Mir kam die Idee nachzusehen, ob der Professor vielleicht um die Mittagszeit in seinem Büro erschienen war. Ich machte mir keine sonderlichen Hoffnungen, als ich noch einmal den Korridor zu seinem Büro entlangging, sah aber zu meiner Erleichterung, dass die Tür zu seinem Arbeitszimmer einen Spalt offen stand. Ich wollte anklopfen und eintreten, doch ich hörte Stimmen aus dem Raum und hielt an der Tür inne.

Von diesem Standort aus konnte ich nur eine Wand des Zimmers sehen, die über und über mit Büchern bedeckt war. Was ich hörte, ging mich nicht das Geringste an, und ich schämte mich zwar für meinen Lauscherposten, traute mich aber nicht, mich von der Stelle zu rühren.

»... kann es nicht weitergehen«, erklang eine tiefe Stimme, die ich nie zuvor gehört hatte. Sie klang, als ob sie zu einem großgewachsenen Mann gehören würde, der Macht und Einfluss ausstrahlte. Er sprach Dänisch.

»Das ist doch blühender Unsinn, und das weißt du ganz genau«, wurde geantwortet, und ich vermutete, dass das der Professor war. »Du solltest nicht auf solches Geschwätz hören, sondern dich stattdessen darauf konzentrieren, diese Fakultät zu leiten.«

»Genau in dieser Eigenschaft bin ich hier«, sagte die tiefe Stimme.

Es kam mir so vor, als müssten die beiden da drinnen in

dem Schweigen, das seinen Worten folgte, meine Atemzüge hören können. Ich war wie gelähmt und wusste nicht, was ich mehr befürchtete – dass man mich entdeckte oder dass ich etwas hörte, was ich nicht hören sollte und nicht wissen wollte. Ich befand mich in einer furchtbaren Zwickmühle, machte aber keinen Versuch, das Zimmer zu betreten und dieses Gespräch zu unterbrechen, was wahrscheinlich das Ehrenhafteste gewesen wäre.

»Das ist kein Unsinn!«, erklärte der Mann mit der tiefen Stimme. »Du glaubst wohl, dass ich nicht weiß, was los ist? Du glaubst wohl, dass mir keine Geschichten über dich zu Ohren kommen? Alle hier klagen über dich, am meisten über deine Trinkerei, aber auch Begriffe wie Arroganz, Unverschämtheit und Starrsinn fallen. Du brauchst mich nicht als deinen Feind zu betrachten, das bin ich nämlich nicht. Wenn ich nicht immer wieder für dich eingetreten wäre, hättest du hier an der Universität schon längst den Hut nehmen können.«

Der andere Mann, den ich für den Professor hielt, schien keine Antwort auf diese Vorwürfe seines Gegenübers zu wissen.

»Der Alkohol ist aber das Schlimmste«, sagte der mit der tiefen Stimme, »das kann ich nicht länger ignorieren.«

»Scher dich zum Teufel!«, sagte der Professor. »Ich bin nie alkoholisiert zum Unterricht erschienen. Nie!«

»Du warst den ganzen Sommer über betrunken!«

»Das ist eine Lüge, und außerdem geht dich … Es geht dich überhaupt nichts an, was ich in meiner freien Zeit mache.«

»Hast du vergessen, wie du dich im Frühjahr aufgeführt hast? Ich weiß, dass du Probleme hast, aber …«

»Hör bloß auf, mich zu bemitleiden«, knurrte der Professor. »Und schmeiß mich ruhig raus, wenn du willst. Das ist besser, als sich diesen elenden Quatsch von dir anhören zu müssen.«

»Wann wirst du endlich mit der neuen Ausgabe fertig sein?«

»Das geht dich nichts an«, erklärte der Professor. »Und jetzt verschwinde! Hau ab, und verschwende dein Mitleid auf jemand anderen! Ich brauche dich nicht, genauso wenig, wie ich diese Universität brauche. Schert euch doch meinetwegen alle zum Teufel!«

»Sie wird wieder in der Königlichen Bibliothek benötigt«, sagte der Mann mit der tiefen Stimme, der sich von den Worten des Professors nicht beirren zu lassen schien. »Du kannst sie nicht jahrelang bei dir aufbewahren. Das geht einfach nicht, Forschung hin, Forschung her.«

Ich hörte, wie sich die Stimmen auf einmal der Tür näherten, machte einen Satz zurück und war die Holztreppe hinuntergesaust, bevor mich jemand sehen konnte. Mein Herz hämmerte wie wild, und mein Atem ging stoßweise, als ich endlich unten auf der Straße ankam und es wagte, mich umzusehen. Niemand hatte mich bemerkt.

Da stand ich nun in der dänischen Spätsommersonne. Das Gespräch, das ich mit angehört hatte, ging mir während des ganzen Heimwegs nicht aus dem Kopf. Die Stellung des Professors an der Philosophischen Fakultät schien aufgrund seiner Alkoholprobleme ziemlich wackelig zu sein. Abends aß ich ganz allein in einem kleinen Restaurant am Rathausplatz dänische Frikadellen mit Spiegelei. Anschließend ging ich früh zu Bett und sah mir die beiden neu erschienenen Romane an, die ich aus Island mitgenommen hatte, sie hießen *Taxe 79* und *Das Uhrwerk*.

Am nächsten Morgen machte ich einen weiteren Vorstoß bei dem Professor und stand zur gleichen Zeit wie am Tag zuvor auf dem Flur vor seinem Büro. Ich klopfte an, doch von drinnen war keine Reaktion zu hören. Ich klopfte noch einmal und dann ziemlich energisch ein drittes Mal. Nichts

geschah, und allmählich gelangte ich zu der Überzeugung, dass ich diesen Mann wohl niemals treffen würde.
Unruhig trat ich auf dem Flur von einem Fuß auf den anderen, bevor ich mich aufraffte und ausprobierte, ob die Tür verschlossen war. Zu meiner Verwunderung war sie das nicht. Vorsichtig öffnete ich die Tür und wagte mich einen Schritt über die Schwelle. Es schien niemand da zu sein. Ich blickte wieder auf meine Armbanduhr, es war schon nach neun.
Ich fühlte ein weiteres Mal an der Brusttasche meines Jacketts, um mich zu vergewissern, dass ich das Empfehlungsschreiben dabeihatte, und beschloss, im Büro zu bleiben und dort eine Weile zu warten, in der Hoffnung, dass der Professor sich irgendwann blicken lassen würde. Im Zimmer war es dunkel. Schwere Vorhänge hielten das Tageslicht draußen, und ich konnte nirgends einen Lichtschalter entdecken. Als sich meine Augen an das schummrige Licht gewöhnt hatten, erblickte ich eines der chaotischsten Büros, die mir je untergekommen sind. Enorme Stapel von Papieren und Büchern lagerten auf dem Boden vor den Bücherregalen, die wiederum sämtliche Wände bedeckten und ihrerseits von Büchern und Papieren überquollen. Auf die Bücher waren waagerecht in sämtliche vorhandenen Lücken weitere Bücher gestopft worden, vom Fußboden bis zur Decke. Stapel mit Dokumenten und Aktenordnern standen oder lagen allenthalben herum, vor allem auf dem Fußboden. Ein kleiner Rauchtisch bog sich unter der Last von Büchern. In diesem Chaos gab es keinerlei Anzeichen für irgendeine Ordnung, und ich konnte mir nicht vorstellen, dass es möglich war, da drinnen irgendetwas wiederzufinden. Auf dem Schreibtisch am Fenster gab es noch mehr Bücher und Papierkram, aber dort stand auch eine vorsintflutliche Schreibmaschine und daneben eine halb volle Flasche mit isländischem Brennivín, die sicher

jemand aus Island dem Professor mitgebracht hatte. Ein penetranter Geruch von Schnupftabak lag in der Luft, und in einer Keramikschale auf dem Schreibtisch sah ich mehr Schnupftabaksdosen, als ich auf die Schnelle zählen konnte. Einige davon waren versilbert und wiesen Initialen auf, aber es gab auch schlichte Blechdosen mit der Aufschrift des isländischen Importeurs. Der Herr Professor schien eine ausgesprochene Vorliebe für isländischen Schnupftabak zu haben.

Bei näherem Hinsehen entdeckte ich plötzlich, dass auf dem Fußboden hinter dem Schreibtisch jemand lag. Zunächst sah ich nur die abgelaufenen Sohlen von braunen Schuhen und schrak zusammen. Dann stellte ich aber fest, dass sie an zwei Beinen steckten, die unter dem Schreibtisch verschwanden, und ich trat näher heran. Ich hatte nicht den geringsten Zweifel, dass es sich um den Professor handelte. Zuerst fürchtete ich, er hätte einen Herzschlag bekommen und wäre tot. Doch dieser Sorge war ich enthoben, als ich seine schweren Atemzüge vernahm. Ich bückte mich und berührte seine Stirn, sie war heiß. Er hielt eine Flasche mit billigem Branntwein umklammert und trug einen grauen, fadenscheinigen Anzug, darunter eine Strickweste und ein weißes Hemd mit Krawatte.

Ich stieß ihn leicht mit dem Fuß an, aber das brachte nichts. Auch als ich mich niederbeugte und ihn rüttelte, wollte er nicht aufwachen. Ich überlegte, was zu tun war. Am liebsten hätte ich mich ganz einfach aus dem Staub gemacht und ihn da in seinem Rausch liegen lassen. Es war ja wohl kaum meine Aufgabe, dem Professor in einer derartigen Situation zu Hilfe zu kommen. Vermutlich hatte er sich die ganze Nacht volllaufen lassen und war gegen Morgen einfach umgefallen. Vielleicht hatte er ja auch schon viele Tage lang in seinem Büro gesoffen. Ich erinnerte mich an das Stöhnen, das ich gehört zu haben glaubte, als ich tags zuvor angeklopft hatte. Der Professor war augenscheinlich zu sehr mit anderen Dingen beschäftigt, um sich mit neuen Studenten abzugeben.

Es gab in dem Büro auch ein verschlissenes Sofa, und ich versuchte, den Professor dorthin zu zerren. Er war schwer, und ich war nicht sehr kräftig, deswegen blieb mir nichts anderes übrig, als ihn über den Boden zu schleifen. Irgendwie gelang es mir, ihn aufs Sofa zu bugsieren, wo ich ihn, so gut ich konnte, zurechtlegte. Die Branntweinflasche hielt er immer noch so fest umklammert, als sei sie sein einziger Kontakt zur Außenwelt. Ich hielt Ausschau nach etwas, womit ich ihn zudecken konnte, fand aber nichts. An einem Haken bei der Tür hing ein großer brauner Ledermantel, den ich über den Professor breitete, der in seinem Rausch irgendetwas Unverständliches murmelte.

Als ich mich in seinem Büro umsah, fiel mein Blick auf ein kleines Büchlein auf dem Schreibtisch, das an der Titelseite aufgeschlagen war. Ich wollte keineswegs herumspionieren, aber trotzdem reckte ich den Kopf, um zu sehen, was das für ein Buch war. Ich las den Titel: »Die Edda. Volksausgabe«. Und darunter stand: »Sonderausgabe für die Hitlerjugend. Nicht zum Verkauf.«

Plötzlich schien der Professor zu sich zu kommen. Er richtete sich auf und starrte mich mit tränenverschleierten Augen an.

»Gitte?«, sagte er.

Ich bewegte mich nicht und sagte nichts.

»Bist du das, Gitte?«, fragte er. »Liebste Gitte …«

Im nächsten Moment war er wieder eingeschlafen.

Ich verließ das Zimmer leise und schloss die Tür hinter mir.

Ich wusste nicht, was ich mit diesem angebrochenen Tag anfangen sollte. Dr. Sigursveinn von der Isländischen Abteilung daheim hatte mir versichert, dass der Professor mich gut in Empfang nehmen würde, er hatte sich nämlich meinetwegen mit ihm in Verbindung gesetzt. Er würde mir bestimmt helfen, mich in alles hineinzufinden, wie Dr. Sigursveinn sich ausdrückte. Er meinte damit das Studium, das Universitätsleben und die Stadt, wenn ich ihn richtig verstanden hatte. Als einsamer Student der Altnordistik in einer Riesenstadt, der nie zuvor im Ausland gewesen war und keine anderen Angehörigen hatte als eine arme Tante in Island, hatte ich einige Hoffnung auf den Professor gesetzt.

Ich vertrödelte den halben Tag. Die Dame, die mir das Zimmer in der Skt. Pedersstræde vermietete, stand in der Tür, als ich nach ziellosem Bummeln durch die Stadt nach Hause kam. Sie überreichte mir einen Brief von Dr. Sigursveinn, der mir freundlicherweise einen Willkommensgruß nach Kopenhagen gesandt hatte und der Hoffnung Ausdruck gab, dass ich Spaß am Weiterstudium haben und gut vorwärtskommen würde. Den Professor erwähnte er mit keinem Wort. Ich setzte mich sofort hin, um ihm zu antworten und ihm für seinen Brief zu danken. Die Probleme, die ich auf mich zukommen sah, ließ ich unerwähnt. Ich wollte meinen Aufenthalt in Kopenhagen nicht damit beginnen, einen Klagebrief zu schreiben.

Drei

Am späten Nachmittag steckte ich das Empfehlungsschreiben ein weiteres Mal in meine Jackentasche und machte mich auf den Weg. Die ursprüngliche Zeitvereinbarung war sowieso hinfällig, nun wollte ich es einfach darauf ankommen lassen. Die Tür zum Büro des Professors war wieder unverschlossen, aber diesmal sah ich keine Alkoholleiche auf dem Fußboden, als ich einen Blick in das Zimmer warf. Ich beschloss abzuwarten, ob der Professor auftauchen würde, und betrachtete unterdessen die Bücherregale. Erwartungsgemäß fand sich dort eine interessante Lektüre, Bücher aus der ganzen Welt und in allen Sprachen, auch auf Griechisch und Latein. An einigen Stellen lugten Flaschenhälse hinter den Büchern hervor, die unverkennbar Zeugnis davon ablegten, auf welche Irrwege der Professor geraten war. Auf dem Boden in einer Ecke des Zimmers befand sich ein feuerfester Geld- oder Aktenschrank, und ich nahm an, dass der Professor dort die wertvollsten Handschriften aufbewahrte, an denen er forschte.

»Wer zum Teufel bist du?«, donnerte plötzlich eine sonore Stimme auf Dänisch hinter mir los. Mein Herz setzte einen Schlag aus, und ich schrak heftig zusammen. Als ich mich umdrehte, sah ich, dass der Professor sein Büro betreten hatte, und es hatte ganz den Anschein, als wolle er auf mich losgehen.

»Bist du ein Einbrecher?«, rief er drohend, noch bevor ich

Zeit hatte zu antworten, und fuchtelte mit seinem Stock in meine Richtung. »Willst du mich bestehlen?«
Dann sagte er etwas auf Deutsch, was ich nicht richtig verstand.
»Entschuldigen Sie«, setzte ich an, aber weiter kam ich nicht.
»Ach so, ein Isländer«, sagte er.
»Ja«, sagte ich, »ich bin ...«
»Ich habe gedacht, du wolltest hier etwas klauen«, sagte der Professor, jetzt sichtlich beruhigt.
»Nein«, sagte ich, »ich ... ich bin kein ... Dieb.«
»Diese verdammten Wagneriten!«, schrie er mich an. »Kennst du die? Hast du von denen gehört? Diebesgesindel der schlimmsten Sorte, alle miteinander!«
»Nein«, erklärte ich wahrheitsgemäß. Diese Bezeichnung hatte ich nie in meinem Leben gehört, und ich hatte auch keine Ahnung, was darunter zu verstehen war. Der Professor klärte das im nächsten Satz in gewisser Weise auf.
»Das ist das widerlichste Gesocks, das man sich vorstellen kann. Banditen und Mörder alle miteinander! Banditen und Mörder, so wahr ich hier stehe!«
»Die ... die kenne ich nicht.«
»Was willst du von mir?«, fragte er. »Wer bist du überhaupt? Raus mit der Sprache! Steh hier nicht so rum wie ein Ölgötze!«
»Die Tür stand offen, und ich ...«
Mit einem Mal kriegte ich kein einziges Wort mehr heraus, so ein ungehobeltes Benehmen machte mir Angst. Dieser unbeherrschte Mensch schien keinerlei Manieren zu haben. Er sah im Übrigen auch alles andere als vertrauenerweckend aus, wie er mir da gegenüberstand; das weiße Haar stand wild in alle Richtungen, und das Funkeln der Augen erinnerte an glühende Kohlen. Dieser schlanke, hochgewachsene Mann mit den weißen Bartstoppeln sah

zudem erstaunlich rüstig und kräftig aus, obwohl er auf die siebzig zuging und einen ziemlich ausschweifenden Lebenswandel führte, soweit ich das beurteilen konnte. Er hinkte etwas und ging deswegen am Stock, einem schönen Exemplar aus Ebenholz mit Silberknauf und Stahlspitze. Er trug einen schwarzen Anzug mit Weste, und die Kette seiner silbernen Uhr verschwand in der Westentasche.

»Also jetzt raus mit der Sprache«, sagte er und sprach jetzt Isländisch. »Was willst du von mir?«

Er ging zu seinem Schreibtisch, zog die Vorhänge auf und öffnete das Fenster. Dann nahm er auf dem verschlissenen Schreibtischstuhl Platz und zog eine Tabaksdose aus seiner Tasche hervor. Das Chaos in dem Raum wurde durch das Sonnenlicht keineswegs gemildert, aber die frische Luft tat gut. Ich überlegte, ob ich ihm sagen sollte, dass wir uns bereits begegnet wären, denn davon hatte er offensichtlich überhaupt nichts mitbekommen, aber ich fand es nicht ratsam, seinem Gedächtnis auf die Sprünge zu helfen.

»Ich heiße … Valde … mar«, stammelte ich, »und ich bin für den nächsten Winter hier an im Institut für Nordische Philologie eingeschrieben.«

»Na, da schau her.«

»Ich … Ich bin schon gestern hierhergekommen … aber …«

»Ja, was denn?«

»Sie kennen meine Tante«, rutschte es mir heraus.

Die Tante hatte mir aufgetragen, ihm Grüße auszurichten. Ich wusste nicht genau, ob sie sich wirklich kannten; sie hatte nur angedeutet, dass sie entfernt verwandt seien. Ich erzählte ihm von meiner Tante in den Westfjorden, er hörte mir interessiert zu und erklärte, er wisse, wer sie sei, aber er habe sie nie persönlich getroffen. Das konnte stimmen, denn auch meine Tante hatte mir gesagt, dass sie nie miteinander gesprochen hätten.

»Und wie geht es deiner Tante?«, fragte er.
»Eigentlich gut, danke der Nachfrage. Sie bat mich, Ihnen Grüße auszurichten«, fügte ich verlegen hinzu.
»Und jetzt bist du also hier?«, sagte er und sah mich prüfend an.
»Es sieht so aus«, sagte ich und versuchte zu lächeln.
Auf einmal erinnerte ich mich an das Empfehlungsschreiben. Ich zog es aus der Jackentasche und überreichte es dem Professor.
»Hier habe ich … Ich habe hier ein Empfehlungsschreiben von Dr. Sigursveinn. Er war mein Mentor an der Universität daheim.«
»Ein Empfehlungsschreiben?«
Er schaute mich plötzlich an, als hätte er eine seltsame Kreatur vor sich, die sich irgendwie in sein Büro verirrt hatte. Vielleicht war ihm nicht klar, wie schüchtern und nervös ich war. Der Professor war einer der kompetentesten Handschriftenexperten unseres Landes und galt als überragend scharfsinniger Geist. Irgendwie fühlte ich mich schrecklich klein und unbedeutend und hatte weiche Knie. Das gute und konstruktive Selbstvertrauen, das ich in mir aufgebaut hatte, weil ich es aus eigener Kraft heraus geschafft hatte, dieses Ziel zu erreichen – es war wie weggeblasen. Er nahm den Umschlag mit dem Schreiben von meinem Lehrer entgegen. Statt ihn zu öffnen, knüllte er ihn zusammen und warf ihn aus dem Fenster.
»Weshalb stotterst du?«, fragte er.
Ich traute meinen Augen nicht. Er warf das Empfehlungsschreiben weg, ohne es eines Blickes zu würdigen! Einen Augenblick lang überlegte ich, ob ich nach unten laufen sollte, um den Brief zu retten. All diese wunderbaren Worte, die Dr. Sigursveinn über mich geschrieben hatte! Dieser Mann behandelte sie wie Müll!
»Ich … Ich … stottere nicht«, sagte ich stattdessen.

»Was hast du gesagt, wie du heißt?«
»Valdemar. Ich soll bei Ihnen Nordische Philologie studieren. Ich bin vor einigen Tagen nach Kopenhagen gekommen. Sie hatten sich mit mir verabredet. Sie haben das vielleicht ... Vielleicht haben Sie das vergessen?«
Er sah mich verständnislos an, und ich rekapitulierte im Geiste das, was ich da von mir gegeben hatte, und begriff mich selbst nicht: Sie hatten sich mit mir verabredet! Was hatte ich da gesagt? Ich wusste, dass ich durchaus in der Lage war, mich sehr viel gewandter auszudrücken, aber irgendwie hatte der Professor von Anfang an diese Wirkung auf mich, dass mir die Worte im Halse stecken blieben, sobald ich ihm gegenüberstand.
»Ich meine, dass ...«
»Valdemar, du musst lernen, etwas gelassener an die Dinge heranzugehen«, erklärte er, und es kam mir fast so vor, als schmunzelte er dabei. »Dein Name kommt mir bekannt vor. Deine Tante hat mir geschrieben. Du sagst, wir waren verabredet? Das hatte ich total vergessen.«
Endlich schien er zu begreifen, was ich hier in seinem Büro wollte.
»Es war nicht abgeschlossen«, sagte ich und sah dabei zum Fenster, durch das das Empfehlungsschreiben hinausgeflogen war. »Sie müssen entschuldigen, ich dachte, Sie hätten vielleicht mein Klopfen nicht gehört ...«
»Was willst du hier?«, fragte er. »Und hör mit dieser verfluchten Siezerei auf!«
»Ich ... Ich bin gekommen ... um äh ...«
»Ja, ja«, sagte er, »das wollen alle, aber was treibt dich dazu? Was will ein junger Mann wie du mit diesen alten Handschriften?«
»Ich ...«
»Kannst du Handschriften lesen?«
»Ja«, antwortete ich.

Alle, die in Island Nordische Philologie studierten, lernten, alte Texte und Handschriften zu lesen. Ich will mich nicht selbst loben, aber ich verstand mich viel besser darauf als alle meine Kommilitonen. Das hatte unter anderem auch in dem Empfehlungsschreiben gestanden.

Der Professor stand auf, ging zu dem Bücherschrank hinter dem Schreibtisch und ließ die Finger über die alten Lederrücken gleiten. Er holte ein großes, dickes Buch heraus und öffnete es.

»Mein Spezialgebiet ist die *Eyrbyggja saga*«, begann ich, »und wenn Sie die Empfehlung gelesen hätten...«

»Svenni ist dümmer, als die Polizei erlaubt«, erklärte der Professor, und ich begriff nicht gleich, dass er damit Dr. Sigursveinn meinte.

»Aber Sie ...«

»Was habe ich gerade übers Siezen gesagt?«, fragte er scharf und schaute aus dem Buch hoch. »Hör bloß auf damit.«

Er blätterte weiter in dem Buch, während er mit mir redete.

»Du scheinst mir etwas begriffsstutzig zu sein, Valdemar. Vielleicht liegt es daran, dass du zum ersten Mal im Ausland bist und die Großstadt dir den Atem verschlägt. Vielleicht hast du aber auch Heimweh und vermisst deine Tante. Oder du bist von Natur aus begriffsstutzig, das weiß ich nicht. Falls du mich noch ein einziges Mal siezt, gehst du den gleichen Weg wie der Wisch, den du Empfehlungsschreiben nennst.«

Er sagte das ganz ruhig, ohne dass es wie eine Drohung wirkte, und ich glaubte zu wissen, dass er es nicht so meinte, ganz sicher war ich mir allerdings nicht.

Damit war unser erstes Zusammentreffen beendet. Ich stand wie zur Salzsäule erstarrt mitten in seinem Arbeitszimmer und war nicht imstande, mich vom Fleck zu rühren, bis er mir mit einer Handbewegung bedeutete, sein Büro zu verlassen. Ich taumelte rückwärts hinaus, wesentlich verwirrter, als ich bei meinem Eintreten gewesen war, und zog die Tür vorsichtig hinter mir zu. Wie in Trance stolperte ich den Korridor entlang, die Treppe hinunter und auf die Straße hinaus. Noch nie in meinem Leben war ich so behandelt worden. Auf ein derartiges Benehmen eines akademisch gebildeten Menschen war ich nicht gefasst gewesen, eines Lehrers, dessen Aufgabe es war, junge Studenten, die einen weiten Weg über das Meer auf sich genommen hatten, zu unterweisen.

Ich irrte durch Kopenhagens Straßen, ohne zu wissen, wohin. Ich wusste nicht, ob ich immer noch unter der Ägide dieses Mannes studieren wollte, vor dem ich solche Hochachtung gehabt hatte! Ich hatte fast alle seine Publikationen über die mittelalterliche isländische Literatur gelesen und bewunderte seinen ausgefeilten Schreibstil und sein unglaublich großes Wissen. Ich hatte mich darauf gefreut, mich lauschend zu Füßen des Meisters niederzulassen. Seine Bücher und Artikel stellten seine überragende wissenschaftliche Befähigung unter Beweis, er war ein Beobachter von Gottes Gnaden und arbeitete zuverlässig, präzise und sorgfältig, und alles, was er schrieb, zeugte von großer Pietät den alten Handschriften gegenüber. Durch seine Forschungsarbeiten hatte ich so unendlich viel gelernt, und ich hatte darauf gehofft, dass sich sein Engagement und sein Feuer auf mich übertragen würden.

Abgesehen von Dr. Sigursveinn war er es, der letztlich den größten Anteil daran gehabt hatte, dass ich jetzt in Kopenhagen war. Aber der Mann, den ich hier traf, schien ein unbeherrschter, ungehobelter und arroganter Choleriker zu sein, der seine Studenten verachtete, geringschätzig über Dr. Sigursveinn redete und dessen Empfehlungsschreiben zum Fenster und anschließend fast auch mich aus seinem Büro hinauswarf!

Ich irrte grübelnd durch die Straßen Kopenhagens und endete schließlich auf dem Strøget. Nachdem der erste Schock überwunden war, versuchte ich, meine gegenwärtige Situation einzuschätzen. Menschen, Restaurants und Kneipen zogen an mir vorbei wie im Traum. Ich stand kurz davor, alles hinzuschmeißen und nach Island zurückzufahren. Möglicherweise hätte ich das auch in die Tat umgesetzt, wenn ich nicht trotz unserer minimalen Bekanntschaft gewusst hätte, dass es dem Professor vollständig egal war, ob er mich jemals wiedersehen würde oder nicht. Und genau deswegen beschloss ich, nicht das Handtuch zu werfen, sondern redete mir ein, dass es einfach ein unseliges Zusammentreffen gewesen war; das lag nun hinter mir, und jetzt galt es festzustellen, ob ich nicht noch einmal ganz von vorne anfangen könnte. Mittlerweile wusste ich ja, was mich erwartete, und es würde dem Professor nicht gelingen, mich noch einmal aus der Fassung zu bringen.

Als ich am Hotel D'Angleterre an Kongens Nytorv vorbeikam, ging es mir schon ein klein wenig besser. Óskar und ich hatten uns in einer gemütlichen Kneipe da in der Nähe verabredet, und ich bestellte mir ein kleines Bier. Als ich das intus hatte, wurde ich etwas ruhiger und war schon fast überzeugt, dass trotz des katastrophalen Starts alles gut verlaufen würde. Das Semester sollte in zwei Tagen beginnen, dann würde ich meine Kommilitonen kennenlernen, und der Professor war zudem keineswegs der einzige Dozent an der Abteilung.

Óskar kam ein wenig zu spät und entschuldigte sich mehrmals. Er bestellte zwei Carlsberg für uns. Als er meine Niedergeschlagenheit bemerkte, brachte er mich dazu, ihm von meinen Nöten zu erzählen, von dem Empfehlungsschreiben und dem Empfang, den mir der Professor hatte zuteilwerden lassen.

»Zerbrich dir deswegen nicht den Kopf«, sagte Óskar und trank einen Schluck Bier. »Solche Empfehlungen haben überhaupt nichts zu bedeuten.«

»Ja, aber das ist doch eine Unverschämtheit«, widersprach ich. »Der Mann ist ein richtig ungehobelter Klotz.«

»Na, komm. Es gibt bestimmt Schlimmere als ihn.«

»Ich kenne niemanden, der sich so seinen Studenten gegenüber benimmt«, sagte ich niedergeschlagen. »Niemanden.«

»Mach dir keine Gedanken deswegen«, sagte Óskar. »Übrigens erwarte ich zwei isländische Mädchen. Die eine studiert Biologie, die andere Kunst. Du musst schon ein bisschen besser gelaunt sein, wenn die kommen.«

»Mädchen?«

»Ja, sie studieren Biologie und Kunst. Ich kann mich nicht erinnern, wie sie heißen, und erst recht nicht, welche was studiert. Ich hab sie im *Kannibalen* getroffen, bist du dort schon mal gewesen?«

»Nein.«

»Du bist mir ja ein feiner Pinkel! Wo isst du denn?«

»Bei meiner Vermieterin, Frau Bodelsen.«

»In der Mensa der Universität ist zwar alles ziemlich ungenießbar«, sagte Óskar, »aber der Fraß ist billig und gut genug für uns Studenten. Du solltest das auch mal probieren.«

In diesem Augenblick betraten zwei junge Damen die Kneipe und erkannten Óskar sofort wieder. Als er sie mir vorstellte, verpackte er die Tatsache, dass er ihre Namen vergessen hatte, geschickt in einen Witz. Sie hießen Ólöf und Margrét, Ólöf studierte Kunst und Margrét Biologie. Sie setzten sich zu uns, und Óskar ging ihnen sofort zwei Tuborg Grøn an der Theke holen, nachdem er gefragt hatte, was sie trinken wollten.

Ich war Frauen gegenüber ziemlich schüchtern und überließ die meiste Zeit Óskar das Reden. Er hatte keine Probleme, sich mit ihnen zu unterhalten, war aufgekratzt und witzig, und sie lachten über ihn. Nach etlichen Bieren hatte sich meine düstere Stimmung etwas verzogen, und wir gingen zusammen ins *Skinnbrogen*, wo Óskar einige Studenten aus der Ingenieurwissenschaftlichen Fakultät vermutete. Sie saßen dicht gedrängt um einen Tisch herum und begrüßten uns überschwänglich. Auf dem Heimweg über den Strøget wollten sie noch in einer anderen Kneipe einkehren, aber da verabschiedete ich mich ziemlich angetrunken von der Truppe, schlenderte nach Hause, fiel ins Bett und schlief sofort ein.

Vier

Am nächsten Tag erschien ich ein weiteres Mal auf dem bewussten Korridor und klopfte leise, aber entschlossen an die Tür mit dem kleinen Kupferschild. Ich hatte einen ordentlichen Brummschädel, denn ich war es nicht gewöhnt, viel Alkohol zu trinken. Diesmal befand sich der Professor in seinem Büro, aber ich musste dreimal anklopfen, bevor eine Reaktion von drinnen zu hören war. Vorsichtig öffnete ich die Tür und trat ein. Er saß an seinem Schreibtisch und starrte auf irgendwelche Papiere, sah aber auf und blickte mich forschend an.

»Du schon wieder?«, fragte er, als er mich erkannte. Seine Stimme klang nicht sehr erfreut.

»Entschuldige bitte«, sagte ich und war angestrengt bemüht, ihn nicht zu siezen und nicht zu stottern. »In Island wurde mir gesagt, dass du sehr darauf bedacht bist, die Studenten persönlich kennenzulernen, die das Studium an der Abteilung aufnehmen. Wir haben uns zwar hier in diesem Büro getroffen, aber diese Begegnung hat meines Erachtens keinem von uns etwas gebracht.«

Der Professor stand auf, nahm eine kleine Silberdose zur Hand, stellte sich neben die Bücherregale hinter dem Schreibtisch und sah mich an, während er sich eine Prise Schnupftabak zu Gemüte führte.

»Ich finde, dass wir uns mehr Mühe geben könnten«, erklärte ich entschlossen.

»Valdemar, nicht wahr? Der mit der Tante?«

Ich nickte zustimmend.
»Du entschuldigst, wenn ich gestern ein wenig ruppig zu dir war«, sagte er, »aber ich habe viel um die Ohren. Meine Zeit ist zu kostbar, um sie mit stammelnden Studenten hier in meinem Büro zu vergeuden. Du verstehst das.«
Er nahm ein rotes Schnupftuch zur Hand.
»Ich wollte dir nur sagen, dass ich mich auf das Studium im nächsten Winter freue und besonders auf den Unterricht bei dir. Ich bin in erster Linie deinetwegen nach Kopenhagen gekommen, deinetwegen und wegen der Handschriften. Seit langem ist es mein Wunsch, mehr über sie zu lernen. Das war es, was ich sagen wollte. Auf Wiedersehen.«
Mit diesen Worten schickte ich mich an, das Büro zu verlassen. Hinter mir schnaubte der Professor gewaltig in sein Schnupftuch, und als ich gerade die Tür hinter mir zumachen wollte, hörte ich, wie er mich zurückrief.
»Valdemar«, sagte er. »Du hast vielleicht mehr Mumm in den Knochen, als ich gedacht habe.«
Ich drehte mich um und ging in das Büro zurück.
»Du sagst, du hast Interesse an Handschriften?«
»Ja«, entgegnete ich.
»Vielleicht tust du mir dann einen Gefallen?«, sagte der Professor, während er mit der silbernen Dose in seiner Hand spielte.
»Was auch immer«, sagte ich.
»Könntest du mir Passagen aus einem handschriftlichen Dokument vorlesen?«
»Selbstverständlich«, sagte ich.
Er holte eine Mappe aus dem Regal, öffnete sie und blätterte in den losen Papieren darin, legte sie dann aber wieder zurück und zog eine andere Mappe heraus. Als er diese öffnete, schien er zufrieden zu sein.
»Hier, setz dich an den Tisch, und lies mir das vor«, sagte er und reichte mir die aufgeschlagene Mappe. Ich warf

einen Blick auf den Brief, der zuoberst lag, und erkannte die Handschrift sofort. Es war ein Brief von Jón Espólín, einem Annalenschreiber des 18. Jahrhunderts aus dem Skagafjörður. Ich begann zu lesen und las, ohne zu stocken, nur an einer Stelle kommentierte ich die auffälligen Häkchen bei den kleinen »s« in der Handschrift.
Er nickte und sagte, ich könne aufhören zu lesen. Ich gab ihm die Mappe zurück. Er nahm eine andere, die er mir aufgeschlagen vorlegte, und ohne eine Sekunde zu zögern, begann ich, aus einem weiteren alten Brief vorzulesen. Diese Schrift war unleserlicher, was mir aber keinerlei Schwierigkeiten bereitete. Ich las korrekt und schnell vor, was dort stand, bis er sagte, ich solle aufhören. Ich blickte zu ihm hinüber. Seiner Miene war nichts zu entnehmen, als er die Mappe wieder entgegennahm und anschließend die dritte Aufgabe für mich hervorholte. Es war wieder ein alter Brief. Ich setzte mich gerade hin und nahm das Blatt ganz behutsam zur Hand. Wesentlich bedeutendere Männer als ich hatten es im Laufe der Zeit in den Händen gehalten. Die Schrift erkannte ich sofort: ein Schreiben des Handschriftensammlers Árni Magnússon an Ormur Daðason, datiert auf 1729. Darin wurden einige der Pergamenthandschriften aufgezählt, die 1728 dem großen Brand von Kopenhagen zum Opfer fielen, als viele Kleinodien isländischer Schreibkunst verloren gingen.
»Nun lies!«, befahl der Professor.
Damit hatte ich keinerlei Probleme.
»All jenes, was ich colligieret gehabet de historia literaria Islandiæ, vitis doctiorum Islandiæ …«
Ich las wieder, ohne zu stocken, bis der Professor sagte, ich könne aufhören.
Als ich hochblickte, stand er neben dem Schreibtisch und starrte mich an. Mir war es gelungen, ihn zu überraschen.
»Wer hat dir beigebracht, Handschriften zu lesen?«

»Das ist mir immer leichtgefallen«, entgegnete ich, und das war keine Angeberei.
»Du kannst diese Lampe dort benutzen«, sagte er, indem er auf ein Gerät wies, das oben auf einem Bücherstapel auf der Fensterbank stand. Ich hatte von solchen Spezialgeräten gehört und wusste deswegen, dass die ultravioletten Strahlen es ermöglichten, alte Handschriften genauer zu untersuchen. Es handelte sich um sogenannte Quarzlampen, die unter anderem von der dänischen Polizei bei der Untersuchung von Fingerabdrücken verwendet wurden. Ich wusste, dass es Wissenschaftlern mit Hilfe von derartigen Lampen gelungen war, schwer erkennbare Buchstaben zu entziffern, sie hatten sogar obszöne Vierzeiler, die man versucht hatte zu tilgen, sichtbar machen können.
Ich hatte nicht übertrieben, was meine Kenntnisse im Handschriftenlesen betraf. Dr. Sigursveinn war sehr verblüfft gewesen, als er feststellte, wie leicht es mir bereits zu Beginn meines Studiums an der Universität Islands fiel, alte Schriften zu lesen. Ich sagte ihm, dass ich in der Nationalbibliothek viel Zeit damit zugebracht hatte, alte Texte zu entschlüsseln. Selbstverständlich nicht unsere alten, berühmten Pergamenthandschriften, denn die befanden sich ja bedauerlicherweise alle in Dänemark, sondern diverse andere alte Texte, Briefsammlungen, alte Kirchenbücher, handgeschriebene Bücher, unter denen selbstverständlich auch Abschriften unserer alten Sagas gewesen waren. Auf diese Weise wurde allmählich ein recht gewiefter Handschriftenexperte aus mir. Alte Schriftzeichen und Schriftarten waren meine Spezialität, und mit der Zeit erwarb ich mir die nötigen Kenntnisse über die unterschiedlichen Schriften jeder Zeitepoche und konnte die meisten Schreiber mit einiger Sicherheit richtig identifizieren, beispielsweise Björn zu Skarðsá, Bischof Brynjólfur, Jón Espólín oder unseren Märchensammler Jón Árnason.

Zwischen mir und dem Professor war so etwas wie ein Wettstreit in seinem Büro im Gange. Er testete mich mit einer Aufgabe nach der anderen, die ich vorlesen sollte, und ich gab mir alle Mühe, die alten Schriftzeichen zu entziffern. Er hatte eine ansehnliche Sammlung von alten Handschriften und Dokumenten in seinem Büro, sie waren zwar nicht von überragender historischer Bedeutung, aber vielleicht doch so speziell, dass er nicht vergessen durfte, sein Zimmer in seiner Abwesenheit abzuschließen. Die Texte, die er mir vorlegte, wurden immer schwieriger, aber ich hatte keine Probleme damit und las ihm alles, ohne zu zögern, vor.

Eine der Pergamenthandschriften, die er in seinem Büro aufbewahrte, war ehemals im Besitz des Bistums Hólar gewesen. Einige Buchstaben darin waren völlig unleserlich, weil die Tinte mit irgendeiner Flüssigkeit in Berührung gekommen war. Vielleicht waren irgendeinem Leser Tränen gekommen, die auf das Pergament getropft waren, oder er hatte das getan, wofür der alte Finnur Jónsson bekannt war, nämlich den Finger mit Speichel zu befeuchten und damit über die Buchstaben zu reiben, wenn sie schwer zu erkennen waren. Damit konnte man zwar für einen winzigen Augenblick den Buchstaben zum Vorschein bringen, aber danach war er für immer verschwunden. Ich versuchte nach besten Kräften, die Lakunen zu füllen, und der Professor schien angetan.

Als ich dem Professor ungefähr eine halbe Stunde lang Passagen aus den unterschiedlichsten Dokumenten vorgelesen hatte, bückte er sich in der Ecke hinter dem Schreibtisch fast bis auf den Boden. In den untersten Regalen lagen stapelweise weitere Dokumentenmappen, von denen einige mit blauen oder roten Bändern zusammengebunden waren. Unter einem solchen Stapel zog er eine dünne Mappe hervor und entnahm ihr ein altes, handgeschriebenes Dokument, eine Seite, und reichte sie mir. Ich warf einen Blick darauf: Es handelte sich um einen Brief auf gelblichem Papier, die Tinte war hellbraun, die Schriftart gotisch. Insgesamt waren neunundzwanzig Zeilen auf dem Bogen, zwischen denen genug Abstand war. Das kleine »g« hatte eine ungewöhnliche Unterlänge und einen sehr engen Kreis, die Orthographie war nicht einheitlich, die Groß- und Kleinschreibung inkonsequent, und geschrieben war der Brief mit deutscher Kurrentschrift.

Dieser Handschrift war ich noch nie begegnet. Ich warf einen Blick auf die Unterschrift, dort stand Sveinn Jónsson.

»Sveinn?«, sagte ich fragend.

»Er war von 1634 bis 1637 Assistent von Professor Ole Worm hier an der Kopenhagener Universität«, erklärte der Professor. »Später wurde er Pfarrer an der Domkirche von Hólar.«

Der Brief war einigermaßen leserlich und bereitete mir keinerlei Probleme. Darin stand unter anderem, dass Sveinn seinem ehemaligen Professor das *Brynhild-Lied* schicken wollte.

Ich las den Brief bis zum Ende.

»Die Korrespondenz von Sveinn ging vermutlich beim großen Brand von 1728 verloren«, erklärte der Professor. »Sie war drei Jahre zuvor in die Hände von Árni Magnússon gelangt.«

»Das *Brynhild-Lied*?«, fragte ich. »Ging es in diesen Briefen um den *Codex Regius*?«

»Dieser Brief stammt aus der Ole-Worm-Sammlung, die hier an der Universität aufbewahrt wird«, antwortete der Professor ernst. »Ich weiß nicht, ob die Kritzelei, die du da am Rand siehst, von Ole Worm selbst stammt. Es ist ein enorm schwierig zu entziffernder Kommentar, mit dem ich mich bereits seit geraumer Zeit beschäftige.«

Er nahm den Brief wieder selbst zur Hand, ging zum Fenster und legte ihn an die Scheibe, um ihn gegen das Tageslicht zu halten. Dieser Kommentar war fast völlig verblichen. Ich hatte zwar das Gekrakel am Rand bemerkt, aber auf mich wirkte es eher wie eine Verunreinigung als wie Schriftzeichen. Es war damals genau wie heutzutage durchaus verbreitet, dass Kommentare auf den Rand von Briefen und Handschriften geschrieben wurden. Ich stand auf und ging ebenfalls zum Fenster, um mir den Brief und das Gekritzel am Rand genauer anzusehen, und bemerkte gleich zwei Buchstaben, »x« und »S«. Ich hatte den Eindruck, dass es sich um zwei Wörter handelte, aber ich war mir nicht sicher.
Der Professor nahm die Lampe, stellte sie auf den Schreibtisch und schaltete sie ein.
»Es handelt sich um etwas, was Worm meiner Meinung nach selbst auf Latein an den Rand geschrieben hat.«
»Latein?«, sagte ich und starrte auf das Blatt. »Ja, das hier und das da könnten vielleicht ein ›u‹ sein und das dazwischen möglicherweise ein ›n‹.«
»Ich glaube zu wissen, was das erste Wort ist«, sagte der Professor. »Ich tippe auf ›Codex‹.«
»Codex?«
Ich starrte auf das Wort, und jetzt, nachdem er das gesagt hatte, sah ich, dass da durchaus »Codex« gestanden haben konnte.
»Was liest du aus dem zweiten Wort heraus? Konzentrier dich auf das zweite Wort.«
»Wenn das hier Latein ist, dann kann dort möglicherweise stehen, lass mal sehen: ›S … u … n‹ … und wieder ›u‹. Ist das ›Sec‹ …?«
»Ja? Was siehst du da?«
»›Secundus‹«, sagte ich zögernd.
»›Codex Secundus‹«, sagte der Professor. »Du bist zu demselben Ergebnis gekommen wie ich!«

»Eine zweite Handschrift?«, sagte ich und blickte ihn fragend an.
Er betrachtete mich eine Weile, schaltete dann die Lampe aus und stellte sie wieder auf die Fensterbank. Er griff wieder nach der silbernen Schnupftabaksdose, holte mit den Fingerspitzen eine Prise heraus und begann, den Tabak zu reiben, dann nahm er noch etwas mehr und rieb noch intensiver. Anschließend gab er den Tabak in die Nase und zog ihn hoch. Er ging sehr ordentlich, bedächtig und sorgfältig vor, und kein einziges Tabakskörnchen ging verloren. Zum Schluss wischte er sich mit dem Handrücken unter der Nase her.
»Wir sind fertig für heute«, sagte er dann und wies mit der Schnupftabaksdose in der Hand in Richtung Tür.
»Dürfte ich mich vielleicht noch erkundigen, an was Sie ... da im Augenblick forschen?«, fragte ich zögernd.
»Es ist genau wie mit der Saga von Gaukur Trandilsson«, sagte er. »Wir wissen, dass sie existiert hat und keineswegs unbedeutender war als die Saga vom weisen Njáll oder die von Egill Skallagrímsson, aber sie wurde nie gefunden. Nicht ein einziges Blatt. Nicht ein Buchstabe.«
»Gaukur Trandilsson?«
»Es reicht für heute«, sagte er. »Und ich meine es ernst mit dieser Siezerei. Hör auf damit.«
»Entschuldige«, sagte ich und ging zur Tür.
»Es gibt nur wenige, denen es gelingt, mich hier in meinem Büro zu überraschen, Valdemar«, sagte der Professor und zog sein Schnupftuch heraus, als ich im Begriff war, die Tür zu schließen. »Wer weiß, vielleicht kann man dich noch zu irgendetwas gebrauchen.«
Er sagte das beinahe freundlich oder besser gesagt so freundlich, wie es ihm möglich war. Damit war unser Gespräch beendet. Ich verabschiedete mich von ihm und diesem geheimnisvollen *Codex Secundus* und zog sehr viel

verwirrter ab, als ich gekommen war. Zum ersten Mal hatte ich etwas darüber erfahren, woran der Professor in den letzten zehn Jahren gearbeitet hatte. Ich wusste noch nicht, wie nahe er seinem Ziel war, aber das sollte ich noch schnell genug herausfinden.

Als ich vor seinem Schreibtisch Platz genommen hatte, um ihm aus den handgeschriebenen Dokumenten vorzulesen, hatte ich gesehen, dass zuoberst auf der Schreibtischplatte zwei Briefe neueren Datums aus Moskau lagen, und ich hatte ihn beim Lesen eines Buches gestört, das ich nicht kannte. Das Buch war auf Deutsch, und auf der aufgeschlagenen Seite erkannte ich sofort ein Foto einer kleinen Statue des Gottes Thor. Oben auf der Seite stand der Titel des Buchs: »Der Nationalsozialismus und das Okkulte, von Erich von Orlepp«.

Fünf

Ich habe in den letzten Tagen nicht viel geschlafen, denn ich musste mich um so vieles kümmern. Manchmal, wenn ich nicht einschlafen kann, gehe ich leise nach unten, setze mich in meinen Sessel, ohne Licht zu machen, und lasse die längst vergangenen Erlebnisse Revue passieren. Ich weiß, dass ich damals große Bedenken hatte, denn ich war wohl kaum der richtige Mann für das, was uns bevorstand. Mein Professor wäre sicherlich der gleichen Meinung gewesen, wenn er mich etwas besser gekannt hätte. Glücklicherweise ahnte ich nicht, was die Zukunft für mich bereithielt, und so wurde mir erfreulicherweise das Glück zuteil, ihm in den mithin schwierigsten Situationen seines Lebens Weggefährte und Vertrauter sein zu dürfen.

Wenn ich zurückblicke und an die Ereignisse jenes Herbstes denke, kommt es mir so vor, als hörte ich wieder das gedämpfte Summen der Stadt, als sähe ich das alte Universitätsviertel mit dem Runden Turm und *Lille Apoteket* vor mir, als spürte ich den Bratwurstgeruch auf dem Rathausplatz und ließe mich im Strom der Menge über den Strøget treiben. Die Faszination, die diese Stadt vom ersten Moment an auf mich ausübte, ist nie von mir gewichen. Das, was sich meinen Augen darbot, versetzte mich in eine Art Rausch, und ich wusste, dass meine Lebenspfade auf irgendeine Art und Weise für immer mit Kopenhagen verknüpft sein würden. Vielleicht lag das an mir und meiner Unerfahrenheit, meiner kindlichen Naivität gegenüber einer ausländischen Großstadt. Dadurch, dass ich ins Ausland reiste und mir ein Zimmer in einer fremden Stadt mietete, hatte sich mir eine ganz neue Sicht auf das Leben eröffnet. Kopenhagen war ganz gewiss in den Augen eines jungen Mannes, der in einem ereignislosen Winkel am Ende der Welt aufgewachsen war, eine Metropole, in der ich zum ersten Mal auf eigenen Füßen stehen und mit allen Schwierigkeiten, die auf mich zukamen, alleine fertig werden musste.

An weltbewegende Nachrichten aus jenem Jahr, 1955, kann ich mich kaum erinnern und noch weniger an irgendwelche Belanglosigkeiten, die sich tagtäglich in Island ereignen und dort überdimensionale Bedeutung erhalten. Was geschah 1955? In Polen wurde der Warschauer Pakt unterzeichnet, und die Isländer waren in den letzten dreißig Jahren im Schnitt um fünf Zentimeter größer geworden. Ich erinnere mich auch daran, dass der Sommer in Reykjavík ungewöhnlich verregnet war. Das alles wurde vom Wind der Zeit verweht, bis auf eine Nachricht, die kein Isländer jemals vergessen wird. Ich sah sie zuerst auf dem Leuchtschild der Zeitung *Politiken*, als der Professor und ich am Ende unserer Kräfte auf dem Rathausplatz standen.

Aber das kommt erst später.

Nach der letzten Begegnung mit dem Professor schwebte ich im siebten Himmel. Abends schrieb ich meiner Tante einen Brief und sagte ihr, sie bräuchte sich keine Sorgen um mich zu machen. Ich beschrieb ihr die Reise über den Ozean und meine Begeisterung für die Stadt; ich ging mit ein paar Worten auf den ominösen und meiner Meinung nach etwas cholerischen Professor ein, achtete aber darauf, ihn nicht so zu schildern, dass meine Tante sich Sorgen machte. Mit keinem Wort erwähnte ich das, was er bei unserem vorherigen Treffen über die verdammten Wagneriten von sich gegeben hatte. Das hätte ausführlicherer Erklärungen bedurft, als ich geben konnte. Ich befeuchtete die Gummierung mit der Zunge, klebte den Brief zu und legte ihn auf meinen Schreibtisch. Am nächsten Morgen wollte ich ihn zur Post bringen.

An diesem Abend war ich nicht in der Stimmung, um auszugehen. Ich hatte mir vorgenommen, in den nächsten Tagen *Hviids Vinstue* zu besuchen, wo Jónas Hallgrímsson Stammgast gewesen war, doch an diesem Abend war ich zu sehr damit beschäftigt, den Besuch bei dem Professor zu verarbeiten. Nachdem ich den Brief geschrieben hatte, legte ich mich aufs Bett und versuchte, mir ins Gedächtnis zu rufen, was ich über die verlorene Saga von Gaukur Trandilsson wusste. Es gab außer dem Professor noch andere, die behaupteten, sie sei womöglich ein ebenso bedeutendes Werk gewesen wie die Saga vom weisen Njáll.

Weshalb hatte der Professor die Rede auf Gaukur Trandilsson gebracht? Doch wohl deswegen, weil er auf etwas gestoßen war, was mit ihm zu tun hatte. Oder sogar auf die eigentliche Saga von Gaukur? Der Professor war bekannt für sein unermüdliches Interesse daran, verschollene Handschriften aufzuspüren. Eigentlich erinnerte er diesbezüglich sehr stark an einen Kriminalisten. Er ging sämtlichen Anhaltspunkten nach, nahm alle Zeugnisse genauestens unter die Lupe und verfolgte alle Hinweise mit beharrlicher Zähigkeit, bis er das fand, was er suchte – oder die Spur verlief im Sand. Er war bekannt dafür, Sammlungen in Deutschland, Dänemark, England, Irland, Schweden und Norwegen durchkämmt zu haben, wo auch immer er ein winziges Fragment von isländischen Handschriften und Dokumenten oder vielleicht sogar von den unvergleichlich kostbaren Pergamenthandschriften zu finden hoffte.

Ich wusste wahrlich nicht sehr viel über den Professor, als ich aus Island abreiste, aber das eine oder andere von dem, was mir zu Ohren gekommen war, klang höchst abenteuerlich. Dr. Sigursveinn hatte mir ein wenig über ihn erzählt, wobei ich bemerkte, dass er sich sehr vorsichtig ausdrückte und nicht sehr erbaut von diesem Thema zu sein schien. Von daher wusste ich, dass der Professor als junger Mann nach Kopenhagen gereist war und aufgrund seiner Abschlussprüfung an der höheren Schule in Reykjavík und seiner außerordentlichen Begabung direkt zur Universität zugelassen wurde. Als der Erste Weltkrieg ausbrach, befand er sich gerade in Island, er schob deswegen das Studium zwischenzeitlich auf und heuerte auf einem Schiff an. Es hieß, dass er mit der Neutralitätspolitik von Dänemark und den anderen nordischen Ländern nicht einverstanden war.

Als der Erste Weltkrieg zu Ende war, kehrte er nach Kopenhagen zurück, setzte sein Studium fort und beendete es mit überdurchschnittlich guten Noten. Statt aber nach Island zurückzukehren, entschloss er sich, in Dänemark zu bleiben, wo die Handschriften aufbewahrt wurden. Er erhielt eine Lektorenstelle, und es dauerte nicht lange, bis er zum Professor ernannt wurde, der jüngste Mann, dem diese Ehre dort zuteilwurde. Er gehörte zu den Ersten, die vor der Gefahr des aufkommenden Nationalsozialismus in Deutschland warnten. In den zwanziger und dreißiger Jahren war er auf der Suche nach isländischen Pergamenthandschriften sehr viel in Deutschland unterwegs und wenig angetan von dem, was sich seinen Augen darbot. Bei Ausbruch des Zweiten Weltkriegs wurde Dänemark von den Deutschen besetzt, und man erzählte sich, dass er in der dänischen Untergrundbewegung aktiv war. Gegen Ende der Besatzungszeit wurde er von den Deutschen gefangen genommen, kam aber mit dem Schrecken davon, als sie sich aus Dänemark zurückziehen mussten. Daheim in Island kursierten Geschichten, dass er sein Leben damit gerettet habe, dass er dem Gestapo-Befehlshaber in der Stadt die Seiten aus der wichtigen Handschrift *Möðruvallabók* ausgehändigt hatte, auf denen sich die Saga vom weisen Njáll befand. Viele waren darauf hereingefallen und hatten den Codex eigens zu dem Zweck durchgeblättert, um diese Klatschgeschichte bestätigt zu bekommen, mussten aber beschämt feststellen, dass die betreffenden Seiten an Ort und Stelle waren.

Als die Deutschen Dänemark fluchtartig verlassen hatten, wendete sich das Blatt für den Professor komplett. Einige betrachteten ihn jetzt als Kollaborateur der Deutschen, da er in den zwanziger und dreißiger Jahren und sogar noch während des Kriegs eng mit deutschen Institutionen zusammengearbeitet hatte. Man erzählte sich, dass er in den Wirren, die nach der Befreiung von Dänemark entstanden, festgenommen worden, aber kurz darauf wieder freigelassen worden war, ohne dass es irgendein Nachspiel gegeben hätte. Es gab immer noch Leute, darunter sogar Kollegen und ehemalige Schüler von ihm, die glaubten, dass er sich vom Nationalsozialismus und der nationalsozialistischen Verherrlichung des germanischen Erbes hatte faszinieren lassen. Viele Deutsche waren felsenfest davon überzeugt, dass dieses Erbe in Island bewahrt und aufgezeichnet worden war, unter anderem im *Codex Regius*.

Der Professor zählte in der Tat zu den herausragendsten Wissenschaftlern auf seinem Gebiet, als ich ihn in diesen ersten Herbsttagen zu Beginn meines Studiums in Kopenhagen kennenlernte. Auch wenn der Alkohol ihn schwer gezeichnet hatte, konnte ich ihm bescheinigen, dass er fähiger und intelligenter war als seine sämtlichen Kollegen an der Universität, die womöglich ihre Zunge noch nicht

einmal mit englischem Sherry benetzten – ein Getränk, dem der Professor nicht das Geringste abgewinnen konnte.
Deswegen nahm ich es sehr ernst, als er Gaukur Trandilsson ins Gespräch brachte, nachdem er mir den Test mit den fast unleserlichen Tintenklecksen vorgelegt hatte. Falls der Professor tatsächlich der Saga von Gaukur auf die Spur gekommen war, wäre das eine Sensation, die in der Geschichte Islands ihresgleichen suchte.
Über all das zerbrach ich mir so lange den Kopf, bis ich ganz heiße Wangen bekam. Ich fühlte mich so rastlos und aufgekratzt, dass an Schlaf nicht zu denken war. Ich versuchte zu lesen, konnte mich aber auf nichts konzentrieren. Es endete damit, dass ich meine guten Vorsätze über den Haufen warf und beschloss, trotz der späten Abendstunde noch auszugehen. Es war schon fast elf.
Der Abend war mild und schön, und es waren noch viele auf den Straßen unterwegs. Kopenhagen war ein beliebtes Reiseziel, und obwohl der Sommer seinem Ende entgegenging und der Herbst vor der Tür stand, flanierten viele Touristen aus allen Ecken und Enden der Welt auf dem Strøget und auf Kongens Nytorv. Angesichts des warmen Wetters waren die Menschen leicht gekleidet. An diesem Abend sah ich zum ersten Mal in meinem Leben Japaner. Ein Inder mit grauem Vollbart und Turban ging an mir vorbei, und am Kongens Nytorv sah ich eine Gruppe Schwarzer, ein außerordentlich seltener Anblick für einen Isländer.
Zum Schluss betrat ich das *Hviids Vinstue* und bestellte mir ein Bier. Die mir zur Verfügung stehenden Mittel erlaubten es mir zwar kaum, Geld für Alkohol auszugeben, aber an diesem Ort konnte ich mir einen Schluck Bier nicht versagen. Mir gingen Erzählungen von armen Isländern früherer Generationen durch den Kopf, die sich bitter dar-

über beklagt hatten, sich all das, was die Stadt bot, nicht leisten zu können – Kunstmuseen, Theatervorstellungen und Konzerte. Ich war jetzt in derselben Lage. Ich musste mein Geld zusammenhalten und durfte es nicht für überflüssige Dinge verschwenden. Ich prostete im Stillen Jónas Hallgrímsson zu, der vielleicht an jenem Abend hier gesessen hatte, an dem er sich die Verletzung zuzog, die zu seinem Tod führte. Im *Hviids* waren die Decken niedrig und die Böden uneben, und die dunkle Kneipe wirkte auf mich wie ein einziges Labyrinth. Ich setzte mich mit meinem Bierkrug an einen Tisch und hoffte im Stillen, dass mein Reisekumpel Óskar mit seinen Freundinnen Biologie und Kunst auftauchen würde, aber es war ein anderer, unerwarteter Gast, der meine Aufmerksamkeit auf sich zog.

Ich hatte noch gar nicht lange an meinem Tisch gesessen, als ich durch die angrenzende Tür den Professor im Nachbarraum vorbeigehen sah. Zuerst erschrak ich ein wenig, aber dann dachte ich, wo anders als im *Hviids* sollte sich der Professor seine Kehle anfeuchten? Er hatte mich nicht bemerkt, und ich überlegte, ob ich ihn behelligen durfte. Vielleicht konnte es von Vorteil für mich sein, ihn außerhalb des Universitätsbereichs zu treffen. Ich könnte ihn von meinen armseligen Mitteln vielleicht zu einem Bier einladen, um ihn milde zu stimmen, falls das überhaupt möglich war, und mich auf einer persönlichen Ebene mit ihm unterhalten. Dabei bestünde die Möglichkeit, sich etwas besser kennenzulernen. Ich hegte die vage Hoffnung, dass er und ich bei näherer Bekanntschaft gut miteinander auskommen könnten. Ich hatte überlegt, ihn zu fragen, ob ich es wagen sollte, beim Direktor des Handschrifteninstituts vorzusprechen und anzufragen, ob es dort irgendeine Arbeit für mich gäbe. Geld konnte ich gut gebrauchen, und mir war bekannt, dass sowohl isländische als auch dänische

Studenten sich etwas dazuverdienten, indem sie Texte aus alten Handschriften abschrieben.
Gedanken dieser Art schossen mir durch den Kopf, während ich den Krug leerte und spürte, wie mir das Bier zu Kopf stieg. Mein Mut wuchs. Je mehr ich darüber nachdachte, hier in dieser Kneipe mit dem Professor zu sprechen, desto besser gefiel mir die Idee. Falls er unangenehm darauf reagierte, bräuchte ich mich bloß zu entschuldigen und zu verschwinden. Was konnte also schon passieren? Falls er mich dazu einlud, mich zu ihm zu setzen, war der Sieg schon halb gewonnen. Unsere bisherigen Zusammentreffen waren, wie soll man es ausdrücken, bestenfalls durchwachsen gewesen, doch ich hatte gespürt, dass der Professor ein milderes Herz in der Brust trug, als er zeigen wollte. Das jedenfalls signalisierte mir das Bier, das ich mir einverleibt hatte.
Ich stand auf und wanderte durch den Gang, in dem der Professor verschwunden war. Das Lokal war ziemlich gut besucht, an einigen Tischen saßen die Gäste zu zweit und zu dritt zusammen, es gab aber auch Leute, die so wie ich ganz allein gekommen waren. Ich ging bei schummriger Beleuchtung von einem Raum in den anderen. Ein Kellner kam auf mich zu und fragte, ob er mir behilflich sein könnte, aber ich schüttelte den Kopf. Dann sah ich auf einmal den weißen Haarschopf des Professors. Erstarkt vom Bier ging ich frohgemut in seine Richtung. Er wandte mir den Rücken zu, und erst im letzten Moment sah ich, dass ihm zwei Männer gegenübersaßen. Er war nicht allein! Ich blieb abrupt stehen und setzte mich dann mit dem Rücken zu ihnen an den nächstbesten leeren Tisch. Ich pries mich glücklich, nicht die Torheit begangen zu haben, den Professor zu begrüßen und womöglich mitten in einem wichtigen Gespräch zu stören. Es wäre mir nie im Leben eingefallen, mich als ungebetener Gast aufzudrängen, deswegen

beschloss ich, mich still und heimlich zu entfernen. Im gleichen Augenblick kam es mir aber so vor, als seien der Professor und die beiden Männer in Streit geraten.

Ich rückte meinen Stuhl so, dass ich schräg zu ihnen hinübersehen konnte. Der eine von diesen Männern schien um die vierzig zu sein. Er sah sehr streng aus, hatte blondes Haar und beinahe klassisch geschnittene Gesichtszüge mit dünnen Lippen. Von seiner Kleidung her zu urteilen, war er ein wohlhabender Mann. Der andere Mann hatte dunkle Haare. Er war älter und nicht so gepflegt gekleidet, ein bulliger Typ mit fleischigem Gesicht und irgendwie hinterhältigen Gesichtszügen. Ich hatte die beiden nicht ins Lokal kommen sehen, ging aber davon aus, dass sich der Professor hier mit ihnen verabredet hatte.

Der Professor trug den großen braunen Ledermantel, den ich in seinem Büro gesehen hatte, ein ausladender Überzieher, ohne den er sich nie aus dem Haus begab. Er war aus Kalbsleder. Als ich ihn später irgendwann einmal nach diesem Kleidungsstück fragte, erklärte er mir, dass es sich um eine Spezialanfertigung handelte. Das Leder war mit ähnlichen Verfahren wie die Häute für die mittelalterlichen Pergamente bearbeitet worden, und der Mantel bestand aus vielen einzelnen Lederstücken, jedes von der Größe einer Seite der *Flateyjarbók*.

Diese Männer unterhielten sich auf Deutsch mit dem Professor, und obwohl ich damals diese Sprache nicht sonderlich gut sprach, verstand ich dennoch ziemlich viel. Das verdanke ich in erster Linie meiner Lehrerin im Gymnasium, die uns stets und ständig mit Übersetzungen traktiert hatte, weil sie uns beibringen wollte, ein Gefühl für den schönen Klang der deutschen Sprache zu bekommen.

»… und damit basta!«, hörte ich den Professor sagen, als ich meinen Kopf so weit zu ihrem Tisch hinüberreckte, wie es eben ging.

»Von wegen basta, Herr Professor«, entgegnete der blonde Deutsche daraufhin. »Sie wissen mehr, als Sie zugeben wollen, davon bin ich überzeugt.«
»Da bist du komplett auf dem Holzweg«, sagte der Professor. »Ihr könnt mich mal! Lasst mich in Ruhe! Ich habe wichtigere Dinge zu tun.«
Ich hatte das Gefühl, dass das hier kein freundschaftliches Treffen war. Der Mann siezte den Professor, der ihn wiederum mit Du anredete.
»Wir haben Mittel und Wege, um das herauszufinden«, sagte der bullige Mann, und seine Stimme klang kalt und drohend.
»Kommt ihr mir schon wieder mit Drohungen?«, fragte der Professor.
»Nein, nichts dergleichen«, beeilte sich der Blonde mit den schmalen Lippen zu versichern. »Helmut ist bloß sehr daran gelegen, dass wir das bekommen, was uns zusteht.«
»Euch zusteht«, äffte der Professor ihn verächtlich nach. »Das sind doch nur Ausgeburten eurer Phantasie. Macht, dass ihr wieder nach Berlin zurückkommt.«
»Sie enttäuschen uns, Herr Professor«, sagte der Blonde. »Wir sind davon ausgegangen, dass wir ein gewisses Abkommen mit Ihnen treffen könnten, das …«
Die nächsten Worte hörte ich nicht. Ich wäre am liebsten aufgestanden und hätte dem Mann gesagt, der Professor habe etwas dagegen, gesiezt zu werden, das verdürbe ihm immer die Laune und dann sei bei ihm nichts mehr zu erreichen. Der Professor sprach jetzt immer lauter und der bullige Mann ebenso. Der Streit war in vollem Gange. Ich stand auf.
»… und Sie sollten sich davor hüten, Herr …«, setzte der Blonde gerade an, verstummte aber, als er sah, dass ich auf einmal an ihrem Tisch stand. Die anderen beiden blickten

ebenfalls hoch, und ich sah, dass der Professor mich sofort erkannte. Die Deutschen glotzten mich völlig perplex an.
»Ach ... Valdemar?«, sagte der Professor.
»Guten Abend«, sagte ich und nickte den Deutschen zu. Ich warf einen Blick auf meine Armbanduhr und sah, dass es kurz nach elf war. »Waren wir nicht hier um elf Uhr verabredet?«, fragte ich den Professor auf Isländisch.
»Das war mir total entfallen«, antwortete der Professor. »Willst du dich nicht setzen?«, fragte er dann, behielt aber die ganze Zeit die beiden Deutschen im Blick. »Die wollen gerade gehen.«
»Gerne«, sagte ich und zog einen Stuhl heran. »Sind es Freunde von dir?«, fragte ich.
»Hatte ich dir nicht von den Wagneriten erzählt?«, war die Gegenfrage des Professors.
Die Deutschen blickten uns an, ohne ein Wort zu verstehen.
»Du hast sie einmal erwähnt«, antwortete ich.
»Dieser Blonde da ist ein richtiges Prachtexemplar«, sagte der Professor. »Da hast du den klassischen Wagneriten vor dir und weißt jetzt also, wovon ich rede.«
Ich sah den Dünnlippigen an, der wiederum nur verächtliche Blicke für mich übrig hatte. Der Bullige sah so aus, als würde er am liebsten zuerst über mich und dann über den Professor herfallen. Mir war alles andere als wohl in meiner Haut, aber ich hatte kaum Zeit, darüber nachzudenken, in was für einer Gesellschaft der Professor sein Bier trank.
Der blonde Deutsche stand auf. Er war etwa so groß wie ich, etwas mehr als mittelgroß. Der andere tat es ihm nach, er war kleiner. Sie standen eine Weile drohend vor uns, und der Blonde lächelte den Professor herablassend an.
»Wir werden uns hoffentlich bald wiedersehen«, sagte er gelassen.

»Es würde mich außerordentlich freuen«, erklärte der Professor und erwiderte das Lächeln.
Er wartete, bis die Deutschen verschwunden waren, stürzte dann rasch einen Aquavit hinunter und stand auf. Ich sah, dass sich Schweißtropfen auf seiner Stirn gebildet hatten.
»Wo kommst du denn her?«, fragte er.
»Ich war da vorne«, sagte ich und deutete irgendwo hinter mich.
»Da ist etwas im Gange«, sagte er. »Die haben offensichtlich Kontakt zu den Schweden bekommen. Wir müssen was unternehmen.«
Ich stand ebenfalls auf und sah ihn verständnislos an.
»Wir?«, sagte ich.
»Falls du nichts dagegen hast«, sagte er.
»Ich weiß überhaupt nicht, um ...«
Er sah mich streng an, und ich hatte das Gefühl, seine Augen würden mich durchbohren.
»Ich habe mit Svenni in Island telefoniert«, erklärte er. »Er hat mir alles bestätigt, was deine hervorragenden Fähigkeiten im Handschriftenlesen und deine Kenntnisse über die Geschichte der Handschriften betrifft. Ich habe ihn angerufen, als du gegangen warst. Du hast mich heute wirklich überrascht. Weißt du, wie oft ich in Island anrufe, um mich nach irgendwelchen Studenten zu erkundigen?«
»Nein.«
»Nie.«
»Hast du mit Dr. Sigursveinn telefoniert? Um Auskünfte über mich einzuholen?«
»Das, was er mir über deine Fähigkeiten sagte, uralte Runeninschriften zu entziffern, hat den Ausschlag gegeben. Und außerdem habe ich es heute auch mit eigenen Augen gesehen. Der *Secundus*, verstehst du. Du hast das rausgekriegt.«

»Hast du etwas Neues über die Saga von Gaukur Trandilsson herausgefunden?«
»Du kapierst schnell«, sagte der Professor. »Und du hast vollkommen Recht. Es geht immer um die Frage, wer Gaukur Trandilsson war. Immer.«
»Und wie kann ich dir behilflich sein? Ich meine … Du bist …«
»Meine Augen haben nachgelassen«, erklärte er und tippte sich mit dem Zeigefinger ganz leicht an seine Brille. »Ich brauche jemanden wie dich. Was sagst du dazu?«
Ich starrte ihn völlig perplex an.
»Würdest du mir assistieren wollen?«
Als ich darauf nicht antwortete, weil ich ganz einfach nicht wusste, worauf er hinauswollte, beantwortete er seine Frage selbst.
»Natürlich möchtest du das, du junger Spund«, sagte er.
»Wer waren diese Leute?«, fragte ich. »Was wollten sie?«
»Diese Männer sind gefährlich, Valdemar«, sagte der Professor. »Sie krallen sich alles, und was ihnen einmal unter die Finger kommt, das sehen wir nie wieder, da kannst du Gift darauf nehmen. Ihr Geheimbund hat mich schon regelmäßig belästigt, noch bevor die Nazis an die Macht kamen, und jetzt habe ich das Gefühl, dass die wieder aus ihren Löchern hervorkriechen.«
»Geheimbund?«
»Ja, diese verdammten Nazis!«
»Wieso kriechen sie jetzt wieder aus ihren Löchern hervor?«
»Das ist eine lange Geschichte.«
»Was suchen sie?
»Dasselbe wie ich«, antwortete der Professor nachdenklich. »Ich muss herausfinden, wer damals in den Norden Islands gereist ist.«
»In den Norden Islands?«

»Nach Nordisland, um das Grab zu öffnen, Valdemar. Wenn ich das herausgefunden habe, ist es nur noch eine Frage der Zeit. Nur eine Frage der Zeit, Valdemar!«
Mit diesen merkwürdigen und unverständlichen Worten wurde ich fast wie ein x-beliebiger Passant praktisch von der Straße weg in das unglaublichste Abenteuer meines Lebens hineingerissen.
»Komm mit«, sagte der Professor nach einigem Überlegen. »Ich möchte dir etwas zeigen.«

Sechs

Ich hatte keine Ahnung, wohin wir gingen. Der Professor wandte sich nach rechts, als wir auf die Straße hinaustraten. Obwohl er gehbehindert und sehr viel älter war als ich, hatte ich Mühe, mit ihm Schritt zu halten. Der Ledermantel flatterte hinter ihm, und der Professor stieß so heftig mit seinem Stock auf, dass es in der stillen Straße widerhallte. Es hätte mich nicht gewundert, wenn beim Auftreffen der Stahlspitze auf das Pflaster Funken geflogen wären. Wir gingen auf Slotsholmen zu.

Er begann, mir etwas mehr über die beiden Deutschen zu erzählen, und was er sagte, klang nach einem reißerischen Schundroman. Sie waren Mitglieder eines Geheimbunds, der zu Beginn der zwanziger Jahre in Deutschland von dem Runenspezialisten Erich von Orlepp gegründet worden war. Er war Kunsthändler und überzeugter Nazi, dessen Interesse für Nordisches an Besessenheit grenzte. Er hatte Nordistik studiert mit dem Ziel, die Überlegenheit der arischen Rasse wissenschaftlich zu untermauern. Dieser Geheimbund hielt mehrmals im Jahr Kultversammlungen mit Rezitationen aus der Edda ab.

»In Deutschland gab es zahlreiche geheime Vereinigungen dieser Art. Von daher rührte wohl auch Hitlers Interesse an der Edda«, sagte der Professor.

»Adolf Hitler?«

Es ging den Nazis um die Eddalieder und die anderen nordischen Überlieferungen wie die *Völsunga saga*, die sich

mit Stoffen befassen, die auch in der deutschen mittelalterlichen Literatur überliefert sind«, sagte der Professor. »Du weißt, dass Richard Wagner den Stoff für den Ring nicht aus dem deutschen Nibelungenlied, sondern aus der nordischen Überlieferung genommen hat.«
Er erklärte mir, dass die Nazis deswegen ein ganz spezielles Interesse an Island gehabt hatten. Sie seien davon ausgegangen, dass die alten germanischen Sagen, das uralte historische Erbe der germanischen Völker, in der mündlichen Tradition der Isländer bewahrt worden waren und schließlich in Island zu Pergament gebracht wurden. Der Professor behauptete, dass diverse Geheimzeichen dieser Vereinigungen später offiziell übernommen und zu nationalsozialistischen Emblemen gemacht wurden, wie der Hitlergruß und das Hakenkreuz, das aus der nordischen Mythologie stammte und auf Mjölnir, den Hammer von Thor, verwies. Die Edda hatte ihnen dann als eine Art Leitfaden gedient, und im militärischen Bereich gab es zahlreiche Symbole aus dem germanischen Erbe. Der nationalsozialistische Gruß stammte aus dem *Sigrdrífa-Lied*. »›Heil dir Tag, Heil euch, Söhne des Tages‹ heißt es dort, und das wurde zu ›Heil Hitler‹«, erklärte mir der Professor.
»Davon habe ich gehört«, warf ich ein.
»Ich bin häufig im Deutschland der Nazizeit gewesen und habe einige von diesen Geheimbünden und ihren Zusammenkünften miterlebt«, sagte der Professor. »Sie waren unterschiedlicher Art, von harmlosen Halleluja-Versammlungen bis hin zu rassistischen Hetzveranstaltungen. Die meisten fand ich grauenerregend.«
Ich riskierte es, ihn daran zu erinnern, dass es in Island und andernorts Leute gab, die der Meinung waren, er habe auf der Seite der Nazis gestanden, weil er diese Kontakte zu Geheimbünden und hohen Funktionären in der NSDAP

gehabt hatte, als die Partei auf dem Höhepunkt ihrer Macht war.
Er stürmte unter heftigem Klacken des Stocks über die Brücke bei Holmsens Kirke nach Slotsholmen hinüber, wo er abrupt stehen blieb.
»Untersteh dich, Valdemar, mich einen Nazi zu nennen!«, sagte er.
»Das wäre mir nie eingefallen«, sagte ich erschrocken. »Ich habe nur auf etwas hingewiesen, was ich gehört habe.«
»Ich gehe davon aus, dass das meiste, was du über mich gehört hast, Lüge ist«, antwortete er. »Es gibt jede Menge Leute, die mir nicht wohlgesonnen sind, nicht zuletzt hier in Kopenhagen. Ihnen missfällt es, dass ich dafür kämpfe, die isländischen Handschriften nach Island zurückzuholen. Sie wollen sie unter allen Umständen hierbehalten. Meine Person spielt in dieser Kontroverse zwar keine Rolle, aber wenn ich mit diesen teuflischen Nazis in Verbindung gebracht werde, trifft es mich zutiefst.«
»Ich werde es mir merken«, sagte ich.
Danach setzten wir unseren Weg fort, und ich nahm mir fest vor, das nächste Mal, wenn ich etwas mehr über den Hintergrund des Professors erfahren wollte, meine Fragen etwas vorsichtiger zu formulieren. Wieder hatte ich Mühe, mit ihm Schritt zu halten.
Er fuhr in seiner Schilderung fort. Besonderes Augenmerk hatte er auf Erich von Orlepps Geheimbund gehabt. Dieser Mann war ein besessener Sammler und ständig auf der Suche nach isländischen und nordischen Manuskripten.
Nach dem deutschen Einmarsch in Dänemark war es zwar von Anfang an Orlepps Ziel gewesen, die unschätzbar kostbaren isländischen Pergamenthandschriften, die in Kopenhagen aufbewahrt wurden, nach Deutschland zu holen, doch zunächst tat er sich in anderen Ländern Europas um und raubte Kunstschätze, bevor er seine Fin-

ger nach den isländischen Handschriften ausstreckte. Da stand der Krieg aber bereits kurz vor seinem Ende, und die Nazis wurden aus Dänemark vertrieben. Nach dem Ende des Dritten Reiches verschwanden die Geheimbünde zum großen Teil, doch Orlepps Sohn Joachim trat in die Fußstapfen seines Vaters, und so blieb diese Vereinigung am Leben. Soweit der Professor wusste, hatte von Orlepp jetzt sein Domizil in Ecuador, wohin die Familie nach dem Zweiten Weltkrieg geflohen war.

»Das war der Blonde, der blonde Joachim«, sagte der Professor. »Hier ist die Börse«, sagte er dann und deutete mit seinem Stock auf ein dunkles Gebäude. »Und dort ist die Staatskanzlei mit diesem entsetzlichen Wappen von Frederik IV. Hier soll in Zukunft die Handschriftensammlung von Árni Magnússon untergebracht werden, im gleichen Gebäude wie das Geheime Staatsarchiv, und das ist gut so.«

»Hier?«

»Aber nur vorübergehend.«

»Wird die Sammlung umgelagert?«

»Zum dritten Mal seit dem Tod von Árni Magnússon.«

Durch eine kleine Grünanlage gelangten wir zum Eingang des Gebäudes. Dort zog er einen Schlüsselbund aus seiner Tasche und erklärte, dass sich früher das Vorratshaus der dänischen Flotte an diesem Ort befunden hatte, und seiner Meinung nach war das ein hervorragender Aufbewahrungsort für die Handschriften, bevor sie wieder nach Island zurückkehrten. Mir ging auf, dass die Grünanlage der Rosengarten war und das Gebäude das Proviantthaus neben der Königlichen Bibliothek.

»Erich von Orlepp hat hier in Kopenhagen Nordische Philologie studiert«, sagte der Professor, und seine Stimme klang bitter. »Wir haben praktisch gleichzeitig hier studiert, deswegen kannte ich den Mann ein wenig. Wir nannten ihn Erich Läppchen. Er war unglaublich arrogant und anmaßend.«

»Ist er tot?«

»Ich weiß es nicht«, antwortete der Professor. »Von mir aus kann er das gern sein. Er ist der widerlichste Mensch, der mir in meinem Leben begegnet ist, durch und durch hinterhältig und gefährlich. Er hatte eine hohe Stellung in der Nazihierarchie und konnte auf einiges Einfluss nehmen. Er war keineswegs dumm und kannte sich in der nordischen und germanischen Vorzeit gut aus, und er war einer der Chefideologen der Nazis.«

»Hast du ihn während des Kriegs wiedergetroffen?«

»Nur ein einziges Mal. Das hat gereicht.«

»Inwiefern gereicht?«

»Spielt keine Rolle«, murmelte der Professor.

Ich hörte nie etwas anderes von ihm, als dass die Handschriften eines Tages wieder nach Island zurückkehren würden. Das war sein Herzensanliegen, und er war zutiefst davon überzeugt, dass es Wirklichkeit werden würde, seiner Meinung nach war es nur eine Frage der Zeit. In seinen optimistischen Phasen behauptete er, es würde innerhalb der nächsten zehn Jahre geschehen. Wenn er depressiv war, erklärte er, es könne vielleicht zwei Jahrzehnte in Anspruch nehmen. Sein größter Wunsch war, diesen Augenblick erleben zu dürfen. Mich überraschte das etwas, denn in den Jahren nach dem Zweiten Weltkrieg hatte sich der Professor auffällig wenig für die Heimholung der Manuskripte eingesetzt. Es hatte den Anschein, als habe er den Elan verloren oder sei, wie viele meinten, ins gegnerische Lager übergewechselt.

»Es ist überaus tragisch, dass wir erst im siebzehnten Jahrhundert angefangen haben, unseren Pergamenthandschriften Aufmerksamkeit zu schenken«, sagte er, während er eine Tür aufschloss. »Man darf gar nicht daran denken, wie viel bis dahin verloren gegangen und zerstört worden ist.«

»Uns wurde zu Hause an der Universität beigebracht, dass bis Anfang des siebzehnten Jahrhunderts nicht weniger als siebenhundert Pergamenthandschriften entstanden sind, die allesamt verloren gingen«, sagte ich.

»Wenn es nicht Leute wie den Bischof Brynjólfur Sveinsson in Skálholt gegeben hätte, wäre der Schaden noch größer gewesen«, sagte der Professor. »Er war einer der ganz wenigen Männer seiner Zeit, die einen Sinn darin sahen, Handschriften zu sammeln. Er gelangte in den Besitz von *Flateyjarbók*. Wo wäre diese Handschrift jetzt, wenn er sich nicht über ihren Wert im Klaren gewesen wäre?«

»Und der *Codex Regius*, die älteste Quelle über die nordische Mythologie und Dichtung. Er hat sie vor dem Verderben bewahrt«, fügte ich hinzu.

»Der kostbarste Schatz unserer Nation«, sagte der Professor. »Die alte Spruchdichtung und das Lied der Seherin – und dann diese großartigen Heldengedichte über Sigurd den Drachentöter, Brynhild, Gunnar und Högni, das Rheingold. Eine unschätzbare Kostbarkeit, unschätzbar, Valdemar! Unser wertvollster Besitz. Unser Beitrag zur Weltkultur! Wir haben keine Akropolis, weil unsere Vorzeit sich nicht in Steinen, sondern in Worten manifestiert hat!«

Ich merkte, dass es sein vollster Ernst war. Mir war natürlich ebenfalls klar, dass wir ohne den *Codex Regius* um eine ganze Kulturwelt ärmer wären. Wenn es ihn nicht gäbe, wäre ein großer Teil unserer alten Kultur verloren gegangen, und unsere Kenntnisse über die nordische Götterwelt wären sehr viel dürftiger.«

»Ohne diese Handschrift könnten wir uns kaum ein Bild von unserer Vorzeit machen«, pflichtete ich ihm bei.

»Ohne den *Codex Regius* wüssten wir kaum etwas über den Stellenwert der Rache in der altnordischen Vorstellungswelt. Die Handschrift ist unschätzbar kostbar. Andere Texte sind uns in verschiedensten anderen Codices überliefert, die Edda aber existiert nur in dieser einen Handschrift, die all dieses Wissen enthält.«

Ich fragte, ob es nicht Himmler gewesen wäre, der behauptete, dass die Wurzeln des Germanentums im Norden lägen und man Überbleibsel einer arischen Herrenrasse auf Island finden könnte.

»Läppchen war genau dieser Auffassung«, antwortete der Professor. »Er glorifizierte die alte Heldengesinnung, die in den Liedern der Edda zum Ausdruck kommt. Ihm ging es aber letzten Endes nur darum, jungen Soldaten den Willen zum Sieg einzuflößen. Er war natürlich auch einer von denen, die von der Vorstellung einer Weltherrschaft träumten, die nicht auf der Kultur des Mittelmeerraums und auf dem Christentum basierte, sondern auf der germanischen Vorzeit. Für diese Leute war die Edda so etwas wie eine Bibel. Aus politischen Gründen wollten sie den Deutschen diese sogenannte ›heldische Gesinnung‹ der nordischen Vorzeit einbläuen, und aus der Edda sollte die Inspiration kommen, um eine ganzen Nation so kriegslüstern zu machen, dass sie mit geschwellter Brust in den Kampf zog.«

Ich erinnerte mich an das Buch, das ich tags zuvor auf dem Schreibtisch des Professors gesehen hatte: »Die Edda, Sonderausgabe für die Hitlerjugend«.

»Was für eine Vorstellungswelt«, sagte ich.

»Du weißt kaum etwas darüber«, sagte der Professor.

»Aber die Dänen, glaubst du wirklich, dass sie uns die Handschriften irgendwann zurückgeben werden?«

»Diese Dänen behaupten seit neuestem, dass die Handschriften gar nicht isländisch sind, sondern etwas, was sie ›gemeinnordisch‹ nennen«, sagte der Professor und konnte seinen Unmut darüber kaum verhehlen. »Sie sagen allen Ernstes, dass sie aus purem Zufall auf Isländisch niedergeschrieben wurden. Zufall! Hast du jemals so etwas Albernes gehört? Sie behaupten, wir wären überhaupt nicht imstande, sie aufzubewahren, weil wir weder die technischen Voraussetzungen noch das akademische Niveau dazu hätten. Was soll man auf solches Geschwätz antworten? Als ob wir sie nicht genau so gut erforschen und edieren könnten wie sie, vielleicht sogar noch besser! Bist du schon einmal hier in der Königlichen Bibliothek gewesen?«

Ich bejahte das.

»Dort würde ein winziger Funke genügen, um alles in Rauch und Flammen aufgehen zu lassen«, sagte der Professor. »Alles holzverkleidet. Und diese Leute behaupten, dass wir unfähig seien, die Handschriften aufzubewahren!«

»Wenn ich es richtig verstehe, betrachten die Dänen die Handschriften als ihr eigenes nationales Erbe«, sagte ich. »Genau wie die Kunstgegenstände im Nationalmuseum und im Skulpturenmuseum.«

»Blödsinn! Die Handschriften gehören nirgendwo anders hin als nach Island. Von dort sind sie hierhergekommen, dort wurden sie geschrieben, und dort wurden sie ursprünglich aufbewahrt. Sie sind Eigentum des isländischen Volkes, kein anderer kann sie jemals besitzen. Niemand! Die Dänen werden das schon noch einsehen. Es ist nur eine Frage der Zeit, wann das der Fall sein wird. Nur eine Frage der Zeit.«

»Natürlich«, sagte ich.

»In diesem Sinne wollen wir nicht, dass sie lange hier drinbleiben«, flüsterte der Professor und öffnete die Tür zu dem zukünftigen Aufbewahrungsort der Sammlung von Árni Magnússon, und zwar dem letzten auf dänischem Grund, wenn es nach ihm ginge. Wir kamen in einen ziemlich großen Saal mit dicken Wänden und gewölbter Decke, aber billigem Linoleum auf dem Fußboden. Er war fast völlig leer. Auf dem Boden standen nur ein paar Bücherkisten und einige Regale.

»Hier wird der Lesesaal sein«, erklärte der Professor und deutete mit der Hand um sich. »Und dort das Arbeitszimmer des Direktors. Hier wird sich die Werkstatt für die Handschriften befinden und dort eine Dunkelkammer, um sie abzulichten.«

»Das ist aber eine sehr viel bessere Unterbringung«, sagte ich und blickte mich um.

»Ich hoffe, dass es meinem Jón nichts ausmacht«, sagte der Professor und öffnete die Tür zu einem kleinen Nebenraum.

Ich wusste nicht, was für einen Jón er meinte. In dem Zimmer standen jede Menge Bücherregale und mitten im Zimmer ein Schreibtisch. In den Regalen lagen ein paar Mappen, aber der Schreibtisch war leer, abgesehen von einer Lampe, die der Professor einschaltete. Der Schreibtisch hatte zu beiden Seiten Schubladen. Er zog die unterste auf der einen Seite ganz heraus und kippte den Inhalt auf die Schreibtischplatte. Die Lade hatte einen doppelten Boden, den der Professor öffnete, um einen Umschlag herauszuholen. Er entnahm ihm einen Brief und legte ihn unter die Lampe.

»Kannst du Griechisch, Valdemar?«, fragte er.

»Ein bisschen«, antwortete ich. »Nicht viel.«

Ich interessierte mich allerdings sehr für Griechisch, und im Gymnasium hatte ich mehr Spaß an dieser Sprache als an Latein gehabt. Ich hatte an der Universität weitere Kurse belegt, war jedoch weit davon entfernt, diese Sprache wirklich zu beherrschen, und vermutlich würde ich das nie schaffen.

»Bischof Brynjólfur beherrschte Griechisch«, sagte der Professor. »Hier haben wir ein Blatt mit Runenzeichen aus der Zeit, als er in Skálholt residierte. Er hat es vermutlich irgendwelchen Schülern an der Gelehrtenschule abgenommen, die mit Runenzauber und schwarzer Magie herumgedoktert haben. Das war gang und gäbe zu dieser Zeit, und an der Schule in Skálholt hat es, wie du sicher weißt, etliche Skandale gegeben. Brynjólfur war aber in diesen schlimmsten Zeiten des Hexenwahns ein überaus milder Bischof und hat bei derartigen Vergehen nie hart durchgegriffen. Kannst du diese Runen lesen?«

Ich beugte mich über das Blatt. Da standen germanische Runenzeichen, die erstaunlich gut zu erkennen waren in Anbetracht der Tatsache, wie viele Jahrhunderte vergangen waren, seitdem diese Runen aufgeschrieben worden waren.

»Mir kommt es so vor, als ginge es hier um magische Zeichen in Krankheitsfällen«, sagte ich unsicher. »Kann das stimmen?«

»Um welche Krankheit geht es? Was sollen diese Runen heilen?«

»Ich bin mir nicht ganz sicher«, sagte ich, obwohl ich sie bereits entschlüsselt hatte. Ich zögerte, weil mir das Thema etwas peinlich war.

»Worum geht es?«, beharrte der Professor.

»Geht es um … Ich weiß nicht, geht es vielleicht um Bettnässen?«, schlug ich zögerlich vor.

»Das habe ich auch zuerst gedacht, aber wenn du genauer hinschaust, siehst du, dass das nicht stimmen kann. Klar, das ist nicht sehr deutlich, und da fehlen auch ein paar Buchstaben.«

Ich sah mir die Runenzeichen noch einmal genauer an, und auf einmal begriff ich, um was es ging.

»Diese Zeichen sollen gegen Geschlechtskrankheiten wirken«, sagte ich.

»Wenn es irgendetwas gibt, was sich nie ändern wird, dann sind es Schüler«, sagte der Professor lächelnd. »Korrekt, Valdemar, aber darum geht es mir nicht. Wenn du das Blatt wendest, was siehst du dann?«, fuhr er fort.

Ich drehte das Blatt um und sah, dass da mit gotischer

Schrift ein seltsamer Zweizeiler mit Stabreim geschrieben stand. Ich starrte angestrengt darauf, bis ich glaubte, ihn entziffert zu haben.
»Ist das die Handschrift von Bischof Brynjólfur?«, fragte ich.
»Kennst du seine Schrift?«
»Ich bin der Meinung, dass ich sie von anderen Handschriften unterscheiden kann.«
»Und?«
»Ich habe den Eindruck, dass dies sehr wohl seine Schrift sein könnte.«
»Was liest du da heraus?«

Runen ritze ich nicht
Raune über Gauner

»Du bist dir ganz sicher, dass das hier von Bischof Brynjólfur stammt?«, fragte ich.
»Ja, ganz sicher«, antwortete der Professor. »Er hat es signiert. Sieh mal hier, die beiden ›L‹.«
Noch einmal sah ich ganz genau hin, und dann erkannte ich das fast vergilbte große »L« und ein zweites, das damit verschlungen war.
»*Loricatus Lupus*«, sagte der Professor.
»Natürlich«, sagte ich, »Brynjólfur. Der geharnischte Wolf. So hat er etliche Dokumente signiert.«
»Du siehst, dass der Bischof eine dichterische Ader hatte«, sagte der Professor. »Ich war schon immer dieser Meinung, denn das erklärt auch seine Liebe zur Literatur. Dreh das Blatt jetzt wieder um. Ich bin der Meinung, dass das Gekritzel da oben ebenfalls von Brynjólfur stammt. Wie du siehst, ist diese Marginalie in griechischen Buchstaben geschrieben. Kannst du das lesen?«
Ich starrte auf die Schrift. Die Buchstaben waren klein und zum Teil vollständig unleserlich und außerdem in einer

altgriechischen Schriftform, mit der ich nicht besonders vertraut war. Zwei Buchstaben im ersten Wort konnte ich jedoch gleich entziffern, und ich glaubte, ebenfalls zu sehen, dass der Kommentar mit einem großen Buchstaben endete, und zwar mit einem »K«.

»Es handelt sich um ein ›R‹«, korrigierte mich der Professor.

»Ach, das ist ein ›R‹?«, sagte ich. »Dieser Kommentar beginnt aber mit einem großen ›L‹.«

»Uns fehlt die Hälfte dieses Wortes und außerdem ein Wort dazwischen. Das ist kurz. Die Tinte ist so verblichen, dass es nicht mehr zu entziffern ist, deswegen muss man konjizieren. Ich war immer der Meinung, dass es sich um ein kurzes und relativ unbedeutendes Wort handelt. Das erste Wort beginnt mit ›L‹, und die beiden vorletzten Buchstaben sind griechische Kappas.«

»Geht es um eine Locke?«

»Natürlich könnte es das bedeuten, Valdemar, aber weswegen sollte er seine Tinte auf so etwas Unbedeutendes wie eine Locke verschwenden?«

Ich sah mir das noch einmal an und hielt das Blatt besser unter die Lampe.

»Ich würde glauben ›Lücke‹«, flüsterte der Professor, »und das kurze Wort davor ist der Artikel.«

»Das kleine Wort dahinter, das nicht zu entziffern ist, könnte ›bei‹ heißen. Glaubst du, dass das passen könnte?«

Ich nickte zustimmend, hatte aber keine Ahnung, was der Professor damit andeuten wollte. Genauso schleierhaft war mir, weswegen wir mitten in der Nacht im ehemaligen Provianthaus in den Schubladen von irgendeinem Jón herumkramten, der irgendwelche Runenzeichen gegen Geschlechtskrankheiten in einem Geheimfach aufbewahrte.

»Was glaubst du, was mit dieser Lücke gemeint ist?«, fragte

der Professor und schien ungeduldig auf meine Antwort zu warten.

»Da käme vieles in Frage«, antwortete ich.

»Selbstverständlich, selbstverständlich. Aber was ist die wichtigste Lücke?«

»Es hat etwas mit Brynjólfur zu tun?«

»Ja.«

»Könnte es dann sein, dass … Wir haben über den *Codex Regius* gesprochen. Kann die Lücke in der Handschrift gemeint sein?«

»Sehr gut, Valdemar, das hast du sehr gut gemacht. Acht Seiten, die vor dreihundert Jahren aus dem *Codex Regius* verschwanden, und niemand weiß, wie. Wir wissen nicht einmal, wie das Buch 1643 in Skálholt in die Hände von Bischof Brynjólfur gelangt ist. Wir wissen nur, dass er Handschriften aus dem ganzen Land sammelte, und eine davon war der *Codex Regius*.«

Ich konnte mich dunkel an eine Vorlesung bei Dr. Sigursveinn über den *Codex Regius* erinnern und über die Vermutungen, dass es möglicherweise der Dichter Hallgrímur Pétursson war, der das Buch an Brynjólfur weitergegeben hatte. Er war damals Pfarrer in Hvalsnes auf der Halbinsel Reykjanes. Die Handschrift war mit Sicherheit durch seine Hände gegangen. In ihr findet sich eine Marginalie in einer Schreibschrift aus dem 17. Jahrhundert. Wenn man diese Schrift mit dem handgeschriebenen Original der Passionspsalmen von Hallgrímur Pétursson vergleicht, sieht man, dass sie von ihm stammen muss. Natürlich hätte der *Codex Regius* auch auf andere Weise in die Hände von Bischof Brynjólfur gelangen können, aber solange niemand Genaueres darüber weiß, ist die Geschichte vom armen Dichter auf dem Weg nach Skálholt mit der Edda im Handgepäck fast ein unverzichtbarer Bestandteil in dem Legendenschatz, der sich um die alten Schriften rankt.

»In Skálholt blieb das Buch neunzehn Jahre, und mit großer Wahrscheinlichkeit sind die bewussten Seiten dort verloren gegangen, und dadurch entstand die Lücke«, sagte der Professor. »Acht kostbare Blätter, die das Gedicht über Sigurd den Drachentöter enthielten und einen Teil des *Sigrdrífa-Lieds*; sie sind genau wie die restlichen Seiten eine unfassbare Kostbarkeit. Unfassbar kostbar.«
Ich starrte den Professor an. »Hast du die verschollenen Seiten der Lücke gefunden?!«
»Nein, noch nicht, leider«, antwortete der Professor.
»Sind diese Deutschen hinter ihnen her?«
»Sie suchen seit Jahren danach. Die Schweden ebenfalls und Leute von der Universität in Edinburgh.«
»Hast du diese Runenzeichen hier in der Schublade versteckt?«
»Nein, damit habe ich nichts zu tun«, sagte der Professor. »Schon zu meinen Studienzeiten wurde mir gesagt, dass dieses Blatt hier in der Schublade liegt. Wenn es tatsächlich um die Lücke im *Codex Regius* geht, bedeutet das, dass Brynjólfur von den Seiten wusste, er wusste, wo sie sich befanden, bei irgendjemandem, dessen Name mit ›R‹ beginnt. Ergo müssen sich die Seiten in dem Buch befunden haben, als die Handschrift nach Skálholt gelangte, aber als Brynjólfur sie an König Frederik II. sandte, waren sie verschwunden.«
»Wer ist dann ›R‹?«
»Als ich es zum ersten Mal sah, glaubte ich, dass damit Ragnheiður Brynjólfsdóttir, die Tochter des Bischofs, gemeint war, die diese Seiten aus irgendwelchen Gründen bei sich haben wollte. Aber viel später fiel mir auf, dass es zwei gab.«
»Zwei?«
»Es gab zwei Frauen mit dem Namen Ragnheiður in Skálholt.«

»Zwei Frauen mit diesem Namen?«
»Die Tochter des Bischofs hieß Ragnheiður, und außerdem lebte dort auch eine Ragnheiður Torfadóttir, sie war die Pflegetochter des Bischofs.«
Ich wusste sehr wohl, wer die beiden waren. Die Tochter von Bischof Brynjólfur bekam ein uneheliches Kind, und es kam zu einem riesigen Skandal. Sie starb mit zweiundzwanzig Jahren. Ihr Sohn wurde von seinem Großvater als Erbe eingesetzt, aber er wurde nur elf Jahre alt. Um die andere Ragnheiður Torfadóttir rivalisierten zwei Männer in Skálholt, Jón Sigurðsson, der Sohn des Landesverwalters, und der Pfarrer von Skálholt, Loftur Jósepsson. Dieser Jón wurde jedes Mal, wenn er Ragnheiður erblickte, von Krämpfen geschüttelt, und er verklagte Loftur wegen schwarzer Magie und behauptete, Loftur hätte ihm magische Zeichen ins Bett gelegt, von denen seine Krankheit herrührte.«
»Dann hätte also Ragnheiður Torfadóttir die Seiten von dem Bischof bekommen?«, fragte ich.
»Genau das habe ich auch eine Zeit lang gedacht«, antwortete der Professor. »Das macht Sinn, wenn man bedenkt, dass die Runen, die man aus dem *Sigrdrífa-Lied* herausholen kann, etwas mit dem Fluch der Liebe zu tun haben, und ebendieses Lied stand in der Lücke.«
»Du meinst also, dass Ragnheiður und Loftur das, was sie den verschollenen Seiten entnommen haben, dazu verwendeten, um sich am Sohn des Landesverwalters zu rächen?«, fragte ich.
»Diese Erklärung für die Lücke ist genauso gut wie jede andere«, erklärte der Professor. »Sie haben die Seiten aus der Handschrift entfernt und nicht wieder eingefügt, und vermutlich hat Bischof Brynjólfur davon gewusst.«
»Aber weshalb schreibt er diesen Kommentar mit griechischen Buchstaben?«
»Vielleicht, um sich zu üben«, sagte der Professor. »Wahr-

scheinlicher ist jedoch, dass er nicht wollte, dass irgendjemand vom Schicksal dieser Seiten erfuhr.«

»Weshalb versteckst du das Blatt hier im Geheimfach unter einer Schublade?«

»Damit habe ich nichts zu tun«, sagte der Professor. Er steckte das Blatt wieder in den Umschlag und legte ihn wieder an seinen Platz.

»Wer denn?«

»Jón hat das gemacht«, sagte der Professor.

»Was für ein Jón?«

»Jón Sigurðsson natürlich. Das ist sein Schreibtisch.«

Einen Augenblick sah ich im Geiste den Helden des Unabhängigkeitskampfes vor mir, das Blatt mit diesen Runenzeichen in der Hand haltend, und mir fielen die Gerüchte über Syphilis und Freudenmädchen ein.

»Und soll es weiterhin hier aufbewahrt werden?«

»Selbstverständlich«, sagte der Professor.

»Aber …«

»Es ist unnötig, im Nachhinein an der Geschichte herumzufummeln, wenn man es vermeiden kann«, sagte er. »Natürlich legen wir es an seinen Platz zurück, und wir können nur hoffen, dass es in alle Zukunft dort bleiben wird. Ich wollte bloß, dass du einen Einblick bekommst, um was es sich letzten Endes dreht. Einen Einblick in diese ganze Suche und alles, was uns noch verborgen ist.«

Ich traute mich nicht, ihn zu fragen, wieso er von diesem Blatt unter der Schreibtischschublade von Jón Sigurðsson wusste, und ich hatte immer noch keinen blassen Schimmer, was irgendein Runenzauber in Skálholt mit dem *Codex Regius* der Eddalieder, mit Schweden, mit Geheimbünden, Wagneriten und den Griechischkenntnissen von Bischof Brynjólfur zu tun haben sollte.

»Dann hat also Ragnheiður Torfadóttir tatsächlich die Seiten in ihrem Besitz gehabt?«

»Nein, eben nicht«, sagte der Professor. »Jedenfalls nicht, dass ich wüsste. Es hat sich herausgestellt, dass das ›R‹ mit keiner von den beiden Ragnheiður zu tun hatte.«
Es war mir nicht mehr möglich, dem Professor zu folgen.
»Und die Deutschen im *Hviids Vinstue*?«
»Ich habe diesen Joachim von Orlepp da zum ersten Mal getroffen. Er wollte mich unbedingt sehen und tat so, als wüsste er ... Mein Elan hat in der letzten Zeit nachgelassen, Valdemar. Ich bin ...«
Der Professor verstummte.
»Was wollen sie denn von dir?«, fragte ich.
»Ich hatte befürchtet, sie hätten dieses kleine Blatt gefunden«, sagte der Professor. »Sie haben so geklungen, als seien sie schon weiter gekommen, als ich ahnte. Es kann aber genauso gut sein, dass sie mir etwas vormachen, um mich zu provozieren.«
»Weitergekommen mit was?«, fragte ich.
»Das sage ich dir vielleicht später. Grauenvoll, dass man es mit diesen verfluchten Wagneriten zu tun hat. Sag mir eins, Valdemar. Weißt du etwas über die Russen?«
»Russen?«
»Russen, die in den Westen geflohen sind.«
»Was soll mit denen sein?«
»Ich versuche, einen von ihnen aufzuspüren«, erklärte der Professor, »aber das ist schwierig und auch zeitraubend.«
»Und was ist mit Gaukur Trandilsson, bist du dann überhaupt nicht auf der Suche nach seiner Saga?«, fragte ich völlig verwirrt.
»Wie bist du denn auf diese Schnapsidee gekommen?«, fragte der Professor erstaunt und stieß die Lade mit dem Runenblatt im Geheimfach schwungvoll wieder zu.

Sieben

Damals wusste ich nicht sehr viel über die Lücke im *Codex Regius*. Es handelte sich um einen Bogen mit acht Seiten der Handschrift, auf denen unter anderem neun Strophen aus dem *Sigrdrífa-Lied* standen. Diese Strophen sind allerdings in Abschriften vorhanden. In der Forschung wurde lange darüber gerätselt, wann die Lücke entstanden war, aber dabei handelte es sich durchweg um ziemlich abwegige Spekulationen. Bedauerlicherweise weiß man nichts darüber, wie der Codex im Laufe der Jahrhunderte aufbewahrt wurde, von dem Zeitpunkt an, als die Handschrift im dreizehnten Jahrhundert entstand, bis sie eines Tages im siebzehnten Jahrhundert in Skálholt auftauchte. Derartige Geschichtslücken gibt es durchaus häufiger, und nicht selten haben die Forscher mit einer unglaublichen Gedankenakrobatik versucht, sie zu füllen.

Man darf nicht vergessen, dass der Professor als eine der größten Koryphäen auf diesem Gebiet galt. Es war seine Passion herauszufinden, welche Geheimnisse hinter solchen Lücken steckten, und sie mit der alten, verloren gegangenen Bedeutung zu füllen. Es hatte den Anschein, als hätte diese Leidenschaft ihn zu dem Zeitpunkt, als ich ihn in Kopenhagen kennenlernte, auf die Spur der verschollenen Seiten des *Codex Regius* geführt – und ihn in eine schlimmere Zwangslage gebracht, als ich mir jemals hätte vorstellen können.

Manchmal muss ich daran denken, wie resigniert der Professor war, als ich in seinem Leben auftauchte, und wie sein Alkoholmissbrauch überhandgenommen hatte. Die Geschichten, die ich über ihn aus der Zeit vor dem Krieg gehört hatte, drehten sich alle um einen herausragenden Wissenschaftler, einen genialen Analytiker und einen scharfsinnigen, kritischen Geist, der einen unerschütterlichen Glauben an den Wert der alten Schriften hatte. Als ich ihn kennenlernte, sah er abgehärmt und mitgenommen aus, dem Alkohol verfallen, reizbar, nahezu arbeitsunfähig und in seine eigene Welt voller Misstrauen, Wut und sogar Hass auf etwas Hochkompliziertes und Unverständliches versponnen, das bei ihm unter dem Begriff »Wagneriten« zusammengefasst war. Ich sollte später besser verstehen lernen, weshalb es so um diesen großen Gelehrten stand, als ich von dem unbegreiflichen und grauenvollen Geheimnis erfuhr, das ihn umschwebte und schwerer auf seiner Seele lastete, als Worte beschreiben können.

Er erzählte nie viel über sich selbst und vor allem nicht mir gegenüber in diesen ersten Wochen, in denen ich ihn kennenlernte. Außer dem, was ich in Island gehört hatte, wusste ich so gut wie nichts über seine privaten Verhältnisse. Seine dänische Frau Gitte hatte er in den zwanziger Jahren in der Königlichen Bibliothek kennengelernt, wo sie arbeitete. Sie war Männern gegenüber immer sehr schüchtern gewesen. Mit der Zeit entwickelte sich zwischen den beiden jedoch eine enge Bekanntschaft, und sie zogen schließlich zusammen und heirateten 1924. Kinder waren ihnen nicht vergönnt gewesen, und die große Tragik seines Lebens war, dass sie 1932 nach jahrelangem Kampf gegen die Tuberkulose starb. Der Professor hatte sie mit grenzenloser Hingabe und Ausdauer gepflegt, und nach ihrem Tod erlitt er einen Zusammenbruch. Er infizierte sich ebenfalls mit Tuberkulose, aber bei ihm trat die Ent-

zündung im Bein auf, das beinahe hätte amputiert werden müssen. Den Ärzten gelang es, es zu retten, aber seitdem ging der Professor am Stock.
Nach Gittes Tod nahm er ein Sabbatjahr, um zu forschen. Über die Reisen, die er unternahm, war wenig bekannt, außer dass er drei Monate auf Island verbrachte und dabei vor allem den nördlichen Landesteil bereiste. Es kursierten Geschichten, dass er auf Hinweise gestoßen war, dass dort irgendwo Handschriftenfragmente und alte Bücher zu finden waren. Er sagte mir, dass er auf dieser Reise unter anderem einen Mann getroffen hatte, dessen Mutter möglicherweise das *Breviarium Holense* mit ins Grab genommen hatte. Dieses Breviarium war die erste Schrift, die in Island gedruckt worden war, und zwar 1534 oder 1535 in Breiðabólsstaður im Nordland auf Initiative von Bischof Jón Arason. Der Professor hatte vor, dieser Aussage genauer auf den Grund zu gehen. Von diesem Breviarium sind nur zwei Seiten erhalten geblieben, die den Schweden in die Hände fielen und in der Königlichen Bibliothek in Stockholm aufbewahrt werden. Als der Professor mir das sagte, hörte es sich so an, als habe er vor, eines Tages die Genehmigung zur Exhumierung dieser Frau zu beantragen, um die Worte des Mannes zu überprüfen.
Bis Kriegsende hatte der Professor unbeirrbar die Meinung vertreten, dass die isländischen Handschriften für immer und alle Zeiten nach Island zurückgeholt werden müssten. Aus unerfindlichen Gründen vertrat er nach der Befreiung Dänemarks diesen Standpunkt nicht mehr so kategorisch, sondern war der Meinung, dass sie trotz allem einstweilen noch am besten in der Königlichen Bibliothek aufgehoben seien. Er ging sogar so weit, den dänischen Argumenten beizupflichten, dass es in Island keinen sicheren Aufbewahrungsort für diese Schätze gab, geschweige denn die erforderlichen Forschungseinrichtungen. In Island hatte er

sich deswegen Feinde gemacht; man sagte ihm nach, dass er hinter den Kulissen daran arbeite, die Angelegenheit hinauszuzögern. Seine Einstellung in dieser Frage schien also außerordentlich widersprüchlich zu sein, denn ich hörte nie etwas anderes von ihm, als dass die Handschriften nach Island überführt werden sollten, je eher, desto besser. Was auch immer es damit auf sich hatte, sein guter Ruf als Wissenschaftler und Hüter der nationalen Schätze hatte sehr gelitten und war vielleicht sogar schon ruiniert, als unsere Bekanntschaft begann.

Studenten an der Nordischen Abteilung, die ich in diesen sonnigen Herbsttagen des Jahres 1955 in Kopenhagen kennenlernte, erzählten liebend gern Geschichten über den Professor, die sie von den Kommilitonen oder in Island gehört hatten. Davon gab es reichlich. Alle waren sich einig, dass der Professor ein herausragender Dozent war, auch wenn er seinen Studenten gegenüber manchmal rüde und sogar ausfallend werden konnte, falls er den Eindruck hatte, dass es ihnen an Interesse oder Lerneifer mangelte. Faulenzer waren ihm zuwider. »Studier doch lieber Jura, junger Freund«, pflegte er dann zu sagen, denn Jura war das Studienfach, von dem er am wenigsten hielt.

Der Professor war voll und ganz dafür gewesen, dass Island sich endgültig von Dänemark lossagte, und hatte begeistert mitverfolgt, als 1944, in Zeiten, die sehr schwierig für Dänemark waren, in Þingvellir die Republik Island ausgerufen wurde. Zu der Zeit kamen Gerüchte auf, dass er sich in der dänischen Widerstandsbewegung engagiert hatte. Einige erzählten, er bringe Leute bei sich unter, die aus Dänemark fliehen mussten, andere, dass er Sabotageakte organisierte. Er hatte sich nie öffentlich über seine Gefangennahme geäußert oder darüber, was er als Gefangener der Gestapo erlebt hatte, noch, weshalb er zum Schluss freigelassen worden war.

Seit Kriegsende hatte der Professor an einer neuen wissenschaftlichen Ausgabe des *Codex Regius* gearbeitet, dem wertvollsten Kleinod, wie er die Handschrift nannte. In dieser Ausgabe wollte er auch seine neueren Forschungsergebnisse über die Eddalieder veröffentlichen. Einige davon hatte er in kleinem Kreis mit ausgewählten Studenten an der Universität diskutiert. Seit dem Ende des Kriegs hatte der Professor die Handschrift zu Forschungszwecken mit Beschlag belegt, sodass kaum ein anderer sie zu Gesicht bekommen hatte. Er hatte eine Sondergenehmigung der Königlichen Bibliothek, das Buch bei sich im Institut aufbewahren zu dürfen, wo er einen Arbeitsplatz hatte. Ein Jahr nach dem anderen verging, ohne dass diese neue Ausgabe das Licht der Welt erblickte. Das Einzige, wodurch der Professor von sich reden machte, waren immer peinlichere und krassere Skandale, wie der bei einem Abendessen in der isländischen Botschaft, als er sturzbetrunken umkippte und im Fallen Tische und Stühle mit sich riss, nachdem er sich kurz zuvor über den schwedischen Botschafter lustig gemacht hatte. Manche seiner Eskapaden kamen sogar in die Zeitung, wie beispielsweise die, als er einen bekannten isländischen Schriftsteller, der in der Adventszeit nach Kopenhagen eingeladen worden war, um aus seinem neuesten Buch vorzulesen, einen »literarischen Armleuchter« nannte.

Es war nichts darüber bekannt, dass er vor oder während des Weltkriegs mit Alkoholproblemen zu kämpfen hatte, aber seine Sucht trat gleich nach Ende des Krieges in Erscheinung und hatte seitdem erheblich zugenommen. Man hielt es für unwahrscheinlich, dass das nach all diesen Jahren noch mit dem tragischen Tod seiner Frau Gitte zusammenhing, zumal es ihm auch nicht ähnlich sah, ihr Andenken mit Saufen zu beschmutzen. Einige waren der Ansicht, dass ihm die Gestapo-Haft mehr zugesetzt hatte, als er zugeben wollte, andere behaupteten dagegen, dass er mit seinen Forschungen am *Codex Regius* in eine Sackgasse geraten sei, aus der er sich nur schwer herauslavieren könne.

Sogar mein Kopenhagener Freund Óskar wusste mehr darüber als ich, obwohl er Ingenieurwissenschaften studierte. Wir saßen im *Kannibalen* an der Nørre Allé und aßen das Tagesgericht, gebratene Scholle mit wässrigen Kartoffeln. Das war eine Art Mensa für die Studenten. Direkt daneben war der Bischofskeller, wo die Studentenorganisation ihre Versammlungen abhielt. Es handelte sich um ein Kellergewölbe mit gekalkten Wänden, wo Lesungen gehalten und Reden geschwungen wurden. Das Essen im *Kannibalen* war das billigste in der ganzen Stadt, ein Abendessen bekam man für eine Krone fünfzig, und mittags konnte man ein ganz anständiges Smørrebrød und ein Glas Milch bekommen. Wenn man ein Bier dazu wollte, kam es natürlich etwas teurer. Óskar schien einen Kater zu haben; er war am Abend zuvor mit ein paar Kommilitonen im *Røde Pimpernell* gewesen, ein Lokal, das ich noch nicht kannte. Es befand sich am Ende des Rathausplatzes im Kattesund, und dort trafen sich häufig die Isländer. Óskar sagte, der Türsteher dort sei einem für den richtigen Preis durchaus wohlgesonnen.

In diesen Jahren hielten die Isländer in Kopenhagen so eng zusammen, dass sie nur wenig Umgang mit anderen hatten. Viele Isländer dachten wie Óskar an die großen Kraftwerke der Zukunft und studierten Ingenieurwissenschaften, aber es gab auch einige, die in anderen Fächern wie Volkswirtschaft, Nordische Philologie und Psychologie eingeschrieben waren.

Ich war alles andere als ein geselliger Mensch, aber durch die Stadt und das Studium und die isländischen Studenten änderte sich das ein wenig. Wir gingen ins Kino und ins Theater und besuchten rauchgeschwängerte Jazzclubs. Gemeinschaftsgeist und Zusammenhalt ließen sich am besten daran ablesen, wie selbstverständlich es war, dass jeweils derjenige, der gerade Geld hatte, in Kneipen oder andernorts die Zeche bezahlte. Geld war nebensächlich für uns, und deswegen waren wir meist ziemlich blank. Wenn man mit sechs- oder siebenhundert Kronen im Monat auskam, hatte man sich wacker geschlagen, denn die Überweisungen waren selten höher. Manchmal machten die Studenten Fahrradausflüge ins Grüne. Bei Frøken Dinesen an Kongens Nytorv konnte man sich Fahrräder ausleihen. Ich erinnere mich gut an eine solche Fahrt; wir nahmen Proviant mit, hielten unterwegs auch bei Lokalen an und machten eine Kahnpartie auf dem Furesøen-See, bevor wir am späten Nachmittag auf Bakken endeten und bis tief in die Nacht Lieder schmetterten.

»Wir haben ausgerechnet, wie viel Bier ein Student an einem Abend braucht«, sagte Óskar, während er die Scholle mit den Kartoffeln zusammenstampfte. Nach dem Bummel am Abend vorher klang er heiser.

»Und?«

»Wir waren zu viert und hatten uns zwei Kästen besorgt, und die Stimmung war hervorragend. Wir wetteten darum, ob das reichen würde.«

»Willst du damit sagen, dass ihr zu viert achtundvierzig Flaschen getrunken habt?«

»Pro Mann zwölf Flaschen«, sagte Óskar.

»Ist das nicht ein bisschen viel?«, fragte ich. Nach sechs oder sieben Flaschen war ich schon völlig benebelt. Außerdem vertrug ich Bier nicht so gut, ich fühlte mich immer so aufgebläht und bekam Kopfschmerzen davon.

»Einige wollten mehr. Haraldur meinte, achtzehn Flaschen seien angemessen.«

Im Speisesaal hörten wir überall um uns herum das Klappern von Geschirr und das übliche laute Stimmengewirr von Studenten.

»Dein Professor benötigt bestimmt ein größeres Quantum«, fuhr Óskar fort, während er sich die letzte Gabel zum Mund führte.

»Kann sein«, sagte ich.

»Ich hab gehört, dass es da Probleme mit ihm gibt, wegen der Handschriften, die er zu Forschungszwecken bei sich aufbewahrt.«

»Und?«

»Ein Mädchen aus der Philosophischen Fakultät hat gesagt, dass er ständig Knatsch mit dem Fakultätsrat hat.«

»Davon weiß ich nichts«, log ich und dachte an das, was ich lauschend vor der Tür zum Büro des Professors mitbekommen hatte.

»Nein, das ist etwas, was sie auch nur vom Hörensagen wusste. Möglicherweise wollen sie ihn loswerden, hat sie gesagt.«

»Das glaube ich nicht!«

»Sie hat aber etwas in der Art gesagt. Angeblich ist seine Lage ziemlich brenzlig. Alle wissen, dass er trinkt.«

»Aber sie werden ihn doch nicht feuern.«

»Ich weiß es nicht.«

»Er ... Das wäre doch absurd«, sagte ich. »Er müsste sich ja schon ganz schön was zuschulden haben kommen lassen, damit sie zu solchen Maßnahmen greifen.«

»Das hat dieses Mädchen gesagt. Sie glaubt, dass er in Ungnade gefallen ist.«

»Ich weiß, dass er sich intensiv mit dem *Codex Regius* beschäftigt«, sagte ich.

»Dem *Codex Regius*?«

»Die allerkostbarste isländische Handschrift überhaupt und das größte Juwel, das wir Isländer besitzen.«

»Du meinst, das die Dänen besitzen?«

»Das sind unsere Handschriften«, erklärte ich mit Nachdruck. »Sie sind isländisch. Es ist nur eine Frage der Zeit, wann wir sie wiederbekommen werden.«
»Und was ist denn so besonders an diesem *Codex Regius*?«
»Sehr vieles«, sagte ich. »Dieses Buch hat symbolischen Wert für uns als Nation, denn in ihm ist unsere alte Mythologie überliefert und die jahrhundertealte Spruchweisheit des Nordens: ›Der Mensch ist des Menschen Freude‹ und all das. Aber die Handschrift selbst ist auch einmalig als Kunstwerk, als literarisches Werk, als unschätzbares Kunstobjekt. Sie hat nicht ihresgleichen auf der Welt.«
»In der Schule haben wir das irgendwann einmal durchgenommen«, sagte Óskar.
»Die wenigsten sind sich darüber im Klaren, was für eine Bedeutung diese Handschrift tatsächlich hat. Sie sieht sehr unscheinbar aus, aber angeblich ist kein einziges anderes isländisches Kunstwerk wert, gestohlen zu werden.«
»Na schön. Kommst du heute Abend mit uns ins Kino?«, fragte Óskar und stand auf, um seinen Teller abzuräumen. »Wir wollen uns einen Film von Ingmar Bergman anschauen. *Sommernatten* oder so was Ähnliches.«
»Ich muss lernen«, sagte ich. »Ein anderes Mal gern. Bis bald.«
Ich blieb nachdenklich zurück. Mir ging der Streit des Professors mit dem Dekan der Fakultät durch den Kopf. Konnte es wirklich sein, dass er in Ungnade gefallen war? Hatte das mit seinen Alkoholproblemen oder mit den Handschriften zu tun? Es war selbstverständlich und kam häufig vor, dass Forscher, Hochschullehrer und andere, Pergamenthandschriften ausliehen. Man erzählte sich sogar Geschichten über Studenten, die Handschriften einfach in Kneipen liegen ließen, wenn sie versackt waren. Ich konnte mir nicht vorstellen, dass dem Professor so etwas passieren würde.

Eine Woche nach der seltsamen Begegnung im *Hviids Vinstue* und unserem Einbruch in die Königliche Bibliothek – wenn man es denn als einen Einbruch bezeichnen konnte, denn er besaß ja einen Schlüssel – traf ich ihn wieder. Inzwischen hatte ich mich einigermaßen gut eingelebt, mich voller Elan aufs Studium gestürzt und Bekanntschaft mit meinen Kommilitonen geschlossen. In diesem Herbst hatten sich auch noch einige andere Isländer an der gleichen Fakultät eingeschrieben. Zwei waren direkt nach dem Abitur nach Kopenhagen gegangen, und einen kannte ich zwar aus dem Studium in Island, aber nicht besonders gut. Auch wir hielten von Anfang an zusammen. Wir beschlossen, uns jeden Donnerstag in *Lille Apoteket* in der Skt. Kannikestræde zu treffen, um uns eine Suppe und vielleicht einen Krug Bier einzuverleiben. Ich hatte mit niemandem über mein Erlebnis mit dem Professor an dem Abend, als er sich mit diesen Wagneriten traf, gesprochen und noch nicht einmal meiner Tante davon geschrieben, denn ich wollte ihr um keinen Preis unnötige Sorgen machen. Ich fand es zunehmend schwieriger, ihr etwas über den Professor zu schreiben, den sie so hoch in Ehren hielt. Deswegen versuchte ich, so gut es ging, dieses Thema zu vermeiden, und schrieb stattdessen über das Universitätsleben und das Wetter. Sie war aber neugierig und fragte nach ihm, ob er mich nicht gut behandelte und Ähnliches mehr.

Ich war im Begriff, *Lille Apoteket* zu verlassen, als ich an einem Tisch in einer Ecke den Professor erblickte. Ich hatte nicht bemerkt, dass er hereingekommen war. Der Unterricht bei ihm war in dieser Woche ausgefallen, und die Studenten tuschelten hinter vorgehaltener Hand etwas über eine Herbstgrippe. Ich zögerte beim Hinausgehen, unsicher, ob ich ihn stören sollte, aber dann ließ ich es darauf ankommen. Seltsamerweise hatte ich ihn vom ersten

Moment an, als ich ihn sturzbesoffen in seinem Büro auf dem Boden liegen sah, irgendwie gemocht.

Es war erst kurz nach Mittag, aber er hatte bereits ziemlich schwer geladen. Wie zuvor standen die Haare wirr in alle Richtungen ab, und das Gesicht war von weißen Bartstoppeln bedeckt. Auf dem Stuhl neben ihm lag ein Stapel mit dicken, alten Wälzern. Ich begrüßte ihn und erkundigte mich höflich, wie es ihm ginge. Er murmelte irgendetwas vor sich hin. Ich fragte ihn, ob er diese Deutschen wiedergetroffen hätte, aber das verneinte er zerstreut. Als ich sah, wie tief er in seine Gedanken versunken war, beschloss ich, ihn nicht weiter zu stören, und verabschiedete mich.

»Setz dich einen Augenblick zu mir, Valdemar«, sagte er mit unsicherer Stimme. »Ich muss mit dir reden.«

Ich zog einen Stuhl heran und setzte mich an seinen Tisch, auf dem drei leere Schnapsgläser und ein Bierkrug standen. Ich begriff schnell, dass er weniger reizbar war, wenn er etwas getrunken hatte.

»Kannst du dir ein paar Tage frei vom Studium nehmen?«, fragte er und beobachtete mich dabei aus den Augenwinkeln. »Um eine Reise mit mir zu unternehmen?«

»Frei?«, fragte ich erstaunt, denn ich hatte keine Ahnung, was das sollte. »Ich verstehe nicht …«

»Nur für ein paar Tage«, sagte der Professor. »Ich mache das wieder gut. Du verlierst nichts dabei, dafür sorge ich.«

Ich starrte den Professor an.

»Aber mein Studium?«

»Wer hat jemals irgendetwas gelernt, indem er in Hörsälen auf dem Arsch saß«, erklärte er. »Komm einige Tage mit mir, und ich verspreche dir, du lernst mehr dabei, als du den ganzen nächsten Winter lernen wirst. Vielleicht sogar in deinem ganzen Leben.«

Er machte den Eindruck, als sei das sein vollster Ernst.

Ich gab ihm keine Antwort darauf. Eine Reise mit ihm reiz-

te mich, das konnte ich nicht leugnen, aber er war betrunken, und ich wusste nicht, wie viel man auf das geben konnte, was er in diesem Zustand sagte.
»Du verpasst nichts!«, flüsterte er. »Was würdest du denn auch schon verpassen? Hier passiert doch tagaus, tagein nichts Neues. Na schön«, sagte er dann, als hätte ich ihm eine Absage gegeben. »Dann fahr ich eben alleine.«
»Wohin soll die Reise gehen?«
»Nach Deutschland.«
Ich war nie in Deutschland gewesen und hatte für das Frühjahr nach Semesterschluss eine Reise dorthin geplant, denn ich hatte oft davon geträumt, einmal Tübingen, die berühmte Universitätsstadt am Neckar, zu besuchen und den Hölderlin-Turm zu besteigen, wo der Dichter in geistiger Umnachtung bis zu seinem Tode lebte.
»Was hast du in Deutschland vor?«, fragte ich.
»Komm mit, dann sag ich's dir«, entgegnete er.
»Hat das etwas mit den beiden Deutschen im *Hviids* zu tun?«, fragte ich, erhielt aber keine Antwort darauf.
»Hat es etwas mit ihnen zu tun?«, fragte ich noch einmal.
Der Professor nickte. »Die bringen mich in immer größere Schwierigkeiten«, sagte er. »Himmelherrgott nochmal, wie bin ich bloß in diese elende Situation hineingeraten?«
Er fuhr mit dem Finger durch eins der leeren Schnapsgläser und steckte ihn in den Mund. Dann nahm er ein anderes zur Hand und lutschte die Reste ebenfalls aus.
»Darf ich dich zu einem Schnaps einladen?«, fragte ich.
»Wenn du so lieb sein würdest«, sagte er, winkte dem Kellner zu und bestellte einen weiteren Aquavit.
»Was ist mit den beiden Ragnheiður?«, fragte ich.
Der Professor schüttelte den Kopf.
»Und was ist mit dem *Codex Secundus*?«, erkundigte ich mich vorsichtig. »Was bedeutet das?«
Der Professor sah mich an, und plötzlich schwammen seine

Augen in Tränen. Ich begriff, dass er unsäglich litt, auch wenn ich den Grund dafür nicht kannte. Von geistigem Gleichgewicht konnte bei ihm keine Rede sein, und ich überlegte, ob er sich wohl an dieses Gespräch zwischen uns erinnern würde, wenn er wieder nüchtern war, oder ob er so betrunken war, dass er nicht wusste, was er sagte oder tat.

»Deswegen muss ich nach Deutschland reisen«, sagte er und streckte die zitternde Hand nach dem Schnapsglas aus, das der Kellner brachte.

»Auf dein Wohl, oh wundervolles Kopenhagen«, sagte der Professor und kippte das Glas in einem Zug hinunter.

Er strich sich mit dem Handrücken über den Mund. Dann holte er seine Schnupftabaksdose aus der Tasche und begann, den Tabak zwischen Zeigefinger und Daumen zu reiben. Ich sah, dass eine winzige Träne in die Dose fiel.

»Wie lange wirst du unterwegs sein?«, fragte ich.

»Kaum mehr als … als zwei Tage«, sagte er. »Höchstens drei … Und du verlierst nichts dabei. Ich kann dir unterwegs Unterricht geben … Ich glaube, in dir steckt viel mehr, als du selbst glaubst.«

Er nahm die Prise zu sich und bot mir ebenfalls eine an, was ich dankend ablehnte. Daraufhin verschloss er die Dose sorgfältig und steckte sie in seine Westentasche.

Und dann fiel er vornüber auf den Tisch und regte sich nicht mehr.

Und mir bettelarmem Studenten blieb nichts anderes übrig, als ein Taxi zu bestellen und den Professor trotz der nachdrücklichen Proteste des Fahrers da hinein und anschließend auch die Treppe hoch zu seinem Büro zu bugsieren. Zum zweiten Mal innerhalb kurzer Zeit legte ich ihn auf seinem Sofa zurecht. Ich hätte es nicht übers Herz gebracht, ihn da in der Kneipe sturzbesoffen auf dem Tisch liegen zu lassen, und wiegte mich in der Hoffnung, dass er mir das

Geld für das Taxi später zurückzahlen würde, und hoffentlich auch das für den Aquavit; ich hatte ehrlich gesagt kein Geld für solche Extravaganzen übrig. Ich legte die Bücher, die er dabeigehabt hatte, auf seinen Schreibtisch und betrachtete ihn lange auf seinem schäbigen Sofa.
Ich erinnerte mich daran, was Óskar mir im *Kannibalen* erzählt hatte, und ich hätte dem Professor gern gesagt, dass es geraten sei, etwas in seinen Angelegenheiten zu unternehmen, aber das musste auf bessere Zeiten warten.

Acht

Wenige Tage später bat mich der Professor nach einer Seminarstunde, noch etwas zu bleiben, er müsste mit mir sprechen. Als sich der Hörsaal geleert hatte, schloss er die Tür sorgfältig und wandte sich mir zu.

»Was weißt du über die Schiffsverbindungen nach Island im vergangenen Jahrhundert, Valdemar?«, fragte er.

»Über Schiffsverbindungen? Gar nichts.«

»Ich habe mich ziemlich eingehend damit befasst«, sagte der Professor. »Zwischen Dänemark und Island verkehrten regelmäßig etliche Schiffe verschiedener dänischer Reedereien, wie du dir denken kannst. Ich habe die meisten von ihnen, wenn nicht alle, unter die Lupe genommen und die umfangreichen Schiffsbücher durchforstet. Der Islandhandel wurde vor allem in Christianshavn und auf Amager abgewickelt. Ich habe die Passagierlisten der Schiffsgesellschaften, die Island anliefen, ganz genau inspiziert, doch bislang habe ich die *Acturus* nicht gefunden, eine Brigg, von der in der Zeitschrift *Norðanfari* in Akureyri berichtet wird. Da steht, dass die *Acturus* im Frühjahr 1863 in Akureyri vor Anker ging, aber ich finde die Passagierliste nicht.«

»Und warum willst du die finden?«

»Ich möchte dich bitten, mit mir nach Århus zu fahren«, sagte der Professor ohne weitere Erklärungen. »Glaubst du, dass sich das einrichten lässt?«

»Aber du wolltest doch nach Deutschland?«

»Nein«, antwortete der Professor, »nach Århus.«
Ich merkte, dass ihm unsere Begegnung in *Lille Apoteket* völlig entfallen war; dort hatte er noch davon gesprochen, dass er nach Deutschland müsse, und mich gefragt, ob ich mitkommen wolle. Ich ließ mir nichts anmerken.
»Wonach suchst du?«, fragte ich.
»Ich muss einen Mann finden.«
»Wie heißt er?«
»Das weiß ich noch nicht. Ich hoffe, dass ich es weiß, wenn ich den Namen sehe.«
»Was ist das für ein Mann?«
»Er ist möglicherweise mit der *Acturus* nach Island gesegelt. Ich erzähle dir später von ihm. Das heißt, wenn ich ihn finde.«
»Und was soll ich dabei tun?«
»Mir helfen«, sagte der Professor. »Mit deinen Augen. Hast du mal solche alten Schiffsbücher gesehen? Sie sind total verschmiert mit Dreck, Fett und Ruß und schwer leserlich.«
»Befinden sie sich in Århus?«
»Im Archiv des Erwerbslebens«, sagte der Professor. »*Erhvervsarkivet*. Die *Acturus* war im Besitz der Kopenhagener Reederei C.P.A. Koch, und ich habe in Erfahrung gebracht, dass sich die Schiffsbücher dort befinden. Alle anderen in Frage kommenden Stellen habe ich bereits abgeklappert.«
Ich wusste kaum, was ich sagen sollte. Der Professor wartete auf meine Antwort. Ich hatte eigentlich an diesem Wochenende nichts Besonderes vorgehabt, und ich fühlte mich trotz allem, was vorgefallen war, geschmeichelt bei dem Gedanken, dass er mich um Hilfe bat. Wem wurde schon eine solche Ehre zuteil? Das war dann auch der Grund, warum ich nach einigem Überlegen zustimmte. Er sagte, ich solle mich um fünf Uhr am Hauptbahnhof einfinden, der Zug nach Århus ginge eine Viertelstunde spä-

ter. Wir würden dort übernachten und am nächsten Tag das Archiv besuchen und hoffentlich am Samstagabend wieder nach Kopenhagen zurückkehren.
Ich packte ein paar Sachen in eine kleine Tasche und fand mich zur verabredeten Zeit auf dem Bahnhof ein. Wir stiegen in den Zug, und kurze Zeit später glitt die dänische Landschaft an den Fenstern vorbei. Ich war nie zuvor mit der Eisenbahn gefahren und fand, dass diese Art des Reisens mir ganz besonders zusagte – die Aussicht aus dem Eisenbahnwaggon, der regelmäßige Takt der Räder auf den Schienen, das angenehme Schaukeln und die Zeitlosigkeit, die mit jeder längeren Reise verbunden ist. Unterwegs redeten wir nicht viel miteinander. Der Professor vergrub sich in Papiere, die er dabeihatte, und ich hatte den Roman *Das Uhrwerk* von Ólafur Jóhann Sigurðsson mitgenommen, der so unterhaltsam und geistreich geschrieben war, dass ich jetzt schon mit großem Bedauern dem Ende der Lektüre entgegensah.
»Du weißt, dass es in Århus eine Straße gibt, die Ole Worms Allé heißt«, unterbrach der Professor plötzlich das Schweigen.
»Das wusste ich nicht«, sagte ich.
»Nein, natürlich nicht«, sagte der Professor. »Wäre es nicht etwas ganz anderes, wenn die Verantwortlichen daheim in Island die Hringbraut nach Brynjólfur Sveinsson benannt hätten? Oder nach unserem Jónas? Diese Leute sind unfähig und unbedarft. Was besagt schon Hringbraut? Was soll das?«
Er starrte mich mit diesem wilden Blick an, den man häufig an ihm beobachten konnte, wenn ihm etwas entsetzlich auf die Nerven ging, aber ich konnte ihm auch keine Antwort auf diese Fragen geben und zuckte nur mit den Achseln. Daraufhin vertiefte er sich wieder in seine Unterlagen.

Die Dunkelheit war hereingebrochen, als wir bei unserer kleinen Pension in der Vester Allé eintrafen, ganz in der Nähe des Archivs. Herr Mortensen und seine Frau, ein freundliches Ehepaar ungefähr im gleichen Alter wie der Professor, betrieben die Pension. Er schien bereits früher dort übernachtet zu haben, denn die beiden kannten ihn und begrüßten ihn herzlich. Sie unterhielten sich noch eine ganze Weile, aber ich ging zu Bett und schlief tief und fest, bis mich der Professor am nächsten Morgen weckte.

Nach einem guten Frühstück mit den Mortensens und zwei weiteren Pensionsgästen machten der Professor und ich uns auf den Weg zum Archiv, das auch samstags den ganzen Tag geöffnet hatte. Wir trugen unser Anliegen einer freundlichen jungen Frau vor, die sich sogleich auf die Suche nach den Unterlagen aus dem Besitz der Reederei C.P.A. Koch machte. Eine halbe Stunde später kam sie zurück und erklärte, eine ganz Menge Dokumente gefunden zu haben, Schiffsbücher und Konnossements und dergleichen. Wir könnten gern nach Belieben darin herumstöbern, müssten aber allein zurechtkommen. Sie führte uns in die hinteren Räume des Archivs, zeigte uns, wo die Unterlagen der Firma waren, und verließ uns.

Sie befanden sich an nicht weniger als drei Stellen im Archiv, und wir brauchten sehr viel Zeit, um uns durch den ganzen Wust von Frachtverzeichnissen, Logbüchern des Kapitäns und die ganze Korrespondenz mit Kaufleuten und Händlern hindurchzuarbeiten. Die Reederei C.P.A. Koch hatte mit ihren zahlreichen Schiffen außer Island auch noch andere Länder angelaufen, wie der peniblen Buchhaltung zu entnehmen war. Das meiste war in der ziemlich leserlichen, typischen Buchhalterschrift geschrieben, einiges erwies sich aber als schwieriger zu entziffern, weil die Tinte verblasst war. Für mich war das alles ziemlich unverständlich, denn mit Schifffahrts- oder Handelsgeschichte hatte ich mich nie abgegeben. Der Professor schien sich da besser auszukennen, und ihm gelang es schneller, das Wichtige vom Unwichtigen zu unterscheiden. Er arbeitete sich schnell durch einen Stapel nach dem anderen, auf der Suche nach der richtigen Jahreszahl, dem richtigen Schiff und der richtigen Reise, die in Akureyri endete und die ihn so sehr interessierte.

Gegen ein Uhr machten wir eine Pause und gingen zu einem Restaurant in der Nähe des Archivs. Dank des schönen Wetters konnten wir sogar draußen essen. Der Professor trank zwei Bier und zwei Schnäpse und war damit gewappnet für die nächste Runde. Und so kehrten wir ins Archiv zurück.

Manchmal murmelte er etwas vor sich hin, was ich nicht verstehen konnte. Einmal glaubte ich, den Frauennamen Rósa herauszuhören, und außerdem nannte er irgendeinen Bauernhof, möglicherweise Hallgrímsstaðir, und an einer Stelle glaubte ich den Namen Steenstrup zu vernehmen. Von dem Mann wusste ich, dass er Naturwissenschaftler und ein guter Freund von Jónas Hallgrímsson gewesen war.

In einem weiteren Karton mit Büchern der Reederei stieß ich endlich auf eines mit der Jahreszahl 1863. Ich nahm es heraus, blätterte darin und sah, dass es das Frachtverzeichnis enthielt: Salz, Kaffee, Mehl. Eine Passagierliste fand ich jedoch nicht, und so nahm ich das nächste Buch mit derselben Jahreszahl zur Hand.

Ich öffnete es. Zum Vorschein kam die Passagierliste eines Schiffes mit dem Namen *Hertha*, das ebenfalls im Besitz der Reederei gewesen war.

Ich legte das Buch zur Seite und griff nach dem nächsten. Es trug die Beschriftung: »*Acturus. Passagerer.*«

Ich rief nach dem Professor und bedeutete ihm, zu mir zu kommen. Er nahm das Buch entgegen.

»Gut, Valdemar«, sagte er, als er sah, um was es sich handelte. »Sehr gut.«
Er begann, die Seiten so extrem vorsichtig umzublättern, als handele es sich um die kostbarsten Pergamente. Er ließ den Finger an den Eintragungen entlanggleiten, ging dann wegen der schlechten Lichtverhältnisse in diesem Teil des Archivs zu einem Tisch mit einer Lampe und setzte sich.
»Das ist ja unglaublich undeutlich«, sagte er »Kannst du das lesen, Valdemar?«
Ich beugte mich über das Buch. Die Seiten waren in mehrere Spalten mit Namen von Personen und Zahlungsbestätigungen unterteilt, die sich meiner Meinung nach auf den Fahrpreis für die Passage bezogen. Soweit ich sehen konnte, war auch das Gepäck aufgeführt. Hinter den Namen befanden sich weitere Zahlen.
»Kannst du mir die Namen vorlesen?«, fragte der Professor.
»Ich will es versuchen«, sagte ich und begann, mich durch die Passagierliste hindurchzubuchstabieren.
»Herr Hansen und Frau«, sagte ich, »und wahrscheinlich ihre Kinder, Albert und Christian. Herr Thorsteinsson. Herr Vilhjámsson und Frau. Herr Pedersen ...«
So ging es eine ganze Weile weiter, ohne dass irgendeine Reaktion des Professors erfolgte. Er saß mit geschlossenen Augen neben mir, und sein Kopf war auf die Brust gesunken. Ich hatte das Gefühl, er sei eingeschlafen, traute mich aber nicht, mit dem Lesen aufzuhören.
»Davidsson, F., mit seiner Frau und drei Töchtern, Ellingsen, H., allein reisend, Hjálmarsson, Jörgensen, R., Thorsteinsson, Eymundsen, Arnason, K., mit seiner Frau, Knudsen, A., und Töchter, Petursson ...«
Der Professor schreckte hoch.
»Was war das da ... Der Name nach Ellingsen?«
»Ellingsen, Ellingsen, ja hier, Hjalmarsson?«

»Und danach?«
»Hjalmarsson, Jörgensen, R., Thorsteinsson, Eymundsen ...«
»Jörgensen, R.?«
»Ja.«
Der Professor sprang auf.
»Jörgensen, R.«, las ich aus dem Buch vor. »Allein reisend, soviel ich sehen kann.«
»Lass mich sehen«, sagte er.
Ich reichte ihm die Passagierliste. Er ging sie durch und hielt beim Namen Jörgensen inne.
»Jörgensen«, flüsterte er. »Warum ist mir das nicht eingefallen? Natürlich! Natürlich Jörgensen. Das muss er sein. Es muss Jörgensen sein!«
Der Professor war sichtlich erregt.
»Was ist das für ein Jörgensen?«, fragte ich.
»Er war Büchersammler«, antwortete der Professor. »Sie kannten sich, dieser Jörgensen und Baldvin Thorsteinsson. Es kann gut sein, dass wir hier auf etwas gestoßen sind, Valdemar, auf etwas sehr Wichtiges. Falls er das ist. Falls es sich tatsächlich um R.D. Jörgensen handelt, sind wir möglicherweise einen Schritt weitergekommen. Einen Schritt weiter, Valdemar! Er war Mitglied einer besonderen Loge im neunzehnten Jahrhundert. Er ist nach Island gereist. Vielleicht war er es, der da in Hallsteinsstaðir war.«
»Hallsteinsstaðir?«
Der Professor schaute auf seine Uhr.
»Wer ist dieser Baldvin?«, fragte ich.
»Später, Valdemar. Komm jetzt, wir schaffen es noch zum Nachmittagszug nach Hirtshals. Schnell, schnell, wir dürfen keine Zeit verlieren! Wir müssen noch heute über den Skagerrak!«

Der Professor wusste einiges über Ronald D. Jörgensen. Es handelte sich um einen dänischen Büchersammler. Er war dänisch-isländischer Abstammung und hatte seinen isländischen Namen Runólfur in Ronald abgeändert. Geboren in Hofsós, Mutter isländisch. Sein Vater hatte einen Handelsladen in Hofsós, zog aber mit seiner Familie nach Dänemark, als Ronald zwanzig war. Ronald D. Jörgensen studierte Jura an der Universität in Kopenhagen, ging aber nach Deutschland und ließ sich in Schwerin nieder. Bei seinem Tod hinterließ er eine enorme Bibliothek, denn er war ein passionierter Sammler gewesen. Er hatte eine Zeit lang in militärischen Diensten gestanden und bekleidete den Rang eines Obersten. Der Professor wusste, dass Jörgensen einer Loge angehört hatte, die kurz vor Mitte des neunzehnten Jahrhunderts in Deutschland gegründet worden war und sich nach Odin benannt hatte. In Deutschland interessierte man sich seit der Romantik verstärkt für die mittelalterlichen Texte aus Island. Viele Deutsche waren davon überzeugt, dass die nordische Götterwelt zum deutschen Kulturerbe gehörte, und suchten nach verwandtschaftlichen Banden zu den nordischen Nationen. Ronald D. Jörgensen war einer von denen, welche die Götterwelt der Eddalieder als Bestandteil deutscher Mythologie betrachteten, und sein brennendes Interesse richtete sich darauf, die altisländische Literatur für nationalistische Bestrebungen in Deutschland zu vereinnahmen. Dem Professor war bekannt, dass er 1876 bei der Uraufführung von Wagners *Ring des Nibelungen* in Bayreuth anwesend gewesen war.
Der Professor war sich ziemlich sicher, dass Jörgensen im späteren Verlauf seines Lebens nicht mehr in Island gewesen war. Der Büchersammler starb im Alter von fünfundfünfzig Jahren an Krebs.

Er hatte zwei Söhne, und den letzten Informationen des Professors zufolge lebte der eine von ihnen noch, und zwar in Kristiansand in Norwegen.
Das alles erzählte mir der Professor im Zug auf dem Weg nach Hirtshals an der Nordspitze von Jütland, wo wir dann die Fähre nach Norwegen erreichten. Die Überfahrt war bei scharfem Nordwind ziemlich unruhig, und wir sprachen wenig miteinander. Der Professor schlief die meiste Zeit, während ich las.
Der Professor hatte mich gebeten, zu seiner Unterstützung mitzukommen, aber ich wusste nicht genau, worin diese Unterstützung bestand. Ich hatte ihm gezeigt, was ich konnte, und unter Beweis gestellt, dass ich imstande war, alte Briefe und Handschriften zu lesen. Später kam mir der Gedanke, dass er vielleicht Angst vor diesen Deutschen im *Hviids Vinstue* hatte. Er war sehr auf der Hut, wo immer wir auch hingingen, und blickte sich häufig um. Doch damals machte ich mir deswegen kaum Gedanken. Er sagte auch nichts dazu, vielleicht wollte er mir nicht unnötig Angst machen. Im Nachhinein bin ich fast sicher, dass er sich ganz einfach nicht traute, allein zu reisen.
Am nächsten Morgen setzten wir uns nach der Ankunft in Kristiansand in ein Lokal beim Hafen, und der Professor suchte im Telefonbuch nach dem Namen von Jörgensens Sohn. Wir fanden Name und Adresse und erkundigten uns bei der Wirtin, wie man zur Torsgate Nummer 15 käme. Die Frau war sehr hilfsbereit, aber auch etwas neugierig und wollte wissen, nach wem wir suchen. Der Professor antwortete höflich, aber ausweichend. Er wollte so schnell wie möglich los, um den Sohn von Ronald Jörgensen zu besuchen. Das Haus hatten wir bald gefunden. Die Straßennamen in dem Viertel hatten offensichtlich alle einen Bezug zur nordischen Mytho-

logie, sie waren nach Odin und Freyja und Walhalla benannt. Ich fragte den Professor, ob es nicht besser sei, sich telefonisch anzumelden, aber er schüttelte nur den Kopf.

»Du bist dir sicher, dass es sich um den richtigen Mann handelt?«, sagte ich, als wir vor dem Haus standen und daran hochschauten. Das dreistöckige Holzhaus mit hohem Dachgeschoss befand sich in einem älteren Teil der Stadt.

»Meinen Informationen zufolge wohnt er immer noch hier am Ende der Welt. Ein Büchersammler, den ich kenne, hat ihn vor einigen Jahren besucht, weil er die Hoffnung hegte, bei ihm noch isländische Bücher aus der Sammlung des alten Jörgensen zu finden.«

»Ist das lange her?«

»Schätzungsweise etwa fünf Jahre«, antwortete der Professor.

»Weißt du, in welchem Stockwerk er wohnt?«

»Nein, wir haben nur diese Hausnummer.«

Die Haustür war unverschlossen, und ich folgte dem Professor ins Treppenhaus. Ohne zu zögern, klopfte er an die Tür der Wohnung im Erdgeschoss. Eine junge Frau öffnete sie einen Spalt und schaute heraus.

»Wohnt hier Ernst D. Jörgensen?«, fragte der Professor in makellosem Norwegisch. Die Frau sah uns misstrauisch an. Dann schüttelte sie den Kopf und schloss die Tür wieder, noch bevor der Professor fragen konnte, ob sie wüsste, in welchem Stock er wohnte.

Ein halbwüchsiger Junge öffnete an der nächsten Tür. Sein Vater stand hinter ihm.

»Ernst D. Jörgensen, lebt er hier?«, fragte der Professor.

»Jörgensen?«, sagte der Mann. »Nein, der wohnt ganz oben unterm Dach.«

Der Professor bedankte sich, und wir erklommen die Stufen zur Mansarde. Dort gab es nur eine Tür, an der aber kein Name stand. Der Professor sah mich an und klopfte dann drei Mal mit seinem Stock an.

Wir warteten, doch nichts geschah.

Noch einmal schlug er dreimal mit dem Stock gegen die Tür, diesmal etwas energischer. Ich hielt das Ohr an die Tür, und nach einer Weile vernahm ich von drinnen Geräusche. Kurz darauf öffnete ein alter Mann die Tür und sah uns mit grimmiger Miene an. Er hatte stechende Augen unter buschigen Brauen, und die Nase über den dünnen Lippen war spitz und kerzengerade. Seine Bartstoppeln waren einige Tage alt.

»Was wollen Sie?«, fragte er auf Deutsch.

»Sind Sie Ernst D. Jörgensen?«, sagte der Professor.

»Und wer möchte mit ihm sprechen?«, brummte der Alte.

Ich sah den Professor an. Was für Lügen würde er dem alten Mann auftischen? Ich rechnete im Kopf nach. Der Professor glaubte, dass Ernst D. Jörgensen 1871 geboren war. Er musste also vierundachtzig Jahre alt sein.

»Wir sind Büchersammler aus Island«, erklärte der Professor, ohne zu zögern, und stellte sich als Professor Þormóður Torfason vor. »Das hier ist mein Sohn Torfi«, sagte er, indem er auf mich wies. »Wir haben erfahren, dass Sie eine bemerkenswerte Bibliothek besitzen.«

»Wo haben Sie denn das gehört?«, fragte der alte Mann mürrisch.

»Sie haben doch einen Teil der Sammlung Ihres Vaters Ronald D. Jörgensen geerbt. Er war ein großartiger Sammler und hatte eine spezielle Vorliebe für Island.«

Der alte Mann musterte uns beide eingehend. Es war uns auf jeden Fall gelungen, ihn zu überraschen.

»Und Sie sind ja letzten Endes auch Isländer«, fügte der Professor lächelnd hinzu. »Wir sind womöglich sogar verwandt.«

»Sind Sie aus Island?«

»Ja.«

»Vor ein paar Jahren kam schon einmal ein isländischer Büchersammler zu mir«, sagte der alte Mann. »Was wollen Sie?«

»Dürften wir vielleicht hereinkommen?«, fragte der Professor. »Unser Anliegen wird nicht viel Zeit in Anspruch nehmen, wenn Sie so freundlich sein würden, uns anzuhören.«

Wieder sah der Alte uns forschend an. »Ich habe Ihnen nichts zu verkaufen«, sagte er schließlich.

»Das ist auch nicht der Zweck unseres Besuchs«, sagte der Professor. »Wir möchten nur herausfinden, ob Sie etwas aus der Sammlung Ihres Vaters bei sich aufbewahren. Wir suchen vor allem nach isländischen Büchern aus dem achtzehnten Jahrhundert.«

»So etwas besitze ich nicht.«

»Nein, aber Sie wissen vielleicht, was sich in der Sammlung Ihres Vaters befand?«

Immer noch zögerte Ernst D. Jörgensen. Wir standen auf dem Treppenabsatz und warteten.

»Na schön, kommen Sie herein«, sagte er endlich und ließ uns in die Wohnung. »Entschuldigen Sie bitte das Chaos hier drinnen, aber dieser Besuch kommt sehr überraschend. Ich habe ehrlich gesagt keinerlei Besuch erwartet.«

Wir folgten ihm in ein kleines Wohnzimmer. Die Wohnung machte einen ziemlich heruntergekommenen Eindruck. Im Wohnzimmer waren zwei große Bücherwände. Man konnte in eine winzige Küche hineinsehen, und bei der Eingangstür befand sich ein weiteres Zimmer. Es war kalt in der Wohnung. Vielleicht hatte er kein Geld, um richtig einzuheizen. Der Professor hatte mir gesagt, dass sein Vater es in Deutschland zu einem Vermögen gebracht hatte, und ich überlegte, was aus diesem Reichtum geworden war. Ungefragt gab mir der Alte in gewissem Sinne eine Antwort darauf.

»Die Kommunisten haben uns alles weggenommen«, sagte er, während wir Platz nahmen. »Ich habe erst zu spät begriffen, was da nach dem Krieg passierte. Sie haben das Land in Zonen aufgeteilt, und wir waren unter den Russen. Wir wurden enteignet, die Villa und das Landhaus hat man uns weggenommen, und dann sahen wir uns gezwungen zu fliehen. Meine Frau war Norwegerin, und deshalb sind wir hierhin gegangen, sozusagen völlig mittellos. Meine Frau ist vor zwei Jahren gestorben.«

»Das waren schwierige Zeiten«, sagte der Professor teilnahmsvoll.

»Das waren es. Was wollen Sie über meinen Vater und seine Bücher wissen?«

»Darf ich fragen, ob Sie sich an ihn erinnern können?«

»An ihn selbst kann ich mich kaum erinnern«, sagte Ernst D. Jörgensen. »Ich war bei seinem Tod sieben Jahre alt. Es hat fast ein Jahr gedauert, bis er starb, Krebs, verstehen Sie. An die Zeit kann ich mich erinnern und auch an meine Mutter, die sehr darunter litt. Sie war erheblich jünger als mein Vater.«

»Er war halber Isländer, geboren in Hofsós, einem kleinen Ort in Nordisland«, sagte der Professor.

»Das weiß ich. Ich bin aber selbst nie nach Island gekommen und habe keine Ahnung, ob ich dort Verwandte habe.«

»Ganz bestimmt«, sagte der Professor.

»Mein Vater ist nach Island gereist«, sagte der alte Mann. »Er hatte großes Interesse an dem Land.«

»Wissen Sie, was er mit dieser Reise bezweckte?«

»Nicht genau, aber wahrscheinlich hatte es etwas mit seiner Leidenschaft für Bücher zu tun. Er war ein großer Sammler, wie Sie ja wissen, denn sonst wären Sie nicht hier. Ich muss leider zugeben, dass ich in den Jahren der Weltwirtschaftskrise gezwungen war, einen Großteil der Bücher zu verkaufen. Das waren damals schwierige Zeiten in Deutschland. Uns fehlte es an Geld, und wir mussten Unmengen von Büchern verkaufen, darunter waren meines Wissens viele seltene Ausgaben. Ich kenne mich nicht so sehr damit aus, mein verstorbener Bruder hat das damals in die Hände genommen.«

»Können Sie mir sagen, was für Käufer das waren?«

»Da gab es einige. Herr Lange aus Stuttgart hat einen großen Teil der Sammlung gekauft, auch ein Herr Fassbinder aus Leipzig. Die sind beide gefallen.«

Der alte Mann überlegte. »Und dann war da auch noch dieser von Orlepp, der hat auch viel aus der Sammlung gekauft.«

Ich sah, dass der Professor aufhorchte.

»Und er hat sehr gut dafür bezahlt«, fügte Jörgensen hinzu. »Er war einer der wichtigsten Käufer.«

»Können Sie sich an besonders wertvolle Objekte in der Sammlung erinnern?«

»Nach was suchen Sie denn vor allem?«

»Da käme vieles in Betracht. Erstausgaben, die in den Jahren von 1750 bis 1850 in Kopenhagen gedruckt wurden, vor allem bei Páll Sveinsson, dem Buchbinder an der alten Münze, Werke wie *Die Schlacht von Solferino* von Gröndal oder die Märchen aus *Tausendundeiner Nacht* in der Übersetzung von …«

»Verzeihen Sie«, unterbrach der alte Mann den Professor, »ich hatte nie das Interesse für Bücher wie mein Vater, und ich kenne mich da überhaupt nicht aus.«

Ich starrte den Professor an. Er hatte diese Begegnung besser vorbereitet, als ich gedacht hatte. Und ich war noch nie einem Menschen begegnet, dem die Lügen so schnell über die Lippen gingen. Die alte Münze? Wo nahm er diese Worte her?

»Wissen Sie etwas über die isländischen Bücher in seiner Sammlung?«, fragte der Professor.
»Nicht wirklich«, entgegnete der alte Mann. »Es ist wie gesagt lange her, seit wir den Großteil der Sammlung veräußerten, und ich kannte mich nun mal nicht damit aus. Mein älterer Bruder Hans, der das für uns abgewickelt hat, ist vor drei Jahren verstorben. Der hätte sicher mehr darüber gewusst.«
»Soweit wir wissen, ist Ihr Vater 1863 nach Island gereist. Ist er von dieser Reise mit irgendwelchen Büchern zurückgekehrt?«
»Darüber weiß ich eigentlich nichts.«
»Aber seine Korrespondenz. Bewahrte Ihr Vater seine Briefe auf?«
»Er ließ alles vor seinem Tod vernichten. Es war ihm sehr daran gelegen, dass seine Briefe niemand anderem in die Hände fielen, und ließ sie verbrennen.«
»Einzelne Seiten oder Blätter, womöglich sogar auf Pergament mit alter Schrift – können Sie sich an so etwas in seiner Sammlung erinnern?«
Ernst D. Jörgensen schüttelte unsicher den Kopf.
»Leider kann ich Ihnen nicht weiterhelfen«, sagte er.
»Kommt Ihnen der isländische Name Rósa Benediktsdóttir bekannt vor?«
»Leider nein.«
»Oder Hallsteinsstaðir? Das ist ein Hof in Nordisland.«
»Nie davon gehört. Ich weiß überhaupt nichts über Island.«
»Sie kennen aber den *Codex Regius* mit den Eddaliedern?«
»Ich weiß, was die Edda ist, die haben wir in der Schule durchgenommen.«
»Die Edda ist das Kostbarste, was die Isländer besitzen, auch wenn die Handschrift zurzeit noch in Dänemark aufbewahrt wird«, erklärte der Professor.

Ernst D. Jörgensen erhob sich.
»Falls Sie keine weiteren Fragen mehr haben ...«
»Nein«, sagte der Professor enttäuscht und sah mich an, als sollte ich etwas beisteuern, irgendwelche Fragen, die man dem Alten stellen konnte. Mir fiel nichts ein. Wir standen ebenfalls auf, aber der Professor ließ sich sehr viel Zeit dabei, er schien noch nicht mit Ernst D. Jörgensen fertig zu sein.
»Ich bedanke mich bei Ihnen für Ihre Hilfe«, sagte er, als der alte Mann die Wohnungstür für uns aufhielt. »Und entschuldigen Sie bitte die Störung. Vielleicht dürfen wir später noch einmal bei Ihnen vorsprechen, falls weitere Fragen auftauchen.«
»Wie Sie möchten.«
Ich gab Ernst D. Jörgensen zum Abschied die Hand, und das Gleiche tat der Professor, der aber die Hand des alten Mannes länger in seiner behielt, er wollte einfach noch nicht aufgeben.
»Können Sie sich an eine besondere Rarität im Besitz ihres Vaters erinnern, ein paar relativ kleine Pergamentseiten?«, fragte der Professor. »Ein Bogen aus einer alten Handschrift.«
»Leider nein«, antwortete der alte Mann.
»Mit ganz kleiner, kaum leserlicher Schrift.«
»Nein.«
Der Professor ließ seine Hand los und verbeugte sich knapp. Ernst D. Jörgensen schloss die Tür hinter uns.
Der Professor seufzte tief, und wir gingen die Treppe hinunter. Wir waren erst ein paar Stufen tiefer, als sich die Tür noch einmal öffnete und der alte Mann wieder auf dem Treppenabsatz erschien.
»Höchstens an das, was er mit ins Grab nahm«, sagte er.
»Was sagen Sie da?«, fragte der Professor.
»Sie sprachen von alten Pergamentblättern«, sagte Ernst

D. Jörgensen. »Unsere Mutter erzählte uns davon, dass er ein paar Seiten mit ins Grab genommen hat. Wie ich Ihnen vorhin sagte, hat er über ein Jahr zum Sterben gebraucht und alles sorgfältig vorbereitet, jedes kleinste Detail bei der Bestattung. Unter anderem hat er von meiner Mutter verlangt, ihm diese Pergamentseiten mit in den Sarg zu legen.«

»Er hat Pergamentseiten mit ins Grab genommen?«, stöhnte der Professor und vermochte kaum, seine Erregung zu verbergen.

»Es war aber kein Buch«, erklärte Ernst D. Jörgensen. »Nur ein paar lederne Fetzen, die meiner Meinung nach nur für ihn einen Wert hatten.«

»Lederne Fetzen? Können Sie das etwas präzisieren?«

»Pergamentseiten, wie Sie sich ausgedrückt haben. Ich bin mir ziemlich sicher, dass meine Mutter ebenfalls dieses Wort verwendet hat, Pergamentseiten. Er verlangte, dass sie ihm in den Sarg gelegt würden.«

»Wissen Sie, was für Blätter das waren?«

»Keine Ahnung«, sagte der alte Mann. »Wahrscheinlich eine von den Handschriften aus seiner Sammlung. Ich weiß es nicht.«

»Wo liegt …?« Der Professor unterbrach sich mitten im Satz, und ein Lächeln huschte über sein Gesicht »Herzlichen Dank, Herr Jörgensen. Und noch einmal: Entschuldigen Sie bitte die Störung.«

»Er liegt in unserer Familiengruft in Schwerin«, sagte Ernst D. Jörgensen. »Falls sie denn überhaupt noch existiert. Ich bin seit Jahren nicht dort gewesen und werde wohl auch nicht mehr hinkommen.«

Als wir auf die Straße traten, war der Professor ganz aus dem Häuschen vor Freude.

»Jörgensen hat die verschollenen Seiten gefunden und mit ins Grab genommen! Die Lücke im *Codex Regius*!

Wir müssen so schnell wie möglich hin, wir müssen nach Deutschland!«
»Wohin?«
»Natürlich nach Mecklenburg! Er liegt in Schwerin begraben.«
»Wer ist Rósa Benediktsdóttir?«
»Geduld, Valdemar. Ich erkläre es dir, wenn ich selbst etwas mehr Durchblick habe.«
»Und Hallsteinsstaðir?«
»Wir müssen uns beeilen. Wir müssen so schnell wie möglich rüber nach Schwerin.«
»Moment mal, als du mich neulich gebeten hast, dich nach Deutschland zu begleiten, wolltest du da auch nach Schwerin? Erinnerst du dich daran?«
»Nein, da ging es um etwas anderes«, sagte der Professor, »und ich weiß nicht, ob das irgendetwas bringen würde. Zumindest ist bis jetzt nichts dabei herausgekommen. Ich erzähle dir das vielleicht später einmal.«
Er marschierte los, und ich folgte ihm. Wir schafften es gerade noch so, die Fähre von Kristiansand nach Hirtshals zu erreichen, die am späten Nachmittag auslief, und ließen uns an einem freien Tisch in der Cafeteria auf dem Schiff nieder. Ich starrte den Professor an, der mir gegenübersaß, und nach und nach wurde mir klar, weshalb er nach Schwerin wollte.
»Was hast du mit diesem Grab von Jörgensen vor?«, fragte ich zögernd, denn ich hatte das Gefühl, dass ich die Antwort gar nicht wissen wollte.
Der Professor lächelte.
»Deswegen ist es so gut, dich dabeizuhaben«, war seine Antwort.
»Mich dabeizuhaben?«
»Es könnte etwas kompliziert werden, aber eigentlich glaube ich das nicht.«

»Du willst doch nicht etwa das Grab öffnen?«, flüsterte ich.
»Glücklicherweise brauchen wir nicht zu graben«, erklärte der Professor. Ich wusste nicht, ob das als Trost für mich gemeint war oder als Rechtfertigung für sein Vorhaben. »Du hast gehört, was der Sohn gesagt hat. Er ruht in einer Gruft.«
»Bist du verrückt?!«
»Hoffentlich verrückt genug«, entgegnete er.
»Wir können doch nicht einfach so ein Grab öffnen«, sagte ich. »Das ist nicht möglich. Es verstößt gegen das Gesetz. Es ist … Das ist einfach unmöglich! Das ist ein Sakrileg! Grabschändung! Da mache ich nicht mit, ganz bestimmt nicht! Und auf keinen Fall dort. Das Grab ist in der DDR, wie du weißt!«
»Niemand braucht etwas davon zu erfahren«, erklärte der Professor beschwichtigend.
»Ist das alles wegen dieser Deutschen bei *Hviids*?«
Das Gesicht des Professors verzerrte sich. »Ja, die haben auch was damit zu tun«, gab er zu. »Aber darum geht es nicht, Valdemar. Begreifst du das nicht?«
»Was?«
»Möchtest du das nicht wissen? Möchtest du nicht herausfinden, ob die verschollenen Seiten der Edda tatsächlich dort sind? Ob sie wirklich noch existieren?! Ob wir sie finden können? Lässt dich das etwa völlig kalt? Du musst doch auch diese unglaubliche Spannung spüren, diese Nähe zu etwas, das zu … viel zu überwältigend ist, als dass man es in Worte fassen könnte?«
Ich blieb ihm die Antwort darauf schuldig.
»Valdemar?«, sagte er.
Die Vorstellung, die verschollenen Seiten aus dem *Codex Regius* zu finden, hatte durchaus seinen Reiz, das konnte ich nicht abstreiten. Auch wurde mir so langsam bewusst, wie

dramatisch das alles zusammenhing, die Lücke im *Codex Regius*, die unleserlichen Marginalien und der potenzielle Grabraub, aber ich gebe gern zu, dass ich mich damals wie heute nicht sonderlich für Abenteuer zu erwärmen vermochte, insbesondere solche, bei denen es erforderlich war, in Gräber einzudringen.

»Wann wirst du das machen?«, fragte ich.

»So bald wie möglich. Wir haben nicht viel Zeit.«

»Verdammt noch mal«, brach es aus mir heraus.

»Das ist doch alles gar kein Problem«, erklärte der Professor. »Die Zeit drängt, und das hängt mit diesen Deutschen zusammen. Ich war schon einmal in Schwerin. Es ist wirklich keine große Sache. Vertrau mir, Valdemar, das ist alles kein Problem.«

»Kein Problem?! Du hast vor, in die Gruft eines Toten einzudringen.«

»So etwas geschieht ja nicht zum ersten Mal«, sagte der Professor. »Mach dir doch nicht so viele Sorgen. Du machst dir viel zu viele Sorgen, Valdemar. So ein junger Mensch wie du.«

Mir fiel nichts mehr ein. Der Professor zog eine Schnupftabaksdose aus der Tasche und nahm sich eine Prise. Mir kam er erstaunlich fit vor, gemessen an den Alkoholexzessen der letzten Zeit. Er klappte die Tabaksdose zu und steckte sie wieder in die Westentasche.

»Ich bereue es immer noch«, sagte er unvermittelt. Er schien mit sich selbst zu sprechen und lehnte sich in seinem Sitz zurück.

»Was denn?«, fragte ich, denn ich hatte keine Ahnung, was er da redete.

»Dass ich es nicht gemeldet habe, als ich das Skelett fand. Ich habe es immer bereut.«

»Was für ein Skelett?«, fragte ich.

»Doch dann hätte ich auch davon erzählen müssen, dass

ich wieder Erde drübergeschaufelt habe«, sagte der Professor.

Er seufzte tief und starrte in die Dunkelheit hinaus. Ich verkniff es mir, ihn um eine Erklärung zu bitten. Ich war mir keineswegs sicher, ob ich all das wissen wollte, was er wusste, und mir war nur allzu klar, dass ich weit davon entfernt war, diesen seltsamen Mann zu verstehen.

Neun

Wenn ich nicht im *Kannibalen* aß, konnte ich bei meiner Vermieterin, einer gutmütigen Frau um die fünfzig, die Mahlzeiten zu mir nehmen. Ihr Mann lebte nicht mehr, und ihr einziger Sohn war von zu Hause ausgezogen. Witwe Bodelsen hatte noch zwei andere Untermieter, einen älteren Herrn, der mit ihr verwandt war, und einen italienischen Volkswirtschaftsstudenten, einen verschlossenen jungen Mann jüdischer Abstammung. Das Essen bei der Witwe war passabel, häufig gab es dänischen Schinken und praktisch zu jeder Mahlzeit Rotkohl und Kartoffeln. Frau Bodelsen war sehr freundlich, aber zu den anderen beiden Untermietern bekam ich kaum Kontakt, denn sie schaufelten nur die Mahlzeiten in sich hinein und verschwanden anschließend gleich wieder in ihren Zimmern.

Ich lag nach dem Abendessen gemütlich auf dem Bett, als an meine Zimmertür geklopft wurde. Es war, einen Tag nachdem der Professor und ich aus Norwegen zurückgekehrt waren. Ich ging zur Tür, draußen stand der Professor. Er machte einen blendenden Eindruck. Er hatte seinen Ledermantel an und strahlte übers ganze Gesicht, als er unaufgefordert mein Zimmer betrat.

»Warum wohnst du nicht im Kolleg?«, fragte er, während er seine Blicke über die spärliche Einrichtung schweifen ließ, mein Bett, das an der Wand stand, den Schreibtisch mit der Leselampe, die ich auch verwenden konnte, wenn ich im Bett las, einen eingebauten Schrank und in der

Ecke ein kaputtes Grammophon, das der Vermieterin gehörte.
»Dr. Sigursveinn hat mir dieses Zimmer besorgt«, antwortete ich. »Er sagte, dass es hier ruhiger sein würde.«
»Ein richtiger Prachtkerl, dein Sigursveinn«, sagte der Professor und ließ sich auf dem Stuhl am Schreibtisch nieder.
»Leider habe ich nichts, was ich dir anbieten könnte«, sagte ich.
»Das stimmt nicht, Valdemar«, sagte er.
»Ich meine Tee, Kaffee oder dergleichen.«
Wieder bemerkte ich dieses tiefe Mitleid in den Augen des Professors, als er mich anblickte, ohne ein Wort zu sagen. Ich lächelte verlegen.
»Leider besitze ich nichts dergleichen«, wiederholte ich.
»Macht nichts«, sagte er, »ich bin nicht wegen einer Tasse Kaffee hierhergekommen.«
Mein bescheidener Stapel Bücher, den ich aus Island mitgebrachte hatte, erregte die Neugier des Professors, er beugte sich vor und stützte sich dabei auf seinen Stock, um sie zu inspizieren, und wie immer, wenn ich in seiner Nähe war, hatte ich das Gefühl, er würde mich taxieren. Sein Besuch hatte mich nicht allzu sehr überrascht, irgendwie hatte ich damit gerechnet. Und ich ahnte, was er von mir wollte. Auf der Rückreise von Norwegen hatte er die ganze Zeit versucht, mich dazu zu überreden, mit ihm nach Deutschland zu fahren, doch ich hatte sehr ausweichend geantwortet. Jetzt ließ er sich nicht mehr hinhalten.
»Ich muss etwas mir dir besprechen, Valdemar«, sagte er.
Ich nahm mir im Stillen vor, hart zu bleiben, wenn er mich jetzt aufs Neue bitten würde, mein Studium zurückzustellen und ihn zu begleiten. Das Studium hatte Vorrang, gleichgültig, was er sagte. Ich wusste aber, dass es schwierig werden würde, gegen ihn anzukommen, und ich fand es außerdem unangenehm, das tun zu müssen. Mir war

überhaupt nicht wohl zusammen mit ihm in meinem Zimmer.

»Ich weiß nicht, wie viel du weißt«, sagte er und holte seine Tabaksdose aus der Tasche. »Doch bevor ich es vergesse, möchte ich mich bei dir bedanken, dass du mich alten Mann nach Århus und Norwegen begleitet hast. Aber wenn du mehr wissen, wenn du die ganze Geschichte hören willst, dann musst du noch einmal mit mir kommen, und ich werde dir verraten, was hinter allem steckt.«

Ich schwieg.

»Ich möchte dich bitten, mit mir eine kurze Reise nach Deutschland zu unternehmen. Der Zug geht ...«, er zog seine Uhr hervor, »... in einer Stunde.«

»Ich glaube nicht, dass ich mitkommen kann.«

»Bist du ganz sicher?«

»Wir haben schon auf der Fähre darüber gesprochen«, sagte ich. »Es ist sehr schwierig für mich, mir jetzt freizunehmen, im Grunde genommen ist es unmöglich.«

»Was redest du denn da für einen Blödsinn?«

»Nein, das ist kein Blödsinn«, sagte ich.

»Was, wenn ich dir sage, dass es um Leben und Tod geht?«, sagte er.

»Ich weiß nicht, wovon du redest«, entgegnete ich. »Du sprichst in Rätseln, und ich begreife dich nicht.«

»Ich werde es dir unterwegs erklären«, sagte er.

»Unterwegs wohin?«

»Nach Schwerin.«

»Um in Jörgensens Gruft einzudringen?«

»Erinnerst du dich an die beiden Männer im *Hviids Vinstue*, die mir gegenüber an dem Abend unverschämt wurden? Sie könnten sie womöglich vor uns finden. Das ist es, was ich befürchte, und ich darf keine Zeit verlieren. Wir dürfen keine Zeit verlieren, Valdemar.«

Ich sah, dass es ihm ernst war. Er verlangte, dass ich mein Studium vernachlässigte und ihn begleitete, einzig und allein, weil er mich darum bat. Ich hatte nein gesagt, und jetzt fand ich, dass es reichte.

»Du kannst nicht einfach hier hereinschneien und von mir verlangen, dass ich … von mir verlangen, dass ich wegen irgendetwas, von dem ich nicht einmal weiß, ob es überhaupt existiert, mit dir in der Weltgeschichte herumgondele. Das Studium hier ist anspruchsvoll, das solltest du selbst am besten wissen …«

»Studium? Anspruchsvoll? Um Himmels willen, Valdemar!«

»Ich kann nicht mit dir kommen«, sagte ich und versuchte, entschlossen zu klingen. »Das ist ausgeschlossen.«

»Zum Teufel mit dir«, erklärte der Professor und stieß mit dem Stock auf. »Was bist du nur für ein verfluchter Waschlappen, Mensch! Wenn das deine Tante hört! Weshalb hat sie dich überhaupt aufgezogen? Hast du jemals darüber nachgedacht?«

»Du solltest jetzt gehen«, sagte ich.

»Du taugst wahrscheinlich genauso wenig zu etwas wie deine Mutter«, sagte er.

Ich starrte den Professor an.

»Hab ich etwa nicht Recht?«, fuhr er fort. »Hat sie dich nicht einfach bei deiner Tante zurückgelassen, als sie wieder einmal einen neuen Traumprinzen getroffen hatte?«

»Was weißt du darüber?«

»Ich habe meine Verbindungen.«

»Geh«, sagte ich leise. »Mach, dass du hier rauskommst.«

Der Professor machte keine Anstalten, sich zu rühren. Er hatte sich eine Prise Schnupftabak genommen und zog die Nase hoch.

»Entschuldige«, sagte er. »Ich benehme mich manchmal wie ein Idiot. Ich wollte dich nicht …«

»Ich möchte, dass du gehst«, sagte ich bestimmt.
»Stell dich doch nicht so an. Mir rutscht einfach manchmal das eine oder andere heraus, nimm dir das doch nicht so zu Herzen.«
»Ausgerechnet du erlaubst dir, ein Urteil über andere zu fällen! Ich bin kein ausgebrannter Wissenschaftler, der die letzten zehn Jahre seines Lebens mit Saufen vergeudet hat. Ich bin kein Trunkenbold, über den man sich auf den Fluren in der Universität lustig macht.«
Ich stieß das zwischen zusammengebissenen Zähnen hervor und traute meinen eigenen Ohren kaum. So hatte ich noch nie zu jemandem geredet, und ich schämte mich im selben Moment, als die Worte über meine Lippen gekommen waren. Sie schienen aber nicht den geringsten Einfluss auf den Professor zu haben.
»Ich wusste, dass du Mumm in den Knochen hast«, sagte er, »und du darfst mich beschimpfen, so viel du möchtest.«
»Geh«, sagte ich und öffnete die Tür.
»Valdemar, komm mit«, sagte der Professor unbeeindruckt. »Ich werde dir unterwegs alles beibringen. Du wirst es niemals bereuen.«
»Bitte tu mir den Gefallen, und geh.«
Der Professor blickte mich lange an, bevor er wieder das Wort ergriff.
»Es kann sein, dass wir die verschollenen Seiten finden«, sagte er schließlich. »Die Lücke im *Codex Regius*. Ich war schon hinter diesen Seiten her, bevor du überhaupt auf der Welt warst. Und nun stehe ich ganz kurz davor, sie zu finden. Du kannst mir helfen. Du warst daran beteiligt, diesen Seiten auf die Spur zu kommen, und ich biete dir die Möglichkeit, dabei zu sein, wenn sie gefunden werden.«
»Falls sie gefunden werden, meinst du wohl.«
Er nickte. »Ja, falls. Aber ich glaube, dass es so sein wird, Valdemar. Ich habe uns Papiere für die Einreise in die DDR

ausstellen lassen. Wir brauchen nicht lange. Findest du wirklich nicht, dass es den Aufwand wert ist?«

Ich sah ihn an. »Leben und Tod von wem?«, fragte ich.

»Von wem? Was meinst du damit?«

»Du hast gesagt, es ginge um Leben und Tod. Wessen Leben ist in Gefahr?«

»Meines«, erklärte der Professor. »Aber mach dir deswegen keine Sorgen. Komm mit, und ich sage dir, was da gespielt wird. Du wirst es nicht bereuen, Valdemar. Das ist etwas, was du nie in deinem Leben bereuen wirst.«

Zehn

Der Professor war damals noch ein junger Mann, falls es überhaupt möglich ist, sich ihn in jungen Jahren vorzustellen, und er hatte gerade zum ersten Mal seine Gitte in der Königlichen Bibliothek getroffen. Sein schon damals zerzaustes Haar war da natürlich noch etwas dichter und auch wesentlich dunkler. Er war schlank und gut gebaut, vielleicht auch im Gegensatz zu späteren Jahren gut rasiert, ein dunkel gekleideter Mann von Welt zu Besuch in der Stadt am Sund. Damals war er frisch verliebt in Gitte, die wie ein scheuer Engel in sein Leben getreten war. Vielleicht waren es die besten Jahre seines Lebens, als sie zueinanderfanden und eins wurden. Das war jedenfalls mein Eindruck, weil er nie über Gitte redete. Er sprach nie über seine große Liebe. Es hatte ganz den Anschein, als wolle er die Erinnerung an sie vor nichtigen Worten bewahren, er, der die Macht der Worte besser kannte als irgendein anderer.

Zu dieser Zeit erforschte und registrierte der Professor mit akribischer Gründlichkeit die Bücher- und Briefesammlung von Árni Magnússon und fand zwei bis dahin unbekannte Briefe des Bischofs von Uppsala, die zusammengefaltet in einer Abschrift der *Völsunga saga* steckten. In dem einen Brief bat Bischof Árni Magnússon darum, seinen Neffen, einen angehenden Theologen, der sich für die Handschriftensammlung von Árni interessierte, gut aufzunehmen. In dem anderen Brief berichtete der Bischof darüber, dass er ein Angebot von einem Mann in Skåne erhal-

ten habe, der ein gut erhaltenes Exemplar der Bibel von Bischof Guðbrandur besaß und es ihm verkaufen wollte; der Bischof von Uppsala erkundigte sich danach, ob Árni Interesse hätte und sich finanziell in der Lage sähe, es ihm abzukaufen. Auf die Rückseite dieses Briefes hatte Árni geschrieben: »Rósa B. … in Händen …« Zwei Worte in diesem Satz waren vollständig unleserlich. In alten Briefen gab es viele derartige Anmerkungen, doch dieser hier schenkte der Professor seine besondere Aufmerksamkeit, obwohl er sich zunächst keinen Reim darauf machen konnte.
Zwei Jahre später wurde er gebeten, sich die Bibliothek aus dem Nachlass eines dänischen Kaufmanns in Kopenhagen anzusehen, der isländischer Abstammung gewesen war. Es ging darum, den Wert der Sammlung zu taxieren. Der Professor wusste etwas über den Hintergrund dieses Kaufmanns, dessen isländischer Großvater eine dänische Frau geheiratet hatte. Der Mann war zu seiner Zeit einer der bedeutendsten dänischen Büchersammler gewesen und hieß Baldvin Thorsteinsson. Als der Professor die Korrespondenz dieses Baldvins genauer unter die Lupe nahm, fand er eine kurze Notiz über eine Frau mit Namen Rósa Benediktsdóttir, die zur Zeit von Bischof Brynjólfur Sveinsson auf dem Bischofssitz in Skálholt gewesen war. Diese Notiz stand in keinerlei Zusammenhang mit irgendetwas anderem in den Briefen, und es hieß darin, dass die letzte Ruhestätte von Rósa Benediktsdóttir zweifellos schwierig zu finden wäre, »falls jemandem der Sinn danach steht, sich zu ihr hinunterzugraben«.
Der Professor brachte das sofort mit Árni Magnússons Notiz über eine Rósa B. auf dem Brief des Bischofs von Uppsala in Verbindung, und er setzte all seinen Ehrgeiz darein, der Sache auf den Grund zu gehen und herauszufinden, um wen es sich handelte und ob in beiden Fällen von derselben Rósa die Rede war. Außer dem Namen

hatte er nur diese Notiz in der Hand, die auf 1860 datiert war. Rósa Benediktsdóttir musste also vor dieser Zeit unter die Erde gekommen sein. Der dritte Grund für das Interesse des Professors an Rósa war aber vielleicht der schwerwiegendste: Als junger Student hatte ihm jemand das Blatt mit den Runen in Jón Sigurðssons Schreibtisch gezeigt, aus dem er die Worte »Lücke bei R.« herausgelesen hatte.

In Kopenhagen fand er nichts über diese Frau, und es gab auch keine weiteren Hinweise in der Korrespondenz von Baldvin Thorsteinsson. Einige Zeit später befasste er sich mit einem Teil der Korrespondenz des dänischen Naturforschers Japetus Steenstrup, der mit Jónas Hallgrímsson befreundet gewesen war und auf Sorø gelebt hatte. Darin fand er ein Schreiben von Jónas an Steenstrup von seiner letzten Forschungsreise nach Island. Es war einer Kiste mit einer umfangreichen Steinesammlung beigelegt worden, die Jónas seinem Freund gesandt hatte. In diesem Schreiben gab es eine kurze Notiz über einen Hof namens Hallsteinsstaðir, den Jónas besucht hatte. Er erwähnte, dass dort früher eine Kirche gestanden hatte und dass auf dem dortigen Friedhof zuletzt eine alte Frau aus Skálholt begraben worden sei, »die Brynjólfur Sveinsson kannte«. Zwar führte Jónas Hallgrímsson ausführlich Tagebuch über seine Reise, doch der Professor fand keine weiteren Anhaltspunkte über den Hof Hallsteinsstaðir oder diese Rósa.

Jahre vergingen, ohne dass der Professor in dieser Sache weiterkam, und letzten Endes ging es nur um eine Randnotiz wie so viele andere, mit denen er sich als Forscher zu beschäftigen hatte.

Nach Gittes Tod beschloss er, nach Island zu gehen und dort einige Zeit zu verbringen. Ihm kam die Idee, sich alte Annalen und Bücher anzusehen, ob darin irgendwo eine

Rósa Benediktsdóttir erwähnt wurde. Dabei stieß er auf die alten Kirchenbücher der Gemeinde Hallsteinsstaðir, und nach intensiven Nachforschungen, für die er drei Wochen brauchte, war er der Meinung, das Wichtigste über Rósa Benediktsdóttir in Erfahrung gebracht zu haben.
Sie wurde 1632 im Skagafjörður geboren, als Tochter einer Magd, die oft den Dienst wechselte und zwei uneheliche Kinder hatte. Im Alter von sieben Jahren schickte man Rósa auf den Hof Torfalækur in Nordisland, und sobald sie alt genug war, um selbst für ihren Unterhalt zu arbeiten, verdingte sie sich auf einem Hof in Südisland in der Nähe von Skálholt. Im Alter von einundzwanzig Jahren kam sie nach Skálholt und stand dort in Diensten der Bischofstochter Ragnheiður. Sie musste auf jeden Fall mitbekommen haben, was sich da 1661 zwischen Daði Halldórsson, einem angehenden Priester, auf den Bischof Brynjólfur große Stücke hielt, und der Tochter des Bischofs anbahnte. Als Ragnheiður ein Kind von Daði zur Welt brachte, war das ein unerhörter Skandal, nicht zuletzt deswegen, weil sie genau neun Monate zuvor einen Eid auf die Bibel geschworen hatte, unberührte Jungfrau zu sein. Daði, der wegen eines anderen Vergehens dieser Art in dem Ruf stand, ein Schürzenjäger zu sein, musste Skálholt mit Schimpf und Schande verlassen. Ragnheiður wurde das Kind weggenommen, und sie erholte sich nie von diesen Ereignissen. Sie starb im Alter von nur zweiundzwanzig Jahren, was ihrem Vater sehr zu Herzen ging. Etliche Jahre später wurde Daði vom dänischen König begnadigt und erhielt die Stelle des Gemeindepfarrers in Steinsholt im Árnes-Bezirk. Rósa folgte ihm dorthin, inzwischen eine verheiratete Frau, und dort gebar sie ein Kind. Das nächste Jahrzehnt verbrachte sie in Steinsholt, doch als sie Witwe wurde, übersiedelte sie ein letztes Mal in ihrem Leben und zog mit ihrem Kind zu ihrem Halbbruder, der

in Nordisland auf dem Hof Hallsteinsstaðir lebte. Dort verschied sie in hohem Alter im Jahre 1719, so stand es im Kirchenregister der Gemeinde.
Ihre Grabstätte, für die sich Baldvin Thorsteinsson aus irgendwelchen Gründen interessiert hatte, befand sich deswegen auf dem Friedhof von Hallsteinsstaðir. Der Professor hatte nicht die geringste Ahnung, weshalb das Grab dieser armen Dienstmagd aus längst vergangenen Zeiten mehr als hundertvierzig Jahre später für Baldvin so wichtig war, und er unternahm eine Reise, um das herauszufinden. Er ging der Geschichte der Kirche auf diesem Hof nach und konnte sich in dem Zusammenhang an den Reisebericht eines englischen Reisenden erinnern, Sir Dens Leighton, der in den Jahren 1721 und 1722 mit großem Tross Island bereist hatte. Unter den Teilnehmern der Expedition hatte sich unter anderem auch ein Landschaftsmaler befunden. Die Reise hatte sie auch nach Hallsteinsstaðir geführt, und die Skizze von dort zeigte einen niedrigen, grassodengedeckten Hof mit drei Frontgiebeln und einer Torfkirche im Hintergrund. Leighton erwähnte in seinem Reisebericht die Kirche, die zwei Jahre zuvor niedergelegt worden war, und dass man zwei Jahre zuvor die letzte Person dort beerdigt hatte, eine steinalte Frau.
Der Professor machte sich auf den Weg nach Nordisland. Er brauchte mit zwei gemieteten Pferden zwei Tage, um in das Tal zu gelangen, in dem Hallsteinsstaðir lag. Er war ganz allein unterwegs und hatte ein Zelt dabei. Eine Nacht hatte er im nächsten Ort verbracht und versucht, sich nach dem alten Hof im Kirchenbesitz zu erkundigen, aber keiner von denen, mit denen er sich unterhielt, wusste etwas darüber. Das Tal war kurz nach der Mitte des neunzehnten Jahrhunderts verlassen worden. Ihm wurde gesagt, dass der letzte Bauer auf Hallsteinsstaðir eines Frühjahrs spurlos verschwunden war, vermutlich hatte er sich auf dem

Weg in die bewohnten Gebiete in einem Schneesturm verirrt und war umgekommen.
Man konnte immer noch erkennen, wo der alte Hof gestanden hatte. Das Dach war zwar bereits vor langer Zeit eingestürzt, aber die niedrigen, aus Steinen aufgeschichteten Wände standen noch. Sie waren mit Gras überwachsen. Das Gleiche galt für die alte Torfkirche, ihre Überreste waren unter hohem Gras verborgen. Ansonsten gab es nichts, was an früheres Leben erinnerte.
Der Professor schlug sein Zelt in der Nähe der Stelle auf, wo früher die Kirche gestanden hatte. Er musste an seine Gitte auf dem Totenbett denken, die Blut hustete und ihn mit ihren schönen Augen ansah. Sie hatte so lange gelitten, dass sie schließlich bereit gewesen war, den Tod zu akzeptieren.
Am nächsten Tag streunten ein paar Schafe an den Berghängen herum, und zu ihm ins Zelt drang der morgenklare Gesang isländischer Vögel. Er machte sich daran, den Friedhof zu untersuchen. Hier und da konnte man Erhebungen unter dem hohen Gras erkennen, mit viel Platz dazwischen. In alten Zeiten war eine kleine Mauer an der Seite längs der Kirche aufgeschichtet worden, von der noch einige Steine herumlagen. An dem einen Ende dieser Mauer im Südwesten konnte man die Umrisse einer Ecke erkennen. Er versuchte, sich die Ausmaße und die genaue Lage des Friedhofs vorzustellen, doch das war kein leichtes Unterfangen.
Der Professor hatte im Grunde genommen keine Ahnung, wonach er suchte. In seiner Trauer war er nach Island geflüchtet, doch sein Forscherdrang ließ ihm keine Ruhe wegen der alten Rósa, die auf der Rückseite eines Briefs des Bischofs von Uppsala an Árni Magnússon genannt wurde und dann wieder wie ein Spuk in einer Notiz des Büchersammlers Baldvin Thorsteinsson auftauchte. In der Volks-

zählung von 1703 war Rósa Benediktsdóttir als wohnhaft in Hallsteinsstaðir aufgeführt und wurde als »frühere Dienstmagd von Ragnheiður Brynjólfsdóttir« bezeichnet. Laut den Eintragungen im Kirchenbuch der Hallsteinsstaðir-Gemeinde, das in der Nationalbibliothek in Reykjavík aufbewahrt wurde, erreichte sie ein hohes Alter. In den Annalen von Hraunsmúli wird im Zusammenhang mit ihrer Beerdigung eigens erwähnt, dass sie an der Seite ihres Sohnes begraben werden wollte, der dreißig Jahre vorher gestorben war und in der südwestlichen Ecke des Friedhofs seine letzte Ruhestätte gefunden hatte.

Der Professor hätte zu gern gewusst, weshalb ein Däne wie Baldvin Thorsteinsson überhaupt etwas von der Existenz einer völlig unbekannten isländischen Frau aus dem Volke wusste und wieso er eigens ihre Grabstätte in dieser Notiz erwähnte und den Gedanken, sich zu ihr hinunterzugraben. Er hatte das sicher nicht ohne Grund getan, und der Professor war der Meinung, dass Baldvin vielleicht sogar die Absicht gehabt hatte, das Grab öffnen zu lassen. In der ganzen Welt gab es den Brauch, dass sich Menschen liebe und teure Dinge aus dem irdischen Leben mit ins Grab legen ließen, um sie mit in eine andere und bessere Welt hinüberzunehmen. Konnte es sein, dass im Grab dieser Rósa etwas gewesen war, wonach der Büchersammler Baldvin trachtete? Auf welche Weise hatte er davon erfahren? Stand die Randnotiz von Bischof Brynjólfur über die Lücke in Zusammenhang mit dieser Rósa? Diese Fragen hatten ihm bereits in Kopenhagen zugesetzt und noch mehr in Reykjavík, als der Professor sich daranmachte, den Lebenslauf von Rósa Benediktsdóttir zu rekonstruieren. In Hallsteinsstaðir angekommen, war er entschlossen, ihr Grab zu öffnen.

Als er mit einiger Sicherheit berechnet zu haben glaubte, wo Rósa unter der Grasnarbe in der Ecke des alten Friedhofs ruhte, nahm er die Schaufel zur Hand, die er mitgebracht hatte, und begann zu graben. Er überstürzte nichts. Das Graben erwies sich als schwierig, denn der Boden war trocken und steinig, und er ermüdete rasch, da er nicht an körperliche Arbeit gewöhnt war, und außerdem war er durch das behinderte Bein beeinträchtigt. Er hatte Glück mit dem Wetter, die Sonne schien in diesen Tagen hoch am Himmel, und er konnte seinen Durst an einer Quelle löschen, die nicht weit von der Stelle entsprang, wo die alte Kirche gestanden hatte. Er hatte ausreichend Proviant dabei und genoss die Einsamkeit unter dem blauen isländischen Himmel.

Außer der Schaufel hatte er auch einen kleinen Pickel dabei, mit dem er das Erdreich lockerte. Als er auf die entsprechende Tiefe hinuntergekommen war, hatte er ein Loch ausgehoben, das etwa der Größe eines Sargs entsprach. Er hatte auch seitwärts davon gegraben, aber nichts gefunden. Dann grub er mehr nach links in Richtung des früheren Hofs. Dabei kam er gut vorwärts, aber er unterbrach die Arbeit spät am Abend. Nach dem Abendbrot, das er in völliger Stille genoss, legte er sich zum Schlafen und verbrachte eine traumlose Nacht.

Um die Mittagszeit des nächsten Tages stieß er auf ein Skelett, und als er es freigelegt hatte, sah er zu seinem großen Erstaunen, dass es mit dem Gesicht nach unten im Grab lag. Darunter sah er einen weiteren, völlig zahnlosen Totenschädel, der ihm zugewandt war.

Der Lärm im Abteil war ohrenbetäubend, als der Zug rasselnd und quietschend auf dem Weg von Rostock nach Wismar in einen Tunnel hineinfuhr. Ich schreckte aus meinem Sitz hoch. Ich hatte andächtig der Erzählung des Professors gelauscht, der mir gegenübersaß und sich nichts anmerken ließ. Er unterbrach seinen Bericht und führte sich eine Prise Schnupftabak zu Gemüte. Ich schaute zum Fenster hinaus. Ich empfand es als angenehm, in diesen ratternden Eisenbahnschlangen durch die Gegend zu schaukeln und zu wissen, dass das Land vorbeisauste, auch wenn es in Strömen regnete. Die Waggons waren schäbig und stammten wohl aus der Zeit zwischen den beiden Weltkriegen.

Wir waren quer durch Dänemark nach Nysted gefahren und hatten von da aus mit der Nachtfähre nach Rostock übergesetzt. Die Passkontrolle dort war überaus streng, und wir wurden genauestens darüber befragt, was wir vorhatten. Auf dem Weg dorthin hatte sich der Professor die ganze Zeit Sorgen gemacht, ob wir überhaupt ins Land gelassen würden. Als Grund für unsere Reise gab er an, dass wir im Rahmen eines Forschungsprojekts der Universität Kopenhagen Einsicht in ein Breviarium nehmen wollten, das im Dom zu Schwerin aufbewahrt wurde. Er legte Papiere vor, von denen ich nicht wusste, woher er sie hatte, aber sie sahen sehr offiziell aus und bescheinigten die Erlaubnis, Forschungen in Schwerin durchzuführen. Nach einigem Hin und Her wurden wir ins Land gelassen. Wir gingen zum Rostocker Bahnhof, wo uns gesagt wurde, dass wir per Bahn bloß bis Wismar kämen. Die Gleise von dort nach Schwerin seien zerstört.

Ich weiß ehrlich gesagt nicht, weshalb ich dem Professor nach Deutschland gefolgt war. Irgendetwas an seiner Art faszinierte mich, trotz allem, was vorgefallen war. In ihm brannten ein erstaunlicher Tatendrang und eine unerschütterliche Zähigkeit, die ihn nie kapitulieren ließ. Zu dem Zeitpunkt kannte ich nur einen Bruchteil der Probleme, mit denen er zu kämpfen hatte, vor allem, was seine Stelle an der Universität betraf. Im Lichte dessen, was ich später erfuhr, als mir klar wurde, vor welch bodenlosem Abgrund er damals stand, konnte ich nicht anders, als seine Seelenruhe zu bewundern und sein unermüdliches Bemühen, das, was geschehen war, wiedergutzumachen. Er trank zwar mehr als irgendjemand anderes aus meinem Bekanntenkreis, aber obwohl er trank und Unmengen an Schnupftabak konsumierte, war er geistig fast immer völlig präsent und konnte es, was Intelligenz und Scharfsinn betraf, mit Heerscharen von Antialkoholikern aufnehmen.

Wenn es so etwas wie ein Verteidigungssystem des Körpers gibt, muss es auch ein Verteidigungssystem der Seele geben, das für den Menschen nicht weniger wichtig ist. Auf dieser Reise mit dem Professor spürte ich zum ersten Mal, dass seine cholerischen und manchmal unverschämten Anfälle, die so sehr zu seinem Wesen gehörten, eine Art von Abschirmung gegen Aufdringlichkeit und Indiskretion waren. Seiner Meinung nach gehörte es zu den schlimmsten Charaktereigenschaften der Isländer, dass sie ständig ihre Nasen in die Angelegenheiten von anderen steckten. Dieses verdammte ewige Herumschnüffeln in anderer Leute Privatangelegenheiten! Wenn es einem gelang, diese Mauer der Abwehr zu durchdringen, wenn man gegen Schmähungen und Spott, Verwünschungen und Flüche gewappnet war, kam ein anderer, sensiblerer Charakter zum Vorschein, der sich mir zuerst offenbart hatte, als der Professor im Vollrausch nach seiner Gitte rief. Bei seinem Besuch in meinem kleinen Zimmer in der Skt. Pedersstræde gewann ich wieder Einblicke in sein Inneres, als er mir sagte, dass er mich brauche. Trotz seiner groben Art und dem, was er über mich und meine Mutter gesagt hatte, verspürte ich den Wunsch, ihm zu helfen.

Aber nicht nur aus Mitleid gab ich nach. Da steckte noch etwas anderes dahinter, ein Gefühl, das mich selbst überrascht hatte. Mein Interesse war erwacht. Ich wollte mehr wissen. Dem Professor war es gelungen, meine Neugierde zu entfachen, als er den Brief aus dem Geheimfach in der

Schreibtischschublade von Jón Sigurðsson hervorzog und mich nach Norwegen mitnahm, um diesen Jörgensen zu treffen. Der Professor nannte das den alten Jagdinstinkt, und ich weiß nicht, ob es ein passenderes Wort dafür gibt. Wenn er alten Handschriften, Büchern, Briefen oder irgendeiner Sache auf die Spur kam, von der er glaubte, dass sie irgendeinen kulturellen Wert für Island oder für ihn selbst hatte, gar nicht zu reden von so etwas unschätzbar Wertvollem wie den verschollenen Seiten aus dem *Codex Regius*, ging er dieser Spur nach wie ein Raubtier, das Blut geleckt hatte. Ich hatte mich noch nie so gefühlt, aber ich begann, diese seltsame erwartungsvolle Spannung zu spüren, die das Blut pulsieren ließ. Ich war davon ausgegangen, dass die Erforschung der Handschriften eine Tätigkeit war, die sich in einem warmen, gemütlichen Büro abspielte, wo man seine Ruhe hatte vor der heutigen Zeit mit ihrem Lärm und ihrer Betriebsamkeit. Ich hatte eine bestimmte Vorstellung von dieser Tätigkeit gehabt, die mir sehr gefiel, da Lehre und Forschung in angenehmem Arbeitsumfeld Hand in Hand gingen. Doch dann riss mich der Professor aus dieser Beschaulichkeit heraus, mein Puls begann, schneller zu pochen, das Denken wurde beflügelt, die Nerven gekitzelt.

»Ich danke dir, dass du mitgekommen bist, Valdemar«, sagte der Professor unvermittelt und sah mich an. Ich saß ihm gedankenverloren gegenüber.

»Ich wollte mitkommen«, sagte ich und räusperte mich. »Du brauchst dich nicht bei mir zu bedanken.«

»Das über deine Mutter ist mir leider so herausgerutscht.«

Ich schwieg. Ich wollte nicht über meine Mutter reden, nicht mit ihm und auch nicht mit jemand anderem.

»Hörst du manchmal von ihr?«, fragte der Professor.

»Nein«, sagte ich. »Eigentlich kaum noch.«

»Und dein Vater?«, fragte der Professor.

»Ich möchte nicht darüber reden«, antwortete ich. »Es spielt keine Rolle für mich.«
»Spielt es keine Rolle, wer dein Vater ist?«
»Nein, das spielt keine Rolle«, sagte ich.
»Was sagt deine Mutter dazu?«
»Zwischen mir und meiner Mutter gibt es keine Verbindung.«
Der Professor blickte mich lange an. Ich glaubte, er würde mich weiter nach meinen Privatangelegenheiten ausfragen, aber er gab es auf und blickte in die flache Landschaft hinaus.
Wir kamen noch am Vormittag in Wismar an und kauften uns eine Fahrkarte für den Linienbus, ein klappriges Vorkriegsvehikel. Am Busbahnhof hatten wir uns bis zur Abfahrt des Busses auf Holzbänken ausgestreckt und waren etwas eingenickt. Mehr Schlaf hatten wir auf der Reise nicht bekommen.
Unterwegs nach Schwerin fuhr der Professor mit seiner Erzählung darüber fort, was er in dem abgeschiedenen Tal in Nordisland entdeckt hatte. Zu seinem Erstaunen hatten sich also zwei Skelette im gleichen Grab befunden.
»Zwei Leichen?«, fragte ich. »Was ist da passiert?«
»Der Bauer von Hallsteinsstaðir verschwand damals auf unerklärliche Weise«, sagte der Professor. »Ich nehme an, dass er dort über Rósa lag. Er wurde vermutlich ermordet.«
»Willst du damit sagen, dass dieser Baldvin ihn umgebracht hat?«
Der Professor schüttelte den Kopf. »Baldvin kann es auf keinen Fall gewesen sein, er starb nämlich 1861, zwei Jahre bevor der alte Bauer von der Bildfläche verschwand. Da musste jemand anderes am Werke gewesen sein. Ich tappte aber völlig im Dunkeln, wer das gewesen sein könnte. Ich habe seitdem ohne Unterlass nach diesem Mann gesucht.

Die Frage, wer das Grab von Rósa geöffnet hatte, verfolgte mich ständig, aber ich kam keinen Schritt weiter. Ich habe Reiseberichte und Passagierlisten durchforstet, doch dieser eine Name, den wir in Århus gefunden haben, war mir entgangen. Erst als ich den Namen von Ronald D. Jörgensen im Archiv in Århus hörte, wusste ich, dass ich den richtigen Mann gefunden hatte. Er und Baldvin Thorsteinsson kannten sich wegen ihrer bibliophilen Interessen, und sie korrespondierten sogar miteinander. In Baldvins Nachlass hatte ich Briefe über alte Bücher, Pergamenthandschriften und andere Dokumente eingesehen. Jörgensen war 1863 am Leben und reiste genau in dem Jahr nach Island, als der Bauer von Hallsteinsstaðir spurlos verschwand. Meiner Meinung nach hat er den Mann aus irgendwelchen Gründen umgebracht. Ich habe mir das Skelett angesehen, das über dem von der alten Rósa lag, und auch wenn ich kein Sachverständiger bin, war es ganz bestimmt wesentlich jünger als das darunter. Ich habe die Erde von den Knochen gekratzt und sie mir so genau wie möglich angesehen; es kam mir so vor, als wäre da in der dritten Rippe von oben eine tiefe Kerbe gewesen, wie von einem spitzen Gegenstand, vielleicht von einem Messer.«

»Der Bauer wurde also erstochen?«

»Sehr wahrscheinlich.«

»Und dann in das Grab zu der Alten geworfen?«

»Es hat ganz den Anschein«, sagte der Professor. »Das stimmt auch mit den Geschichten überein, die über den Bauern im Umlauf waren, der mitten im Winter verschwunden und nie gefunden worden war. Als ich zurück ins Dorf kam, stellte ich weitere Nachforschungen an. Dort gab es ein kleines, aber recht gutes Bezirksarchiv und einen sehr beschlagenen Direktor, der mir alles erzählte, was er über diesen Bauern wusste. Man nahm seinerzeit an, dass er sich mit seinem Hund auf den Weg ins Tal gemacht hatte, möglicherweise wollte er zu seinem Neffen, und dann muss er sich wohl in einem schlimmen Schneesturm verirrt haben und erfroren sein. Man hat nach ihm gesucht, und die Schaftreiber hielten jeden Herbst Ausschau nach seinen Gebeinen, fanden sie aber nie. Dieser Jörgensen hat den Bauern vielleicht im Haus getötet, aber das halte ich für unwahrscheinlich. Laut den Aussagen derer, die nach dem Bauern suchten, war dort alles ordentlich und aufgeräumt. Ich glaube, dass Ronald D. Jörgensen den Mann beim Grab umgebracht hat, um sich die Mühe zu ersparen, die Leiche dorthin schaffen zu müssen. Wahrscheinlich kurz nachdem er gefunden hatte, was er suchte. Ob der Bauer erstochen, erwürgt oder erschlagen worden ist, spielt letzten Endes keine Rolle, genauso wenig, ob es im Haus oder draußen geschah. Er verschwand um dieselbe Zeit vom Erdboden, als Ronald D. Jörgensen mit der *Acturus* nach Island reiste und glaubte, den Ort gefunden zu haben, wo Rósa Benediktsdóttir auf Hallsteinsstaðir begraben worden war.«

»Aber warum musste er den Bauern umbringen?«, fragte ich.

»Das mag Gott wissen«, antwortete der Professor und starrte durch die Fensterscheibe des Busses. »Jörgensen wird sich dazu gezwungen gesehen haben, ihn zum Schweigen zu bringen. Vielleicht hat der Bauer etwas Unvorsichtiges gesagt.«

»Hast du irgendetwas in dem Grab gefunden?«

»Nein«, sagte der Professor. »Nichts.«

»Und dieser Jörgensen hat tatsächlich die verschollenen Seiten aus dem *Codex Regius* gefunden? Hat er deswegen das Grab geöffnet? Musste er deshalb den Bauern zum Schweigen bringen?«

Der Professor sah durch sein Spiegelbild in der Scheibe hindurch. »Ja, ich glaube, es waren die verschollenen Sei-

ten«, sagte er. »Ich glaube, dass die alte Rósa sie mit ins Grab genommen hat. Vermutlich hat sie sie entwendet, während sie in Skálholt war.«
»Die Lücke bei Rósa«, sagte ich und dachte an den Brief im Schreibtisch von Jón Sigurðsson. »Brynjólfur hat diese Rósa gemeint.«
»Ja, die Lücke bei ›R‹«, sagte der Professor. »Dieses ›R‹ hat nichts mit den beiden Ragnheiðurs zu tun, weder mit Brynjólfsdóttir noch mit Torfadóttir, wie ich früher einmal geglaubt habe, sondern es geht um die alte Rósa Benediktsdóttir. Möglicherweise stammt ihr Kind auch von diesem Schürzenjäger Daði Halldórsson. Durchaus denkbar, dass sich die beiden in Skálholt gemeinsam mit schwarzer Magie und Zauberei befasst haben, und dabei waren ihnen diese Pergamentseiten von Nutzen. Zu Zeiten von Bischof Brynjólfur war Hokuspokus dieser Art ja die reinste Landplage. Ich glaube, dass diese Lücke in Skálholt entstanden ist und dass die Seiten, die herausgenommen wurden, mit Rósa ins Grab gingen.«
»Und Jörgensen hat sie ausgegraben?«
»Ja.«
Der Professor wandte seine Augen vom Fenster ab und sah mich wieder an. Dann erzählte er weiter von den beiden Skeletten in dem Tal, das schon vor langer Zeit verlassen worden war.

Er brauchte bis zum späten Abend, um die Knochen vorsichtig freizulegen, bis er ganz genau sah, wie sie ins Grab gelegt worden waren. Der armselige Sarg von Rósa war völlig zerfallen, nur hier und da ragten einzelne Bretter aus der trockenen Erde heraus. Er legte sie auf den Rand des Grabs. In dem Augenblick fiel ihm der Bauer ein, der spurlos von seinem Hof verschwunden war, und ihm wurde klar, dass er ihn hier im Grab eines anderen Toten gefunden hatte.

Der Professor nahm noch eine Stärkung zu sich und legte sich gegen Mitternacht schlafen, hatte aber in der Nähe des offenen Grabes schlimme Träume. Es waren aber nicht Rósa oder der Bauer, die ihn im Traum heimsuchten, sondern seine Gitte, die ihm so abgehärmt erschien, wie sie zum Schluss ausgesehen hatte, mit Blutrinnsalen in den Mundwinkeln und solcher Qual in den Augen, dass er unter Angstschreien aufwachte. Er war nassgeschwitzt, zitterte am ganzen Leib und wollte sich unter keinen Umständen wieder schlafen legen. Nach dem anstrengenden Schaufeln verspürte er heftige Schmerzen im Bein. Er klagte nie über seine Behinderung, ganz im Gegenteil, er betrachtete sie als eine bittersüße Erinnerung an die allzu wenigen Stunden, die ihm mit Gitte vergönnt gewesen waren.

Die ganze Zeit, während er sich zu Rósa hinunterschaufelte und die Skelette freilegte, dachte der Professor darüber nach, was er mit den Gebeinen und mit den Erkenntnissen, die er da gewonnen hatte, machen sollte. Er hatte nicht vor, länger als erforderlich an diesem Ort zu bleiben. In dem Grab hatte er sonst nichts gefunden, vor allem nichts, was einen Hinweis darauf geben konnte, was Rósa in das Leben nach dem Tod hatte mitnehmen wollen.

Als er mitten in der Nacht erwachte, entschloss er sich, es dabei bewenden zu lassen. Er hielt es nicht für seine Aufgabe, einen alten Mord aufzuklären. Als er mit seinen Untersuchungen fertig war, schaufelte er die Erde wieder über Rósa und den Bauern und hinterließ die Grabstätte so ordentlich wie möglich. Er verbrachte keine weitere Nacht in dem Tal, sondern machte sich sofort wieder auf den Rückweg und gelangte zwei Tage später in das Dorf. Eine Woche später bestieg er sein Schiff, um nach Kopenhagen zurückzukehren.

Elf

Der Tag war schon weit fortgeschritten, als wir endlich erschöpft von der Reise in Schwerin eintrafen. Nur wenige Menschen waren auf den Straßen, als wir aus dem Busbahnhof heraustraten, und die Stadt war in Nebel gehüllt. Der Professor schien genau zu wissen, wo wir hinmussten, und stürmte zielstrebig in Richtung Innenstadt. Ich kam wie immer nicht ganz so schnell mit.

Mecklenburg-Schwerin war früher ein Großherzogtum an der Ostsee, doch als nach dem Zweiten Weltkrieg die Kommunisten die Macht im Osten Deutschlands übernahmen, teilten sie das Land in die Bezirke Schwerin, Rostock und Neubrandenburg auf. Die Hauptstadt war Schwerin mit seinem gotischen Dom aus dem 14. Jahrhundert, auf den der Professor so rasch zusteuerte, wie seine Behinderung es ihm gestattete. Ich hatte keine Zeit, mich in dieser alten Hauptstadt des Herzogtums umzusehen. Ich spürte, dass es dem Professor darum zu tun war, sein Vorhaben so schnell wie möglich durchzuführen und ebenso rasch wieder zu verschwinden.

»Aber wieso hat Jörgensen überhaupt von dieser Rósa erfahren?«, fragte ich kurzatmig, als wir uns dem Dom näherten, wo der Professor Erkundigungen über die Grabstätte von Ronald D. Jörgensen einholen wollte.

»Ich habe keine Ahnung«, antwortete der Professor. »Er hätte auf verschiedenen Wegen davon Kenntnis erhalten können, schließlich war er ja jemand, der viel in alten

Büchern herumstöberte. Ich kann nur vermuten, dass er genau wie ich in irgendwelchen Dokumenten auf ihren Namen gestoßen ist und so auf sie aufmerksam wurde. Das werden wir wahrscheinlich nie herausbekommen, aber es spielt ja letztlich auch keine große Rolle. Ich könnte mir sogar vorstellen, dass er das Runenblatt von Jón Sigurðsson gekannt oder davon gehört hat und dass ihm das weitergeholfen hat.«

»Aber was hat sich diese Rósa dabei gedacht, die Seiten aus dem Buch zu entwenden?«

»Möglicherweise hat sie es für Daði Halldórsson getan. Was Daði oder die beiden zusammen mit den Seiten vorhatten, ist mir völlig schleierhaft. Ich denke, dass wir das nie herausfinden werden.«

»Rósa hat sich nicht davon trennen wollen.«

»Nein, sie müssen wohl eine ganz besondere Bedeutung für sie gehabt haben, könnte ich mir vorstellen«, sagte der Professor. »Höchstwahrscheinlich hängt das damit zusammen, dass die beiden ein Techtelmechtel miteinander hatten. Daði war bekanntlich ein Schürzenjäger. Möglicherweise hat Daði die Seiten entfernt und sie Rósa gegeben – oder umgekehrt, das lässt sich nach allen Richtungen drehen und wenden. Rósa ließ sich an der Seite ihres Sohnes begraben. Vielleicht ist das ein Hinweis darauf, dass er der Sohn von Daði war. Es ist sehr schwierig, dies alles lückenlos aufzuklären.

»Ja, das ist es wohl.«

»Am besten frage ich allein nach«, sagte der Professor und blickte am Dom hoch. »Wir dürfen kein Aufsehen erregen. Im nächsten Moment war er schon davongestürmt und im Dom verschwunden. Ich wartete draußen auf ihn und bewunderte den gewaltigen Backsteinbau mit seinem fast hundertzwanzig Meter hohen Turm. Er war allenthalben von niedrigen Häusern umgeben und wirkte auf gewis-

se Weise eingezwängt. In der Zwischenzeit hatte sich der Nebel etwas gelichtet, und man konnte jenseits eines der sieben Seen der Stadt ein beeindruckendes Schloss sehen. Schwerin war eine alte deutsche Kulturstadt, und überall gab es Zeugnisse früheren Reichtums.
Der Professor kehrte zurück, und wir fanden ein schäbiges Lokal an der Mecklenburger Straße, wo wir Schweinebraten aßen, den wir mit Bier runterspülten. Der Professor genehmigte sich zwei Schnäpse dazu. Auf der Reise hatte er bis zu diesem Zeitpunkt noch keinen Alkohol angerührt.
»Was hast du über die Grabstätte erfahren?«
»Die Gruft hat die Nummer Q 555. Sie ist unverschlossen, und es gibt auf dem Friedhof keine Aufsicht, weder nachts noch tagsüber. Wir werden also ungestört sein.«
»Und was jetzt?«, fragte ich und sah mich um. Wir beide waren ganz allein in dem Lokal.
»Wir warten, bis es dunkel wird«, erklärte der Professor.
»Mir will das überhaupt nicht gefallen«, sagte ich beunruhigt. »Wir begehen eine strafbare Handlung, darüber bist du dir doch hoffentlich im Klaren.«
»Mach dir doch nicht so viele Sorgen, Valdemar. Niemand wird jemals davon erfahren.«
»Davon erfahren?«, wiederholte ich zerstreut seine letzten Worte.
»Wir tun das ja nicht für uns selbst«, sagte der Professor. »Es sind viel größere und wichtigere Interessen im Spiel als deine und meine. Versuch doch, das aus dieser Perspektive zu betrachten, dann wirst du vielleicht etwas ruhiger.«
»Aber falls sich die Seiten nicht dort befinden, was dann?«
»Dann bringen wir einfach alles wieder in Ordnung und suchen weiter.«
Er verstummte und zog seine Schnupftabaksdose hervor.
»Wir haben so viel verloren«, sagte er nach längerer Pause.

»Meinst du Handschriften?«

»Wenn man an die Unmengen denkt, die der Vernichtung anheimgefallen sind – verbrannt oder in den Tiefen des Meeres versunken, in Vergessenheit geraten oder verschollen«, sagte er. »Alles, was uns zu einer Nation gemacht hat. All diese Schätze. Die Bücherkiste von Ingimundur, die wir aus der *Sturlunga saga* kennen, die im Nordwesten Islands an Land gespült wurde. Wenn man an die herankäme! Und dann alles, was Hannes Þorleifsson 1682 gesammelt hatte und vor der Küste von Langanes im Meer versank. Jón aus Grunnavík berichtet, dass eine ganze Tonne mit Briefen und Pergamenthandschriften auf dem Weg nach Hamburg in der Elbe versunken ist.«

Der Professor seufzte tief. »Einiges haben sich private Sammler unter den Nagel gerissen, so wie Herzog August im siebzehnten Jahrhundert. Er kaufte Handschriften in Kopenhagen, die in Wolfenbüttel aufbewahrt werden: die *Egils saga* und die *Eyrbyggja saga* in Pergamentabschriften aus dem vierzehnten Jahrhundert.«

Alle, die in Island Nordistik studierten, kannten die Geschichten darüber, wie ganze Handschriftensammlungen verloren gegangen oder vernichtet worden waren, aber noch nie hatte ich jemanden mit so großer Leidenschaft und so tiefer Trauer davon sprechen hören. Innerlich stimmte ich natürlich mit dem Professor überein. Ich wollte ihm helfen, aber ich schreckte davor zurück, eine Grabschändung zu begehen, und ein Gefühl der Ohnmacht ihm gegenüber drohte mich zu überwältigen. Es hatte nichts zu sagen, dass der Zweck ein guter war. Im Gedankengang des Professors gab nur eines den Ausschlag: Falls irgendeine Hoffnung bestand, dass sich die verschollenen Seiten aus dem *Codex Regius* in Ronald D. Jörgensens Gruft in Schwerin befanden, würde er nachprüfen, ob das stimmte, um sie nach Island zurückzubringen.

Bei Anbruch der Dämmerung schlenderten wir durch die Stadt, ohne ein bestimmtes Ziel, wie ich glaubte. Bevor ich mich versah, befanden wir uns aber in einem Wohngebiet mit bescheidenen Einfamilienhäusern und Gärten. In einigen von ihnen standen Geräteschuppen. Zu meiner großen Bestürzung begann der Professor, an einigen Schlössern herumzufummeln, und schließlich gelang es ihm, einen Schuppen zu öffnen.

»Was hast du vor?«, flüsterte ich.

»Pass auf, ob jemand kommt«, sagte der Professor und verschwand in dem Schuppen.

Ich spähte umher. Gottlob war keine Menschenseele unterwegs. Der Professor tauchte mit einer Petroleumlampe in der Hand wieder auf, die er mir reichte, und verschwand erneut im Schuppen. Als er ein weiteres Mal zum Vorschein kam, hatte er einen kräftigen Hammer und einen Meißel dabei, die er mir ebenfalls reichte.

»Gib mir die Laterne«, sagte er.

»Was soll das eigentlich?«

»Da wir diese Dinge hier gefunden haben, ist es unnötig, so etwas in einem Geschäft zu kaufen, das würde nur Aufsehen erregen«, antwortete der Professor und schloss die Tür zum Schuppen wieder. »Machen wir, dass wir fortkommen«, sagte er und blickte sich nach allen Seiten um.

»Gefunden haben?«

»Wir bringen alles wieder zurück.«

Der Professor marschierte im Sturmschritt die Straße entlang, und die Laterne schlenkerte hin und her, sodass man das Gluckern des Petroleums hörte. Ich folgte ihm mit dem Hammer in der einen und dem Meißel in der anderen Hand. Wir verlangsamten unsere Schritte erst, als wir zu einem alten Friedhof kamen. Es war bereits dunkel geworden, und wir huschten rasch durch das Friedhofstor. Ich hatte schreckliche Angst vor der geplanten Aktion und überlegte, ob es nicht das Vernünftigste wäre, die Werkzeuge fallen zu lassen und die Beine in die Hand zu nehmen, um das Land auf dem schnellstmöglichen Weg zu verlassen; zu vergessen, dass das hier jemals geschehen war und mein Studium der Nordischen Philologie fortzusetzen, als sei nichts vorgefallen; den Professor und seine fixen Ideen zu vergessen; alles miteinander zu vergessen. Auf der anderen Seite war ich schrecklich aufgeregt. Nicht auszudenken, wenn wir die verschollenen Seiten des *Codex Regius* finden würden! Was für ein Fund! Was für ein Bravourstück! Unsere Namen würden in die Geschichtsbücher eingehen. Wir würden einen unermesslichen Schatz zurückbringen, der jahrhundertelang verschollen gewesen war! Konnte das wirklich sein? War der Professor tatsächlich auf der richtigen Spur?

Der Professor fand zielstrebig seinen Weg zu den seit langem erkalteten Gebeinen von Ronald D. Jörgensen. Der Nebeldunst vom Nachmittag hatte sich aufgelöst. Über uns riss die Wolkendecke auf, und am kohlrabenschwarzen Himmel kam der Mond zum Vorschein, mit kleinen freundlichen Sternen um sich herum. Der Professor blieb stehen.

»Vielleicht ist das ein bisschen zu viel der Helligkeit«, sagte er und blickte sich besorgt um.

»Muss es wirklich sein?«, fragte ich zögernd.

Er hatte wahrscheinlich den ängstlichen Ton in meiner Stimme gehört, denn er trat zu mir und legte mir den Arm um die Schultern. »Bedenke eines, Valdemar«, sagte er mit großem Nachdruck, »wenn wir diese Seiten hier finden, dann wirst du nie, niemals in deinem Leben, etwas Bedeutenderes mehr leisten. Das musst du stets vor Augen haben. Wir tun niemandem etwas an. Niemand wird es je herausfinden. Hier kommt sowieso nie wieder jemand hin. Und selbst falls irgendwann jemand bemerken sollte, dass sich da jemand an der Gruft zu schaffen gemacht hat, sind wir längst über alle Berge. Im Übrigen war dieser Ronald D. Jörgensen alles andere als ein Unschuldsknabe. Er hat dasselbe gemacht, was wir jetzt tun, und zudem war er ein Mörder. Hat er etwa unsere Achtung verdient? Sind wir ihm etwas schuldig? Er hat einen unschuldigen Bauern umgebracht, ihn in ein offenes Grab geworfen und Erde draufgeschaufelt. Schulden wir diesem Mann etwas?«

Er starrte mich mit seinen dunkelblauen Augen so lange an, bis ich zustimmend nickte. Es war ihm gelungen, mich zu überzeugen.

»Also los«, sagte ich.

»Ich wusste es ja, Valdemar, dass du Mumm in den Knochen hast.«

Das Ehepaar Jörgensen war in einer nicht sehr großen gemauerten Gruft hinter einer kupfernen Tür bestattet. Die Tür war unverschlossen, oder vielleicht war das Schloss kaputt und niemand mehr da, der sich darum kümmerte. Als wir eintraten, sahen wir im flackernden Schein der Laterne zwei aufrecht stehende Grabplatten. Die Decke in dem Gemäuer war so niedrig, dass wir kaum stehen konnten, und drinnen war es unangenehm kalt und dunkel. Die Grabplatten reichten fast bis auf den Boden, jede war beschriftet. Auf der einen glaubte ich den Namen Eleonore zu entziffern, auf der anderen stand Ronald D. Jörgensen, mit Geburts- und Todesdatum. Darunter war »PAX VOBISCUM« eingemeißelt.

Heute Nacht würde er nicht in Frieden ruhen, dachte ich, und mich schauderte bei der Vorstellung.

Der Professor nahm mit den Werkzeugen, die wir gestohlen hatten, die Grabplatte in Angriff und versuchte, sie zu lockern. Nie zuvor in meinem Leben war ich an einem solchen Ort gewesen. Der Professor erklärte mir, dass sich

Jörgensens Sarg hinter der Platte befände, wir müssten ihn nur irgendwie herausziehen und kurz untersuchen, dann würden wir ihn wieder an seinen Platz zurückschieben. Ich sah zu, wie der Professor sich abmühte. Das war mit ziemlich viel Geräuschentwicklung verbunden. Deswegen lehnte ich die kupferne Tür wieder an und hielt draußen Wache. Ich begriff, dass der Professor die Grabplatte, die vor der Sargkammer eingemauert worden war, nicht beschädigen wollte. Nach geraumer Zeit bat er mich, ihn abzulösen, und sagte mir, ich solle darauf achten, dass die Platte nicht zu Bruch ging. Er hielt die Petroleumlampe hoch. Ich sah ängstlich zu ihm hinüber, denn ich hatte plötzlich das Gefühl, dass wir beobachtet wurden, dass sich irgendwo im Dunkel des Friedhofs wachsame Augen verbargen und Zeuge dieses Frevels waren.
»Mach dir keine Sorgen«, sagte der Professor. »Ich habe im Dom herausgefunden, dass dieser Friedhof nicht bewacht ist.«
»Ich meine, ich hätte ein Geräusch gehört«, sagte ich und spähte umher.
»Das bildest du dir bloß ein«, sagte er in beruhigendem Ton. »Mach weiter, es ist bald so weit. Wir sind eher von hier weg, als du denkst.«
Er hielt Wache, und ich fuhr fort, den Stein zu bearbeiten, wobei ich versuchte, möglichst wenig Lärm zu machen. Ich war im Grunde genommen entsetzt über das, was wir da taten, und ich war jeden Augenblick darauf gefasst, dass Volkspolizisten uns umringen und verhaften würden. Im Geiste sah ich schwere Gefängnisstrafen vor mir; die Nachricht von dieser schändlichen Tat würde bis nach Island vordringen, und ich wäre für den Rest meines Lebens als Grabschänder gebrandmarkt.
Mitten in diesen deprimierenden Überlegungen löste sich auf einmal die Platte und plumpste mit schwerem Getöse

auf den Boden. Ich rief nach dem Professor, der mir half, sie von der Graböffnung wegzuschieben. Sie war unerhört schwer, und wir mühten uns lange damit ab, bis wir sie endlich gegen das zweite Grab lehnen konnten.

Der Professor leuchtete mit der Laterne in die dunkle Öffnung hinein, und seine ungeduldige Spannung stieg, als das Licht auf den Sarg fiel. Wir begannen, ihn aus der Nische herauszuziehen. Der Professor hatte sich zweifellos diesen Augenblick wieder und wieder ausgemalt, und jetzt, wo er nicht länger Phantasie oder Traum war, vermochte er seiner Erregung kaum Herr zu werden. Er zog aus Leibeskräften an dem Sarg, der schwerer als die Grabplatte war. Unter Aufbietung unserer gesamten Kräfte konnten wir ihn ganz langsam Stück für Stück zu uns herausziehen.

Der eindrucksvolle Deckel war mit Messingbeschlägen angeschraubt, und der Professor machte sich daran, sie zu entfernen. Er bot einen seltsamen und furchterregenden Anblick, wie er da im Schein des flackernden Lichts beim Sarg kniete und die Beschläge einen nach dem anderen mit dem Hammer bearbeitete. Der Sarg sah wie neu aus und war in seiner Kammer gut erhalten geblieben. Auf dem Deckel lag ein kleines Häufchen Staub, und ich stellte mir vor, dass es ein Blumenkranz gewesen war. Ich wusste nicht, was ich denken oder tun sollte. Ich ging zur Tür und spähte noch ein weiteres Mal voller Angst auf den Friedhof hinaus. Die riesigen Bäume wirkten im Schein des Mondes unheimlich. Es kam mir ganz so vor, als strahlten die anderen Gräber rings um uns herum Feindseligkeit aus. Ich blickte wieder in die Gruft hinein, und das Loch, in dem sich der Sarg befunden hatte, war wie ein gähnender Schlund an einem sakrosankten Ort, der Worte wie Entweihung und Zerstörung zu rufen schien.

»Jawohl«, erklärte der Professor. »Damit dürfte es geschafft sein!«

Das Zerstörungswerk schien keinerlei Einfluss auf seinen Seelenfrieden zu haben.
»Schaffst du es, den Sarg zu öffnen?«, flüsterte ich. Meine Stimme klang zittrig.
Er mühte sich mit dem Sargdeckel ab und konnte ihn unter Aufbietung aller Kräfte etwas zur Seite rücken. Er bat mich, ihm dabei zu helfen, und ich stellte die Petroleumlampe ab. Gemeinsam gelang es uns, den Deckel herunterzuheben, und vor uns lagen die sterblichen Überreste des Büchersammlers und Mörders Ronald D. Jörgensen.
Der Professor nahm die Laterne zur Hand und hielt sie über den Sarg. Das fleischlose Skelett steckte in einer Paradeuniform, die allerdings durch die lange Zeit im Sarg sehr gelitten hatte. Am schrecklichsten waren die leeren Augenhöhlen und die starken Zähne, die für mich ein seltsames, beinahe teuflisches Grinsen zu bilden schienen. Geschieht euch recht, schien es zu besagen, euch beiden Isländern, die Schande wird euch für den Rest eures Lebens anhängen und kann durch nichts getilgt werden. Ich schauderte und sah den Professor an. Der schenkte dem Skelett keinerlei Beachtung, wohl aber dem, was zwischen den zusammengekrallten Fingerknochen über dem Becken lag: ein metallenes Kästchen, das Ronald D. Jörgensen mit ins Grab genommen hatte.
Der Professor griff danach, um den Kasten an sich zu nehmen, aber Ronald war keineswegs bereit loszulassen und hielt ihn fest umkrallt. Ich bemerkte einen schweren goldenen Ring um den Knochen, der einmal zum Ringfinger gehört hatte. Als der Professor den Behälter endlich in der Hand hatte, kam ihm der ganze rechte Arm des Besitzers samt Ärmel entgegen. Man hörte ein leises Knacken, als sich der Arm aus dem Schultergelenk löste. Der Ring fiel scheppernd auf den Boden. Der Professor hob den Ring auf und legte ihn auf die Uniform. Ich hielt den Atem an,

aber der Professor wirkte völlig ungerührt und legte den Arm wieder zurecht.
»Na also«, sagte er und schlug das Zeichen des Kreuzes über dem Sarg.
Ich war heilfroh, als sich der Deckel wieder an Ort und Stelle befand und wir den Anblick des Skeletts los waren, die leeren Augenhöhlen und das grinsende Gebiss.
Ich machte mich daran, die Beschläge am Deckel zu befestigen, und dann schoben wir den Sarg gemeinsam wieder an seinen Platz. Die Grabplatte brachten wir ebenfalls wieder an, so gut wir konnten. Der Professor war vor mir draußen und ließ sich mit der Laterne und dem Kästchen, das Ronald D. Jörgensen mit seinen Todeskrallen umklammert hatte, bei einem imposanten Holzkreuz nieder. Ich beobachtete ihn aus den Augenwinkeln, während ich die kupferne Tür zur Gruft wieder verschloss. Am liebsten hätte ich den Friedhof so schnell wie möglich verlassen, aber ich musste mich nach dem Professor richten. Er hatte lange auf diesen Augenblick gewartet.
Geraume Zeit saß er regungslos mit dem Behälter in der Hand und starrte ihn wie in Trance an. Ich überlegte, ob er vielleicht Angst davor hatte, das Kästchen zu öffnen. Vielleicht befürchtete er, dass sich sein Traum am Ende doch nicht erfüllen würde. Dann sah ich aber, wie er versuchte, den Deckel mit den Händen zu entfernen, doch das gelang ihm nicht. Er holte ein kleines Taschenmesser aus der Hosentasche und schob die Klinge unter den Deckel. Der Professor mühte sich lange damit ab, ihn hochzubekommen. Mir war klar, dass er vorsichtig vorgehen und nichts zerstören wollte. Ich blickte noch einmal zu der Grabstätte hinüber. Wir hatten versucht, alles so zu hinterlassen, dass niemand etwas bemerken würde, aber ich befürchtete, dass es niemand entgehen konnte, welch schrecklicher Frevel hier begangen worden war.

Ich stand mit Hammer und Meißel in den Händen neben dem Professor und sagte ihm, dass wir so schnell wie möglich den Friedhof verlassen und den ersten Bus Richtung Norden nehmen sollten. Ich glaube, dass er gar nicht hörte, was ich sagte. Er hatte es geschafft, den Behälter zu öffnen, der Deckel lag neben ihm auf der Erde. Wir starrten auf den Inhalt. Ich glaubte, ein Stück Tuch zu erkennen. Eine ganze Ewigkeit verstrich, bis er die Hand hob, das Tuch vorsichtig herausnahm und auf sein Knie legte. Als er es auseinanderfaltete, kamen einige lose Pergamentseiten zum Vorschein, sehr dunkel, doch die Schrift war deutlich.

Der Professor holte im Schein der Laterne tief Atem.

»Kann es wirklich wahr sein?«, stöhnte er.

Ich sah, dass er die Seiten zählte.

»Ich glaube, es können die verschollenen Seiten sein, die Lücke im *Codex Regius*, Valdemar!«

»Haben wir sie gefunden?«

»Das sind die Seiten«, erklärte der Professor und betrachtete forschend die Schrift.

»Sind es acht?«, fragte ich ergriffen.

Er erhielt keine Zeit zu einer Antwort. Urplötzlich hörte ich ein Rascheln hinter mir, und meine Nackenhaare sträubten sich. Ich wagte nicht, mich umzublicken.

»Ah, der Herr Professor«, ertönte eine schneidende Stimme.

Der Professor erhob sich langsam. Ich drehte mich um und sah, wie sich uns aus dem Dunkel heraus zwei Männer näherten. Mein Herz setzte ein paar Schläge aus. Wieder war mir danach zumute, Reißaus zu nehmen und im Schutz der Dunkelheit zu verschwinden. Die beiden Männer aus *Hviids Vinstue* schlenderten lässig auf uns zu, Joachim von Orlepp und der andere, von dem ich nur den Namen Helmut wusste. Hinter ihnen standen in einiger

Entfernung drei weitere Männer, soweit ich sehen konnte, waren es Volkspolizisten.
»Joachim Orlepp!«, flüsterte der Professor. Es hatte den Anschein, als hätte er die Wagneriten völlig vergessen gehabt.
»Hocherfreut, Sie zu treffen«, sagte dieser Joachim mit einer ironischen Verneigung. »Ist es nicht sogar für einen Mann in Ihrem Alter ein wenig ungewöhnlich, einen Grabraub zu begehen?«
»Wie in aller Welt hast …?«
»Wir observieren Sie bereits seit geraumer Zeit.«
Der Professor sah auf die Volkspolizisten, die sich hinter Joachim von Orlepp aufgebaut hatten.
»Gute Freunde in Rostock sind mir behilflich gewesen«, erklärte Joachim, »und ebenso hier in Schwerin. Sie sind nicht sehr erbaut davon, wenn Gräber geplündert werden.«
Von Orlepp blickte mich an. »Wen hast du da bei dir? Ist das nicht das Bürschlein, das uns bei unserem Treffen in Kopenhagen gestört hat?«
Er ging ein paar Schritte auf mich zu, und ich wich zurück, bis ich neben dem Professor stand, der die Hände hinter dem Rücken verschränkt hielt, als wolle er die Pergamentseiten gegen diesen unerwarteten Überfall abschirmen. Joachim von Orlepp schien die Ruhe selbst zu sein und ließ seine Blicke zwischen mir und dem Professor hin- und herwandern. Dann nahm er wieder mich ins Visier.
»Wie heißt du?«, fragte er schmierig lächelnd.
»Ich … Ich heiße Val…«
»Du brauchst ihm nicht Rede und Antwort zu stehen«, fiel der Professor mir ins Wort. »Lass uns in Ruhe, Joachim. Wir sind hier im Auftrag der Universität Kopenhagen. Du wirst zur Rechenschaft gezogen werden, falls uns etwas zustößt.«

Joachim von Orlepp lachte und strich sich über das blonde Haar. »Im Auftrag der Universität Kopenhagen!«, sagte er höhnisch. »Ich bezweifle sehr, dass dort irgendjemand davon weiß, dass ihr hier seid. Oder von euch wissen möchte«, fügte er hinzu und blickte in Richtung der Gruft.
Er grinste so breit, dass die weißen Zähne aufblitzten.
»Ihr habt eine Grabschändung begangen«, sagte er. »Die Polizei hier möchte ganz gewiss ein Wörtchen mit euch reden. Ich zweifle nicht daran, dass ihr eine Erklärung dafür habt, was es damit auf sich hat. Ich persönlich kann es natürlich sehr gut verstehen, und ich möchte mich nur bedanken, dass ihr mir diese Mühe abgenommen habt. Ich bin mir allerdings nicht sicher, ob die hiesigen Behörden das auch so sehen.«
Das Grinsen wurde noch breiter. Wieder sah er von einem zum anderen und streckte dann seine Hand aus.
»Her damit«, sagte er zu dem Professor.
»Her mit was?«, fragte der Professor.
»Ich will das, was du in der Hand hältst.«
Der Professor rührte sich nicht.
»Keine Dummheiten bitte«, sagte Joachim von Orlepp.
Der Professor stand immer noch schweigend und bewegungslos da. So verging eine Weile.
Völlig unvermittelt versetzte Helmut mir einen Hieb in die Magengrube, dass mir die Luft wegblieb. Er packte mich am Kopf und stieß mir das Knie ins Gesicht. Der Schmerz war unerträglich, und ich spürte, wie mir das Blut aus der Nase strömte. Ich ging zu Boden, und Joachim packte mich bei den Haaren.
»Damit macht Helmut gerne noch so lange weiter, wie es dir beliebt«, sagte er zu dem Professor.
»Alles in Ordnung mit dir, Valdemar?«, fragte mich der Professor auf Isländisch.
»Gib sie ihm doch«, sagte ich weinerlich.

»Das kann ich nicht«, erklärte der Professor.
»Überlass ihm die Seiten!«, rief ich.
»Valdemar, du weißt, wo sie hingehören«, antwortete der Professor. »Ich kann sie ihm nicht überlassen.«
»Bist du verrückt!«, schrie ich. »Er nimmt sie dir doch sowieso weg.«
»Nicht, wenn ich sie zerstöre«, sagte der Professor.
Joachim von Orlepp hatte uns scharf im Auge behalten.
»Hört auf damit!«, brüllte er. »Lass mich das haben, was du gefunden hast!«
»Diese Seiten gehören nach Island«, sagte der Professor auf Deutsch zu Joachim. »Ich kann sie dir nicht überlassen.«
Joachim von Orlepp starrte ihn an und fing plötzlich an zu lachen. Ich stand langsam auf.
»Du kannst sie mir nicht überlassen«, wiederholte Joachim höhnisch. »Du hast ja sogar ...«
Er konnte den Satz nicht beenden. Der Professor bückte sich blitzschnell nach der Petroleumlampe und schleuderte sie so heftig gegen das Holzkreuz, bei dem wir standen, dass sie zerbrach. Die Flammen züngelten an dem Kreuz empor. Er schickte sich an, die Pergamente ins Feuer zu werfen. Ich sah, dass er einen Augenblick zögerte, und setzte zum Sprung an, stürzte mich auf ihn und warf ihn neben dem Kreuz zu Boden. Die Pergamentseiten hielt er immer noch in der Hand.
»Lass mich los, du Idiot!«, schrie er. »Das hättest du nicht tun dürfen! Sie können diese Seiten nicht bekommen, das darf nicht sein!«
Joachim von Orlepp kam zu uns, beugte sich nieder und entriss dem Professor die Seiten. Er sah auf uns hinunter und schüttelte den Kopf.
»Isländer«, schnaubte er verächtlich.
Dann drehte er sich um und ging weg. Der Professor und ich krabbelten auf die Beine. Helmut folgte Joachim zum

Friedhof hinaus, aber die drei Vopos kamen auf uns zu. Der Professor sah mich wütend an.

»Du hättest mich nicht daran hindern dürfen, sie zu verbrennen«, sagte er.

»Das konnte ich nicht zulassen.«

»Du bist ein verdammter Idiot.«

»Wenn es tatsächlich die verschollenen Seiten aus dem *Codex Regius* sind, ist es besser, sie befinden sich in seinen Händen, als dass sie verbrennen.«

»Sei dir da nicht so sicher.«

»Was wird aus uns?«, fragte ich.

»Das weiß ich nicht.«

»Können wir uns mit irgendwem in Verbindung setzen? Kennst du hier jemanden?«

»Keine Menschenseele.«

»Herrgott noch mal«, stöhnte ich.

»Hast du irgendjemandem erzählt, dass wir nach Schwerin wollten?«, fragte er.

»Niemandem«, sagte ich und fasste ganz vorsichtig an meine Nase. Sie war wahrscheinlich gebrochen und schmerzte grässlich, blutete aber nicht mehr. »Und was ist mit dir? Hast du jemandem erzählt, dass wir hierher wollten?«

»Nein.«

»Also weiß niemand, dass wir hier sind?«

»Nein«, sagte er.

»Hast du gewusst, dass die uns auf den Fersen waren?«

»Ich hatte zwar einen Verdacht, aber ich war nicht genug auf der Hut. Ich war etwas beruhigter, als wir nach Schwerin kamen, denn ich hatte nichts bemerkt. Deswegen glaubte ich, wir hätten sie abgeschüttelt. Ich habe im Eifer des Gefechts alles um mich herum vergessen. Leider, Valdemar, leider.«

Die Vopos legten uns Handschellen an und führten uns ab.

»Waren es wirklich die Seiten aus dem *Codex Regius*?«, fragte ich.
»Ich fürchte, ja«, antwortete der Professor. »Ich fürchte, ja, Valdemar.«
»Hättest du sie allen Ernstes ins Feuer geworfen?«, fragte ich.
Wir gingen zwischen den Volkspolizisten, einer war vor uns und zwei hinter uns, und so verließen wir die Grabstätte von Ronald D. Jörgensen.
»Nein, wahrscheinlich nicht«, sagte der Professor. »Ich hätte das wahrscheinlich nicht über mich gebracht.«
»Ich habe gesehen, dass du gezögert hast.«
»Ich ... Das wäre nicht zu verantworten gewesen.«
»Ist es nicht besser, dass diese Seiten noch existieren, auch wenn sie in den Händen der falschen Leute sind?«
»Wahrscheinlich, Valdemar«, sagte der Professor. »Aber es ist ein entsetzlicher Gedanke, sie ihnen in die Hände gespielt zu haben. Du kannst dir gar nicht vorstellen, wie entsetzlich das ist.«

Zwölf

Wir waren auf ein Polizeirevier gebracht worden und saßen wie zwei Verbrecher unter Bewachung eines Volkspolizisten auf einer Holzbank in der Aufnahme. Ich zweifelte keinen Augenblick daran, dass wir eine Straftat begangen hatten. Soweit ich den Polizisten verstanden hatte, warteten wir auf seinen Vorgesetzten, von dessen Entscheidung unser weiteres Schicksal abhing. Unsere Reise nach Schwerin hatte in einem Fiasko geendet. Der Professor hatte nicht einkalkuliert, dass wir beschattet würden. Mir wäre so etwas nie in den Sinn gekommen. Wir waren blind und leichtsinnig vorwärtsgetappt und hatten einen unglaublichen Kulturschatz Männern in die Hände gespielt, die nach Meinung des Professors Banditen der schlimmsten Sorte waren.

Die Tür öffnete sich, und uns wurde befohlen aufzustehen. Wir wurden über einen langen Korridor zu einem Büro geführt, in dem ein Mann mittleren Alters saß, der uns nichts anderes zu sagen hatte, als dass wir die Nacht in einer Zelle auf dem Revier verbringen müssten. Anscheinend gab es wenig Platz, und deswegen wurden wir in dieselbe Zelle gesteckt. Die Einrichtung bestand aus einer Pritsche und einer Waschschüssel, und in der Ecke stand ein Eimer, von dem ich hoffte, dass wir ihn nicht benutzen mussten. Eine Stahltür fiel geräuschvoll hinter uns ins Schloss, und im gleichen Augenblick ging das Licht in der Zelle aus. Die Vopos hatten uns sorgfältig durchsucht und

uns Krawatten, Gürtel und Schnürsenkel weggenommen. Es gab kein Fenster in der Zelle, und wir würden nicht wissen, wann der neue Tag anbrach.
Ich tastete mich zu der Pritsche vor und ließ mich darauf nieder. Der Professor folgte mir und setzte sich an meine Seite. Wir saßen lange schweigend da, und ich dachte daran, was meine Tante wohl von alldem halten würde und ob ich sie jemals wiedersehen würde. Ich hatte Heimweh und stand kurz davor, in Tränen auszubrechen. Die Verhältnisse in dieser engen Zelle waren unter aller Würde, und der Gestank darin war unbeschreiblich. Wir waren auf die Gnade und Barmherzigkeit irgendwelcher Menschen angewiesen, von denen wir nicht wussten, wer sie waren, und wir hatten nicht die geringste Vorstellung, was uns erwartete. Wir hatten nachweislich gegen das Gesetz verstoßen, daran bestand kein Zweifel, und dafür mussten wir bestraft werden. In welcher Form, war nicht abzusehen, doch ich befürchtete das Schlimmste, wahrscheinlich würden wir sogar im Gefängnis landen, denn es war wohl kaum damit zu rechnen, dass wir nur mit einer Geldstrafe davonkommen würden. Der Professor hatte verlangt, ein Telefongespräch nach Kopenhagen führen zu dürfen, er behauptete, ein Recht darauf zu haben, aber der Vorgesetzte schüttelte nur den Kopf. Der Professor hatte ebenfalls Anspruch auf einen Rechtsbeistand erhoben.
»Darüber habe ich nicht zu bestimmen«, erklärte der Mann. »Ihr bleibt heute Nacht hier.«
Und da saßen wir, der Professor und sein Student, und fühlten uns hundeelend. Der Professor schien zu spüren, wie es mir ging. Er legte seinen Arm um meine Schultern und versuchte, mich zu beruhigen.
»Das wird schon alles wieder, Valdemar«, sagte er im Dunkeln. »Sie können uns nichts anhaben und lassen uns morgen früh frei. Glaub mir. Wir nehmen uns einen Rechtsan-

walt, ich werde morgen früh telefonieren, und wir bezahlen, was immer uns aufgebrummt wird. Mach dir keine Sorgen. In ein paar Tagen sind wir wieder in Kopenhagen. Sie werden wohl kaum ein Drama wegen … wegen …«

»Wegen Grabplünderung machen? Gibt es ein schlimmeres Verbrechen? Höchstens Mord!«

»Grabplünderung ist vielleicht ein ziemlich starkes Wort in diesem Zusammenhang«, sagte der Professor.

»Wir hatten sie in der Hand, die verschollenen Seiten aus der Lücke«, sagte ich.

»Ja, und wir haben sie wieder verloren.«

»Du hast sie zumindest gesehen.«

»Das ist wahr. Das war … Das war ein unbezahlbarer Augenblick …«

Irgendwo fiel eine Tür ins Schloss. Wir hörten ein Auto davonfahren.

»Was wird hier aus uns?«, stöhnte ich nach einer Weile.

»Ich weiß es nicht, mein Freund.«

»Was können sie uns tun?«

»Es wird sich schon alles regeln, vertrau mir.«

»Genau darum geht es. Das habe ich getan, ich habe dir vertraut. Und jetzt sitze ich hier in einem Gefängnis in einer wildfremden Stadt, von der ich vor ein paar Tagen nicht einmal wusste, dass sie existiert.«

»Das weiß ich, lieber Valdemar, und ich bringe uns schon wieder hier heraus, darauf kannst du dich verlassen. Eines Tages werden wir uns darüber amüsieren, das verspreche ich dir.«

Sein Griff um meine Schultern wurde fester, und so saßen wir eine ganze Weile im Dunkeln und waren von seltsamer Stille umgeben. Ich hatte das Gefühl zu ersticken. Ich kam mir jetzt selbst so eingemauert vor wie Ronald D. Jörgensen in seiner Grabkammer. Alle hatten uns vergessen, wir waren in einer hoffnungslosen Lage.

In dieser stinkigen Gefängniszelle hörte ich dann die unglaublichste Geschichte, die mir je im Leben zu Ohren gekommen ist. Ich weiß nicht, warum er mir das dort im Finsteren erzählte. Er hatte es zehn Jahre lang für sich behalten, aber es hatte ihn all diese Jahre tagtäglich gequält und ihm das Leben manchmal zur Hölle gemacht. Ein solches Geheimnis ganz allein mit sich herumzutragen schien übermenschlich; und gewiss überstieg es die Vorstellungskraft, dass jemand so etwas wie einen bösen Spuk in sich verschließen konnte, wissend, dass die Geheimhaltung mit jedem Jahr schwieriger werden würde. Im Grunde genommen war es unbegreiflich, dass er das Geheimnis so lange hatte wahren können, aber das sagt vielleicht mehr über die Wissenschaft aus, mit der er sich befasste, als über den Mann selbst. Nun aber hatte es den Anschein, als hielte er es nicht länger aus und müsse sich das Gewissen erleichtern, indem er mich zu seinem Vertrauten machte. Seinetwegen war ich in einem fremden Land im Gefängnis gelandet, und er schuldete mir eine Erklärung.

Es begann damit, dass ich ihn nach etwas fragte, was Joachim von Orlepp auf dem Friedhof gesagt hatte, einen unvollständigen Satz, bei dem ich bemerkt hatte, dass der Professor ihm ins Wort gefallen war. In dieser Zelle erinnerte ich mich auf einmal an den Satz, es ging um die Seiten aus dem *Codex Regius* und darum, dass ausgerechnet der Professor sie nicht aushändigen wollte, der schon etwas anderes und viel Bedeutenderes aus der Hand gegeben hatte, wenn ich diesen Joachim richtig verstanden hatte. Ich überlegte eine ganze Weile und fragte schließlich den Professor danach.

»Auf was hat dieser Joachim angespielt, als du meintest, dass du die Seiten nicht aus der Hand geben würdest?«

»Worum ging es da, mein Freund?«, fragte der Professor.

»Joachim von Orlepp sagte, dass es dir nicht schwerfallen würde, ihm die Pergamentseiten zu geben, weil du bereits etwas anderes und nicht weniger Kostbares aus der Hand gegeben hättest. Was war das? Worauf hat er angespielt?«

Der Professor ließ auf seine Antwort warten. Er ging vermutlich mit sich zurate, ob er mir etwas anvertrauen wollte, das er jahrelang für sich behalten hatte. Ich insistierte nicht, und in dieser entsetzlichen Zelle entstand zunächst ein verlegenes Schweigen, das aber in der Finsternis verebbte und schließlich in der Grabesstille der vier Wände verhallte.

Doch dann antwortete er.

Der Professor räusperte sich.

»Ich habe schon früher einmal in einer solchen Zelle gesessen«, sagte er.

»Früher einmal?«

»Ja.«

»In so einer Zelle?«

»Ja, in genau so einer Zelle«, sagte er. »Im Finstern, genau wie jetzt.«

Wir schwiegen beide eine ganze Weile. Ich traute mich nicht, direkt nachzufragen, aber mir fiel wieder ein, dass er im Zweiten Weltkrieg den Nazis in die Hände gefallen war. Der Professor begann mit seiner Erzählung, und seine Stimme war von unsäglicher Trauer erfüllt. Zuerst hatte ich keine Ahnung, worauf es hinauslief. Er erzählte von seiner Jugend im Ófeigsfjörður im Nordwesten Islands, von seiner tiefgläubigen Mutter und von sich selbst und seiner Leidenschaft für Bücher, die er von Kindesbeinen an gehabt hatte. Auf dem Land waren Bücher meist selten und kostbar, doch dort, wo er kurz vor der Jahrhundertwende aufwuchs, befand sich die größte Bibliothek des ganzen Bezirks. Abends wurde dort aus Büchern vorgelesen, und manchmal durfte er sogar selbst vorlesen.

Da er ein hervorragender Schüler war, wurde er nach Reykjavík auf die Höhere Schule geschickt, wo er das beste Abitur seines Jahrgangs machte. Anschließend reiste er zum Studium nach Kopenhagen. Seitdem hatte er dort gelebt.

»Du hast vermutlich etwas über meine Gitte und ihr tragisches Schicksal gehört«, sagte er. »Es war eine furchtbare Zeit. Doch es sollte noch etwas geschehen, was mir schwerer auf der Seele lastet, als sich in Worten ausdrücken lässt, und mein Lebensglück vollends zerstört hat; viel war ja davon nicht übrig geblieben.«

Er machte eine kleine Pause. Ich hielt mich zurück und sagte nichts.

»Du hast sicher auch davon gehört, dass ich gegen Ende des Krieges der Gestapo in die Hände fiel«, sagte er. »Ich wurde verhaftet.«

»Davon habe ich gehört.«

»Sie glaubten, dass ich mit der dänischen Untergrundbewegung zusammenarbeitete.«

»Hast du das getan?«

»Selbstverständlich. Natürlich war man gegen die Nazis. Für mich kam gar nichts anderes in Frage. Ich bereue es auch nicht, obwohl es ein gigantisches Opfer gekostet hat.«

»Opfer?«

»Ja. Uns alle, die ganze isländische Nation. Und alles war meine Schuld.«

Er verstummte. Ich traute mich nicht, einen Ton von mir zu geben. Seine Stimme verriet mir, dass etwas schwer auf ihm lastete.

»Ich weiß gar nicht, wo ich beginnen soll, Valdemar«, sagte der Professor schließlich und seufzte tief. »Weiß wirklich nicht, wo ich beginnen soll.«

Er war in seinem Arbeitszimmer, als sie ihn am hellichten Tag abholten. Zwei Nationalsozialisten von der Geheimen Staatspolizei und drei dänische Kollaborateure drangen in sein Büro ein, nahmen ihn fest und führten ihn ins Shell-Gebäude an der Kampmandsgade ab, wo sich das Hauptquartier der Gestapo in Kopenhagen befand. Es war im März des Jahres 1945. Die Verhöre fanden im vierten Stock des Hauses statt, und im fünften, dem obersten Stock waren die Gefängniszellen. In eine von diesen wurde er gesperrt, ohne dass irgendeine Anklage vorlag. Er hörte die Schreie der Gefangenen, die Jammerlaute aus den Folterzellen der Gestapo im Stockwerk darunter. Er ahnte sofort, weshalb er verhaftet worden war, und überlegte, wie viel sie wohl wüssten und ob ihm ebenfalls Folterungen bevorstünden.
Die dänische Widerstandsbewegung war im Laufe der Besatzungszeit immer aktiver geworden, mit der Herausgabe von illegalen Schriften und Flugblättern, durch Spionage und Sabotageaktionen. Der Professor hatte dazu beitragen wollen. Per Zufall kam er in Kontakt zu einer kleinen Gruppe Studenten, die Verbindungen zur Untergrundbewegung hatte. Der Professor war innerhalb der Universität dafür bekannt, mit seinen Ansichten über die Nazis nicht hinter dem Berg zu halten. Eines Tages wurde die Tür zu seinem Arbeitszimmer aufgestoßen, und herein stürzte eine junge Studentin aus der Nordischen Fakultät, Emma mit Namen, und bat ihn um Hilfe. Die Nazis hatten sie im Verdacht, in Verbindung mit einem Sabotageanschlag auf einen militärischen Nachschubzug zu stehen, und waren hinter ihr her. Der Professor zögerte keine Sekunde. Sein Büro quoll von Büchern über, sowohl in den Regalen als auch auf dem Boden, manche der Stapel reichten fast bis zur Decke. Emma war ziemlich klein und zierlich, und der Professor reagierte blitzschnell. Er ließ sie in der Ecke, wo

der Ofen stand, niederknien und häufte Bücher, Zeitungen und Ordner um sie herum und über ihr auf. Die Nazis suchten sämtliche Büros in dem Gebäude ab, fanden das Mädchen aber nirgends. Der Professor lag auf dem Sofa und gab vor, geschlafen zu haben, als sie in sein Büro eindrangen. Sie sahen sich in seinem Zimmer um, erblickten aber nichts als chaotisches Durcheinander und Bücher. Sie befahlen ihm aufzustehen, kippten das Sofa um und traten gegen Bücherschränke, bevor sie das Zimmer im Sturmschritt wieder verließen. Erst gegen Abend traute sich Emma unter dem Bücherhaufen hervor. Der Professor sagte ihr, falls er durch irgendetwas der Widerstandsbewegung von Nutzen sein könne, solle man ihm Bescheid geben. Damit verabschiedeten sie sich.

Einige Wochen später sprach ihn auf dem Korridor zu seinem Büro ein junges Mädchen an. Sie hatte einen Stapel Flugblätter dabei, den sie ihm mit den Worten überreichte, dass Emma nach England geflüchtet und außer Gefahr sei. Zwei Tage später erschien ein Mann in seinem Büro, der die Flugblätter abholte und stattdessen einen kleinen Holzkasten zurückließ. Als der Professor einen Blick hineinwarf, sah er sechs Dynamitstangen und eine Lunte. Wieder ein anderer Mann holte den Kasten bei ihm ab und verschwand im Dunkel der Nacht. Er hinterließ Fotos von militärisch wichtigen Zielen in Kopenhagen, unter anderem vom Shell-Gebäude.

Auf diese Weise wurde der Professor in den letzten beiden Jahren des Kriegs immer stärker in die Arbeit der dänischen Widerstandsbewegung involviert und unterstützte deren Mitglieder, so gut er konnte; er gewährte ihnen Unterschlupf, wenn sie auf der Flucht vor den Nazis waren, und sein Büro an der Universität wurde bald zu einem Anlaufziel für dänische Widerständler und andere Personen, die auf der Flucht vor den Nazis das Land verlassen mussten.

Als der Professor festgenommen wurde, hatte sich zuvor einer der führenden Köpfe der Widerstandsbewegung drei Tage bei ihm aufgehalten. Der Professor dachte zuerst, dass die Nazis hinter dem Mann her waren und ihn bis zu ihm verfolgt hatten; da sie aber ins Leere griffen, verhafteten sie stattdessen den Professor.

Nun stand ihm das Verhör im Shell-Gebäude bevor. Dorthin brachte man diejenigen, denen unterstellt wurde, die Sicherheit der deutschen Militärregierung zu gefährden. Im obersten Stock waren Zellen eingerichtet worden, um die Gefangenen nicht vom Vestre-Gefängnis zum Verhör ins Hauptquartier transportieren zu müssen. Zu dieser Zeit waren die Angehörigen der Widerstandsbewegung in großer Gefahr, viele ihrer Anführer waren gefangen genommen worden, und zahlreiche Dokumente mit wichtigen Informationen über die Bewegung befanden sich in den Händen der Gestapo. Die Widerstandsbewegung hatte sich zwar mehrmals an die Engländer gewandt und sie darum gebeten, bei einem Bombenangriff das ehemalige Hauptgebäude des Shell-Konzerns zu zerstören, aber aus verschiedenen Gründen hatte sich das hinausgezögert.

Dorthin war der Professor gebracht worden, ohne zu wissen, woher die Gestapo die Informationen über ihn bekommen hatte oder was sie überhaupt über ihn wussten, wie das Verhör vonstattengehen würde und was sie von ihm wollten. Der Tag verging, ohne dass ihm etwas zu essen oder zu trinken gebracht wurde. Er lag die ganze Nacht wach, konnte nicht einschlafen, und auch am nächsten Morgen geschah nichts. Erst spät am Nachmittag hörte er plötzlich das Geräusch eines Schlüssels, und die Tür zu seiner Zelle öffnete sich.

Zwei Aufseher führten ihn in das darunterliegende Stockwerk und brachten ihn in ein Verhörzimmer, wo man ihn zunächst warten ließ. Er war hungrig, hatte nicht geschlafen und fürchtete um sein Leben. Er wusste nicht, wie viel Zeit vergangen war, als sich die Tür zu dem Raum erneut öffnete. Vier Männer kamen zu ihm herein, zwei uniformierte Gefängnisaufseher und zwei Gestapo-Angehörige in Zivil. Die Wärter hatten die junge Frau zwischen sich, Emma, die er einmal in seinem Büro versteckt hatte. Sie war wieder nach Dänemark zurückgekehrt und dabei der Gestapo in die Hände gefallen. Damit bekam der Professor auch die Antwort auf die Frage, wieso die Gestapo von ihm wusste. Emma war kaum wiederzuerkennen, ihr Gesicht war blutverschmiert, ein Arm schien gebrochen zu sein, die Finger waren zerquetscht. Als sie den Professor sah, flüsterte sie ein Wort, das kaum zu verstehen war.

»Verzeih.«

Die Wärter führten Emma wieder hinaus, doch die Gestapo-Leute blieben zurück. Er hatte die Männer nie zuvor gesehen, nahm aber an, dass sie Experten in den berüchtigten Verhörtechniken der Gestapo waren. Sie begannen damit, ihn zu fragen, was er von Beruf sei, was für Verbindungen er zu Island habe, über seine Familienverhältnisse. Sie traten ruhig und gelassen auf. Der eine rauchte und bot ihm eine Zigarette an. Der Professor lehnte dankend ab und erklärte, Schnupftabak zu verwenden. Langsam, aber sicher näherten sich ihre Fragen der Widerstandsbewegung. Sie sprachen Deutsch mit ihm. Der Professor sah keine andere Möglichkeit, als die Wahrheit zu sagen, betonte aber, dass er ihnen kaum Informationen geben könne, da er selbst nur ein Verbindungsmann gewesen sei und diejenigen, die sich mit ihm in Verbindung gesetzt hatten, überhaupt nicht kannte. Er wusste keine Namen, auch über Emma wusste er nichts und genauso wenig über die innere Organisation der Widerstandsbewegung und ihre Aktionen. Er gab zu, Fotos von militärischen Anlagen

zeitweilig bei sich aufbewahrt zu haben und sogar auch Flugblätter. Das Dynamit erwähnte er nicht.
So verging etwa eine Stunde. Die Männer schienen sich für das, was er sagte, nicht sonderlich zu interessieren. Es hatte beinahe den Anschein, als langweilten sie sich. Einmal wurden sie gestört, als die Tür sich öffnete und einer der Aufseher einen niedrigen Tisch mit Werkzeugen hereinrollte. Darauf lagen Messer und Zangen und andere Geräte. Auf dem Regal unter dem Tisch sah er eine große Batterie mit daran angeschlossenen Klemmen.
»Diese deine Freundin, Emma, so heißt sie doch?«, fragte der eine, der das Verhör leitete. Er trug einen schwarzen Nadelstreifenanzug und eine Krawatte mit Nadel. Der Anzug des anderen war im Vergleich dazu ziemlich schäbig. Wahrscheinlich ist das sein Untergebener, dachte der Professor. Dieser Mann hatte immer noch kein Wort gesagt.
»Ich weiß nicht, wie sie heißt«, log der Professor, ohne die Augen von dem Tisch mit den Werkzeugen abzuwenden.
»Nein«, sagte der Mann, »selbstverständlich nicht. Ich gehe nicht davon aus, dass sie den Tag überleben wird, verstehst du? Es sei denn, du hilfst ihr.«
»Wie sollte ich ihr helfen können?«, fragte der Professor.
»Indem du endlich mit diesem dämlichen Geschwätz aufhörst!«, brüllte der Mann auf einmal los. »Indem du aufhörst, dich wie ein Idiot zu benehmen und uns die Hucke vollzulügen! Was glaubst du eigentlich, wer wir sind?! Hältst du uns wirklich für so naiv? Glaubst du, dass wir Zeit darauf verschwenden können, uns deine Lügen anzuhören?«
Der Mann hatte sich, während er den Professor anschrie, so weit zu ihm heruntergebeugt, dass sich ihre Gesichter beinahe berührten.
»Ich belüge euch nicht«, sagte der Professor und versuchte, ruhig zu bleiben.

»Was kannst du uns über diese Emma sagen?«, fragte der Mann und richtete sich wieder auf.
»Sie hat mich um Hilfe gebeten«, erklärte der Professor.
»Sie hat ausgesagt, dass du sie in deinem Büro versteckt hast.«
»Das ist richtig. Dann ist sie aber verschwunden, und ich habe sie erst vorhin wiedergesehen.«
»Du gibst also zu, ihr geholfen zu haben?«
»Ja.«
»Darauf steht die Todesstrafe, ist dir das klar?«
»Nein«, sagte der Professor, »das wusste ich nicht.«
»Oder KZ. Wenn du mich fragst, ist der Tod wahrscheinlich die angenehmere Alternative, dann ist es schneller vorbei.«
Der Professor schwieg.
»Wer ist da sonst noch in der Widerstandsbewegung an der Universität?«
»Ich weiß von niemandem«, antwortete der Professor.
»Mit wem hast du am meisten zu tun?«
»Ich kenne niemanden, der in der Widerstandsbewegung ist. Ich glaube, das ist mit Absicht so organisiert. Man soll überhaupt nichts wissen.«
Der Mann sah ihn lange an. Der Professor starrte vor sich hin. Man hatte ihm Hände und Füße mit Lederriemen am Stuhl festgebunden.
»Kannst du Schmerzen ertragen?«, fragte der Mann.
Der Professor antwortete nicht darauf. Er begriff die Frage nicht. Der Mann wiederholte sie.
»Kannst du Schmerzen ertragen?«
»Ich … Ich weiß es nicht«, sagte der Professor.
»Unser Kurt hier«, erklärte der Mann, indem er auf seinen Handlanger deutete, »er kann das für dich herausfinden. Kurt ist unser Experte in Sachen Schmerz. Er hat einmal einen Mann dazu gebracht, sich eine Kugel durch den Kopf zu jagen, nur um ihm zu entkommen.«

Der Professor blickte auf den Mann, der Kurt hieß. Der hatte sich völlig im Hintergrund gehalten, lehnte lässig an der Wand und schien sich zu langweilen. Er war um die fünfzig und ziemlich aufgedunsen. Der Mann, der das Verhör leitete, war etwa zehn Jahre jünger, sehr schlank, und seine Bewegungen wirkten irgendwie feminin.
»Manche vertragen überhaupt keinen Schmerz«, sagte er. »Sie beginnen schon zu reden, wenn Kurt sich daranmacht, einen Fingernagel abzulösen. Er hat noch nicht einmal richtig angefangen, da packen sie schon aus mit allem, was sie über ihre Freunde und die Familie wissen. Andere sind widerstandsfähiger. Manche bitten sogar um mehr. Was glauben Sie, wie es bei Ihnen laufen wird, Herr Professor?«
»Ich weiß so wenig«, sagte der Professor. »Ich habe keine Ahnung, was ihr von mir wollt. Ich fürchte, ich werde euch enttäuschen müssen.«
»Das sagen alle, aber dann stellt sich heraus, dass sie mehr wissen, als sie selbst geglaubt haben. Sie können auf einmal gar nicht mehr aufhören und müssen uns alles sagen, was ihnen einfällt. Vor allem Akademiker, Herr Professor. Die haben keine Widerstandskraft.«
Er wandte sich an den Mann, der Kurt hieß. »Wie möchtest du vorgehen?«, fragte er.
Kurt lehnte immer noch lässig an der Wand. Der Professor hatte mehr Angst vor ihm als vor dem schlanken Kollegen, vor seiner zur Schau gestellten Teilnahmslosigkeit dem gegenüber, was um ihn herum vor sich ging. Er hatte Geschichten aus diesem Gebäude gehört, Geschichten über die Verhörmethoden der Nazis. Kannst du Schmerzen ertragen? Er wusste nicht, ob er froh darüber sein sollte, dass er nichts wusste. Sie würden ihm ganz bestimmt keinen Glauben schenken. Er hatte Angst, dass sie lange dazu brauchen würden, um herauszufinden, dass aus ihm nichts herauszuholen war.

»Sollten wir nicht auf ...«
Bevor Kurt den Satz zu Ende bringen konnte, öffnete sich die Tür. Herein trat ein Mann, den der Professor kannte. Sie hatten etwa zur gleichen Zeit Nordische Philologie in Kopenhagen studiert, und ihre Wege hatten sich seitdem ein paar Mal gekreuzt. Der Professor hatte aus seiner Verachtung für diesen Mann nie einen Hehl gemacht.
»Herr Professor«, sagte der Mann mit einer knappen Verbeugung. »Was muss ich da sehen, was hat man mit Ihnen gemacht?«, sagte er. »Das ist doch nicht möglich! Festgebunden an einen Stuhl!«
Der Mann drehte sich zu den Gestapo-Leuten um und bellte: »Losbinden! Auf der Stelle!«

Dreizehn

Ich wartete darauf, dass der Professor mit seiner Erzählung fortfuhr, aber er schien auf einmal alles um sich herum vergessen zu haben. Wir waren von Stille und Dunkelheit umgeben. Vom Korridor oder aus den anderen Zellen drang kein Geräusch zu uns herein. Es hatte den Anschein, als wären wir ganz allein in dem Gebäude, als hätte man uns irgendwo hingebracht, wo niemand von uns wusste, und wir müssten dort bis in alle Ewigkeit sitzen, verloren und vergessen für alle.

»Und wer war das?«, entschloss ich mich endlich, den Professor zu fragen.

»Was hast du gesagt, Valdemar?«, fragte er zurück.

»Der Mann, der da zu euch in das Zimmer kam, wer war das?«

»Ein Teufel in Menschengestalt«, antwortete der Professor sehr leise.

Mehr sagte er nicht, und wieder lasteten Stille und Dunkelheit auf uns. Irgendwo in der Ferne hörte man, wie eine Tür geöffnet und zugeschlagen wurde, und als Nächstes leise Schritte, die immer lauter wurden, je näher sie kamen. Vor der Tür zu unserer Zelle hielten sie an, und wir hörten, wie jemand draußen an der Stahltür hantierte. Die kleine runde Klappe, die ein Guckloch aus dickem Glas verdeckte, wurde weggeschoben, und ein Lichtstrahl vom Gang bohrte sich in das Dunkel unserer Zelle. In seinem schwachen Schein sah ich, dass der Professor mit dem Rücken

zur dreckigen Wand lag. Der Lichtstrahl tanzte eine Weile in der Finsternis, dann wurde die Klappe wieder vorgeschoben. Wir hörten, wie sich die Schritte auf dem Gang entfernten, eine Tür klappte zu, und wieder senkte sich das Schweigen über uns, genauso undurchdringlich wie die Dunkelheit.
»Was war das?«, fragte ich.
»Eine kleine Abwechslung«, antwortete der Professor.
»Willst du nicht mit deiner Geschichte fortfahren?«, fragte ich nach einiger Zeit vorsichtig.
»Ich weiß nicht, Valdemar, es ist alles andere als eine unterhaltsame Geschichte.«
»Du kannst doch nicht einfach mittendrin aufhören«, sagte ich in die Finsternis hinein. Ich konnte den Professor nicht sehen, aber ich spürte seine Nähe, den Geruch von Schnupftabak, und im Geiste sah ich die wirren Haare und seine von Trauer gezeichneten Züge vor mir.
»Ich war nicht darauf gefasst, ihm dort zu begegnen«, sagte er schließlich und fuhr mit seiner Erzählung über das, was im Shell-Gebäude geschehen war, fort.

Der Professor starrte den Mann an und konnte sich nicht vorstellen, was ihn ins Hauptquartier der Geheimen Staatspolizei geführt hatte. Er hatte seinen ehemaligen Kommilitonen Erich von Orlepp, den Runenexperten, Kunsthändler und Okkultisten, der eine einflussreiche Position in der NSDAP innehatte, jahrelang nicht gesehen, doch dann war er vor einigen Monaten urplötzlich in Kopenhagen aufgetaucht. Er hatte denselben verbissenen Gesichtsausdruck wie zu Studienzeiten, als er versuchte, sich mit seinem isländischen Kommilitonen anzufreunden.
»Ich hatte etwas in Kopenhagen zu erledigen, und bei der Gelegenheit kam mir zu Ohren, dass man Sie festgenommen hat«, sagte von Orlepp so zwanglos, als sei er gerade in

ein Kaffeekränzchen hereingeplatzt. Er siezte den Professor mit übertriebener Höflichkeit, was dem Professor keineswegs entging. Erich von Orlepp war schon immer durch und durch falsch gewesen. Er schmeichelte sich bei Leuten ein, falls er sich irgendeinen Nutzen davon versprach, und wenn das geschehen war oder wenn sich herausgestellt hatte, dass er keinen Nutzen aus ihnen ziehen konnte, ließ er sie fallen.

Kurt fing an, die Riemen zu lösen. Erich von Orlepp war in Zivil, genau wie die beiden Gestapo-Beamten, und trug keinerlei Rangabzeichen. Der Professor wusste allerdings, dass er über Jahre hinweg eine hohe Position in der Nazi-Hierarchie innegehabt hatte. In dieser Funktion war er bei seinem letzten Besuch in Kopenhagen bei dem Professor vorstellig geworden und hatte sich eingehend nach dem *Codex Regius* erkundigt. Er wusste natürlich, dass die Handschrift in Kopenhagen aufbewahrt wurde. Als er sie jedoch in der Königlichen Bibliothek einsehen wollte, wurde ihm gesagt, dass sie außer Haus sei, und er erhielt nur sehr nebulöse Auskünfte darüber, wo sie sich im Augenblick befände. Der Professor sagte von Orlepp nicht, dass er vor kurzer Zeit ein umfangreiches Forschungsprojekt in Angriff genommen hatte, weil er eine neue Ausgabe der Handschrift plante, und sie zu diesem Zweck an einem sicheren Platz im Arnamagnäanischen Institut aufbewahrte. Nach diesem Besuch war der Professor noch einmal ins Institut gegangen, um das kostbare Manuskript aus Angst vor der Raffgier dieses Mannes an einem noch geheimeren Ort zu verstecken. Er wusste, dass sie in allen besetzten Ländern Kunstschätze raubten und nach Deutschland überführten.

»Hoffentlich wurden Sie hier gut behandelt«, sagte von Orlepp jetzt und sah mit strenger Miene zu den beiden Gestapo-Männern hinüber.

»Ich kann nicht klagen«, entgegnete der Professor.
»Das hoffe ich doch sehr«, sagte von Orlepp. »Sie müssen das entschuldigen, Herr Professor, ich bedaure das außerordentlich. Ich bin nur auf der Durchreise hier und werde mich nicht lange in Kopenhagen aufhalten. Wie Sie wissen, habe ich ein ausgesprochenes Faible für ein gewisses Objekt in dänischem Besitz, oder sollte ich lieber sagen, in isländischem Besitz. Ich weiß, dass ihr Isländer so darüber denkt, und ich bin ganz genau derselben Meinung, wie Sie wissen, aber ...«
»Ich weiß nicht, wo sie ist«, unterbrach ihn der Professor.
»Wer? Was meinen Sie denn?«»
»Die Edda«, sagte der Professor. »Ich habe sie nicht. Der *Codex Regius* ist nicht bei mir.«
»Aha, Sie können also Gedanken lesen.«
»Ich habe keine Ahnung, wo die Handschrift sich befindet.«
»Und ich dachte, wir könnten uns in alter Freundschaft unterhalten, ohne uns durch all das hier stören zu lassen«, erklärte von Orlepp und machte eine Bewegung mit der ausgestreckten Hand.
Der Professor schwieg.
»Ich halte es durchaus für möglich, dass wir uns einigen können«, fuhr von Orlepp fort. »Dass wir zu irgendeiner Übereinkunft kommen können. Finden Sie das abwegig?«
»Ich weiß nicht, wo sich die Handschrift befindet«, sagte der Professor. »Deswegen bringt es nichts, etwas mit mir zu vereinbaren.«
»Aber Sie sind der Letzte, der sie in der Hand gehalten hat. Das ist sogar schriftlich belegt. Ich kann Ihnen die entsprechende Eintragung zeigen. Wenn die Edda nicht bei Ihnen ist, wo ist sie dann?«
»Ich habe sie nicht.«
»Wer hat sie dann? Das müssen Sie doch wissen.«

Der Professor schwieg.
»Vielleicht müssen die da doch ein wenig nachhelfen«, sagte von Orlepp und machte eine Kopfbewegung in Richtung der beiden Gestapo-Leute.
»Ich weiß nicht, wo sich die Handschrift befindet«, wiederholte der Professor. »Leider. Ich kann dir da nicht weiterhelfen.«
»Sie meinen, Sie wollen mir nicht weiterhelfen, Herr Professor.«
Der Professor gab ihm keine Antwort darauf.
»Sie halten mich wohl für blöd, Herr Professor?«, sagte von Orlepp.
»Das habe ich nie gesagt«, entgegnete der Professor.
»Tatsächlich nicht? Ich weiß, dass Sie mir in unserer Studienzeit sogar einen Spitznamen gegeben haben. Können Sie sich daran erinnern? Sie fanden das sehr witzig.«
»Ich kann mich an keinen Spitznamen erinnern.«
»Nein, aber ich kann das. Es war hässlich von Ihnen.«
»Ich weiß gar nicht, wovon du redest«, log der Professor.
»Nein, selbstverständlich nicht.«
»Ich habe Sie immer nach Gitte fragen wollen«, sagte von Orlepp auf einmal und wechselte plötzlich zu einem anderen Thema über. »Sie hat ein furchtbares Schicksal gehabt. Tuberkulose, nicht wahr?«
Der Professor starrte von Orlepp lange an, ohne etwas zu sagen.
»Es muss entsetzlich gewesen sein, sie dahinsiechen und sterben zu sehen.«
»Sie hat es sehr tapfer ertragen.«
»Haben Sie nicht manchmal Ihre Ohnmacht verspürt? Sie mussten all dieses Leiden mit ansehen und konnten nichts machen.«
Der Professor gab ihm keine Antwort darauf. Er wusste nicht, was von Orlepp mit diesen Fragen im Schilde führte.

»Ich zweifle nicht daran, dass sie tapfer war«, erklärte von Orlepp. »Aber nach einer derartigen Erfahrung schätzen Sie doch wahrscheinlich ein Menschenleben ganz anders ein.«
Immer noch verweigerte der Professor eine Antwort.
»Wie viel Wert hat ein Menschenleben in Ihren Augen, Herr Professor? Hier im Hause weiß man relativ genau, dass Sie keine wichtige Funktion innerhalb der Widerstandsbewegung hatten. Von Ihnen könnte man höchstens eine Bestätigung für das eine oder andere bekommen, was ohnehin bereits bekannt ist. Das haben sie aus einer jungen Studentin von der Nordischen Fakultät herausgeholt. Ich glaube, Sie kennen sie, sie heißt Emma. Soweit ich weiß, sind Sie ihr vorhin hier begegnet. Was wäre, wenn Sie über ihr Schicksal entscheiden dürften?«
»Ich kann über niemandes Schicksal entscheiden«, sagte der Professor.
»Dummes Zeug!«
»Es wäre eine Anmaßung.«
»Ganz im Gegenteil, ich habe das bereits so beschlossen. Hiermit lege ich ihr Leben in Ihre Hände. Das Einzige, was Sie tun müssen, ist, mir die Edda auszuhändigen. Es ist ganz und gar Ihre Entscheidung. Geben Sie mir den *Codex Regius*, und sie wird leben. Tun Sie das nicht, dürfen Sie dabei zusehen, wie sie stirbt.«
Der Professor starrte von Orlepp an, der seinen Blick mit einem rätselhaften Lächeln auf den Lippen erwiderte. Er wandte sich wieder den beiden Männern zu und befahl ihnen, Emma ins Verhörzimmer zu bringen. Kurt verließ den Raum.
»Ich weiß nichts über die Edda«, beharrte der Professor.
»Das wird sich zeigen, Herr Professor«, sagte von Orlepp.
»Ich sage die reine Wahrheit. Und selbst wenn ich etwas darüber wüsste, dürfte ich sie dir nicht aushändigen. Das weißt du.«

»Was meinen Sie damit, selbst wenn Sie etwas wüssten?«
»Ich kann dir die Handschrift nicht geben«, sagte der Professor. »Sie gehört mir nicht und genauso wenig dir. Sie ist im Besitz einer ganzen Nation, meiner Nation. Sie gehört den Isländern. Außer ihnen kann niemand Anspruch darauf erheben, sie zu besitzen.«
»Was für ein himmelschreiender Unsinn«, erklärte von Orlepp. »Soweit mir bekannt, ist die Handschrift im Besitz des dänischen Königs. Mir ist völlig schleierhaft, weshalb Sie auf einmal seine Interessen wahren wollen!«
Die Tür öffnete sich erneut, und Kurt führte Emma herein. Sie war in einem entsetzlichen Zustand und schien kaum bei Bewusstsein zu sein. Ihre Blicke irrten zwischen den vier Männern im Verhörzimmer hin und her, und zum Schluss blieben sie an dem Professor haften.
»Hilf mir«, flüsterte sie.
»Wo ist die Edda?«, fragte von Orlepp und sah auf seine Uhr. »Meine Zeit ist kostbar.«
Der Professor konnte seine Augen nicht von Emma lösen, die blutüberströmt neben Kurt an der Wand kauerte und ihn bettelnd mit schmerzverzerrtem Gesicht anblickte. Es hatte den Anschein, als wüsste sie von der Alternative, vor die man den Professor gestellt hatte.
Von Orlepp nickte Kurt zu. Der zog eine Pistole aus dem Halfter unter seinem Jackett und richtete sie auf Emmas Stirn.
Der Professor erhob sich instinktiv.
»Tut das nicht«, sagte er.
»Was tun? Was? Wir? Wir tun doch überhaupt nichts, sondern bloß Sie. Sie bestimmen den Lauf der Dinge, Herr Professor. Bitte sehr – tun Sie das, was auch immer Sie möchten.«
»Du kannst mich nicht in eine solche Zwangslage bringen.«

»Das habe ich bereits getan.«
»Ich weiß nicht, wo sich die Handschrift befindet«, sagte der Professor.
»Also schön«, erwiderte von Orlepp, »dann hilft es eben nichts.«
Er wandte sich an Kurt.
»Erschießen!«
»Professor!«, schrie Emma.
Kurt trat mit gezückter Pistole einen Schritt zurück.
Jeder Moment war wie eine ganze Ewigkeit, und tausend Jahre lagen in jedem Bruchteil der Sekunde, bevor der Schuss losgehen würde. Der Professor sah, wie sich Kurts Finger am Abzug krümmte. Emma sank zu Boden. Tausend Jahre glitten an seinem inneren Auge vorbei.
»Ich bewahre die Handschrift bei mir auf«, ächzte der Professor.
»Was?«, sagte von Orlepp.
»Lasst das Mädchen frei«, sagte der Professor, »Ich sehe zu, was ich tun kann.«
»Zusehen, was Sie tun können? Ich fürchte, das reicht in diesem Fall keineswegs aus.«
»Ich werde sie euch geben. Lasst das Mädchen frei.«
»Erst gehen wir und holen sie«, sagte von Orlepp. »Sie kommen mit uns, Herr Professor. Sie wird verschont, wenn ich die Handschrift in den Händen halte. Los! Los jetzt!«
Der Professor wurde aus dem Verhörzimmer geführt. Zwei Aufseher übernahmen Emma. Er konnte nicht sehen, wohin sie mit ihr gingen. Der Professor setzte sich mit von Orlepp und den beiden Gestapo-Leuten in einen schwarzen Mercedes, und sie fuhren auf dem kürzesten Weg ins Universitätsviertel und hielten vor der Universitätsbibliothek. Sie folgten ihm durch die menschenleere Bibliothek bis zur Tür des Instituts. Er nahm den Schlüssel vom Haken und öffnete die Tür. Drinnen ging er zu einem

kleinen Schreibtisch, an dem er seinen Arbeitsplatz hatte. Er zögerte einen Moment und wandte sich an Erich von Orlepp.
»Ich bitte dich, dieses Buch nicht zu nehmen«, sagte er.
»Halten Sie mich nicht auf, Herr Professor«, sagte von Orlepp.
»Du kannst alles andere bekommen.«
»Ich habe kein Interesse an etwas anderem. Wo ist sie? Wo ist die Edda?«
Der Professor sah ihn und die Gestapo-Leute, die hinter ihm standen, lange an. Er konnte den Anblick von Emma nicht vergessen. Dann bückte er sich, griff in ein Bücherregal, nahm einige Bücher heraus und legte sie auf den Boden. Dahinter lagen drei Bücher waagerecht. Das unterste steckte im Schutzumschlag eines isländischen Romans, der *Islandglocke* von Halldór Laxness. Er nahm das Buch zur Hand, entfernte den Schutzumschlag und starrte mit gebrochenen Augen auf den *Codex Regius*. Die Handschrift war nicht viel größer als ein normales Taschenbuch.
Mit zitternden Händen reichte er sie von Orlepp.
»Ich bitte dich, dieses Buch nicht zu nehmen«, wiederholte er.
Von Orlepp nahm die Handschrift vorsichtig entgegen.
»Wozu diese Empfindlichkeiten?«, sagte er und öffnete den Codex behutsam.
»Das ist nicht irgendeine Handschrift«, sagte der Professor mit all dem Nachdruck, den er in seine Stimme zu legen vermochte. »Was du gerade von dir gegeben hast, zeigt, dass du in jeder Hinsicht unwürdig bist, sie überhaupt in den Händen zu halten.«
Erich von Orlepp sah ihn an.
»Unwürdig? Finden Sie, dass ich unwürdig bin?«
»Du kannst dieses Buch nicht nehmen!«, sagte der Professor.

»Bist du irgendwie damit weitergekommen, die verschollenen Seiten der Lücke wiederzufinden?«, fragte von Orlepp, der jetzt wohl keinen Grund mehr sah, den Professor zu siezen.
»Nur ein wenig«, sagte der Professor.
»Sie sind enorm wichtig.«
»Ich bezweifle, dass sie jemals wieder zum Vorschein kommen werden.«
»Das werden wir sehen«, sagte von Orlepp und strich mit den Fingern über die Seiten der Handschrift. »Ich würde mit diesem Buch in den Händen sterben wollen«, flüsterte er so leise, dass der Professor es kaum hörte.
Dann wandte er sich den beiden Gestapo-Beamten zu. »Bringt ihn zurück ins Hauptquartier. Ich werde mich noch ein wenig hier im Institut umsehen. Schickt mir anschließend den Wagen wieder her.«
»Und was ist mit dem Mädchen, Herr von Orlepp?«, fragte der eine der Männer, von dem der Professor nicht wusste, wie er hieß.
»Was für ein Mädchen?«
»Emma«, antwortete der Mann, »sie heißt Emma.«
»Ist sie nicht in der Widerstandsbewegung?«, fragte von Orlepp, ohne seine Blicke vom *Codex Regius* abzuwenden. »Da braucht ihr mich doch nicht zu fragen. Erschießen.«
»Erich!«, schrie der Professor, »das kannst du nicht tun!«
»Du hast keine Ahnung, was ich tun kann und was nicht.«
»Und was ist mit dem Professor?«, fragte der Namenlose.
»Ihr braucht Informationen. Ihr wisst, wie ihr sie aus ihm herausholen könnt.«
Kurt führte den Professor aus dem Institut heraus, und der Namenlose packte ihn beim anderen Arm. Er war wie betäubt und ließ sich widerstandslos von ihnen abführen. Sie setzten ihn ins Auto und brausten davon.
Den Rest des Tages verbrachte er in seiner Zelle. Er dachte

die ganze Zeit an Emma. Es war ihm nicht gelungen, ihr Leben zu retten. Zwar gab er die Hoffnung nicht auf, aber im Innersten wusste er genau, wie gering die Wahrscheinlichkeit war, dass sie die Nacht überleben würde. Sein eigenes Schicksal war ihm vollkommen gleichgültig. Er hatte den *Codex Regius*, das Buch Islands, aus der Hand gegeben. Auch wenn es unmenschliche und grausame Umstände gewesen waren, wusste er nicht, ob er mit dieser Schande je leben konnte. Er versuchte, die Angst um Emma zu verdrängen, und seine Gedanken kreisten nunmehr darum, dass er alles daransetzen musste, die Handschrift zurückzuholen, wenn der Krieg vorbei war.
Am nächsten Morgen wurde er nach kurzem, unruhigem Schlaf geweckt und die Treppe zu dem gleichen Verhörzimmer, in dem er tags zuvor gewesen war, hinuntergeführt. Sie banden ihn gerade wieder am Stuhl fest, als die erste Bombe auf das Shell-Gebäude niederging. Er dachte zuerst, dass es sich um ein heftiges Erdbeben handelte. Der Lärm war ohrenbetäubend. Das Gebäude erbebte in seinen Grundfesten, und er wurde zu Boden geschleudert.

»Seitdem habe ich etwas gegen das Siezen«, sagte er. Wir hockten immer noch in unserer finsteren Gefängniszelle in Schwerin und harrten der Dinge, die da kommen würden.
»Was ist dann passiert?«, fragte ich.
»Am 21. März 1945 flogen die Engländer auf Ersuchen der dänischen Widerstandsbewegung einen Luftangriff auf das Hauptquartier der Gestapo«, sagte der Professor. »Das Gebäude wurde völlig zerstört. In dem Chaos, das daraufhin entstand, gelang es mir zu fliehen, und ich tauchte eine Weile bei der Schwester von Gitte in Kopenhagen unter. Kurze Zeit später war der Krieg, was Dänemark betraf, vorbei. Die Nazis waren allenthalben auf dem Rückzug. Ich

weiß, dass Erich von Orlepp nach Südamerika geflohen ist, wie so viele von diesen Nazi-Memmen. Ich kann es mir nicht anders vorstellen, als dass er den *Codex Regius* dorthin mitgenommen hat, und höchstwahrscheinlich befindet sich die Handschrift jetzt in seinen Händen, auch wenn sein Sohn Joachim etwas anderes behauptet. Aber realistisch betrachtet habe ich nicht die geringste Ahnung, wo sich der Codex momentan befindet.«

Ich brauchte geraume Zeit, um die Bedeutung von all dem, was der Professor mir da erzählt hatte, voll zu erfassen.

»Ist der *Codex Regius* dann gar nicht in Kopenhagen?«, fragte ich verwirrt.

»Ich habe es noch nie jemandem erzählt, Valdemar«, erklärte der Professor. »Ich habe es niemandem sagen können. Ich habe alles in meiner Macht Stehende versucht, um die Handschrift wiederzufinden. Ich versuchte, Verbindung mit diesen von Orlepps aufzunehmen, aber die waren wie vom Erdboden verschluckt. Und dann tauchte urplötzlich dieser Joachim neulich in Kopenhagen auf und fing an, über die Lücke und den *Codex Regius* zu reden. Angeblich hat er keine Ahnung, was sein Vater damit gemacht hat. Er behauptet, die Handschrift sei nie mit nach Südamerika gegangen, sondern befände sich in den Händen irgendeines anderen Deutschen, doch sein Vater habe ihm nie gesagt, wer das war.«

»Ist dieser Erich dann tot?«

»Das behauptet Joachim. Er sagt, er weiß nichts von der Handschrift. Erich von Orlepp ist seit Kriegsende auf der Flucht wegen irgendwelcher Kriegsverbrechen in Polen. Ich glaube, der Sohn deckt seinen Vater. Erich ist untergetaucht, vielleicht ist er noch in Südamerika, vielleicht hier in Europa, das entzieht sich meiner Kenntnis. Ich bin mir aber ziemlich sicher, dass das Söhnchen im Auftrag seines Vaters hier ist.«

»Aber die verschollenen Seiten aus dem Codex, wieso weiß Joachim, dass du hinter ihnen her bist?«

»Das war nie ein Geheimnis. Er hat irgendwie davon erfahren. Wir haben immer danach gesucht. Als ich ihn im *Hviids* traf, sagte er mir, dass er selbst der Lücke auf die Spur gekommen war, und ich ließ mich täuschen. Daran ist der Alkohol schuld. Verfolgungswahn. Ich denke nicht mehr so klar wie früher. Mein Leben ist ziemlich auf den Hund gekommen. Ganz und gar. Alles geht zum Teufel.«

Der Professor schwieg eine Weile.

»Aber dann habe ich wieder all meine Kräfte mobilisiert, um den Mann zu finden, der nach Hallssteinsstaðir gereist ist.«

Er machte wieder eine Pause.

»Ich wollte dich nicht in diesen Wahnsinn hineinziehen«, sagte er schließlich. »Ich hätte dir gleich von Anfang an sagen müssen, um was es hier geht.«

»Aber wie hast du es geschafft, das die ganze Zeit geheim zu halten?«, fragte ich. »Die Sache mit dem *Codex Regius*? Wie ist es dir gelungen, die Leute zu täuschen? Bestimmt haben doch andere die Handschrift einsehen wollen? Wie hast du die so lange hinhalten können?«

»Weil man mir vertraut hat«, sagte der Professor mit Trauer in der Stimme. »Das Buch wurde in meine Obhut gegeben, die ganzen Jahre hat man es mir anvertraut. Da ich an einer neuen Ausgabe arbeitete, ließ man mich in Ruhe. Zu besonders wichtigen Anlässen habe ich Besuchern Seiten aus anderen alten Handschriften gezeigt. Niemand hat etwas gemerkt. Alle verstehen das Bedürfnis eines Wissenschaftlers nach Abgeschiedenheit und Ruhe zum Arbeiten, und abgesehen davon hat sich sowieso niemand um den *Codex Regius* oder die anderen Manuskripte gekümmert, höchstens irgendwelche alten Sonderlinge wie ich. Ich bezweifle stark, dass in Island der Großteil der

Bevölkerung überhaupt etwas über diese unsere Schätze weiß.«
»Da bin ich mir aber nicht so sicher. Der Streit um die Handschriften und …«
»Niemand interessiert sich für diese Kleinodien«, fiel mir der Professor ins Wort.
Wir schwiegen eine längere Zeit.
»Hast du jemals in Erfahrung gebracht, was aus Emma wurde?«, flüsterte ich.
Der Professor antwortete nicht gleich. Wir saßen immer noch im Finsteren, und die Zeit kroch dahin. Es konnte gut sein, dass draußen bereits ein neuer Tag angebrochen war, vielleicht sogar schon die nächste Nacht. Ich hatte lange keine Geräusche von draußen gehört. Es heißt, dass sich die Augen an die Dunkelheit gewöhnen, aber die Finsternis, die uns umgab, war so undurchdringlich, dass es keinen Unterschied machte, ob man die Augen zu oder offen hatte, man sah nichts. Ich verspürte Hunger.
»Was hast du gesagt?«, fragte der Professor plötzlich, als hätte er Zeit und Ort vergessen gehabt.
»Ich fragte nach Emma«, sagte ich.
»Emma«, stöhnte der Professor. »Sie saß auf dem Korridor, an die Wand gelehnt, als ich mich während des Luftangriffs in Sicherheit zu bringen versuchte. Ich wollte sie hochreißen und mitnehmen … Ich dachte, sie sei noch am Leben. Dann aber sah ich die Einschusswunde. Von Orlepp hatte Wort gehalten, dieser verfluchte Hund.«
Wieder saßen wir lange schweigend da. Vielleicht bin ich auch etwas eingenickt. Ich hörte nichts als die Atemzüge des Professors, ein kleines pfeifendes Geräusch. Sie hatten ihm gestattet, die Schnupftabaksdose zu behalten, und zweimal hatte er sich eine Prise genommen. Hin und wieder trommelte er langsam und ruhig mit dem Zeigefinger auf der Dose herum. Das tat er immer ganz unbewusst,

wenn er tief in Gedanken war, und in der Zelle hier gab es wahrhaftig genug, worüber er nachdenken musste. Ich ließ mir all das durch den Kopf gehen, was er mir erzählt hatte, und fand es haarsträubend. Ich bemitleidete ihn zutiefst, in dieser furchtbaren Situation gelandet zu sein, und vielleicht verstand ich ihn jetzt, wo ich den Grund für seine Qualen kannte, etwas besser. Auf ihm lastete ein schreckliches Geheimnis, und zwar schon seit vielen, vielen Jahren, und das war nicht ohne Folgen geblieben.

»Aber der *Codex Secundus*? Was war damit?«

»Ich glaube fest daran, genau wie andere, dass es eine zweite Pergamenthandschrift mit den Eddaliedern gegeben hat, eine Art Parallelhandschrift aus dem dreizehnten Jahrhundert«, sagte der Professor. »Das *Sigrdrífa-Lied*, das in der Lücke steht, gibt es in einigen Papiernachschriften aus der zweiten Hälfte des siebzehnten Jahrhunderts, wie du weißt. Man geht davon aus, dass es aus dem *Codex Regius* abgeschrieben wurde, bevor die Lücke entstand, aber es besteht natürlich auch die Möglichkeit, dass eine zweite Handschrift existiert hat und dass die Abschrift daher stammt. Ich habe nach jedem Strohhalm gegriffen, der sich mir bot. Die Anmerkung über einen *Codex Secundus* in dem Brief von Ole Worm muss nichts Besonderes bedeuten, er kann einfach eine andere Abschrift gemeint haben oder vielleicht sogar eine ganz andere Handschrift.«

»Und du hast auch nach dieser Parallelhandschrift gesucht?«

»Ich bin immer auf der Suche, Valdemar. Deswegen befinden wir uns jetzt in dieser erbärmlichen Lage. Wir dürfen die Suche nie aufgeben. Sie ist es, die mich am Leben gehalten hat. Vor allem nach Gittes Tod.«

»Du hast aber nichts über diese Parallelhandschrift gefunden?«

»Nein«, sagte der Professor. »Also ich …«

Er zögerte.
»Also was?«
»Also ich habe selbst eine angefertigt.«
»Eine Pergamenthandschrift?!«
»Ja.«
»Nach dem *Codex Regius*?«
»Der Kürschner, der diesen Mantel für mich angefertigt hat, den ich immer trage, hat einige Häute extra für mich bearbeitet. Die habe ich auf die Größe des *Codex Regius* zugeschnitten, sie mit Ruß und anderem Schmutz bearbeitet, genau wie im Original, und an den Rändern beschädigt, an einigen Stellen nach dem Vorbild Löcher hineingemacht, ich habe auf den Rand gezeichnet, wo im Original etwas stand, die Marginalien hineingeschrieben und ...«
»Und was?«
»... die Handschrift, so wie wir sie kennen, nachgeschrieben. Ich beherrsche die Schrift, ich kenne jede einzelne Seite wie die Linien meiner Hand ...«
»Hast du einen zweiten *Codex Regius* angefertigt?!«
»Ich habe mich zunächst halbwegs im Spaß an ein paar Seiten versucht. Das ging problemlos. Und dann wurde immer mehr daraus.«
»Und ... Was ...?«
»Die Fälschung ist ziemlich gut«, sagte der Professor. »Ich habe sie an Leuten getestet, sogar an Experten, einem aus Dänemark und einem aus Schweden, die nichts gemerkt haben. Zuletzt habe ich das Buch dem Rektor der Kopenhagener Universität gezeigt, der es mit Ehrfurcht in die Hand nahm. Du hast gefragt, wie ich die Leute habe täuschen können. Ich habe dieses mein Werk manchmal genau dazu benutzt.«
»Die Handschrift hält also einer genaueren Betrachtung stand?«
»Bislang hat sie das getan.«

»Und was hast du damit vor?«
»Das wird sich herausstellen müssen.«
»Kann sie wirklich den *Codex Regius* ersetzen?«
»Möglich, falls nicht jemand sie einer ganz genauen Prüfung unterzieht. Ich bin recht zufrieden damit.«
»Ich meine, sie kann doch nicht anstelle des Originals ausgestellt werden oder etwa doch?«
»Selbstverständlich könnte sie das.«
»Wo befindet sie sich jetzt?«
»Bislang habe ich noch nicht gewagt, sie aus den Händen zu geben«, sagte der Professor. »Ich bewahre sie im Handschrifteninstitut auf. Ich habe auch schon manchmal mit dem Gedanken gespielt, sie in die Königliche Bibliothek zu bringen und so zu tun, als wäre nichts geschehen. Einfach so tun, als sei es der tatsächliche *Codex Regius*. Ich glaube, es könnte durchaus klappen. Ich will mich zwar nicht selbst loben, aber die Fälschung ist mir ziemlich gut gelungen. Ich habe zwei Jahre dafür gebraucht. Ich habe mir Gänsefedern besorgt, sie gesäubert und zugespitzt und eine Tinte hergestellt, die aus einer Mischung aus Eisensulfat und Gerbsäure besteht.«
»Gerbsäure?«
»So haben sie in früheren Jahrhunderten Tinte hergestellt. Die Gerbsäure gewann man aus Knötchen, die Insekten um ihre Eier unter der Baumrinde ablegen. Ich habe endlose Versuche mit der Eisensulfatbeimischung in der Tinte gemacht, bis ich der Meinung war, den richtigen Farbton getroffen zu haben.«
Wir schwiegen eine ganze Weile, während ich über die Worte des Professors nachdachte.
»Die verschollenen Seiten bei Jörgensen waren keine Fälschung«, sagte ich schließlich. »Das war eine Meisterleistung von dir, sie aufzuspüren, auch wenn wir dazu in seine Gruft eindringen mussten und jetzt im Gefängnis sitzen.«

»Manchmal hat man Glück«, sagte der Professor. »Falls man es denn Glück nennen kann, hier hocken zu müssen.«
Wieder senkte sich Schweigen über die Zelle.
»Wie habt ihr noch diesen von Orlepp genannt?«, fragte ich.
»Es war ein ganz unschuldiger Spitzname«, antwortete der Professor. »Aber er war sehr empfindlich. Wir haben ihn Läppchen genannt, Erich Läppchen.«
»Das Läppchen«, flüsterte ich in der Finsternis vor mich hin.
Wieder breitete sich Stille in der Gefängniszelle aus. Ich musste eingeschlafen sein, denn als Nächstes erinnere ich mich, dass ich von einem lauten Krach hochgeschreckt wurde. Die Tür wurde aufgestoßen, und das Licht ging an. Nach der langen Dunkelheit war ich dadurch so geblendet, dass ich kaum erkennen konnte, was da eigentlich geschah, glaubte aber zu sehen, dass zwei Volkspolizisten zur Tür hereinkamen. Der Professor war aufgestanden. Ich blinzelte heftig und kniff die Augen zusammen, und so langsam gewöhnte ich mich wieder an die Helligkeit. Wir wurden aus der Zelle geführt und in das Büro gebracht, in dem uns der gleiche Mann erwartete, der schon vorher mit uns gesprochen hatte. Er hielt einen Bleistift in der Hand, den er bedächtig zwischen den Fingern drehte.
»Ich verlange, telefonieren zu dürfen«, sagte der Professor. »Dazu müssen wir doch ein Recht haben.«
»Immer mit der Ruhe«, erklärte der Mann mit dem Bleistift. »Ihr seid frei. Jemand wird euch nach Rostock begleiten, und hoffentlich werdet ihr vernünftig genug sein, euch nicht so bald wieder hier in dieser Gegend blicken zu lassen.«
»Frei?«, sagte der Professor, der seinen eigenen Ohren nicht zu trauen schien.

»Seht zu, dass ihr verschwindet, oder ich ändere meine Meinung und verklage euch wegen staatsfeindlicher Umtriebe«, erklärte der Mann.
»Und die Grabschändung?«, fragte der Professor.
Ich versuchte, ihn am Ärmel zu zupfen. Er war im Begriff, einen Streit mit dem Mann vom Zaun zu brechen, der uns freilassen wollte.
»Was für eine Grabschändung?«, fragte der Mann.
»Na, auf dem Friedhof! Ronald D. Jörgensen! Wir sind in sein Grab eingedrungen, das weißt du ganz genau!«
»Eine kleine geistige Verwirrung«, antwortete der Mann achselzuckend.
»Komm jetzt!«, sagte ich zum Professor und lächelte den Mann verlegen an.
»Nein, ich will das jetzt wissen«, sagte der Professor. »Sie können uns doch nicht einfach freilassen! Dafür muss es doch einen Grund geben.«
»Das ist nicht der richtige Zeitpunkt, um nach Gründen zu fragen«, zischte ich ihm auf Isländisch zu.
Der Mann mit dem Bleistift zwischen den Fingern wurde aufmerksam, als er mich Isländisch reden hörte. »Sprecht gefälligst Deutsch!«, schnauzte er.
»Haben Sie vielen Dank«, beeilte ich mich zu sagen. Es gelang mir, den Professor auf den Korridor zu zerren.
»Sie wollen nichts von uns wissen«, sagte er. »Wir sind nie hier gewesen. Wir waren nie in Schwerin. Wir haben die Pergamentseiten nie gefunden! Das ist nie passiert. Nichts von alldem ist vorgefallen!«
Ich hörte nicht auf das, was er sagte. Uns wurden Pässe, Gürtel, Schnürsenkel und Jacken ausgehändigt, und der Professor erhielt seinen Stock und den Ledermantel zurück. Ich war so glücklich darüber, wieder frei zu sein, dass ich den Mann mit dem Bleistift hätte umarmen können. Wir wurden durch einen Gang in die Aufnahme geführt, und

dann standen wir auf einmal wieder unter freiem Himmel. Ich holte tief Luft und pries mich selig. Der Professor schien immer noch ungehalten zu sein, dass man uns so sang- und klanglos freigelassen hatte.

»Kann es sein, dass Läppchens Einfluss bis hierher reicht?«, knurrte er vor sich hin.

Zwei Männer begleiteten uns zur Busstation, und der eine von ihnen setzte sich mit uns in den Bus nach Wismar und begleitete uns ebenfalls im Zug nach Rostock. Die ganze Strecke sagte er kein einziges Wort und kümmerte sich überhaupt nicht um uns. Der Professor und ich unterhielten uns auf Isländisch, was er aber nicht beanstandete. Von Rostock aus nahmen wir die Fähre nach Dänemark und fuhren mit dem Zug zurück nach Kopenhagen. Ich begleitete den Professor zu seinem Büro, wo wir uns voneinander verabschiedeten.

»Es hätte schlimmer ausgehen können«, sagte er und gab mir die Hand.

»Es war schon in Ordnung«, sagte ich, »sie haben uns ja schließlich freigelassen.«

»Du hast dich wacker gehalten, Valdemar«, sagte er.

»Um die Wahrheit zu sagen, da in der Gefängniszelle hätte ich am liebsten Rotz und Wasser geheult.«

»Ich weiß«, sagte der Professor. »Ich begreife trotzdem nicht, wieso sie uns einfach haben laufen lassen.«

»Letzten Endes war es ja kein so schwerwiegendes Vergehen, und sie konnten uns wohl kaum als Staatsfeinde ansehen, oder? Zwei Grabräuber.«

»Und einer davon senil.«

»Es hätte sich nicht gelohnt, der Sache weiter auf den Grund zu gehen. Und vielleicht stimmt es ja, was du sagst, vielleicht hat Joachim von Orlepp da seine Finger im Spiel.«

»Das Bürschchen ist mir keinen Gefallen schuldig«, knurrte der Professor. »Wenn er sich eingemischt hätte, dann

höchstens, damit wir verurteilt werden, aber nicht freigelassen.«
Ich sagte nichts dazu.
»Willst du mir einen Gefallen tun, Valdemar?«, fragte der Professor müde.
»Was für einen Gefallen?«
»Sprich mit niemandem darüber«, sagte er.
»Das hatte ich nicht vor«, entgegnete ich.
»Gut«, sagte er. »Ich wusste, dass ich mich auf dich verlassen kann. Das bleibt unser Geheimnis, deines und meines.«
»Selbstverständlich.«
»Vor allem das mit dem *Codex Regius*«, sagte er.
Ich fasste mir ein Herz. »Glaubst du nicht, dass es an der Zeit ist, mit irgendjemandem über das, was geschehen ist, zu sprechen?«
»Eines Tages werde ich das selbstverständlich tun müssen«, antwortete er. »Ich hoffe aber immer noch, dass ich die Handschrift wiederbekomme. Solange …«
Seine Stimme erlosch.
»Dir ginge es viel besser, wenn du reinen Tisch machen würdest«, erklärte ich. »Die Leute hätten auch bestimmt Verständnis dafür, wenn sie erfahren würden, unter welchem Druck du damals gestanden hast. Jeder würde sich in deine Lage hineinversetzen können.«
»Nein«, erklärte der Professor. »Das schaffe ich nicht, Valdemar. Noch nicht.«
»Wie willst du die verschollenen Seiten der Lücke wieder zurückbekommen?«, fragte ich.
»Indem ich das tue, was ich bereits vor langer Zeit hätte tun sollen, nämlich den *Codex Regius* wiederfinden«, sagte der Professor. »Auf diese Weise bringen wir sie dazu, aus ihren Löchern zu kriechen.«
Es war Abend geworden. Ich machte mich auf den Heim-

weg zu meinem kleinen Mansardenzimmer in der Skt. Pedersstræde. Der Professor war beim Abschied niedergeschlagener gewesen als je zuvor. Ich hatte es ihm sogar von hinten angesehen, als er zu seinem Büro zurückgegangen war. Der Kopf war fast bis auf die Brust gesunken, die Schultern waren krumm und die Schritte kurz und schwer. Sein Stock, der bislang kaum Schritt mit ihm hatte halten können, stützte ihn jetzt stumm und geräuschlos.
Ich warf mich völlig erschöpft ins Bett und war im nächsten Moment eingeschlafen. Ich schlief wie ein Stein bis zum späten Nachmittag des nächsten Tages. Ich brauchte lange, um mich wieder in der Realität zurechtzufinden, was nicht verwundern kann, wenn der Alltag so aus den Fugen gerät. Zunächst wusste ich überhaupt nicht, wo ich war oder an welchem Tag ich erwachte. Es dunkelte bereits wieder, und mir kam es so vor, als sei all das, was in Schwerin passiert war, ein langer unangenehmer Traum gewesen. Einen Augenblick verspürte ich unsägliche Erleichterung, aber im nächsten Moment brach alles wieder über mich herein, und ich wusste, dass unser Abenteuer weit davon entfernt war, ein Traum zu sein. Die Geschichte des Professors aus dem Shell-Gebäude, das dänische Mädchen Emma, der Raub des *Codex Regius*, das alles zog im Dämmerlicht eines unbekannten Tags an meinem inneren Auge vorüber, und ich empfand wieder dieses tiefe Mitleid mit dem Professor, das ich auf der ganzen Rückreise gespürt hatte. Ich sah ihn allein vor seinem Schreibtisch sitzen, mit einer Flasche auf dem Tisch, und mit gebrochenen Augen seinem eigenen schrecklichen Schicksal ins Auge blicken. Dann schlief ich erneut ein.

Vierzehn

Ich sitze beim Schein der Schreibtischlampe und drehe die Schnupftabaksdose des Professors zwischen den Fingern. Es ist still im Haus, denn es ist Nacht. Ich habe in letzter Zeit Schlafprobleme, und dann gehe ich nach unten und setze mich an meinen Schreibtisch. Obwohl bereits viel Zeit seit diesen Ereignissen verstrichen ist, habe ich sie immer noch deutlich vor Augen. Jahre sind seitdem ins Land gegangen, immer schneller, je älter man wird, und mit dem Alter wandern meine Gedanken immer häufiger zurück in jene seltsame und bizarre Zeit, als ich herausfand, dass der kostbarste Schatz unserer Nation, der *Codex Regius* mit den Eddaliedern, aus Dänemark geraubt wurde und für den Professor genauso wie für alle Isländer verloren war. Die Handschrift war wie vom Erdboden verschluckt, und niemand wusste, was aus ihr geworden war.

Der Professor hatte nach ihr gesucht, seit sich Erich von Orlepp die Handschrift durch erpresserische Gewalt angeeignet hatte. Die Zeit war inzwischen knapp geworden. Ich tat mein Bestes, um ihn davon zu überzeugen, dass er sich über dieses furchtbare Ereignis, das ihm zu Kriegsende widerfahren war, aussprechen sollte und über all das, was ihn seitdem verfolgte, aber das kam für ihn nicht in Frage. Vielleicht vertraute er auf seine Hartnäckigkeit, die meiner Meinung nach an Wahnsinn grenzte. Vielleicht vertraute er darauf, dass sie ihn ans Ziel bringen würde, auch wenn alles andere fehlgeschlagen war. Darüber weiß ich nichts. Ich weiß nur, dass ihm deswegen noch viel dramatischere Ereignisse bevorstanden, als er jemals hätte ahnen können.

Auf dem Weg von Schwerin nach Kopenhagen hatte mir der Professor davon erzählt, wie er nach Ende des Kriegs nach Deutschland gereist war, um Erich von Orlepp aufzuspüren. In den Jahren, die verstrichen waren, seitdem ihm der *Codex Regius* abgezwungen worden war, glaubte er manchmal, der Handschrift auf die Spur gekommen zu sein, aber es hatte letzten Endes nie zu etwas geführt. Er versuchte, von Orlepps Wege nach dem Krieg zu verfolgen, und fand heraus, dass er wenige Tage nach der deutschen Kapitulation von den Alliierten gefangen genommen worden war. Er verbrachte einige Wochen im Gefängnis, verschwand dann aber plötzlich aus Deutschland, und dem Professor war nicht bekannt, dass er seitdem wieder dorthin zurückgekehrt war. Er fand heraus, dass von Orlepp den Alliierten außerordentlich nützlich gewesen war. Nach seiner Verhaftung gelang es ihm auf nicht nachvollziehbare Weise, das Vertrauen der amerikanischen Militärregierung in Berlin zu gewinnen. Der Professor erfuhr, dass von Orlepp hochgestellte Parteifreunde ausgeliefert hatte. Diese Gefälligkeit wurde ihm mit Straferlass vergolten, und ihm gelang es, sich nach Südamerika abzusetzen. Dort tauchte er unter, lebte eine Zeit lang in Chile und Argentinien und zum Schluss in Ecuador, wo die Spur endete. Der Professor war immer davon ausgegangen, dass er den *Codex Regius* mitgenommen hatte und dass sich die Handschrift jetzt in Südamerika befand. Als aber von Orlepps Sohn Joachim Verbindung mit dem Professor aufnahm, sagte der ihm, dass sein Vater vor einigen Jahren verstorben sei. Angeblich hatte der Alte etliche Kostbarkeiten aus seiner Sammlung in Deutschland zu Geld gemacht, bevor er sich absetzte, darunter auch den *Codex Regius*. Der Professor wollte dem nicht so recht Glauben schenken, schließlich war er ja von den Orlepps nichts anderes als Lügen und Betrug gewohnt; er war nach wie vor überzeugt, dass Erich von Orlepp noch am Leben und im Besitz der Handschrift war. Der Professor machte Joachim von Orlepp ein Angebot. Er war bereit, Erich von Orlepp für die Handschrift zu zahlen, was auch immer er dafür verlangte. Joachim hatte aber bloß den Kopf geschüttelt, den Professor auf unangenehme Weise angelächelt und erklärt, er wisse selbst nicht, wo sich die Edda befände. Der Professor schenkte Joachim von Orlepp keinen Glauben, als dieser erklärte, selbst auf der Suche nach der Edda zu sein. Er war sogar der Meinung, dass die Handschrift für jeden zu haben sei, der genügend Geld böte. Er hatte sich mit dem Professor in Verbindung gesetzt, weil er herauskriegen wollte, ob der etwas über das Schicksal der Handschrift wusste oder ob sie sich möglicherweise sogar schon wieder in der Königlichen Bibliothek befand. Der Professor empfand es als Unverschämtheit, dass Joachim von Orlepp versuchte, die Sache so zu drehen, als sei die Suche nach dem *Codex Regius* etwas Verbindendes zwischen ihnen, und zu allem Überfluss noch vorschlug, sich zusammenzutun. Bei dem Zusammentreffen im *Hviids* kam Joachim von Orlepp auch auf die verschollenen Seiten zu sprechen, was dazu führte, dass sich der Professor erneut auf die Suche machte. Er hatte das Gefühl, er dürfe keine Zeit verlieren. Er hatte keine Ahnung, dass Joachim von Orlepp all seine Unternehmungen die ganze Zeit belauerte.

»Aber was ist, wenn der alte von Orlepp den *Codex Regius* tatsächlich verkauft hat, bevor er Deutschland verließ?«, fragte ich den Professor auf der Fähre.

»Quatsch«, sagte der Professor. »Das macht überhaupt kei-

nen Sinn. Ich kenne das Läppchen. Alles andere hätte er verkauft, aber niemals die Edda.«
»Dann wäre sie aber noch in Europa«, beharrte ich zögernd.
»Erich von Orlepp hätte diese Handschrift nie im Leben verkauft«, wiederholte der Professor. »Das glaube ich einfach nicht. Eher hätte er sein eigenes Söhnchen verscherbelt! Außerdem ist mir nichts dergleichen zu Ohren gekommen, als ich in Berlin war. Wenn das Buch tatsächlich auf den Markt gekommen und in andere Hände übergegangen wäre, hätte ich davon erfahren müssen. Ich kenne mich da gut aus, ich habe dort Freunde unter den Experten. Von denen gibt es nicht viele.«
»Wer hätte denn nach dem Krieg ein solches Buch kaufen können?«
Der Professor saß lange stumm da. Es war, als wolle er den Gedanken nicht zu Ende denken, dass der *Codex Regius* sich in Europa oder irgendwo in der Welt herumtreiben könnte und der Gnade oder Ungnade von Leuten ausgeliefert war, die mit alten Kunstschätzen spekulierten.
»Alle möglichen Leute«, sagte er schließlich. »Schweden, Deutsche, Italiener, Amerikaner, Holländer. In all diesen Ländern gibt es besessene Sammler. Wenn eine öffentliche Institution sie erworben hätte, würden wir davon erfahren haben.«
»Die Vorstellung, dass sie eines Tages beispielsweise in einer römischen Bibliothek auftauchen könnte, muss ja wie ein Albtraum für dich sein.«
Der Professor sank in sich zusammen und verstummte wieder.
»Hast du mit denen gesprochen, bei denen er in Gefangenschaft war?«, fragte ich nach geraumer Zeit. »War er bei den Amerikanern?«
»Ja, und die waren es auch, die ihn zum Schluss haben lau-

fen lassen. Die Russen haben ihn verhaftet, die Briten hatten ihn eine Zeit lang in Gewahrsam, und dann wurde er den Amerikanern überlassen. Denen hat er es zu verdanken, dass er aus Deutschland herauskam. Ich habe herausgefunden, wo Erich von Orlepp in Berlin gewohnt hat, aber das Haus und die ganze Straße wurden zerbombt. Ich habe nur Trümmer vorgefunden.«

Als der Professor die Russen erwähnte, erinnerte ich mich daran, dass er mich an dem Abend, als wir vor Jón Sigurðssons Schreibtisch im Provianthaus standen, gefragt hatte, ob ich etwas über Russen wüsste, vor allem solche, die aus der Sowjetunion geflohen seien. Ich erinnerte mich auch an den Brief auf seinem Schreibtisch, der aus Moskau kam.

»Was haben die Russen gesagt, die ihn gefangen genommen haben?«, fragte ich.

»Zu denen habe ich nie Kontakt bekommen«, antwortete der Professor. »Die schotteten sich völlig ab. Mit den Engländern, die ihn aus russischer Gefangenschaft übernahmen, habe ich gesprochen, aber er war nur ein paar Tage in ihrem Gewahrsam, und sie wussten nichts über irgendwelche wertvollen Kunstschätze in Verbindung mit ihm. Der amerikanische Major, der die ersten Verhöre geleitet hatte, sagte, dass Orlepp sofort ganz versessen darauf gewesen war, mit ihnen zusammenzuarbeiten. Die Angelegenheit unterstand einem General namens Hillerman, und er war es, der ihm zur Flucht verhalf. Ich habe mich mit ihm getroffen, aber dabei ist wenig herausgekommen. Er fand es richtig, dass kooperationswilligen Nazis die Freiheit geschenkt wurde, auch wenn man ihnen Kriegsverbrechen nachweisen konnte. Du kannst dir vorstellen, wie sehr er sich für meine Sorgen wegen einer alten Pergamenthandschrift interessiert hat.«

»Könnte es sein, dass dieser Hillerman geschmiert worden ist, dass von Orlepp ihn bestochen hat?«

»Mit dem *Codex Regius*, meinst du? Das kann ich mir nicht vorstellen. Dieser Hillerman kam mir total borniert vor, wie ein Mann, für den ein Menschenleben gar nichts bedeutet, geschweige denn irgendwelche Kulturschätze.«
»Und deswegen glaubst du diesem Joachim nicht, wenn er sagt, dass Erich von Orlepp tot ist?«
»Das glaube ich erst, wenn ich auf seine sterblichen Überreste gespuckt habe, vorher nicht. Ich weiß nicht, was Vater und Sohn da für ein Spiel spielen, aber ich habe mir angewöhnt, keinem Wort von dem, was sie sagen, Glauben zu schenken.«
»War es nicht unangenehm für dich, mit diesem Joachim zu reden? Er ist der Sohn deines Peinigers.«
»Am liebsten hätte ich ihm die kalte Schulter gezeigt. Aber ich wollte nicht, dass er mit irgendjemand anderem redet. Und das hat er nicht getan.«
»Angenommen, er hat dich tatsächlich im Auftrag seines Vaters nach dem *Codex Regius* gefragt, bestätigt das denn nicht die Möglichkeit, dass er wirklich nicht weiß, wo sich die Handschrift befindet?«
»Weiß der Teufel«, sagte der Professor. »Du hast gesehen, wie er uns die verschollenen Seiten aus der Hand gerissen hat. Er hat mich mit seinem Gefasel, dass er nicht wisse, wo der Codex ist, in die Irre geführt. Er hat mich verfolgt. Er ist wahrscheinlich die ganze Zeit nur hinter den verschollenen Seiten der Lücke her gewesen. Ich glaube, sein Alter hat ihn von Südamerika herübergeschickt, um mich zu bluffen, damit ich mich wieder auf die Suche mache und er mir auf den Fersen bleiben kann. Er tat so, als hätte er selbst etwas über die Seiten der Lücke herausgefunden, als stünde er kurz davor, sie zu finden. Ich verlor die Nerven.«
Der Professor verstummte.
»Du hast mich neulich danach gefragt, ob ich etwas über

Russen wüsste, die aus der Sowjetunion geflüchtet sind«, sagte ich.
»Ja?«
»Was genau hast du damit gemeint?«
»Das ist auch eine von diesen Sackgassen«, antwortete der Professor. »Ich versuche seit Jahren, diesen Russen ausfindig zu machen, der von Orlepp verhaftete, als der Krieg zu Ende war. Das ist mir nicht gelungen. Ich habe Freunde in Moskau, die mir geholfen haben, und deswegen weiß ich, dass er in den Westen geflohen ist. Aber diese Spur habe ich seit langem verloren.«
»Inwiefern könnte er dir helfen?«
»Ich habe keine Ahnung.«
»Aber du machst dir trotzdem irgendwie Hoffnungen.«
»Es ist so erbärmlich wenig, was ich über von Orlepp weiß, nachdem er Kopenhagen mit dem *Codex Regius* verlassen hat. Ich weiß nur, dass er nach dem Krieg gefangen genommen wurde, und ich weiß nicht, was aus ihm wurde, nachdem sie ihn freigelassen hatten.«
Die Stimme des Professors klang müde.
»Ehrlich gesagt habe ich alle Hoffnung aufgegeben, den *Codex Regius* je wieder in den Händen zu halten«, stöhnte er.

Trotz des kläglichen Endes der Reise nach Schwerin stellte sich in den nächsten Tagen heraus, dass der Professor keineswegs die Flinte ins Korn geworfen hatte. Ganz im Gegenteil, es hatte eher den Anschein, als habe ihm das Fiasko dort neuen Auftrieb gegeben. Er erschien mit verdoppeltem Elan zu seinen Vorlesungen und Seminaren und kniete sich in den folgenden Wochen in die Arbeit. Wir unterhielten uns manchmal nach den Seminarstunden, und er war stets nüchtern und gut rasiert, und ich glaubte sogar zu sehen, dass der weiße Strubbelkopf mit einem Kamm in Berührung gekommen war. Ich konnte nicht anders, als seine Zähigkeit zu bewundern, versuchte mir aber gleichzeitig einzuschärfen, dass ich auf keinen Fall wieder mit ihm auf Reisen gehen, sondern mich voll und ganz auf mein Studium konzentrieren würde. Aber ich war hin- und hergerissen. Ich kann nicht leugnen, dass der Fund der verschollenen Seiten aus der Lücke und die Abenteuer in Schwerin mein Interesse an dem geweckt hatten, womit sich der Professor befasste. Das war alles so spannend und weit entfernt von akademischer Gelehrsamkeit. Nie im Leben war ich mit Derartigem in Berührung gekommen. Ich hatte mit eigenen Augen die verschollenen Seiten aus dem *Codex Regius* erblickt! Diesen Augenblick würde ich nie in meinem Leben vergessen können, und wenn ich irgendetwas dazu beitragen könnte, sie wiederzubeschaffen, musste ich einfach dazu bereit sein. Ich gebe gerne zu, dass mir nicht ganz wohl bei dem Gedanken war, in die Händel zwischen dem Professor und den Wagneriten hineingezogen zu werden. Wahrscheinlich hätte ich am liebsten mein Studium fortgesetzt, als sei nichts vorgefallen. Aber das war mir nicht vergönnt.

»Würdest du bitte einen Augenblick warten, Valdemar«, sagte der Professor am Ende eines Seminars am Freitagnachmittag. Das Wochenende stand bevor, und ich wollte es nutzen, um einige anliegende Referate fertigzustellen. Ich sah ihn misstrauisch an. Da war etwas in seiner Stimme, irgendein Unterton, der mich an den bewussten Abend erinnerte, als er mich dazu brachte, mit ihm in die DDR zu fahren.

»Kannst du dich an das erinnern, worüber wir auf der Heimreise von Schwerin gesprochen haben?«, fragte der Professor. »Ich hab noch einmal meine Fühler ausgestreckt, weil du mich nach den Russen gefragt hast, die Erich von Orlepp gefangen nahmen.«

»Ja?«, sagte ich vorsichtig.

»Als ich nach unserer Rückkehr abends nach Hause kam, ging mir das nicht mehr aus dem Kopf«, sagte er. »Ich suchte in meinen Unterlagen die Namen des russischen Regiments und des Befehlshabers heraus, die ich seinerzeit bei meinem Deutschlandbesuch nach Ende des Kriegs ausfindig gemacht habe. Ich habe mir auch die Korrespondenz mit meinen Bekannten in Moskau angeschaut. Ich hatte sie gebeten herauszufinden, was aus ihm geworden war.«

»Ja, genau«, sagte ich.

»Jahrelang habe ich mich bemüht, ihm auf die Spur zu kommen, aber ohne Erfolg. Ich hatte lange nichts von meinen Moskauer Freunden gehört, doch nach unserem Gespräch auf der Fähre nahm ich mir vor, mich noch einmal mit ihnen in Verbindung zu setzen.«

»Und?«

»Gestern Abend erhielt ich einen Hinweis, dem ich nachgehen muss.«

»Einen Hinweis?«

»Hatte ich dir nicht gesagt, was meine Moskauer Freunde herausgefunden haben?«, sagte der Professor.

»Nein«, sagte ich.

»Also denn. Sie haben seinerzeit Nachforschungen für mich angestellt. Der Kommandant der Unterabteilung, die von Orlepp in Haft nahm, ist 1949 aus der Sowjetunion geflohen. Er war immer noch beim Militär und damals in Ostberlin stationiert. Eines Tages hat er sich nach Westberlin abgesetzt, wo er eine Zeit lang lebte, aber danach trieb er sich an vielen Orten herum, unter anderem ging er nach Amerika. Er lebt noch und ist jetzt wieder in Europa, wie ich gestern Abend erfuhr. Er steht in Verbindung mit seiner Familie in der Sowjetunion. Seine Mutter dort vermisst ihn sehr.«

»Ja und?«, sagte ich gespannt.

Der Professor sagte nichts, sah mich aber erwartungsvoll an.
»Was ist?«
»Hast du nie den Wunsch gehabt, einmal nach Holland zu fahren?«, fragte er.
»Darüber habe ich noch nie nachgedacht«, erklärte ich.
»Dieser Russe lebt in Holland«, sagte er. Allem Anschein nach hatte er sich nach dem Schwerin-Abenteuer wieder völlig erholt. Ich nahm an, dass es mit diesen neuen Informationen über den Russen zu tun hatte. Ich hätte ihm gerne zu verstehen gegeben, dass die Wahrscheinlichkeit, etwas aus diesem Russen herauszubekommen, außerordentlich gering war, selbst wenn es ihm gelingen sollte, seiner habhaft zu werden. Wie sollte sich dieser Mann angesichts all dessen, was am Ende des Kriegs passiert war, an eine bestimmte Festnahme erinnern können? Was konnte er schon über die bibliophilen Interessen eines Erich von Orlepp wissen?
»Was glaubst du denn, was du jetzt, zehn Jahre später, aus ihm herausholen kannst?«, fragte ich stattdessen vorsichtig.
»Ich sage dir das, weil du es warst, der meine Gedanken wieder auf diesen Mann gebracht hat. Vielleicht finde ich ihn, vielleicht nicht. Den Versuch ist es aber meiner Meinung nach wert. Von Orlepp ist bald nach Kriegsende aus Berlin verschwunden. Da könnte die Antwort auf die Frage liegen, nach der ich suche. Ich fahre nach Holland. Kommst du mit?«
Es klang wie ein Appell an mich.
»Du verlierst nichts dabei, es geht nur um ein Wochenende«, sagte er. »Am Montag sind wir wieder zurück. Es wird nicht zu deinem Schaden sein.«
Nicht zu deinem Schaden, überlegte ich. Du verlierst nichts dabei.

»Ich glaube, das geht nicht«, sagte ich zögernd. »Das Studium und alles …«
»Mach dir doch nicht schon wieder Sorgen wegen des Studiums«, sagte der Professor. »Das Studium bin ich! Du hast mich dabei.«
»Ich habe mich eigentlich noch nicht so richtig von dem erholt, was in Schwerin passiert ist«, sagte ich vorsichtig.
Der Professor sah mich lange an. Ich hatte das Gefühl, ihn im Stich zu lassen, und ich fühlte mich unwohl. Trotzdem wollte ich nicht nachgeben. Wir hatten zusammen die unglaublichsten Dinge erlebt, und ich hatte großes Mitgefühl mit ihm, aber ich war eben einfach kein Held. Diese Abenteuer des Professors waren nichts für mich, doch irgendwie konnte ich mich nicht dazu durchringen, ihm das rundheraus zu sagen. Er hatte mich in zweifelhafte und gefährliche Aktionen hineingezogen, obwohl mich seine Probleme eigentlich nichts angingen. Ich hatte keinerlei persönliche Interessen zu wahren. Weshalb musste er mir jetzt wieder damit kommen? Ich war absolut nicht auf so etwas eingestellt gewesen, als ich nach Kopenhagen kam, und nach der Reise nach Schwerin war ich der Meinung, dass mein Anteil daran damit beendet war. Ich hatte nur den einen Wunsch, in Ruhe meinen nordistischen Studien nachzugehen. Nach nichts anderem stand mir der Sinn. So dachte ich. Ich traute mich aber nicht, dem Professor in die Augen zu sehen, sondern ich tat so, als würde ich etwas auf der Tafel hinter ihm lesen.
Ich sah die verschollenen Seiten der Lücke vor mir, die lodernde Petroleumlampe und das Grinsen von Joachim.
»Na schön«, sagte der Professor schließlich. »Ich verstehe dich. Ich kann dich nicht immer wieder da hineinziehen. Hoffentlich bist du imstande, Schweigen über das zu bewahren, was ich dir anvertraut habe. Nur wir beide wis-

sen etwas über den *Codex Regius*, und es ist außerordentlich wichtig, dass es weiterhin so bleibt.«
Er nahm seine Aktentasche und verließ den Seminarraum. Ich blickte ihm nach und schämte mich so sehr, dass ich knallrot anlief. Er war schon beinahe zur Tür hinaus, als ich mich nicht länger zurückhalten konnte.
»Wo lebt dieser Russe?«, rief ich ihm nach, während sich mein Magen zusammenkrampfte.
Der Professor drehte sich um.
»In Amsterdam«, sagte er. »Mitten im Rotlichtviertel.«

Fünfzehn

Der Professor hatte keineswegs übertrieben, als er sagte, dass der Russe mitten im Rotlichtviertel von Amsterdam wohnen würde. Unsere Pension lag am Nieuwendijk in der Nähe des Dam-Platzes, wo das berühmte Hotel Krasnapolsky stand. Von da aus gingen wir über die Oude Hoogstraat und bogen in den Oudezijds Achterburgwal ein. Vor uns lagen die Straßen mit den roten Laternen und den Abgründen menschlichen Lebens und Treibens, wo man auch hinblickte. Käufliche Frauen saßen hinter großen Schaufensterscheiben, einige rauchten und machten den Eindruck, als wären sie dort ganz einfach zu Hause. Andere versuchten, durch Netzstrümpfe, hochhackige Schuhe und Reizwäsche, die nur wenig verhüllte, auf sich aufmerksam zu machen. Einige stellten sogar ihren Busen zur Schau, und ich bemühte mich, nicht hinzuschauen. Einige waren hübsch und lächelten mich so aufreizend an, dass es mir schon peinlich war. Statt Begierde zu verspüren, fühlte ich mich nur unangenehm und seltsam traurig berührt, als ich diese Frauen sah. Sie erinnerten mich an gaffende Fische in einem Aquarium, und sie kamen mir unter diesen Umständen nicht sehr verführerisch vor, sondern eher bemitleidenswert. Ich hatte das Gefühl, sie zu erniedrigen, wenn ich sie so anstarrte wie ein potentieller Freier.

Der Professor schenkte den Prostituierten keinerlei Beachtung, sondern marschierte an den Schaufenstern vorbei, als seien sie gar nicht vorhanden. Eine betrunkene Frau um die fünfzig mit verschmiertem Lippenstift fasste nach meiner Hand und sagte etwas auf Holländisch, aber ich entzog sie ihr rasch und schüttelte den Kopf, ohne stehen zu bleiben. Wir bogen in die Moonikenstraat ein, eine Querstraße, in der es noch verlotterter aussah. Dort reihte sich ein Schaufenster an das andere. Ein relativ gut gekleideter Mann lag regungslos auf dem Pflaster bei einer Hauswand, es war unklar, ob sein Vollrausch auf Alkohol oder auf Drogen zurückzuführen war. Der Professor hielt einen Zettel in der Hand, suchte nach der richtigen Hausnummer und fand sie an einem baufälligen vierstöckigen Gebäude. Im Erdgeschoss war eine schmierig und düster wirkende Kneipe, und daneben war unter einem Schild mit der Aufschrift »Zimmer zu vermieten« der Eingang zu den oberen Etagen. Ein älterer Asiate saß hinter einer Theke. Der Professor unterhielt sich kurz mit ihm und sagte den Namen des Russen, Boris Gruschenkow.

»Nummer drei«, antwortete der Mann auf Englisch und deutete nach oben. »Schläft«, fügte er hinzu. Er grinste so breit, dass unten und oben die zahnlosen Kiefer fast gänzlich zum Vorschein kamen.

»Vielen Dank«, sagte der Professor.

»Nehmt euch vor ihm in Acht«, sagte der Asiate. »Er ist schon seit Wochen betrunken.«

Wir warfen uns einen Blick zu, und dann folgte ich dem Professor die Treppe hoch zu dem Zimmer des Russen. Das Stimmengewirr aus der Kneipe unten drang in den Korridor hoch, wechselweise weibliches Kreischen und dunkle betrunkene Männerstimmen, und im Hintergrund hörte man amerikanische Schnulzen. Die Tür zu Zimmer drei war nicht verschlossen, und nachdem der Professor es ein paar Mal mit Anklopfen versucht hatte, zögerte er nicht weiter und öffnete sie. Wir betraten das Zimmer. Blinkendes Neonlicht vom Haus gegenüber tauchte es in Abständen von wenigen Sekunden in ein rötliches Licht. Die Einrichtung des Raums bestand aus einem Stuhl, einem niedrigen Tisch und einem Bett, auf dem ein schlafender Mann und eine Frau lagen. Sie waren aufgrund des schrägen Bodens zur Wand gerutscht. Das ganze Haus, Wände und Böden, waren krumm und windschief wie ein altes Gespensterschiff auf seiner ewig währenden Fahrt.

Der Professor räusperte sich, aber weder der Russe noch die Frau neben ihm reagierten darauf. Sie hatten eine verschlissene Decke über sich gebreitet, die ihre Nacktheit kaum zu verhüllen vermochte. Bier- und Wodkaflaschen lagen überall im Zimmer herum.

»Boris«, sagte der Professor laut.

Keine Reaktion.

Nach einigen weiteren Versuchen, den Russen aus einigermaßen sicherer Entfernung heraus zu wecken, ging er kurzerhand zu dem Bett hinüber und stieß den schlafenden Mann mit seinem Stock an, während er ein paar Mal laut seinen Namen rief. »Boris, Boris Gruschenkow!« Das zeitigte Erfolg, der Mann wachte auf. Er setzte sich im Bett auf, und im Schein des zuckenden roten Neonlichts wirkten seine Bewegungen wie in einem alten Stummfilm. Er starrte zunächst den Professor, dann mich an und sprang daraufhin splitternackt aus dem Bett. Der Professor wich zurück. Wir waren beide schon wieder an der Tür, als der Russe sich nach einem Schalter ausstreckte und Licht machte. Ich bereitete mich darauf vor, nach unten zu rennen.

»Boris?«, sagte der Professor.

Der Mann grunzte etwas auf Russisch, aber er schien nicht sonderlich erstaunt über diese unerwartete Störung zu sein.

Der Professor antwortete ihm auf Russisch. Ich sah ihn an.

»Kannst du auch Russisch?«, fragte ich.

»Ein bisschen«, antwortete er, »ich habe ihm gesagt, dass wir aus Island kommen.«
»*Iceland?*«, sagte Boris und wechselte zu Englisch. Er war ziemlich groß und kräftig gebaut, mit schmalem Gesicht und dichtem schwarzem Haar. Er riss der nackten Frau im Bett die Decke weg und wickelte sie um sich. Er stand mitten im Zimmer und starrte uns beide äußerst misstrauisch an.
»Bist du Boris Gruschenkow?«, fragte der Professor. Wahrscheinlich fand der Russe das Vorgehen dieses Unbekannten, der da urplötzlich in seinem Zimmer gestanden hatte, ziemlich unverschämt.
»Das geht dich gar nichts an«, antwortete Boris.
Dann brüllte er etwas auf Russisch, und im nächsten Augenblick ging er mit gesenktem Kopf auf mich los, riss mich zu Boden und warf sich über mich. Ich spürte seinen stinkenden Atem im Gesicht, als er mich mit seinen Pranken bei der Kehle packte. Irgendwelche gurgelnden Laute brachen aus mir heraus, als ich versuchte, um Hilfe zu rufen. Er drückte so fest zu, dass ich keine Luft mehr bekam. Mit den Augen eines Sterbenden sah ich, wie der Professor hinter ihm auftauchte, seinen Stock schwang und den silbernen Knauf auf den Schädel des Russen niedergehen ließ, aber das bewirkte gar nichts. Der Professor schlug ein weiteres Mal zu, ich hörte, wie der Knauf auf den Schädel traf, und diesmal schien der Russe etwas zu spüren. Ich merkte jedenfalls, dass sich sein tödlicher Griff etwas lockerte. Der Professor hielt jetzt den Stock mit beiden Händen, legte ihn dem Russen quer vor die Kehle und zerrte mit beiden Händen unter Aufbietung aller seiner Kräfte daran, sodass der Mann gezwungen war, den Kopf nach hinten zu biegen. Erst da wurde mir richtig klar, über welche Bärenkräfte der Professor trotz seines Alters verfügte. Der Mann lief krebsrot an. Mir gelang es,

seine Pranken von meinem Hals zu entfernen und unter ihm wegzukriechen. Der Mann versuchte, den Professor zu packen, aber das gelang ihm nicht, weil der sich inzwischen auf ihn gesetzt hatte. Als der Russe sich aufzurichten versuchte, befahl der Professor mir, mich ebenfalls auf ihn zu setzen, und gemeinsam gelang es uns, ihn am Boden zu halten.

»Wir wollen dir nichts Böses«, sagte der Professor, um den Russen zu beruhigen. »Glaub mir. Wir brauchen bloß Informationen von dir.«

Der Mann knurrte etwas Unverständliches.

»Es nimmt nicht viel Zeit in Anspruch, und dann verschwinden wir sofort, und du siehst uns nie wieder. Verstehst du, was ich sage?«

Es dauerte einige Zeit, bis der Mann zustimmend nickte, so gut er das mit dem Stock an seiner Kehle konnte, den wir jetzt beide festhielten. Wir sahen fast sein ganzes Gesicht.

»Wir wollen dir nichts Böses«, wiederholte der Professor und erklärte, dass wir loslassen würden, falls er verspräche, uns nicht wieder anzugreifen, sondern sich anzuhören, was wir von ihm wollten.

Ganz langsam lockerten wir den Stock, und der Kopf des Mannes sank auf den Boden. Der Professor befahl mir aufzustehen, und dann stieg er selbst von dem Russen herunter. Der blieb liegen und rührte sich nicht. Die Frau hingegen hatte sich durch diesen unerwarteten Besuch nicht stören lassen und schlief tief und fest weiter.

»Ja, ich bin Boris«, sagte der Russe, stand auf und musterte uns hasserfüllt.

»Ich muss dich nach einem Vorfall aus dem Krieg fragen«, sagte der Professor. »Als du nach dem Sieg über die Nazis in Berlin stationiert warst.«

»Seid ihr wirklich aus Island?«, fragte Boris, der wohl immer noch rätselte, was dieser Besuch zu bedeuten hatte.

Er griff nach seiner Hose, die auf dem Stuhl lag, und zog sie an.

»Ja«, antwortete der Professor.

»Dann entschuldigt bitte«, sagte Boris, der sich offenbar beruhigt hatte. »Ich dachte, ihr kämt aus Moskau.«

»Das, worüber wir mit dir sprechen wollen, klingt vielleicht etwas seltsam, aber du kannst uns möglicherweise weiterhelfen«, sagte der Professor mit ausgesuchter Höflichkeit. Er zog sich den Mantel aus, ging zu der Bettstelle, breitete ihn behutsam über die schlafende Frau und setzte sich auf die Bettkante.

Ich rieb mir den Hals, der schrecklich weh tat.

»Ich war nach Kriegsende in Berlin, um nach einem Mann zu suchen, den du verhaftet hast. Du warst doch mit der Roten Armee in Berlin, nicht wahr?«

Der Russe antwortete ihm nicht. Er sah immer noch sehr misstrauisch aus.

»Dieser Mann in Berlin, nach dem wir suchen, heißt Erich von Orlepp«, fuhr der Professor fort. »Er war ein hoher Nazi-Funktionär. Ihr habt ihn den Engländern überlassen, und dann haben die Amerikaner ihn übernommen. Mit den Briten und den Amerikanern habe ich gesprochen, aber nie mit den Russen. Jetzt habe ich dich gefunden.«

»Wie?«, fragte Boris.

»Ich versuche seit Jahren, diejenigen ausfindig zu machen, die diesen von Orlepp zuerst gefangen genommen haben, aber das sowjetische System ist nicht gerade … Na, lassen wir das. Ich erfuhr, dass du einige Jahre nach dem Krieg in den Westen gegangen bist. Ich habe Freunde in Moskau, die mir behilflich waren. Sie haben sich mit deiner Mutter in Verbindung gesetzt.«

»Hast du mit meiner Mutter gesprochen?«, fragte der Russe.

»Nein, nicht ich, sondern meine Freunde haben das getan.

Sie lässt dir Grüße ausrichten. Sie lebt in Moskau, nicht wahr?«
»Ich vermisse Moskau«, sagte Boris trübe. »Ich habe Briefe geschickt, aber nie welche zurückbekommen. Ich weiß nicht, ob sie überhaupt angekommen sind.«
»Einige auf alle Fälle«, sagte der Professor. »Zumindest wusste deine Mutter, dass du zuletzt hier in Amsterdam gelandet warst.«
Der Professor wandte sich mir zu und befahl mir, eine Flasche Wodka unten aus der Bar zu holen. Er reichte mir ein paar Gulden und sagte mir, ich solle mich beeilen. Ich sauste los, rannte auf den Korridor hinaus und die Treppe hinunter in die Kneipe. Einem verblichenen Schild am Eingang glaubte ich entnehmen zu können, dass sie »Der fette Kater« hieß. Ich bat um eine Flasche Wodka, zeigte mein Geld und wurde zügig bedient. Einige der Kunden waren bemitleidenswerte Gestalten und stierten mich in betrunkenem Zustand an, wieder andere saßen an Tischen zusammen und unterhielten sich lebhaft, und aus den Boxen erklang Perry Como. Sobald der Barkeeper mir die Flasche ausgehändigt hatte, rannte ich wieder nach oben in das Zimmer des Russen.
Es stellte sich heraus, dass dieser Mann tatsächlich Boris Gruschenkow war, Deserteur aus der Roten Armee, landesflüchtig und heimatlos, seitdem er aus Amerika zurückgekommen war, wo er das kapitalistische Wirtschaftssystem in seiner ganzen Herrlichkeit kennengelernt hatte – ohne sich aber dafür begeistern zu können. Anschließend hatte er sich in Europa herumgetrieben und war schließlich in Holland gelandet, wo er weder Aufenthalts- noch Arbeitserlaubnis hatte. Er fristete sein kümmerliches Dasein mit Schwarzarbeit, entweder als Türsteher oder als Zuhälter, meistens beides in Kombination.
Er erklärte, dass es seiner Familie nach seiner Flucht nicht

sonderlich gut ergangen wäre, sie hatte alles ausbaden müssen. Er traute sich aber nicht, zurückzugehen, denn als Deserteur drohte ihm die Todesstrafe.

»Ich vermisse Russland«, sagte er.

Er sprach dem Wodka wacker zu und schien sich mit der Anwesenheit von zwei unbekannten Besuchern ausgesöhnt zu haben, die von weit her gekommen waren, um ihm ein seltsames Anliegen zu unterbreiten. Die Frau schlief immer noch unter dem Mantel des Professors. Boris erwies sich als ziemlich redselig, nachdem ihm der Wodka die Zunge gelockert hatte. Unter der hohen und intelligenten Stirn waren kleine Augen, und seine Nase hatte große Ähnlichkeit mit einer ansehnlichen Kartoffel. Sein Unterkiefer sprang etwas vor. Nach und nach ging der Professor dazu über, den Russen nach den Ereignissen zu Kriegsende in Berlin und von Orlepp auszufragen. Der Mann hatte ein gutes Gedächtnis. Er war stolz darauf, am Krieg gegen die Nazis teilgenommen zu haben; er nannte uns den Namen seines Regiments und wo sie gekämpft hatten. Sie waren auch beim Kampf um Stalingrad dabei gewesen, und er ließ sich lang und breit darüber aus, welchen Anteil sie daran gehabt hatten, die Deutschen aus Russland und quer durch Osteuropa nach Westen zu treiben. Unter Marschall Georgi Schukow nahmen sie Städte und Dörfer in Deutschland ein und verschonten nichts und niemanden, bis sie eines Tages Berlin erreichten und die rote Fahne auf den Ruinen des Reichtags hissten.

»Ein phantastischer Tag«, sagte Boris. »Als die Fahne gehisst wurde, war der Krieg vorbei. Wir und die englischen und amerikanischen Soldaten fielen uns in die Arme und küssten uns, sie waren unsere Verbündeten, unsere Freunde. Ich dachte, dass sich jetzt vieles verändern würde. Wir hatten gemeinsam Hitler und die Nazis zur Strecke gebracht, und ich glaubte, wir würden für alle Zeiten Verbündete bleiben. Aber so lief es natürlich nicht.«

»Deswegen hast du dich entschlossen, in den Westen abzuhauen«, sagte der Professor vorsichtig.

»Wieso weißt du das alles über mich?«, sagte Boris, dem es nicht geheuer zu sein schien, dass andere über seinen Lebenslauf Bescheid wussten. »Hast du mich bespitzelt?«

»Nein, nein, ganz und gar nicht«, beeilte sich der Professor zu versichern. »Ich suche nur seit langem nach dir und weiß deshalb, dass du aus der Sowjetunion geflohen bist. Meine Freunde in Moskau sagten mir, du seist in die Vereinigten Staaten gegangen.«

»Scheißkapitalismus«, sagte Boris und setzte die Wodkaflasche an den Hals. »Seid ihr schon mal dort gewesen? Die haben natürlich gedacht, dass ich auspacken und ihnen gute Dienste leisten würde. Sie wollten Informationen, über die Rote Armee, über Ostberlin. Ich habe ihnen gesagt, dass ich kein verfluchter Denunziant sei und nichts über meine Freunde verraten würde. Sie hatten zum Schluss die Schnauze gestrichen voll von mir – und ich von ihnen.«

»Es ist sicher nicht einfach gewesen, aus Ostberlin zu fliehen«, sagte der Professor. Ich merkte, dass er sich langsam an sein Thema heranarbeitete, ohne den Russen dabei überfahren zu wollen.

»Die Flucht war überhaupt kein Problem«, sagte Boris. »Die werden bestimmt die Grenzen irgendwann noch ganz dichtmachen. Mich hielt damals nichts mehr im Osten. Kurz nach dem Krieg hatte ich nämlich erfahren, dass mein Bruder daheim in Moskau verhaftet worden war. Niemand wusste, weshalb. Er war Journalist und starb später in der Nähe von Murmansk. Mein Bruder hat genau wie ich im Krieg gekämpft. Er war ein Held, aber das hat ihm nichts genutzt. Mich hat man degradiert, und ich wusste auch nicht, weshalb. Ich sollte nach Russland zurückversetzt werden.«

Boris stöhnte schwer.

»Ich hasse Russland.«

Die Frau im Bett schnarchte leise.

»Wir wissen, dass viele hochgestellte Nazis aus Berlin geflohen sind, einige über Österreich«, sagte der Professor. »Kannst du dich erinnern, einen Mann namens Erich von Orlepp verhaftet zu haben? Weißt du, wer das war?«

Der Russe schüttelte den Kopf.

»Ein deutscher Offizier. Reich. Wahrscheinlich trug er Zivil. Du hast ihn bei den Engländern abgeliefert, warum, weiß ich nicht. Dein Name stand auf den Übergabepapieren. Kannst du dich erinnern, den Briten einen deutschen Nazi-Funktionär übergeben zu haben?«

»Nazi-Funktionär?«

»Er war ein hohes Tier bei den Nazis. Erich von Orlepp.«

»Meine Kompanie hat nicht so viele Leute verhaftet«, sagte der Russe.

»Er könnte euch vielleicht etwas dafür geboten haben, ihn laufen zu lassen«, sagte der Professor, um seinem Gedächtnis auf die Sprünge zu helfen. »Die Engländer wollten ihn unbedingt haben, als sie erfuhren, dass ihr ihn geschnappt hattet.«

Boris schwieg.

»Ihm wurden Kriegsverbrechen zur Last gelegt. Die Polen hätten ihn ebenfalls gern in die Finger gekriegt, andere auch.«

»Die Hinrichtung«, sagte Boris plötzlich. »Kann er das gewesen sein?«

»Die Hinrichtung?!«, wiederholte der Professor.

»Ich habe ihn nicht verhaftet«, sagte Boris, »Aber ich habe ihn den Engländern übergeben. Von Orlepp? Da war doch irgendwas mit Kunstdiebstählen oder so etwas. Der Kerl tat so, als hätte er Geld wie Heu. Kann das sein?«

Der Professor nickte. »Du erinnerst dich also an ihn?«, fragte er.

»Wir hatten den Befehl, ihn ins britische Hauptquartier in Berlin zu bringen und ihn dort abzuliefern«, sagte Boris. »Wir bekamen keine Erklärungen. Das war einfach ein Befehl wie jeder andere. Wir haben ihn denen übergeben, und mehr war da nicht.«

»Und du bist dir sicher, dass es Erich von Orlepp war?«

»Ich kann mich an den Namen erinnern. Aber da war noch etwas anderes, er hat nämlich versucht, uns zu bestechen. Du hast eben gesagt, dass er vielleicht versucht hat, einen zu schmieren, und ich erinnere mich, dass er uns Geld angeboten hat. Er sagte, er hätte es nicht dabei, aber es befände sich an einem bestimmten Ort in Berlin, wir bräuchten ihn bloß dorthin zu bringen, und dann wären wir reich. Er versuchte es auf diese Tour bei uns, damit wir ihn laufen ließen.«

»Aber ihr habt euch nicht darauf eingelassen?«, fragte der Professor.

»Nein«, sagte Boris, »das haben wir uns nicht getraut. Und sowieso haben diese Leute Gott weiß was erzählt, um freizukommen.«

»Was hast du damit gemeint, als du vorhin von Hinrichtung sprachst?«, erlaubte ich mir zu fragen.

Boris sah mich an. »Am liebsten hätten wir diesen Kerl auf der Stelle umgebracht«, sagte er. »Er war Nazi und wurde wegen Kriegsverbrechen gesucht. Das war Grund genug für uns. Aber das konnten wir nicht, denn irgendwie war man sich an höherer Stelle über diesen Mann einig geworden. Trotzdem taten wir so, als hätten wir vor, ihn zu exekutieren, um ihm einen Schrecken einzujagen. Auf dem Weg zu den Engländern hielten wir an und inszenierten seine

Hinrichtung. Wir stellten ihn an eine Wand, und die Jungs haben auf ihn angelegt. Ich zählte ab, und dann ballerten sie wie wild los, ganz knapp an ihm vorbei. Der ist vor Angst fast krepiert und hat geschrien wie am Spieß.«

Ich sah den Professor an, als der Russe das sagte, aber er zeigte keinerlei Reaktion.

»Weshalb sind die Russen darauf eingegangen, ihn den Engländern auszuliefern? Was meinst du damit, wenn du sagst, dass man sich in Bezug auf den Mann geeinigt hatte?«

»Wir bekamen stattdessen einen anderen.«

»Einen anderen?«

»Wir haben ihn im Hauptquartier der Engländer abgeliefert, und die übergaben uns stattdessen einen anderen Nazi, den sie gefangen genommen hatten. Ein Austausch.«

Der Russe sprach wieder dem Wodka zu. Die Frau im Bett schien aufzuwachen.

»So war die Politik«, sagte er.

»Weshalb wurde von Orlepp verhaftet?«, fragte der Professor.

»Weshalb?«, echote Boris. »Liegt das nicht auf der Hand? Wir waren hinter den Nazis her und haben etliche erwischt.«

»Ich meinte eigentlich: Wie kam es zu der Verhaftung?«

»Da war ich nicht dabei«, sagte Boris noch einmal. »Das war mein Freund. Der ist tot, der ist auf eine Mine getreten, ganz in der Nähe von Berlin, nachdem man den Waffenstillstand ausgerufen hatte. So ist das Leben.«

»Kannst du dich an andere in dieser Einheit erinnern, die ihn festgenommen hat?«

»Nein.«

Der Professor sank in sich zusammen. Es hatte nicht den Anschein, als könne dieser Russe ihn in irgendeiner Weise weiterbringen.

»Hat dieser von Orlepp etwas gesagt, als ihr ihn weggebracht habt?«, fragte ich. »Kannst du dich da an etwas erinnern? Irgendetwas in seinem Benehmen oder etwas, was er gesagt hat?«
»Wieso fragt ihr mich eigentlich nach diesem Mann? Weshalb ist er so wichtig?«, fragte der Russe.
»Wegen seiner Kunstdiebstähle«, beeilte ich mich zu sagen.
Ich sah den Professor an, der schweigend in das blinkende Neonlicht starrte. Erst jetzt, als ich seine enttäuschte Miene sah, wurde mir völlig klar, welche Hoffnungen er auf den Russen gesetzt hatte.
»Hat er euch was geklaut?«, fragte Boris.
Die Frau im Bett richtete sich halb auf und starrte den Professor und mich an. Sie war rothaarig, pausbackig und ziemlich üppig. Dann legte sie sich wieder hin und zog den Mantel über sich zurecht, als wären wir überhaupt nicht anwesend.
»Er hat uns etwas sehr Kostbares gestohlen«, sagte ich. »Ein nationales Heiligtum. Wir versuchen, es wieder in unseren Besitz zu bringen, aber dieser von Orlepp ist wahrscheinlich tot, zumindest ist er wie vom Erdboden verschwunden, und wir wissen nicht, was er damit gemacht hat.«
»Was war das?«, fragte Boris. »Was hat er euch geklaut?«
Ich sah den Professor an, der ganz weggetreten zu sein schien.
»Ein Buch«, sagte ich.
»Ein Buch?«, echote Boris und konnte seine Verwunderung nicht verhehlen. »Was für ein Buch? Wieso kann ein Buch so wichtig sein?«
»Es ist ein unerhört wichtiges Buch.«
»Und deswegen seid ihr nach Amsterdam gekommen und habt nach einem Deserteur und Vaterlandsverräter und

landesflüchtigen Russen wie mir gesucht, nur wegen eines Buchs?«
»In den Augen von Isländern ist es das Buch aller Bücher«, sagte ich. »Eine Pergamenthandschrift. Der *Codex Regius*. Das Buch Islands.«
Der Russe starrte uns an.
»Das wertvollste aller Bücher, die wir besitzen«, fügte der Professor deprimiert hinzu.
»Dann könnte es passen«, erklärte der Russe.
»Was kann passen?«
»Etwas, was er gesagt hat.«
»Wer?«
»Mein Freund, der auf diese Mine getreten ist, hat den Kerl verhaftet. Er sagte mir, dass sie ihn in irgendwelchen Ruinen gefunden haben, wo früher einmal ein Buchladen war.«
Der Professor, der die ganze Zeit auf den Boden gestarrt hatte, hob bei diesen Worten den Kopf und schien den Russen mit seinen Blicken verschlingen zu wollen.
»Was hast du da gesagt?«
»Da lagen überall Bücher herum.«
»Überall Bücher?«
»Mein Freund hat mir erzählt, dass sie ihn aus den Trümmern eines Buchladens herausgeholt haben, wo haufenweise alte Bücher herumlagen.«
»Ihr habt ihn in den Ruinen eines Buchladens festgenommen?«, flüsterte der Professor.
Boris nickte.
»Er war in einem Laden mit alten Büchern, als er festgenommen wurde?«, wiederholte der Professor, der seinen Ohren kaum trauen konnte.
»Das hat jedenfalls mein Freund gesagt. Drinnen oder draußen. Er ist zumindest da herumgekrochen.«
»Hat er Bücher bei sich gehabt?«

»Davon hat er nichts gesagt.«
»Was hat von Orlepp da gewollt?«
»Bestimmt wollte er sich da verstecken. Die haben doch alle höllischen Schiss gehabt, als Berlin gefallen war, diese verfluchten Nazi-Feiglinge.«
»Was war das für ein Laden?«
»Wie soll ich das denn wissen?«
»Wo war er? Wie hieß er?«
»Du sagst, er war reich?«, fragte der Russe.
»Wer?«
»Dieser Orlepp?«
»Reicher, als du ahnst«, antwortete der Professor.
Der Russe verstummte. Vielleicht bereute er es im Nachhinein, sich nicht bestechen gelassen zu haben.
»Weißt du, wo dieser Laden mit den alten Büchern in Berlin war?«, fragte der Professor.
»Nein. Die Stadt war völlig zerbombt.«
»War er klein oder groß?«
»Klein oder groß? Keine Ahnung.«
»Ich kenne mich ein bisschen mit alten Büchern aus«, erklärte der Professor. »Wenn du mir irgendetwas über dieses Geschäft sagen kannst, mag es auch noch so unbedeutend sein, könnte es uns vielleicht weiterhelfen.«
»Ich weiß ein bisschen was über diesen Laden«, sagte Boris. »Dimitri hat das Haus irgendwann mal erwähnt, es hatte eine Bombe abbekommen, aber trotzdem ragten da noch Büchergestelle aus den Trümmern heraus.«
»Du weißt nicht, wer der Eigentümer war?«
»Nein, keine Ahnung.«
»In welchem Teil von Berlin war das? In welchem Viertel? Hat dein Freund das erwähnt?«
Der Russe überlegte. Die üppige Frau im Bett hatte wieder angefangen, leise zu schnarchen.
»Heute liegt das im Westen«, sagte der Russe. »Ich weiß

noch, dass Dimitri damals für Charlottenburg zuständig war. Ich hab nach meiner Flucht eine Zeit lang selbst dort gewohnt. Bevor ich nach Amerika ging. Seid ihr schon mal in Amerika gewesen?«
Ich schüttelte den Kopf.
»Scheißkapitalismus«, sagte Boris.
Dann fixierte er unendlich traurig das zuckende Neonlicht gegenüber und seufzte tief auf.
»Ich vermisse Russland.«

Der Professor fand in dieser Nacht keine Ruhe. Nach all diesen Jahren, nach all dieser Zeit und dieser zerstörerischen Seelenqual bestand wieder eine schwache Hoffnung, dem Buch auf die Spur zu kommen, das ihm gegen Ende des Krieges geraubt worden war. Ein ausgebombtes Antiquariat in Berlin konnte der Schlüssel dazu sein, dass er sein Lebensglück wiederfand. Es fiel mir nicht ein, ihn darauf hinzuweisen, wie unrealistisch es war, diesen winzigen Hinweis schon als Sieg zu betrachten. Wenn der Professor eine Weile froh sein konnte, hatte ich nicht vor, ihm diese Freude zu vergällen. Er war immer davon ausgegangen, dass von Orlepp den *Codex Regius* niemals veräußert hätte, nicht einmal in einer Notlage; jetzt hatte sich aber möglicherweise etwas anderes herausgestellt. Er argumentierte mit der Behauptung des Russen, dass der Nazi angeblich reich gewesen war. Er kam immer wieder zu dem gleichen Ergebnis. Erich von Orlepp hatte noch in den letzten Kriegstagen Kunstobjekte verkauft und sich dabei unter anderem mit einem antiquarischen Buchhändler, der gute Kontakte zu Bibliophilen in aller Welt hatte, in Verbindung gesetzt. Dieser Antiquar musste den Wert des *Codex Regius* ganz genau gekannt haben, sonst hätte sich von Orlepp nicht an ihn gewandt. Der Professor war der Meinung, dass dieser Mann das Buch höchstwahrscheinlich nicht selbst gekauft, sondern nur als Zwischenhändler fungiert hatte. Falls es uns gelingen würde, ihn ausfindig zu machen, könnte er uns etwas über den Verbleib der Handschrift sagen. Möglicherweise befand sie sich immer noch in Deutschland. »Das wäre natürlich am besten«, sagte der Professor. Er ging sogar so weit, Überlegungen anzustellen, wie wir das Buch wieder an uns bringen könnten, wobei er Diebstahl keineswegs auszuschließen schien. Er hörte sich so an, als habe er die Handschrift schon so gut wie sicher wieder in den Händen. In dieser langen Nacht, als wir uns von dem Russen verabschiedet und endlich in unsere Pension zurückgekehrt waren, spürte ich mehr denn je zuvor, wie er danach fieberte, sie wiederzufinden.

»Sobald es hell wird, müssen wir nach Berlin«, sagte der Professor mit ernster Miene. »Ob es wohl von hier eine direkte Bahnverbindung gibt?«

Ich war auf mein Bett gefallen, als wir in unser Zimmer kamen, und er setzte sich auf einen Stuhl mir gegenüber und fingerte so hektisch wie nie zuvor an seiner Schnupftabaksdose herum.

»Ich war der Meinung, dass ich mit den meisten Buchhändlern gesprochen hätte, als ich nach dem Krieg in Berlin war«, sagte er sichtlich erregt. »Ich meine mit allen, die antiquarische Bücher kauften oder sammelten. Keiner von denen konnte sich daran erinnern, dass der *Codex Regius* auf dem Markt war. Aber die können mir natürlich auch etwas vorgelogen haben. Es gibt nichts Verlogeneres auf der Welt als Antiquare, Valdemar.«

Er öffnete die Dose und nahm eine ordentliche Prise.

»Du glaubst also nicht mehr, dass von Orlepp die Handschrift noch in seinem Besitz hat?«

»Nein, nicht, wenn er sie zu Geld gemacht hat, Valdemar. Das ist der springende Punkt. Und wenn die Handschrift nicht mehr in seinem Besitz ist, eröffnen sich diverse Optionen, die ich bislang nicht für möglich gehalten habe.«

»Dann weiß dieser Joachim also wirklich nicht, was sein Vater damit gemacht hat, oder?«

»Es hat nicht den Anschein.«

»Aber es würde doch für den Sohn ein Leichtes sein, denjenigen ausfindig zu machen, der dem Alten diesen Codex damals abgekauft hat. Falls das denn tatsächlich passiert ist.«

»Ich weiß nicht, was damals wirklich passiert ist, Valdemar. Vielleicht wird das aber noch ans Licht kommen. Ich habe keineswegs die Antworten auf alle Fragen. Wir haben hier möglicherweise einen Hinweis, dem es sich lohnt nachzugehen, mehr nicht. Wir wollen dem nicht zu viel Bedeutung beimessen, aber auch nicht zu wenig. Wir nehmen ihn für das, was er ist. Wir gehen ihm nach und finden heraus, ob es zu etwas führt.«

Ich konnte mich dennoch nicht zurückhalten: »Hätte nicht eine Kostbarkeit wie der *Codex Regius* längst zum Vorschein kommen müssen, wenn sie in den Händen eines gewöhnlichen Büchersammlers gelandet wäre?«

Ich wollte ihm die Freude nicht verderben, aber ich wollte auch nicht, dass er sich allzu unrealistische Hoffnungen machte. Ich konnte nicht glauben, dass dieser erdgebundene, hochintelligente Mann bereit war, sämtliche Vernunft über Bord zu werfen, dieser Mann, der einzig und allein an die Macht des Verstandes glaubte und sich nie gestattete, irgendwelche Luftschlösser zu bauen.

»Ganz und gar nicht«, antwortete er. »Solche Leute prahlen nicht mit ihren Besitztümern – und auf keinen Fall bei so einem kostbaren Objekt, von dem man nicht weiß, ob es auf legale Weise erworben wurde. Alle ernst zu nehmenden Büchersammler kennen den *Codex Regius* und wissen, dass er sich in der Königlichen Bibliothek befindet.

Sie würden nie öffentlich bekannt geben, dass das Buch in ihren Besitz gelangt ist, denn sie wissen nur zu gut, dass sie dadurch große Unannehmlichkeiten bekommen könnten.

»Was stellst du dir eigentlich vor? Was willst du in Berlin herausfinden?«

»Ich kann mich zumindest an zwei Antiquariate im Stadtteil Charlottenburg erinnern. Das eine davon gehörte zu den größten in Deutschland. Möglicherweise hat von Orlepp geschäftliche Verbindung zu dem Laden gehabt. Ich weiß nicht, was wir finden werden, aber hoffentlich werden wir mehr erfahren.«

»Du sagst immer wir.«

»Ja, hast du etwas dagegen? Du und ich. Wir.«

»Ich bin zwar mit dir nach Holland gekommen, aber ich weiß nicht, ob ich mit dir nach Berlin fahren kann.«

»Valdemar, wir sind jetzt vielleicht auf der Spur des *Codex Regius*. Bist du wirklich der Meinung, dass du in deinem Leben noch eine größere Leistung vollbringen kannst, als dieses Buch wiederzufinden? Siehst du nicht, wie großartig das ist?«

»Großartig? Es weiß doch überhaupt niemand, dass diese Handschrift weg ist! Zumindest bis jetzt noch nicht. Und wenn wir tatsächlich die Handschrift finden … Wenn *du* die Handschrift findest, wird niemals jemand etwas darüber erfahren. Du wirst es wohl kaum überall als einen großartigen Sieg herumposaunen, sondern bringst sie still und klammheimlich wieder zurück und gibst vor, deine Forschungen beendet zu haben. Was ist daran großartig? Wer sollte sich mit dir freuen? Das ist ganz allein deine Angelegenheit, und es ist dein Geheimnis. Wenn dein Vorhaben gelingt, ist die größte Leistung die, dass niemand etwas bemerkt hat.«

Tiefes Schweigen folgte meinen Worten.

»Du bist schon ein fürchterlicher Dummkopf, mein Jungchen«, sagte der Professor schließlich schroff.
»Es wird sich schon noch herausstellen, wer von uns der Dummkopf ist«, gab ich zurück, und erst viel zu spät wurde mir klar, dass ich genau das tat, was ich unbedingt vermeiden wollte, nämlich ihm die Freude verderben.
»Was sagst du da, Valdemar?«, flüsterte der Professor entgeistert. »Willst du damit andeuten, dass es mir um irgendwelche Lorbeeren geht? Hast du wirklich eine so geringe Meinung von mir? Glaubst du, dass ich das alles mache, um mir irgendwelche Verdienstkreuze zu erwerben? Glaubst du, dass Eitelkeit meine Antriebsfeder ist? Hast du diesen Eindruck von mir? Glaubst du wirklich, dass ich eine solche Krämerseele bin?«
»Ich meinte bloß ...«
Der Professor stöhnte auf, als müsse er wieder einmal einem begriffsstutzigen Studenten aufs Dach steigen.
»Wirst du denn nie begreifen, was ich sage? Meine Person spielt dabei überhaupt keine Rolle, genauso wenig wie deine. Wir sind überhaupt nicht wichtig in diesem Zusammenhang, Valdemar, und sind es nie gewesen. Das Einzige, was wichtig ist, ist der *Codex Regius*!«
Ich gab keinen Mucks von mir.
»Begreifst du das?«
»Natürlich ist es ein überaus bedeutendes Buch«, sagte ich beschämt. »Und mir fällt auch nicht ein ...«
»Das wirst du merken, wenn du es in den Händen hältst«, sagte der Professor. »Wenn du es öffnest und die Seiten umblätterst und den Geruch spürst. Wenn deine Fingerspitzen wie elektrisiert sind, weil du fühlst, wie unerhört leicht es ist und doch so unvorstellbar gewichtig. Dann erst begreifst du, was für ein Buch es ist.«
Er kam zwei Schritte auf mich zu.
»In diesem Augenblick dürfen wir dieses Buch bewahren.

Diesen winzigen Augenblick sind wir seine Hüter, und ich glaube, wenn es dir in irgendeiner Form ernst ist mit deinem Nordistik-Studium, wirklich ernst, dann musst du dir über deine Rolle klar werden, bevor es zu spät ist. Sonst kannst du gleich aufhören! Halbherzige Forscher wie dich können wir nicht brauchen! Ganz und gar nicht!«
Der Professor stand vor mir wie der Donnergott persönlich, und ich, der ich fest entschlossen gewesen war, nicht mit ihm nach Berlin zu fahren, sondern mich auf mein Studium zu konzentrieren, strich sang- und klanglos die Segel.
»Ich begreife den Ernst der Lage gut«, sagte ich.
»Glaubst du das wirklich?«, entgegnete der Professor. »Glaubst du tatsächlich, Valdemar, dass du überhaupt irgendetwas kapierst?«
»Ja, natürlich. Ich bin mir der Bedeutung des *Codex Regius* bewusst. Selbstverständlich ist es ein historisch überaus bedeutsames Buch. Das wissen alle.«
»Du hast ja keinen blassen Schimmer«, sagte der Professor. »Am besten verkrümelst du dich gleich morgen wieder nach Kopenhagen. Ich habe keine Verwendung für dich. Ich habe absolut keine Verwendung für Einfaltspinsel wie dich.«
Ich war zu weit gegangen und wusste nicht, wie ich ihn wieder versöhnlich stimmen konnte. Ich merkte auf einmal, dass ich nicht die geringste Lust hatte, wieder nach Kopenhagen zurückzukehren, alle meine Befürchtungen waren samt und sonders verpufft.
»Ich bin der Meinung, dass ich einiges von dem verstehe, was du durchgemacht hast«, sagte ich vorsichtig. »Ich kann das natürlich nicht wirklich nachvollziehen, das kann außer dir niemand. Ich möchte dich nicht beleidigen, indem ich behaupte, dass ich dich kenne. Ich würde gern mit dir nach Berlin fahren und falls notwendig auch noch weiter.«

Ich weiß gar nicht, ob er hörte, was ich sagte. Er hatte sich wieder im Sessel niedergelassen, stützte das Kinn in die Hand und schien in Gedanken ganz woanders zu sein. Ich schwieg. Die nächtlichen Geräusche aus dem Rotlichtviertel drangen zu uns herein, Hupen von Autos und Rufe, und ich sah die Prostituierten in den Fenstern vor mir. Gab es etwas Erniedrigenderes?

»Wir müssen es finden, Valdemar«, sagte der Professor schließlich. »Egal, wie langsam wir vorwärtskommen, egal, wie unbedeutend die Anhaltspunkte sind, egal, was es kostet, wir müssen das Buch wiederbekommen. In diesem Zusammenhang von irgendwelchen Lorbeeren zu reden ist eine Beleidigung. Begreifst du das? Das ist dummes Zeug. Es geht hier nicht um persönliche Triumphe. Du bist reichlich kindisch! Es geht hier nicht um Heldentaten oder darum, ob alles herauskommen wird und ich auf ewig die Schande auf mir sitzen lassen muss. Das spielt überhaupt keine Rolle. Nur eines spielt eine Rolle, und das ist das Buch. Das Buch Islands! Der *Codex Regius*! Versuch doch, das zu verstehen.«

Die Wut des Professors schien etwas abgeklungen zu sein. Er öffnete seine Schnupftabaksdose.

»Warten wir ab, was wir in Berlin herausfinden«, sagte ich. Er nickte zustimmend.

»Ja, warten wir ab«, sagte er und schien vergessen zu haben, dass er mich wieder nach Kopenhagen hatte zurückjagen wollen.

Wieder versank der Professor für eine lange Zeit in seinen Gedanken.

»Und was ist mit den verschollenen Seiten?«, fragte ich schließlich. Ich hatte oft an unseren Fund in Schwerin denken müssen.

»Dieser Joachim wird uns schon noch wieder über den Weg laufen«, sagte der Professor.

»Du glaubst also, dass sie uns nicht verloren haben?«
»Ich glaube, dass wir, wenn wir den *Codex Regius* gefunden haben, in einer besseren Position sind, um uns diesen Joachim vorzuknöpfen«, sagte der Professor. Ich sah den blonden Mann mit den klassischen Gesichtszügen vor mir und den anderen, der Helmut hieß. Mir war nicht wohl bei dem Gedanken, dass sie uns wieder über den Weg laufen würden.
»Er ist ebenfalls hinter dem *Codex Regius* her«, sagte ich. »Vielleicht ist das der Grund dafür, dass er sich urplötzlich mit mir in Verbindung gesetzt hat. Ich bin davon ausgegangen, dass die Orlepps noch im Besitz der Handschrift sind und dass es ihm nur um die verschollenen Seiten geht. Vielleicht ist er ja hinter beidem her. Wenn sie den *Codex Regius* nicht haben, sieht die Sache ganz anders aus, denn dann besteht tatsächlich die Hoffnung, dass wir ihn finden können, Valdemar. Eine Hoffnung, dass er uns nicht für immer verloren ist!«

Sechzehn

Berlin zehn Jahre nach Ende des Zweiten Weltkrieges bot keinen sehr erfreulichen Anblick. Auch wenn der Aufbau in diesen wenigen Jahren große Fortschritte gemacht hatte, waren die Folgen des Kriegs noch sehr deutlich zu sehen, genau wie in anderen deutschen Städten, die den Bombenangriffen der Alliierten ausgesetzt gewesen waren. Auf der Fahrt von Amsterdam hatten wir einige davon passiert. Halb und ganz zerstörte Häuser und Gebäude glitten an uns vorbei, aber wir sahen auch Kräne, die vom Wiederaufbau zeugten, vielleicht von einer neuen und besseren Welt. Wir brauchten den ganzen Tag dazu, um Deutschland von West nach Ost zu durchqueren, und kamen erst am Abend in Berlin an.

Wieder übernahm der Professor die Führung, und vom Bahnhof Zoo aus gingen wir zu einer Pension, in der er immer übernachtete, wenn er in Berlin war. Die Straßen waren spärlich beleuchtet, und mir kam die Stadt auf den ersten Blick öde und düster vor. Vielleicht hing es aber auch damit zusammen, dass sie für mich mit der Erinnerung an den Wahnsinn verbunden war, der zum Zweiten Weltkrieg geführt hatte, denn hier schlug damals das Herz der Teufelei, die die Weltgeschichte veränderte und Millionen und Abermillionen Menschen das Leben kostete.

Die Besitzerin der Pension hieß Elsa Bauer. Sie begrüßte den Professor sehr herzlich. Die beiden waren etwa in gleichem Alter; sie schienen sich schon lange zu kennen und gut befreundet zu sein. Sie unterhielten sich auf Deutsch miteinander, und ich mit meinen begrenzten Deutschkenntnissen hatte meine liebe Mühe, ihnen zu folgen. Ich verstand aber so viel, dass sie über Charlottenburg redeten und auch über Antiquariate dort. Wie gewöhnlich verschwendete der Professor keine Zeit auf Nebensächlichkeiten, sondern kam gleich zur Sache. Frau Bauer erklärte, sich in Charlottenburg nicht sonderlich gut auszukennen, sie konnte dem Professor nicht behilflich sein, als er versuchte, sich an Adressen von Antiquariaten zu erinnern.

»Nach dem Krieg hat sich eine Menge verändert«, sagte sie. »Durch die Angriffe der Alliierten ist so vieles zerstört worden. Ich fürchte, dass da kein Stein mehr auf dem anderen steht.«

Sogar ich spürte den Schmerz in ihrer Stimme. Der Professor sah sie lange an, ohne etwas zu sagen. Frau Bauer war klein und zierlich und hatte das Haar im Nacken zu einem Knoten hochgesteckt. Auch wenn der Krieg und die Not sie gezeichnet hatten, sah man ihr an, dass sie einmal eine schöne Frau gewesen war.

»Aber natürlich«, fuhr sie auf einmal mit unterdrücktem Zorn in der Stimme fort, ohne dass ich wusste, wogegen sich ihre Entrüstung richtete, »natürlich können wir das uns selbst zuschreiben. Als ob ich das nicht wüsste! Bist du immer noch hinter deinem Nazi her?«, sagte sie.

»Ja, indirekt«, sagte der Professor.

»Und dieser junge Mann macht da auch mit?«, fragte sie und blickte mich an.

»Ja, er hilft mir. Er ist mein Schüler.«

»Und ist er zu etwas zu gebrauchen?«

»Ganz dumm ist er nicht«, antwortete der Professor. »Wie geht es mit dem Aufbau?«

»Hier besser als im Osten«, erklärte Frau Bauer. »Warum trägst du keinen Schal? Es ist kalt draußen.«

»So kalt ist es auch wieder nicht«, sagte der Professor.
Frau Bauer nahm einen Schlüssel aus einer Schublade und führte uns einen Gang im Erdgeschoss entlang, an dessen Ende ein ordentliches Zweibettzimmer lag, das sie uns zugedacht hatte. Sie reichte dem Professor den Schlüssel. »Du kannst kommen und gehen, wie du möchtest«, sagte sie.
Sie sahen sich an, und selbst ein Einfaltspinsel wie ich konnte sehen, dass sie mehr waren als nur gute alte Freunde.
Ich war todmüde nach der Zugreise und ging gleich zu Bett, und dasselbe tat der Professor. Er hatte darüber gesprochen, dass wir am nächsten Morgen in aller Herrgottsfrühe aufstehen und nach Charlottenburg fahren würden. Wahrscheinlich ging er davon aus, dass ich sofort einschlafen würde, aber ich lag noch wach und bemerkte im Dämmerlicht, dass er sich irgendwann halb aufrichtete, eine Weile abwartete und lauschte, und dann stand er wieder auf. Er zog sich geräuschlos die Hose an und streifte die Hosenträger über seine Schlafanzugjacke, bevor er die Tür öffnete und auf Zehenspitzen hinausging. Ich war im Begriff, ihm etwas nachzurufen, aber aus irgendwelchen Gründen zauderte ich und sah ihm nur nach. Er schloss die Tür behutsam hinter sich. Ich wusste zwar nicht genau, wohin er wollte, aber in dieser Aufmachung würde er nicht weit kommen. Ich dachte an Frau Bauer, die der Professor auf dem Weg nach Berlin erwähnt hatte, als ich ihn fragte, wo wir unterkommen würden. Sie war verwitwet; ihr Mann war kurz vor Ende des Kriegs bei einem Bombenangriff umgekommen. Frau Bauer hatte überlebt. Ihr Haus war kaum beschädigt worden, deswegen konnte sie kurz nach dem Krieg dort eine Pension eröffnen. Der Professor quartierte sich immer bei ihr ein, wenn er nach Berlin kam.
Über diesen Gedanken schlief ich ein und wachte erst am

nächsten Morgen wieder auf. Der Professor lag jetzt wieder in seinem Bett und schlief noch friedlich. Er wachte auf, als ich mich anzukleiden begann, und wünschte mir einen guten Morgen. Ich war nicht so dumm, ihn nach seinen nächtlichen Unternehmungen zu fragen, denn ich nahm an, dass es ein Beisammensein mit seiner alten Freundin gegeben hatte, und das ging mich nichts an. Er selbst tat, als sei nichts vorgefallen, und drängte darauf, dass wir uns so schnell wie möglich auf den Weg nach Charlottenburg machten. Frau Bauer hatte uns ein reichliches Frühstück bereitet, mit Brötchen und Sauerteigbrot, und ich hatte den Eindruck, als sei ihr etwas leichter ums Herz als am Abend zuvor.

Sie wollte etwas mehr über mich wissen, und ich erzählte ihr von meinem Studium an der Universität Kopenhagen und davon, wie der Professor und ich uns kennengelernt hatten. Ich erwähnte weder seine Alkoholexzesse noch die Tatsache, dass er im Begriff war, seinen Lehrstuhl an der Universität zu verlieren, und erst recht nicht, dass ihm die wertvollste isländische Handschrift gestohlen worden war. Frau Bauer merkte, dass ich etwas zurückhaltend war, und sagte, wir Isländer seien doch alle gleich, schweigsam und unzugänglich. Ich nickte lächelnd.

Ich fragte sie im Gegenzug danach, wie sie den Professor kennengelernt hatte. Er hatte nämlich das Haus für einen Augenblick verlassen und gesagt, er würde gleich wiederkommen. Frau Bauer erklärte, sie würde ihn schon seit vielen Jahren kennen, schon aus Zeiten, bevor Gitte in sein Leben getreten war. Ihr verstorbener Mann hatte auch in Kopenhagen studiert, er beherrschte Isländisch, hatte isländische Literatur ins Deutsche übersetzt und außerdem an der Universität in Berlin unterrichtet. Der Professor war ein häufiger Gast in ihrem Haus gewesen und Gitte auch, nachdem die beiden geheiratet hatten.

»Sie war eine liebenswerte Frau«, sagte Frau Bauer. »Er hat ihren Tod nie verwunden.«
»Und Sie haben Ihren Mann verloren«, sagte ich.
»Alle haben jemanden verloren«, sagte Frau Bauer.
»Es wurde behauptet, dass er eine Zeit lang auf Seiten der Nazis gestanden hat«, sagte ich, »der Professor, meine ich.«
»Das hat er nie«, erklärte Frau Bauer. »Er hat die Nationalsozialisten immer gehasst.«
»Und Sie und Ihr Mann?«
Sie sah mich an, und ich errötete. An ihrer strengen Miene konnte ich sehen, dass ich zu weit gegangen war. Was ging das einen jungen Spund aus Island an?
»Wir haben zu spät gesehen, worauf es hinauslief«, sagte sie.
Wir schwiegen eine Weile.
»Hat er Ihnen gesagt, was er im Krieg erlebt hat?«
»In Dänemark? Er hat mir von seiner Verhaftung erzählt und von dem dänischen Mädchen, das vor seinen Augen ermordet wurde.«
»Wissen Sie, was die Nazis von ihm wollten?«
»Er war in der Widerstandsbewegung aktiv«, sagte Frau Bauer. »Es war ein Glück für ihn, dass die Engländer einen Luftangriff auf das Hauptquartier der Nazis machten.«
»Und Sie wissen Bescheid über diesen von Orlepp?«
»Er hat mir von dem Mann erzählt.«
»Und weshalb er ihn finden will?«
»Er möchte, dass von Orlepp seine Strafe erhält. Ich glaube nicht, dass bei ihm etwas anderes dahintersteckt. Der Professor ist sein ganzes Leben so gewesen, hartnäckig und unversöhnlich. Er vergisst nichts. Und er hat ein ausgeprägtes Gerechtigkeitsgefühl.«
Ich nickte zustimmend. Er hatte also seiner Freundin nichts vom *Codex Regius* gesagt oder ihr, falls er es doch getan hatte, eingeschärft, das nicht zu verraten.

»Sonst noch etwas?«, fragte sie. Ihre Neugier schien geweckt zu sein. »Weshalb fragst du mich danach?«

»Ich kenne ihn so wenig«, beeilte ich mich zu versichern. »Er redet nicht viel über sich selbst.«

»Nein, das ist nicht seine Art«, sagte Frau Bauer. »Er muss aber ein guter Lehrer sein. Er hat immer dieses Bedürfnis gehabt, zu forschen und Wissen weiterzugeben.«

»Er ist ein hervorragender Lehrer«, sagte ich.

In diesem Augenblick kehrte der Professor mit einem kleinen Blumenstrauß zurück, den er auf einem Markt in der Nähe gekauft hatte, und überreichte ihn Frau Bauer. Sie bedankte sich bei ihm und gab ihm einen Kuss auf die Wange. Der Professor sah etwas verlegen zu mir herüber.

»Wir sind seit langer Zeit befreundet«, sagte er.

»Ich weiß«, sagte ich.

An diesem Tag führte uns unsere Suche auch zu Charlottenburgs berühmtester Straße, dem Kurfürstendamm. Zehn Jahre vorher war sie völlig zerstört worden, aber inzwischen war vieles wieder aufgebaut worden, und mit neuen Gebäuden erhielt die Straße ein anderes, neuzeitlicheres Gepräge. Nach der Teilung Berlins in Ost und West beschloss man, den Kurfürstendamm zur Hauptgeschäftsstraße im Westen zu machen. Als Mahnmal an die Schrecken des Krieges blieb die Ruine der Kaiser-Wilhelm-Gedächtniskirche stehen. Der Professor und ich standen davor und schauten an der Turmruine hoch. Der Professor schüttelte den Kopf.

»Wozu?«, hörte ich ihn murmeln.

Frau Bauer hatte ihm einen Schal geliehen, der ihrem Mann gehört hatte. Es war kalt in Berlin an diesem Herbsttag, und wir mussten über weite Strecken zu Fuß gehen. Zwischendurch konnte man jedoch auch immer wieder ein Stück mit den ratternden Straßenbahnen fahren. Bevor

wir uns auf den Weg gemacht hatten, hatte der Professor mit einem Buchhändler telefoniert, den er kannte. Er konnte ihm die Namen einiger Antiquariate nennen, die vor dem Krieg in Charlottenburg gewesen waren. Die Liste war zwar nicht erschöpfend, aber immerhin ein Anfang. Es stellte sich heraus, dass keines von den Häusern, in denen früher alte Bücher verkauft worden waren, mehr stand. An einigen Stellen waren bereits neue Häuser errichtet worden, andere waren immer noch Trümmergrundstücke. Wir erkundigten uns bei Anwohnern nach Hausnummern und Antiquariatsbuchhandlungen, aber wir trafen auf niemanden, der uns Auskunft geben konnte.
Erst am Kurfürstendamm kamen wir ein kleines Stückchen weiter. Eine alte Frau im Erdgeschoss eines zu Teilen stehen gebliebenen Hauses erzählte uns, dass sich dort vor dem Krieg tatsächlich ein Antiquariat befunden hatte, und zwar ein ziemlich bedeutendes. Sie kannte den früheren Besitzer gut, er war immer noch am Leben, und sie wusste sogar, wo er wohnte. Aber sie war misstrauisch und vorsichtig zwei Männern aus Island gegenüber, die plötzlich vor ihrer Tür aufgetaucht waren. Der Professor musste alle seine Register ziehen, um ihr Vertrauen zu gewinnen und ihr die gewünschten Informationen zu entlocken. Doch sein Charme bewirkte, dass die Frau ihm beim Abschied sogar ein schüchternes Lächeln schenkte.
Der alte Buchhändler lebte in einer Seitenstraße des Kurfürstendamms. Im Souterrain der Häuser befanden sich kleine Geschäfte und Betriebe, darunter eine Fahrradwerkstatt und ein Gebrauchtwarenhändler. Der Name des Mannes stand an der Haustür, Henning Klotz, dritte Etage. Der Name sagte dem Professor nichts. Er klingelte, aber nichts geschah. Als ich die Klinke niederdrückte, stellte sich heraus, dass die Haustür nicht abgeschlossen war. Wir kamen in ein dunkles Treppenhaus und gingen

die Treppen hinauf. Ich fand nirgendwo einen Lichtschalter, und wir tappten nahezu im Dunkeln nach oben. Zwei Wohnungen befanden sich im dritten Stock, und an der Tür der einen sahen wir im Dämmerlicht den Namen »Klotz«. Der Professor klopfte erneut, und wir hörten von drinnen ein Geräusch. Einen Augenblick später wurde die Tür von einem Mann geöffnet, der sicherlich auf die achtzig zuging.

»Was wollen Sie?«, fragte er mit heiserer Stimme und sah uns forschend an.

»Entschuldigen Sie bitte die Störung«, sagte der Professor in seinem exzellenten Deutsch und zeigte sich genauso redegewandt wie zuvor bei der alten Frau. »Wir haben unten versucht zu klingeln, aber ohne Erfolg.«

»Die Klingel ist kaputt«, sagte der Mann, »und zwar seit vielen Jahren. Hier gibt es niemanden, der sie reparieren könnte.«

Der Mann trug eine Strickjacke und hatte Filzpantoffeln an den Füßen. Er bestätigte uns, dass er Henning Klotz war und vor dem Krieg ein Antiquariat am Kurfürstendamm besessen hatte. »Tja, so war das damals, da hatten die Bücher noch einen Wert. Ich weiß nicht, ob das immer noch der Fall ist«, seufzte er. »Was hat heute schon noch einen Wert?«

»Können Sie sich an einen deutschen Büchersammler vor und im Krieg erinnern, der Erich von Orlepp hieß?«, fragte der Professor. »Er hat in großem Stil gesammelt, soweit ich weiß.«

Henning Klotz musterte uns wieder erstaunt. »Was wollen Sie von mir?«, fragte er misstrauisch und schien jederzeit bereit, uns die Tür vor der Nase zuzuschlagen.

»Wir versuchen, Geschäften auf die Spur zu kommen, die von Orlepp am Ende des Kriegs getätigt hat«, sagte der Professor.

»Geschäfte mit Büchern?«, fragte der alte Antiquariatshändler, und der Spalt in der Tür verkleinerte sich.
»Er besaß eine sehr große Sammlung, aus der er gegen Ende des Kriegs vieles versucht hat zu verkaufen.«
»Mit mir hat er keine Geschäfte gemacht«, erklärte Henning Klotz. »Ich kann Ihnen da nicht weiterhelfen. Mein Antiquariat wurde ausgebombt, alles ist verbrannt, und dabei sind viele wertvolle Exemplare draufgegangen. Ich habe von diesem Mann gehört, er sammelte Bücher und war Okkultist. Waren nicht alte nordische Schriften sein Hauptsammelgebiet?«
»So ist es«, sagte der Professor.
»Woher kommen Sie?«, fragte Klotz.
»Wir kommen aus Island«, antwortete der Professor.
»Und Sie interessieren sich für Bücher?«
»Ja«, erklärte der Professor.
»Und Sie suchen diesen von Orlepp?«
»So kann man es ausdrücken.«
»Wollen Sie Bücher kaufen?«
Der Professor blickte mich an.
»Möglicherweise«, sagte er.
Der alte Mann zögerte noch einen Moment, aber dann öffnete er die Wohnungstür weit und bat uns einzutreten. In der kleinen Wohnung sah man vor lauter Büchern kaum irgendwelche Wände, was mich an das Arbeitszimmer des Professors erinnerte. Der schwere Geruch von Büchern umfing uns. Sie standen in offenen und geschlossenen Schränken, sie lagen stapelweise auf dem Fußboden, auf dem Flur und in den beiden Zimmern. In einem davon schlief der Wohnungsinhaber. Auch an den Wänden in der Küche waren Bücher.
»Sie haben eine ganze Menge gerettet«, sagte der Professor und sah sich neugierig um.
»Ich habe einiges retten können«, sagte Henning Klotz.

»Eine ansehnliche Sammlung.«
»Aber nur ein Bruchteil dessen, was ich früher besaß, und keineswegs die wertvollsten Objekte«, sagte Klotz. »Es ist mir noch nicht gelungen, sie irgendwo unterzubringen. Eigentlich habe ich das Handeln mit Büchern ganz und gar drangegeben, aber für ein paar gute alte Kunden von früher stehe ich immer noch zur Verfügung, und zwar hier in der Wohnung. Einen anderen Ort für die Bücher habe ich nicht. Sagen Sie mir dann, wonach Sie suchen?«
Der Professor musste lächeln und sah in meine Richtung.
»Nach einer alten Pergamenthandschrift.«
»Nein, so etwas ist nie durch meine Hände gegangen.«
»So etwas ist auch nur sehr selten auf dem Markt.«
»Ich habe nicht viel aus oder über Island«, sagte Henning Klotz und beäugte seine Bücherstapel. »Irgendwo besitze ich die isländischen Volksmärchen in der Leipziger Originalausgabe. Waren es nicht mehrere Bände?«
»Zwei«, sagte der Professor und nickte zustimmend.
»Und dann besitze ich noch etwas von Konrad Maurer. Er hat sich sehr mit Island beschäftigt. Außerdem habe ich die französische Ausgabe der *Reise zum Mittelpunkt der Erde* von Jules Verne in der dritten Auflage. Interessieren Sie sich vielleicht dafür?«
Der Professor schüttelte den Kopf.
»Aber Sie vielleicht?«, fragte Henning Klotz, indem er sich an mich wandte. »Sie sagen ja gar nichts.«
»Ich habe kein Interesse«, erklärte ich wahrheitsgemäß.
»Ich habe auch Bücher von diesem Jesuitenpater, und zwar Originalausgaben. Interessieren Sie sich dafür? Jon Svensson? Und ich bin mir sicher, dass ich auch etwas von diesem Gunnarsson besitze, ein hervorragender Schriftsteller. Ist das etwas, was …?«
»Alles hochinteressant«, sagte der Professor höflich. »Können Sie uns vielleicht sagen, mit welchen antiquarischen

Buchhandlungen Erich von Orlepp hier in Charlottenburg Geschäfte gemacht haben könnte?«
Herr Klotz sah uns wieder abwechselnd an. Die störrische Miene des Professors entging ihm nicht. Ohne Gegenleistung würde er keine Geschäfte mit uns machen. Der alte Antiquar zwischen seinen Bücherstapeln tat, als würde er nachdenken.
»Was verlangen Sie für diese Nonni-Bücher?«, fragte der Professor. Ich spürte, dass er mit seiner Geduld am Ende war.
Der alte Mann lebte auf.
»Sie sind in sehr gutem Zustand«, sagte er, ging einige der Bücherstapel durch und kam zurück mit dem ersten Buch von Jón Sveinsson, *Nonni*, erschienen 1913 bei Herder. Der Buchhändler hatte Recht, das Exemplar war in gutem Zustand.
»Was wollen Sie dafür haben?«, fragte der Professor.
Henning Klotz nannte eine Zahl, die der Professor absurd fand, und sie begannen zu feilschen. Der Professor wies auf braune Flecken auf der Titelseite hin, die nach Kaffeeflecken aussahen, der Antiquar dagegen lobte den Einband und sagte, die erste Auflage von *Nonni* sei überaus selten. Nach einiger Zeit einigten sie sich. Der alte Mann hatte vor lauter Feilschen rote Backen bekommen und wollte uns unbedingt einen Schnaps anbieten, um den Kauf zu besiegeln. Er verschwand in der Küche und kam mit einer Flasche und drei schmierigen Schnapsgläsern zurück, und wir stießen auf den Kauf an.
»Ex«, sagte der Professor.
Noch nie in meinem Leben hatte ich etwas Fürchterlicheres getrunken als diesen Schnaps. Ich würgte, bekam einen nicht enden wollenden Hustenanfall, und meine Augen füllten sich mit Tränen. Die beiden sahen mich sehr verwundert an.

»Wahrscheinlich ist es das Beste, wenn Sie mit Katharina Berg sprechen«, sagte der alte Mann. »Ihr Vater Victor hatte ein sehr exklusives und nicht sehr bekanntes Antiquariat in Charlottenburg, das nur von Kennern frequentiert wurde. Er ist auf jeden Fall der Einzige, der durch den Verkauf von alten Büchern reich geworden ist. Ich glaube, er lebt nicht mehr. Katharina Berg führt das Geschäft weiter. Das Antiquariat gibt es nämlich immer noch, aber es ist jetzt woanders und heißt ›Charlottenburger Antiquariat‹. Das macht was her.«

Ich sah den Professor an, der mir zu verstehen gab, dass er dieses Antiquariat nicht kannte. Wir bedankten uns bei Henning Klotz. Der Schnaps hatte ihn munter gemacht, und nun wollte er uns unbedingt weitere interessante Objekte aus seiner Sammlung zeigen, die mit Island zu tun hatten, aber wir erklärten, wenig Zeit zu haben. Endlich kamen wir los, ohne allzu unhöflich zu sein, der Professor mit seinem Nonni in der Tasche.

Das »Charlottenburger Antiquariat« war von außen recht unscheinbar. Es befand sich im Souterrain eines Neubaus, der noch gar nicht ganz fertiggestellt war. Maler strichen die oberste Etage von außen an, und ich hatte den Eindruck, dass auch innen im Haus noch Handwerker bei der Arbeit waren.

Wie in allen Antiquariaten hing ein schwerer Geruch von vergilbtem Papier und Buchdeckeln, alten Zeitschriften und prall gefüllten Bücherschränken in den Räumen. Zwischen den Regalen standen ein paar Kunden und sahen sich Bücher an, zogen sie aus den Regalen, öffneten sie behutsam und strichen über die Seiten. An einer kleinen Theke ganz hinten im Geschäft saß eine Frau um die vierzig und registrierte die Bücher in einem Stapel, der vor ihr lag.

»Frau Katharina Berg?«, fragte der Professor.

Die Frau blickte von ihrer Beschäftigung hoch, betrachtete uns eingehend und nahm ihre Brille ab.
»Sie ist nicht hier«, sagte sie abweisend.
»Wissen Sie, wo ich sie finden kann?«, fragte der Professor.
»Und wer sind Sie, mit Verlaub?«
»Wir kommen aus Island und würden sie gern sprechen.«
»Kennt sie Sie?«
»Nein.«
»Worum geht es?«
»Geschäftliche Dinge selbstverständlich«, sagte der Professor.
Die Frau zögerte einen Augenblick, bat uns aber dann zu warten und verschwand durch eine Tür ganz hinten im Laden. Der Professor begann, sich umzuschauen, und ich tat es ihm nach. Soweit ich sehen konnte, handelte es sich bei den Büchern zumeist um alte deutsche Ausgaben.
Die Frau mit der Brille kehrte zurück und sagte, dass Frau Berg bereit sei, uns zu empfangen. Sie lebte in der Wohnung über dem Antiquariat, und die Frau sagte uns, dass wir entweder, so wie sie, durch den Laden gehen könnten oder wieder auf die Straße hinausmüssten, um an der Haustür zu klingeln. Wir gingen durch den Laden.
Katharina Berg schien alleine zu leben und nicht sehr viel für Tageslicht übrig zu haben. In der Wohnung war es so dämmrig, als sei es bereits Abend. Die schweren Vorhänge vor den Fenstern waren zugezogen, sodass kaum ein Lichtstrahl von draußen hereindrang. Sie empfing uns in einem Salon, in dem einige Kerzen brannten. Der Professor stellte uns vor, und sie reichte uns zur Begrüßung eine kraftlose Hand. Sie war blond, hatte ein rundliches Gesicht mit vollen Lippen, einer markanten Nase und großen, seltsam leblosen Augen. Sie trug ein geschmackvolles grünes Kleid. Eine klobige Holzkrücke stand gegen ihren Sessel gelehnt.
»Bitte entschuldigen Sie die Störung«, sagte der Professor

mit ausgesuchter Höflichkeit. Ich war sehr erstaunt, wie leicht ihm an diesem Tag das Siezen fiel.
»Sie ließen ausrichten, dass Sie geschäftlich mit mir sprechen wollen«, sagte Frau Berg.
»Das ist richtig«, sagte der Professor, »aber zunächst möchte ich Ihnen dafür danken, dass Sie die Güte hatten, uns zu empfangen.«
»Man kann sich wohl kaum verweigern, wenn Leute extra aus dem fernen Island angereist kommen«, sagte Frau Berg. »Was wollen Sie von mir? Es geht doch um geschäftliche Dinge, oder nicht?«
»Doch, in gewissem Sinne«, sagte der Professor.
Frau Berg sah ihn fragend an.
»Entschuldigen Sie, wenn ich Sie ganz direkt frage«, sagte der Professor, »aber ich hätte zu gern gewusst, ob Sie sich an einen Mann namens Erich von Orlepp erinnern, einen Sammler, der sich auf alte Handschriften aus Nordeuropa spezialisiert hatte.«
Katharina Berg gab ihm keine Antwort.
»Mir ist zu Ohren gekommen, dass er einiges aus seiner Sammlung gegen Ende des Kriegs, vielleicht sogar nachdem Berlin eingenommen worden war, veräußert hat«, sagte der Professor.
Immer noch blickte Frau Berg ihn schweigend und aufmerksam an.
»Ich hätte gern gewusst, ob Ihr Vater möglicherweise zu dieser Zeit geschäftlich mit ihm zu tun hatte – oder vielleicht auch schon vorher. Später kann es wohl kaum gewesen sein, denn die Familie Orlepp ist nach dem Krieg geflohen und lebt in Südamerika.«
»Ist er tot?«, fragte Frau Berg.
»Da bin ich mir nicht sicher«, sagte der Professor.
»Den Namen von Orlepp habe ich lange nicht mehr gehört«, sagte Frau Berg.

»Sie haben ihn also gekannt?«, fragte der Professor.
Frau Berg antwortete nicht auf diese Frage, sondern sagte stattdessen: »Ich dachte, dass es sich um geschäftliche Dinge handelt und nicht um die Vergangenheit. Sie haben sich hoffentlich nicht unter Vortäuschung falscher Tatsachen hier eingeschlichen.«
»Es war nicht meine Absicht, Ihnen zu nahe zu treten«, sagte der Professor. »Ich habe hier die Erstausgabe des ersten Nonni-Romans von unserem geschätzten Schriftsteller und Jesuitenpater Jón Sveinsson«, sagte er und zog das Buch aus der Manteltasche, das er bei Henning Klotz erstanden hatte.
»Die Bücher über Nonni und Manni kenne ich gut«, sagte Frau Berg. »Ich habe sie in meiner Jugend gelesen.«
»Ich möchte es Ihnen gern zum Geschenk machen«, sagte der Professor und hielt ihr das Buch hin.
Sie sah erst den Professor unschlüssig an, dann mich, und schließlich blickte sie auf das Buch und nahm es zur Hand.
»Das ist sehr liebenswürdig von Ihnen«, sagte sie und fasste das Buch so vorsichtig an, als handele es sich um eine Kostbarkeit. »Genau wie ich mich zu erinnern glaubte«, sagte sie, als sie die Titelseite aufschlug. »Gedruckt bei Herder.«
»Er hat Island sehr schön beschrieben«, sagte der Professor.
»Mit seinen Büchern hat er mein Interesse für dieses ferne Land zu wecken vermocht. Ich danke Ihnen sehr, aber ich kann dieses Geschenk nicht annehmen.«
Sie gab ihm das Buch zurück.
»Das ist sehr bedauerlich«, erklärte der Professor.
»Ich verstehe nicht, weshalb Sie, ein Mann, den ich überhaupt nicht kenne, mir dieses schöne Buch zum Geschenk machen wollen«, sagte Frau Berg.
Der Professor sah mich hilfesuchend an.
»Wer sind Sie?«, fragte Frau Berg, »Und was wollen Sie von mir?«

»Wir sind auf der Suche nach einem Buch, einem unerhört wichtigen und bedeutenden Buch für uns Isländer. Es könnte gut sein, dass es gegen Ende des Kriegs von Kopenhagen nach Berlin gebracht wurde, und in dem Zusammenhang könnte es auch zu einer geschäftlichen Transaktion gekommen sein. Wir wissen, dass von Orlepp es damals in seinem Besitz hatte, und gehen davon aus, dass er versucht hat, es zu veräußern, um zu Geld zu kommen. Er befand sich in einer äußerst brenzligen Lage, er war auf der Flucht und hatte kaum genügend Handlungsspielraum, um den richtigen Käufer zu finden oder lange über den Preis zu verhandeln. Wahrscheinlich war er gezwungen, das zu nehmen, was ihm für das Buch geboten wurde, vielleicht sogar nur einen Unterschlupf für ein paar Tage. Wir wissen, dass er von den Russen gefangen genommen und den Amerikanern übergeben wurde. Als die Russen ihn schnappten, befand er sich in den Trümmern eines Antiquariats hier in Charlottenburg.«
Der Professor machte eine kleine Pause.
»Vielleicht in Ihrem Geschäft oder besser gesagt in dem Ihres Vaters«, fügte er dann hinzu.
Frau Berg blickte wieder von einem zum anderen.
»Ich kann nur hoffen, dass Sie Stillschweigen darüber bewahren«, sagte der Professor. »Das, was ich Ihnen sage, ist äußerst vertraulich«, fügte er hinzu.
»Sie waren wie die wilden Tiere«, sagte die Frau so leise, dass sie kaum zu verstehen war. »Sie sind über uns hergefallen wie die Tiere.«
Sie senkte die Augen und sah auf den Boden. Der Professor und ich trauten uns nicht, eine Bewegung zu machen. Sie griff nach ihrer Krücke, als wollte sie aufstehen, aber sie blieb sitzen und ließ ihre Hand auf der Krücke ruhen. Es war, als ob wir gar nicht mehr in ihrem Salon anwesend wären, sie schien ganz allein mit ihren Erinnerungen

zu sein. Es verging geraume Zeit, bevor sie wieder etwas sagte.

»Was ist das für ein Buch, nach dem Sie suchen?«, fragte sie.

Der Professor räusperte sich. »Es geht um die mittelalterliche Handschrift des *Codex Regius*, die Edda«, sagte er. »Niedergeschrieben in Island im dreizehnten Jahrhundert. Darin sind uralte Lieder über die nordischen Götter und Helden enthalten, unter anderem über Sigurd den Drachentöter. Die Bedeutung dieser Handschrift im Hinblick auf die Vorzeit und die Kultur vor der Christianisierung des Nordens ist nicht mit Worten zu beschreiben. Könnte es sein, dass Sie nach dem Krieg auf diese Handschrift gestoßen sind?«

»An dieses Buch erinnere ich mich nicht«, sagte Frau Berg. »Ich bedaure. Ich glaube nicht, dass es durch meine Hände gegangen ist. Ich kann mich nicht daran erinnern.«

Die Schultern des Professors senkten sich.

»Soweit wir in Erfahrung bringen konnten, hatten Sie geschäftliche Beziehungen zu Erich von Orlepp, aber das war dann wohl ein Missverständnis.«

»Die hatte nicht ich, sondern mein Vater«, sagte Frau Berg. »Er kannte diesen Mann gut, und sie pflegten über viele Jahre hinweg geschäftliche Beziehungen.«

Die Brauen des Professors hoben sich. »Tatsächlich? Ihr Vater ist aber nicht mehr am Leben, hörte ich.«

»Doch«, sagte Frau Berg. »Aber er ist alt und schwer krank und empfängt keine Besucher mehr.«

»Ich verstehe«, sagte der Professor. »Aber wäre es vielleicht trotzdem denkbar, dass ich ihm diese eine Frage stelle, nach dem *Codex Regius* und Erich von Orlepp?«

»Unter gar keinen Umständen«, erklärte Frau Berg. »Mein Vater hat nicht mehr lange zu leben. Ich lasse nicht zu, dass er in diesem Zustand mit irgendetwas behelligt wird.«

»Wissen Sie etwas darüber, ob die beiden nach dem Krieg noch geschäftlich miteinander zu tun hatten?«

»Unsere Bestände fielen fast ganz dem Krieg zum Opfer. Die Stadt wurde vollständig ausgebombt, und unser Haus ging in Rauch und Flammen auf. Unter größten Anstrengungen gelang es uns, einige der wertvollsten Bücher zu retten, aber ich kann mich nicht erinnern, dass dieser Codex darunter war. Falls mein Vater ihn diesem von Orlepp abgekauft hat, hätte er sich in unserem Bestand befinden müssen. Allerdings war ich zu dieser Zeit nicht über alle Geschäfte meines Vaters informiert, weil ...«

Frau Berg verstummte und holte tief Atem.

»... weil alles bei Kriegsende drunter und drüber ging. Kapitulation, Niederlage, Einmarsch der Alliierten und der Russen.«

»Würden Sie ihm vielleicht diese Frage für uns stellen?«, bat der Professor. »Wohnt Ihr Vater noch hier bei Ihnen, oder ist er im Krankenhaus?«

»Ich glaube, es reicht jetzt«, erklärte Frau Berg. Sie schob sich auf die Sesselkante vor, stützte sich auf die Krücke und stand auf.

Das war ein deutliches Zeichen, dass wir gehen sollten. Sie streckte ihre Hand aus, um sich von uns zu verabschieden. Dem Professor sah man seine Enttäuschung an. Er hatte sich die größte Mühe gegeben, zuvorkommend zu der Frau zu sein, und ihr zudem die *Nonni*-Erstausgabe zum Geschenk machen wollen. Das war offenbar eine spontane Aktion von ihm gewesen, aber diesbezüglich konnte man sich bei dem Professor nie sicher sein.

»Entschuldigen Sie bitte die Störung«, sagte er mit der Andeutung eines Lächelns. »Richten Sie Ihrem Vater bitte unsere Grüße aus. Wir werden Sie nicht mehr belästigen.«

Vielleicht war es dieser elegante Rückzug des Professors, der sie dazu brachte, sich unser Anliegen noch einmal zu überlegen. Gerade als wir im Begriff waren, die Wohnung auf demselben Wege zu verlassen, auf dem wir gekommen waren, bat sie uns, noch einen Augenblick zu warten.

»Ich werde meinen Vater fragen«, sagte sie. »Warten Sie hier.«

Sie humpelte zu einer Tür am anderen Ende des Salons und verschwand. Der Professor und ich blieben an der Tür stehen und warteten. Wir waren beide zutiefst verwundert darüber, dass die Frau ganz plötzlich ihre Meinung geändert hatte.

»Was passiert hier eigentlich?«, fragte ich und traute mich nur zu flüstern.

»Ich wusste, dass ich mich auf Nonni verlassen kann«, sagte der Professor.

»Was meinst du damit?«, fragte ich. »Nonni?«

»Nun starr mich nicht so an. Schweig, und sei brav.«

Und dann warteten wir auf Katharina Berg. Nach geraumer Zeit hörten wir Geräusche draußen auf dem Flur, und sie kehrte in den Salon zurück. Wir standen an der Tür.

»Sie sagten, dass die Handschrift *Codex Regius* hieß?«, fragte sie und sah den Professor an.

»Ja, das ist richtig.«

»Er möchte Sie sprechen.«

»Wirklich?«, sagte der Professor und konnte seine Freude nicht verhehlen.

»Bitte folgen Sie mir«, sagte Frau Berg.

Wir folgten ihr durch einen Flur in ein kleines, verdunkeltes Zimmer mit Kerzen auf dem Nachttisch, wo Victor Berg auf dem Sterbebett lag. Nur das graue Haar und das eingefallene Gesicht mit dem weißen, zerzupften Spitzbart schauten aus den dicken Kissen heraus. Katharina Berg deutete auf einen Stuhl neben dem Bett, und der Pro-

fessor setzte sich. Der alte Mann hielt die Augen geschlossen, sodass es den Anschein hatte, als schliefe er, aber dann öffneten sie sich, und er sah sich matt um.
»Katharina, bist du da?«, fragte er. »Meine arme Katharina.«
»Hier sind die Männer, die nach dem Buch gefragt haben«, sagte seine Tochter zu ihm.
Der alte Mann drehte den Kopf und sah den Professor lange an.
»Sie kommen aus Island?«, fragte er so leise, dass wir es kaum hören konnten.
Der Professor nickte.
»Sie suchen nach einem Buch«, sagte der alte Mann.
»Ja«, sagte der Professor.
»Von Orlepp hat versucht, mir den *Codex Regius* zu verkaufen, als der Krieg verloren war«, sagte der alte Mann.
Der Professor warf mir schnell einen Blick zu und lehnte sich dann vor, um den Sterbenden besser zu verstehen.
»Ich hatte nicht ...«
Victor Berg machte eine Pause. Seine Tochter verfolgte besorgt, was vor sich ging. Ich wusste, dass der Professor nicht viel Zeit hatte. Katharina Berg würde dieses Gespräch beim geringsten Anlass unterbrechen.
»Ich konnte es nicht bezahlen«, fuhr der Sterbende fort. »Er verlangte eine unerhörte Summe.«
»Wieso wissen Sie, dass es sich um den *Codex Regius* handelte?«, fragte der Professor.
»Er gestattete mir, darin zu blättern«, sagte Victor Berg.
»Er hatte die Handschrift also dabei?«
»Ja.«
»Weißt du, was aus ihr wurde?«
Der Professor war derartig erregt, dass er das Siezen vergaß.
»Ich hatte damals einfach nicht die nötigen Mittel«, sagte

Victor Berg. »Und später auch nicht. Von Orlepp verlangte einen unverschämten Preis dafür.«
»Das Buch hat einen unermesslichen Wert.«
»Er behauptete, es in Island bekommen zu haben«, sagte der alte Mann.
»Das ist eine Lüge. Er hat es in Dänemark gestohlen.«
Victor Berg blickte seine Tochter an. Er schien am Ende seiner Kräfte zu sein.
»Jetzt ist aber Schluss«, sagte Katharina Berg. »Er braucht seine Ruhe.«
»Weißt du, ob er mit der Handschrift noch zu jemand anderem gegangen ist? Mit wem er sonst noch geredet hat?«, fragte der Professor rasch.
»Sprechen Sie mit Färber. Der kann Ihnen vielleicht helfen. Ich weiß, dass die beiden geschäftlich miteinander zu tun hatten.«
»Färber?«, fragte der Professor. »Meinst du Hinrich Färber in der Neufertstraße?«
Der alte Mann schloss seine Augen wieder.
»Ist es der Färber?«, insistierte der Professor.
»Jetzt muss es ein Ende haben«, sagte Katharina Berg entschlossen und trat einen Schritt vor. Der Professor sah sie an und dann wieder den Sterbenden, der eingeschlafen zu sein schien. Dann erhob er sich langsam.
»Ich hoffe sehr, dass es Ihren Vater nicht zu sehr angestrengt hat«, sagte er zu Katharina Berg.
»Es geht zu Ende mit ihm«, antwortete sie und ging mit uns durch den Flur zurück in den Salon.
»Wer ist dieser Färber?«, fragte ich den Professor.
»Ganz bestimmt hat er Hinrich Färber gemeint«, sagte Frau Berg. »Sie waren lange Zeit Konkurrenten, mein Vater und er.«
»Mit Färber habe ich gesprochen, als ich direkt nach dem Krieg hier in Berlin nach der Handschrift gesucht habe«,

sagte der Professor. »Er behauptete, nichts über isländische Pergamenthandschriften zu wissen und nichts darüber gehört zu haben, dass der *Codex Regius* in Berlin auf dem Markt sei.«

»Kann er nicht gelogen haben?«, fragte ich.

»Das werden wir herausfinden«, sagte der Professor.

»Viel Erfolg dabei«, sagte Katharina Berg, auf ihre Krücke gestützt. »Ich hoffe sehr, dass wir Ihnen weiterhelfen konnten.«

»Und wie!«, sagte der Professor.

»Leider musste ich dieses Gespräch abbrechen. Sie haben gesehen, dass Besuche meinem Vater furchtbar zusetzen.«

»Ja, gewiss«, sagte der Professor. »Und entschuldigen Sie noch einmal die Störung. Es tut mir außerordentlich leid, Sie in dieser schwierigen Situation behelligt zu haben.«

»Er ist sehr schwach, und ich weiß, dass er mehr Qualen leidet, als er zugeben will.«

Sie sagte das so, dass sogar ich, der ich nicht sonderlich gut in der deutschen Sprache war und vor allem die feineren Nuancen oft nicht mitbekam, den Eindruck gewann, dass es ebenso ihr Schicksal war, ihre Qualen im Stillen zu ertragen. Ich spürte, dass der Professor genau das gleiche Gefühl hatte, und einen Augenblick senkte sich Schweigen über den verdunkelten Raum. Der Professor ging zu Katharina Berg hin, reichte ihr die Hand, bedankte sich ein weiteres Mal für die Hilfe und entschuldigte sich für die Störung, die wir verursacht hatten.

Siebzehn

Der Abend war bereits hereingebrochen, als wir schließlich vor dem Haus von Hinrich Färber standen. Nachdem wir Katharina Berg und ihren Vater verlassen hatten, erzählte mir der Professor einiges über diesen Kunsthändler. Er kannte den Mann, er hatte sich mit ihm getroffen, als er auf der Suche nach dem *Codex Regius* gleich nach Kriegsende in Berlin gewesen war. Damals stand dieser Färber in erster Linie in dem Ruf, mit gestohlenen Kunstobjekten der Nazis gehandelt und sich daran eine goldene Nase verdient zu haben, so wurde jedenfalls gemunkelt, obwohl ihm nie etwas nachgewiesen werden konnte. Der Professor hatte ihn seinerzeit eigens aufgesucht, um sich persönlich bei ihm zu erkundigen, ob Färber etwas über den Verbleib des *Codex Regius* wusste oder ob die Handschrift sogar durch seine Hände gegangen war. Aber er behauptete damals, nie etwas von einer derartigen Handschrift gehört zu haben.

Als wir an jenem längst vergangenen Abend Hinrich Färber besuchten, war auf den ersten Blick zu sehen, dass der Mann keine Not litt. Er lebte in einer dreistöckigen Villa, und zwar in einem der teuersten Viertel von Berlin, wie mir der Professor erklärte. Ein blasiert wirkender Diener öffnete uns die Tür und fragte ziemlich unfreundlich, ob Herr Färber uns erwarten würde. Der Professor sagte, das sei nicht der Fall, bat den Diener aber, unsere Namen auszurichten und zu sagen, dass wir aus Island kämen.

»Aus Island?«, echote der Butler.
»Ja«, antwortete der Professor.
Der Lakai fixierte uns eine ganze Weile, bis der Professor begriff, dass er auf unsere Visitenkarten wartete. Er erklärte dem Diener, dass er nichts dergleichen mit sich führe. Der Diener verzog keine Miene, ließ uns aber auch nicht ins Haus, sondern machte uns die Tür vor der Nase zu, sodass wir auf der Freitreppe herumstehen mussten, während er Färber benachrichtigte. Es dauerte ziemlich lange, bis sich die Tür erneut öffnete und der Diener wieder erschien. Herr Färber sei bereit, uns zu empfangen.
Wir kamen in ein großes Foyer, von wo aus eine ausladende Treppe in das nächste Stockwerk führte; die Böden waren aus Marmor und die Wände mit Kunstwerken gepflastert. Der Diener führte uns nach rechts durch einen beeindruckenden Salon in Hinrich Färbers Arbeitszimmer. Er erklärte, sein Herr werde gleich da sein, und erkundigte sich, ob er uns etwas zu trinken bringen könne. »Kaffee«, sagte der Professor, der seit unserer Abreise aus Kopenhagen so gut wie keinen Alkohol angerührt hatte. Ich bat um Wasser. Der Diener verschwand ebenso geräuschlos, wie er uns durch das Haus geführt hatte.
Am einen Ende des Zimmers befand sich ein imponierender Schreibtisch mit zwei Telefonen, die die Wichtigkeit des Besitzers unterstrichen. An den Längswänden befanden sich Bücherschränke, und auf kleinen Tischen standen Plastiken und andere offenbar wertvolle Kunstgegenstände.
»Was kann ich für euch tun, meine Herren Isländer«, wurde laut und resolut hinter uns gefragt. Als wir uns umdrehten, sahen wir Hinrich Färber auf uns zukommen. Er begrüßte uns per Handschlag. Der hochgewachsene, schwarzhaarige Mann im Anzug war um die fünfzig und hatte einen dunklen Teint. Das kalte Lächeln, das immer mal wieder

über sein Gesicht huschte, sollte wohl den Eindruck von Zuvorkommenheit vermitteln.
Der Professor erinnerte ihn an ihr Zusammentreffen nach Kriegsende. Sie waren offenbar beide gewohnt, direkt zur Sache zu kommen.
»Ja, Klaus hat mir gesagt, dass Sie Isländer sind«, sagte er. Damit meinte er wohl seinen Diener. »Ich kann mich aber nicht erinnern, dass wir uns schon einmal begegnet sind. Wie haben Sie mich, wenn ich mir die Frage erlauben darf, ausfindig gemacht?«
»Wir kommen von Victor Berg«, sagte der Professor.
»Victor Berg? Ist der nicht tot?«
»Noch nicht«, sagte der Professor. »Schade, dass Sie sich nicht an mich erinnern können. Wenn ich Ihrem Gedächtnis auf die Sprünge helfen darf: Ich habe Sie damals wegen eines Buchs aufgesucht, von dem ich allen Grund hatte zu glauben, dass es während des Kriegs nach Deutschland, und sehr wahrscheinlich nach Berlin gebracht worden war. Dieses Buch hat außerordentlichen Wert in meinem Heimatland und überall dort, wo germanische Sprachen gesprochen werden. Sie sagten damals, dass Sie nichts davon wüssten.«
»Tut mir leid, aber wie ich sagte, ich kann mich nicht an Sie erinnern«, sagte Färber. »Sie müssen entschuldigen. Gegen Ende des Kriegs und danach ging hier in der Stadt alles drunter und drüber, das können Sie sich bestimmt vorstellen. Alle möglichen Leute haben nach allen möglichen Dingen gesucht.«
»Zuletzt hatte meines Wissens ein Mann namens Erich von Orlepp das Buch in seinem Besitz. Sie kennen ihn doch?«
»Selbstverständlich. Alle im Kunsthandel kennen von Orlepp. Ist er nicht zum Schluss nach Südamerika gegangen?«
»Ja, dorthin ist er geflohen«, sagte der Professor.

»Ich habe ihn seit Kriegsende nicht mehr gesehen«, erklärte Färber.
»Er hat sich aber erst abgesetzt, nachdem er unschätzbare Kunstobjekte zu Geld gemacht hatte, die ihm, wie soll man es ausdrücken, während des Krieges zugefallen waren. Eines davon war das Buch, nach dem wir suchen, der *Codex Regius* mit den Edda-Liedern. Soweit wir wissen, hatten Sie geschäftliche Kontakte zu ihm.«
»Hat Victor Berg Ihnen das gesagt?«
Der Professor nickte.
»Ich hatte keine geschäftlichen Verbindungen zu ihm«, sagte Färber. »Wie gesagt, jeder kannte von Orlepp, er war Sammler und handelte mit Kunstgegenständen. Victor Berg hat ihn ebenfalls gekannt.«
In seiner Stimme schwang ein rechtfertigender Ton mit; es hatte den Anschein, als wolle er keine zu enge Verbindung zu von Orlepp zugeben, als sei es anrüchig oder gar kriminell gewesen, geschäftliche Kontakte zu ihm gehabt zu haben.
»Hat er Ihnen den *Codex Regius* zum Kauf angeboten?«, fragte der Professor.
»Ich habe es mir zur Regel gemacht, meine geschäftlichen Transaktionen mit niemandem zu diskutieren – und schon gar nicht mit Leuten, die ich nie zuvor getroffen habe und überhaupt nicht kenne. Ich möchte ja nicht unhöflich sein, aber ich bin mir sicher, dass ich Ihnen nicht weiterhelfen kann. Klaus wird Sie zur Tür begleiten. Auf Wiedersehen.«
Für Färber war das Treffen offensichtlich beendet.
»Wir brauchen Ihre Hilfe«, sagte der Professor und machte keine Anstalten zu gehen.
»Weshalb kommen Sie dann hier in mein Haus und beleidigen mich?«, erwiderte Färber scharf. »Ich handele nicht mit gestohlenen Objekten.«

»Entschuldigen Sie, wenn ich etwas Beleidigendes gesagt habe, das war keineswegs meine Absicht. Wir sind von weit her gekommen wegen dieses Buchs, und wir möchten nur eines wissen, nämlich ob Sie das Buch hier in Berlin gesehen haben. Mehr nicht.«
»Ich habe es nicht gesehen«, sagte Färber.
Der Diener tauchte hinter seinem Herrn auf.
»Begleite die Herren hinaus«, sagte Färber.
»Ich habe nicht gesagt, dass der *Codex Regius* gestohlen wurde«, sagte der Professor.
»Was wollen Sie damit sagen?«
»Als ich den *Codex Regius* erwähnte, haben Sie gesagt, Sie würden nicht mit gestohlenen Objekten handeln. Ich habe aber nie erwähnt, dass der *Codex Regius* gestohlen worden ist, sondern nur gesagt, dass er im Krieg wahrscheinlich hierher gebracht worden ist. Ich könnte allerdings angedeutet haben, dass von Orlepp gestohlene Objekte zu Geld gemacht hat.«
Färbers Blicke wanderten zwischen uns hin und her. Diener Klaus war bereit, uns hinauszubegleiten, aber der Professor hatte keine Eile.
»Ich würde nicht zögern, unverzüglich die Polizei einzuschalten, wenn ich nur den leisesten Verdacht hätte, dass sich das Buch hier befindet«, sagte der Professor.
»Die Polizei?«
»Das Buch wurde seinerzeit gestohlen, insofern haben Sie Recht, es ist gestohlene Ware. Wer es hat, ist ein Hehler. Ich hoffe, dass ich die Polizei nicht einzuschalten brauche.«
Der Professor brachte diesen Satz so kalt und drohend vor, dass selbst mir ganz anders wurde. Ich hatte keine Ahnung, ob das, was er sagte, stimmte, aber ich sah, dass Färber unschlüssig war. Auf so einen Überfall auf sein Haus und sein Privatleben war er nicht gefasst gewesen.
»Was hat Victor Berg genau gesagt?«, fragte er.

»Nichts«, sagte der Professor. »Er hat nicht mehr lange zu leben.«
»Es hat ganz den Anschein, als wären Sie mit vorgefassten Meinungen über mich und das, womit ich mich beschäftige, hierhergekommen.«
»Das ist nicht korrekt«, entgegnete der Professor. »Ich weiß nichts über Sie. Aber Sie müssen sich darüber im Klaren sein, dass es uns ernst ist.«
»Sie haben seine Tochter Katharina Berg getroffen?«
»Ja.«
»Eine liebenswürdige Frau.«
»Ja.«
»Wegen Dingen, die sich bei Kriegsende zugetragen haben, geht sie an einer Krücke«, sagte Färber. »Als die Russen in Berlin einmarschierten, brachten sie ihre Schwester um, vergewaltigten Katharina Berg und machten sie zum Krüppel. Hat sie Ihnen nichts davon erzählt?«
Ich schüttelte den Kopf.
»Ihr wart auch keine Engel, als ihr durch Russland marschiert seid«, sagte der Professor.
»Nein, wahrscheinlich nicht.«
Färber ließ wieder eine Weile seine Blicke nachdenklich zwischen uns hin- und herwandern. Ich wurde immer unruhiger und sehnte mich danach, an die frische Luft zu kommen. Der Professor gab keinen Millimeter nach. Diener Klaus beobachtete die ganze Szene, wirkte aber desinteressiert. Endlich schien Färber zu einem Entschluss gekommen zu sein.
»Ich kann mich daran erinnern, dass Sie nach dem Krieg zu mir gekommen sind«, sagte er.
»Den Eindruck hatte ich auch«, sagte der Professor.
»Ich erinnere mich deswegen, weil …«
»Ja?«
»Ich möchte nicht beleidigend sein.«

»Nichts, was Sie sagen, kann mich beleidigen.«
»Ich kann mich an Ihren Zustand erinnern, Ihnen ging es sehr schlecht, Sie waren mit den Nerven am Ende und kaum noch zurechnungsfähig.«
»Die Sorge um das Buch lastete unendlich schwer auf mir«, sagte der Professor.
»Was ich sagen kann, ist Folgendes: Vor etwa drei Monaten habe ich von einem Mann gehört, der Mittelsmann beim Verkauf einer alten isländischen Handschrift ist. Wenn ich es richtig verstanden habe, tauchte dieses Objekt aus purem Zufall vor einiger Zeit oder vielleicht sogar schon vor einigen Jahren hier in der Stadt auf. Ich weiß nichts darüber, ob der Verkauf getätigt wurde. Der Zwischenhändler heißt Arthur Glockner. Über ihn weiß ich wenig, aber er hat irgendwelche Handelsbeziehungen zu Island.«
»Zu Island?«
»Ja, Island. Er besitzt eine große Firma in Bremerhaven, aber ist auch hier in Berlin tätig.«
»Was ist das für eine Geschäftsverbindung? Wissen Sie, mit wem oder womit er handelt?«
»Nein, ich kenne diesen Mann nicht persönlich. Wahrscheinlich geht es wohl um isländischen Fisch. Habt ihr etwas anderes zu verkaufen als Fisch?«, fragte Färber.
»Sie wissen aber nicht, ob der Verkauf stattgefunden hat?«
»Normalerweise erfährt man etwas davon, wenn irgendeine Rarität oder etwas Bedeutendes auf dem Markt ist. Das war aber bei diesem Objekt nicht der Fall. Ich selbst habe nur per Zufall davon erfahren, und was ich gehört habe, war ziemlich unklar. Es muss sich um eine sehr private und geheime Transaktion handeln.«
»Glockner?«
»Ja. Arthur Glockner ist ... wie soll man sagen ... ein Amateur, er ist kein professioneller Sammler, sondern agiert

ganz laienhaft. Das ist immer ein großer Unterschied. Er macht sich durch seine Unkenntnis überall lächerlich.«

»Wissen Sie, wer der Käufer ist?«

»Nein. Wie gesagt, mehr weiß ich nicht darüber, noch nicht einmal, ob es tatsächlich dasselbe Objekt ist, nach dem Sie suchen. Es hieß nur, dass das Buch aus Zufall oder auf ungewöhnlichen Wegen in seine Hände gelangt ist. Und jetzt glaube ich, dass ich Ihnen nicht weiter behilflich sein kann. Klaus, würdest du die Herren bitte zur Tür begleiten? Auf Wiedersehen.«

Kurz darauf standen wir wieder auf der Freitreppe vor Färbers Villa. Der Professor warf einen Blick auf seine Uhr. Es war halb elf und zu spät, um sich jetzt auf die Suche nach diesem Glockner zu machen. Wir beschlossen, wieder in unsere Pension zurückzukehren und am nächsten Morgen Erkundigungen über diesen Glockner einzuziehen.

»Das könnte der *Codex Regius* sein, Valdemar«, sagte der Professor und stellte den Mantelkragen hoch. Es war im Lauf des Abends empfindlich kalt geworden.

»Denkbar«, sagte ich, und wir marschierten los.

»Du hast Recht, Valdemar, wir sollten uns keine allzu großen Hoffnungen machen. Wir versuchen morgen früh, diesen Glockner zu finden, und dann werden wir sehen. Es ist keineswegs sicher, dass etwas dabei herauskommt.«

Wir marschierten eine Weile schweigend in der Kälte weiter.

»Da ist etwas, was ich nicht so recht verstehe«, sagte ich vorsichtig.

»Ja, was ist das, Valdemar?«

»Wenn du damit drohst, die Polizei einzuschalten ...«

»Ja?«

»Ich denke darüber nach ... Wenn du das Buch findest und es sich im Besitz eines Mannes befindet, der es einem anderen abgekauft hat, der es zuvor besessen hat ... Ich meine, wie willst du das Buch wieder zurückbekommen? Was wirst du tun?«

»Das wird sich herausstellen«, sagte der Professor.

»Du kannst es doch kaum kaufen. Und selbst wenn wir tatsächlich den neuen Besitzer finden, wird er niemals zugeben, dass es sich in seinem Besitz befindet. Er weiß, dass es gestohlen wurde.«

»Ich hetze ihm die Polizei auf den Hals«, sagte der Professor.

»Aber dann kommt doch auch alles über dich heraus«, sagte ich.

»Damit muss ich mich dann abfinden. Ich habe dir bereits früher gesagt, dass es hierbei nicht um mich geht, nur der *Codex Regius* ist wichtig und dass er wieder an seinen Platz kommt. Etwas anderes steht nicht auf dem Programm.«

»Aber auch die Polizei ist keine Garantie dafür, dass die Handschrift zurückgegeben wird. Was ist, wenn du Unsummen dafür hinblättern musst, sie wiederzubekommen?«

»Valdemar, das wird sich alles herausstellen«, sagte der Professor. »Mach dir keine Gedanken deswegen. Zunächst gilt es, das Buch zu finden beziehungsweise herauszufinden, ob es tatsächlich noch existiert. Ob es nicht verloren gegangen oder vernichtet worden ist. Ob es immer noch heil und nicht zerstückelt ist. Wir müssen herausfinden, ob der *Codex Regius* beschädigt oder gut behandelt worden ist und ob er noch so aussieht wie damals, als er aus dem Institut gestohlen wurde. Gott steh mir bei, wenn das nicht der Fall ist. Das sind die Fragen, die mich tagaus, tagein quälen. Für mich ist der *Codex Regius* das Eigentum aller Isländer, und so wird es immer sein, wer auch immer dafür gezahlt hat und sich jetzt einbildet, ihn sein Eigen nennen zu können. Ich bin mir ganz sicher, dass die weitere Vorgehensweise sehr leicht sein wird, wenn wir das

Buch erst einmal gefunden haben. Darüber mache ich mir nicht die geringsten Sorgen.«

»Du gestehst nicht zu, dass andere ein Eigentumsrecht daran haben können?«

»Das wäre grotesk«, sagte der Professor und setzte sich in Trab, um eine Straßenbahn zu erwischen.

Total erschöpft trafen wir kurz nach Mitternacht in Frau Bauers Pension ein. Sie war immer noch auf und nahm uns besorgt in Empfang, da sie geglaubt hatte, uns sei etwas zugestoßen. Der Professor entschuldigte sich dafür, dass es so spät geworden war, berichtete aber auch, dass der Tag durchaus nicht ergebnislos verlaufen war. Er fragte Frau Bauer nach den Leuten, die wir an diesem Tag besucht hatten, aber sie kannte sie nicht. Schließlich fragte er noch nach Arthur Glockner, aber auch da schüttelte sie nur den Kopf.

Sie wärmte ein köstliches Schweinefrikassee für uns auf, das wir wie hungrige Wölfe hinunterschlangen. Ich bedankte mich und sagte, ich sei hundemüde. Ich ging sofort ins Bett und war im Handumdrehen eingeschlafen.

Als ich am nächsten Morgen erwachte, war der Professor nicht im Zimmer, und mein erster Gedanke war, dass er sich nicht von Frau Bauer hatte losreißen können. Als ich den Speiseraum betrat, sah ich zwei andere Pensionsgäste beim Frühstück, aber der Professor war nirgends zu erblicken. Ich nickte den anderen Gästen zu. Frau Bauer hatte ein Frühstücksbüfett mit vielen leckeren Sachen auf einem Tisch im Speiseraum angerichtet. Ich holte mir Brot und Schinken und guten deutschen Kaffee. Frau Bauer hatte am Abend vorher erzählt, dass die schlimmste Zeit der Lebensmittelrationierungen vorüber sei. Ich trank gerade meine zweite Tasse Kaffee, als sie in der Tür erschien und mich begrüßte.

»Ich glaube, wir haben ihn gefunden«, sagte sie.

»Gefunden?«, fragte ich verwirrt. »Wen? Den Professor?«
»Den Professor?«, echote sie. »Nein, diesen Arthur Glockner. Wir sind schon seit dem frühen Morgen auf den Beinen, um ihn ausfindig zu machen, und wir haben es geschafft. Der Professor spricht gerade am Telefon mit ihm. Ich glaube, Herr Glockner hat sich einverstanden erklärt, euch noch heute Vormittag zu treffen.«
»Toll«, sagte ich und schämte mich ein bisschen, dass ich den Professor im Verdacht gehabt hatte, sich in Frau Bauers Bett auszuschlafen.
»Er hat so getan, als wärt ihr Kunsthändler und hättet eine Rarität anzubieten«, sagte Frau Bauer.
»Wieso?«
»Er musste irgendeinen Grund für den Besuch angeben und wollte nicht … Du verstehst.«
Ich verstand. In diesem Augenblick tauchte der Professor so munter im Speisesaal auf, wie ich ihn seit langem nicht gesehen hatte.
»Bist du endlich aufgestanden, mein Junge?«, sagte er gut gelaunt. »Nicht zu fassen, was du schlafen kannst.«
»Ich höre, dass du diesen Glockner ausfindig gemacht hast.«
»Er hat uns für nachher einen Termin gegeben.«
»Woher weißt du, dass er der richtige Mann ist?«
»Elsa Bauer und ich haben einige Männer dieses Namens hier in Berlin gefunden. Dieser hier ist der Einzige, der ein Großhandelsunternehmen besitzt. Er importiert isländischen Fisch, und er sagte, er könne mir sicher einen Käufer für den Wertgegenstand besorgen, den ich vorgab ihm verkaufen zu wollen.«
»Dann ist er es.«
»Wir werden sehen«, sagte der Professor. »Trink deinen Kaffee aus – und dann nichts wie los.«
Am Eingang des Hauses am Savignyplatz, in dem sich

Glockners Berliner Filiale befand, hing ein eindrucksvolles Kupferschild. Darauf war eingraviert: »A. Glockner. Import – Export«. Der Professor zuckte mit den Achseln, und wir betraten das Haus.
Arthur Glockners Geschäftsräume lagen im dritten Stock. Den altersschwachen Aufzug in seinem schmiedeeisernen Käfig, der fast das gesamte Treppenhaus ausfüllte, benutzten wir nicht, sondern stiegen stattdessen die ausgetretene Holztreppe hinauf. Ich nahm an, dass dieses Gebäude der Zerstörung entgangen war. Im dritten Stock nahm uns die Sekretärin, eine farblose Frau um die sechzig, in Empfang. Wir sagten, dass wir mit Herrn Glockner verabredet seien, wir hätten den Termin heute Morgen telefonisch mit ihm vereinbart. Wir warteten auf dem Flur, während die Sekretärin für einige Zeit in den hinteren Räumen verschwand. Als sie wieder zurückkehrte, sagte sie lächelnd, Herr Glockner ließe bitten, und führte uns in sein Büro.
Arthur Glockner war ein untersetzter Mann von etwas über sechzig und hatte eine fast vollständige Glatze. Er war korpulent, trug aber einen tadellos sitzenden, maßgeschneiderten Anzug, der seine Leibesfülle geschickt kaschierte. Er stand von seinem Schreibtisch auf, um uns die Hand zu geben, und sagte, dass Isländer ihm jederzeit willkommen seien. Am kleinen Finger trug er einen dicken Siegelring. Er bot uns zunächst Platz und dann eine Zigarre an, die wir dankend ablehnten. Er selbst entschied sich, eine zu rauchen, und trug der farblosen Sekretärin auf, uns Kaffee zu bringen. Alles um diesen Arthur Glockner herum zeugte von behaglichem Reichtum, den er voll auszukosten schien.
»Ich importiere den besten Fisch auf der Welt«, sagte er, während er seine Zigarre anschnitt. »Isländischen Kabeljau, Schellfisch, Seelachs.«
»Es gibt keinen besseren Fisch«, stimmte der Professor lächelnd zu.

»Das wissen Sie natürlich selbst am besten«, sagte Herr Glockner.
»Sie haben also geschäftlich viel mit Island zu tun?«, erkundigte sich der Professor, der darauf brannte, zur Sache zu kommen.
»Oh ja«, bestätigte Glockner. »Aber ich handele auch mit vielen anderen Dingen. Ich weiß aber nicht, ob Sie unbedingt etwas darüber hören wollen. Wenn ich Sie heute Morgen richtig verstanden habe, sind Sie im Besitz von etwas, das Sie verkaufen möchten.«
Arthur Glockner hatte sich wieder hinter seinen Schreibtisch gesetzt. Schluss mit höflichem Small Talk über isländischen Fisch.
»Das ist richtig«, sagte der Professor. »Es könnte sogar sein, dass Sie das Objekt kennen. Es handelt sich um ein altes Buch, das im dreizehnten Jahrhundert auf Island kompiliert wurde, eine Pergamenthandschrift, die altes Liedgut aus dem Norden enthält, den *Codex Regius*. Kennen Sie jemanden, der Interesse an einer solchen Handschrift hätte?«
Glockner legte die Zigarre ab.
»*Codex Regius*?«
»Kennen Sie diese Handschrift?«
»Nicht dass ich wüsste«, antwortete Glockner langsam.
»Sie haben sie niemals in der Hand gehabt?«
»In der Hand gehabt? Nein.«
»Sind Sie sich da ganz sicher?«
»Was hat das zu bedeuten?«, sagte Glockner, und es war ihm anzusehen, dass er ärgerlich wurde. Sein Verhalten veränderte sich zusehends.
»Sie kennen diese Handschrift ganz bestimmt nicht?«
»Wollen Sie mir unterstellen, dass ich ein Lügner bin?«
»Nein, aber ...«
»Wer sind Sie überhaupt?«, fragte Glockner. »In wessen Auftrag sind Sie hier?«

»Wir sind auf der Suche nach dem *Codex Regius*«, sagte der Professor. »Soweit wir wissen, ist diese Handschrift vor kurzer Zeit durch Ihre Hände gegangen. Stimmt das?«
Glockner stand auf. Wir blieben ungerührt sitzen.
»Ich habe noch nie etwas von diesem Buch gehört«, sagte er. »Haben Sie sich etwa unter Vortäuschung falscher Tatsachen bei mir eingeschlichen?«
»Sind Sie sich da ganz sicher?«
»Sicher? In der Tat! Ich weiß überhaupt nicht, wovon Sie reden.«
»Uns ist allerdings etwas anderes zu Ohren gekommen«, sagte der Professor.
»Etwas anderes zu Ohren gekommen? Was für eine ... Verlassen Sie jetzt bitte mein Büro«, sagte Glockner brüsk.
»Wir wissen aus sicherer Quelle, dass Sie Mittelsmann beim Verkauf dieser Handschrift gewesen sind, und zwar erst vor ganz kurzer Zeit«, sagte der Professor.
»Wer behauptet das?«
»Ich denke, das spielt keine Rolle. Können Sie uns sagen, wer der Käufer war?«
»Ich habe nichts mit Ihnen zu bereden«, erklärte Arthur Glockner. »Bitte verlassen Sie mein Büro.«
»Sie haben Verbindungen zu Island. Handelt es sich um einen Isländer?«
»Hinaus«, befahl Glockner, der rot angelaufen war. Er zerquetschte die Zigarre im Aschenbecher.
»Das Buch ist gestohlen«, sagte der Professor entschlossen. Er verwendete dieselbe Methode wie bei Färber, obwohl er wusste, auf welch gefährliches Terrain er sich damit begab. Er hatte das Verschwinden des *Codex Regius* nie gemeldet, es hatte keine Ermittlung gegeben, und es existierten keine Polizeiprotokolle. Offiziell war die Handschrift gar nicht gestohlen. Der Professor hatte bei unseren Gesprächen manchmal einfließen lassen, dass der stärkste Verdacht –

falls das Verschwinden irgendwann einmal entdeckt und eine Untersuchung eingeleitet werden würde – auf ihn selbst fiele.

»Jede Art von Handel mit dem bewussten Objekt ist vollkommen illegal«, fuhr er mit strenger Miene fort. »Ich denke, dass Ihnen an einer umfangreichen polizeilichen Ermittlung, die sich auf Ihr Unternehmen und Sie persönlich konzentrieren würde, nicht gelegen ist. Ich glaube, wir sollten uns lieber gütlich einigen.«

»Ich weiß nichts von diesem Buch.«

»Diebesgut«, sagte der Professor und stand auf. »Wer auch immer Geschäfte damit macht, ist ein Hehler und verstößt gegen das Gesetz.«

»Bezichtigen Sie mich etwa des Diebstahls?«, rief Arthur Glockner. »Schalten Sie doch die Polizei ein, dann werden Sie sehen, dass mir das egal ist. Machen Sie, dass Sie hier rauskommen! Raus!«

Er hatte angefangen zu brüllen und stieß mich zur Tür hinaus. Der Professor kam hinter mir her, und Glockner schlug uns die Tür vor der Nase zu. Wir sahen einander wortlos an und wussten nicht, was zu tun war, als die farblose Sekretärin wieder auftauchte und uns bat, ihr zu folgen. Wir gingen wie zwei begossene Pudel hinter ihr her. Es schien Arthur Glockners vollster Ernst gewesen zu sein. Er hatte im Gegensatz zu Färber keine Angst vor der Polizei, er schien nicht nur nichts auf dem Gewissen zu haben, sondern forderte uns sogar auf, die Polizei einzuschalten. Es hatte ganz den Anschein, als habe er nichts zu verbergen.

Die Sekretärin begleitete uns aus den Geschäftsräumen heraus und ins Treppenhaus. Als wir wieder vor dem Aufzug standen, drehte sie sich zu uns um und flüsterte: »Ich konnte nicht umhin zu hören, um was es in diesem Gespräch ging.«

»Ja, entschuldigen Sie bitte«, sagte der Professor geistesabwesend. »Es war nicht unsere Absicht, so laut zu werden.«

»Sie würden gern etwas über das alte Buch wissen, das Herr Glockner eine Zeit lang bei sich hatte.«

»Genau«, sagte der Professor und war wie elektrisiert.

»Wissen Sie etwas darüber?«, fragte ich.

Die Frau senkte ihre Stimme noch mehr.

»Eine Frau ist mit einem solchen Buch zu Herrn Glockner gekommen, um es ihm zu zeigen. Sie hat früher für diese Firma gearbeitet, deshalb kenne ich sie. War das ein wertvolles Buch?«

»Wenn es tatsächlich das Buch ist, nach dem wir suchen, ist es nicht in Gold aufzuwiegen«, warf ich ein.

»Wie sah dieses Buch aus, das die Frau dabeihatte?«, fragte der Professor.

Der Aufzug kam zu unserer Etage hoch und klapperte so, als läge er in den allerletzten Zügen.

»Das Buch sah uralt aus«, sagte die Sekretärin. »Sie hat es mir gezeigt, bevor sie zu ihm hineinging. Eine altertümliche Schrift, und die Blätter sahen auch ganz alt aus. Ich hatte noch nie so ein Buch gesehen. Ist es wirklich so viel wert?«, fragte sie noch einmal.

Der Professor stand wie vom Donner gerührt vor dem Aufzug und starrte die Sekretärin an. Ich traute meinen Ohren ebenfalls nicht. Die Frau sah uns abwechselnd an. Sie war sehr schlank, trug einen grauen Rock und dazu einen violetten Pullover, und die blonden Haare hatte sie im Nacken zusammengebunden.

»Sie dürfen niemandem erzählen, dass ich Ihnen das gesagt habe«, erklärte sie und warf einen ängstlichen Blick in Glockners Geschäftsräume.

»Da können Sie ganz beruhigt sein«, sagte der Professor. »Können Sie mir sagen, wo ich diese Frau finden kann?«

Die Frau hatte einen kleinen Zettel in der Hand, den sie dem Professor reichte.
»Ich habe mir ihre Adresse aufgeschrieben«, sagte sie. »Hilde ist alleinstehend und Mutter von zwei Kindern. Es ist nicht einfach für sie, Arbeit zu finden. Vor allem, wenn Leute wie Glockner das Sagen haben.«
Der Professor nahm den Zettel entgegen.
»Weshalb ... Warum helfen Sie uns?«, fragte er.
Die Sekretärin trat einen Schritt zurück.
»Herr Glockner ist kein guter Mensch«, erklärte sie.
Und mit diesen Worten eilte sie zurück in die Büroräume.
Die Tür zum Aufzug öffnete sich quietschend. Der Professor sah hinein, war aber unschlüssig, ob man sich ihm anvertrauen konnte.
»Wir nehmen die Treppe«, sagte er und schoss nach unten. »Eins ist aber gut, falls Glockner den *Codex Regius* hat!«
»Und was sollte das sein?«, fragte ich und rannte hinter ihm die Treppe hinunter.
»Er scheint keine Ahnung zu haben, was er da in den Händen hat«, sagte der Professor. »Falls er es wüsste, hätte er die Handschrift ganz anders zu Geld gemacht, hätte potentielle Käufer zusammengetrommelt, um sie dem Meistbietenden zu verkaufen.«

Achtzehn

Die Frau, an die uns die Sekretärin verwiesen hatte, lebte in der Nähe der Cheruskerstraße in einem Arbeiterviertel der Stadt. Unterwegs fiel eine Straßenbahn aus, und bewaffnet mit einem Stadtplan mussten wir ein ganzes Stück zu Fuß zurücklegen. Der Professor schien sich aber hier, genau wie andernorts, ziemlich gut auszukennen und erzählte mir einiges über die Straßen und Häuser, an denen wir vorbeikamen und die seiner Meinung nach von Bedeutung waren. Es war typisch für den Professor, dass er – wann und wo auch immer – darauf bedacht war, einen an seinem umfangreichen Wissen teilhaben zu lassen und einem so viel wie möglich beizubringen.

Seine Hoffnung, den *Codex Regius* zu finden, war nach der Begegnung mit Glockner gesunken, vor allem aber nach den erstaunlichen Informationen dieser Sekretärin. Er konnte sich nicht vorstellen, wie dieses Kleinod bei einer einfachen, armen Frau aus dem Volke in einem Arbeiterviertel von Berlin gelandet sein konnte. Ich denke, er hatte sich die Handschrift immer in königlichen Sälen vorgestellt, in Schlössern oder bedeutenden kulturellen Einrichtungen, aber niemals unter einfachen Leuten. Obwohl er natürlich sehr genau wusste, dass auch bettelarme Isländer sie in den Händen gehalten hatten, sie bewahrt und gehütet hatten. Es konnte auch gut sein, dass diese Handschrift in irgendwelchen elenden Hütten herumgelegen hatte, bevor sie in die Hände von Bischof

Brynjólfur gelangt war. Bücher, bedeutende oder unbedeutende, können unglaubliche Schicksale haben; sie können sich weder auswählen, ob ihre Eigentümer gut oder schlecht sind, noch, in welcher Behausung oder auf welchem Regal sie landen.

In dieser Art versuchte ich, dem Professor unterwegs zuzureden, während seine Gedanken ausschließlich darum kreisten, welches schreckliche Schicksal der Handschrift zuteilgeworden sein konnte: Wir würden sie wahrscheinlich niemals wiederfinden, sie sei auf immer und ewig verloren. Es wäre töricht, etwas anderes zu glauben. Wir wüssten ja noch nicht einmal, ob diese alte isländische Schrift, von der Färber nur vom Hörensagen wusste, wirklich durch Glockners Hände gegangen war und diejenige war, nach der wir suchten. Da kämen auch Hunderte, wenn nicht Tausende andere in Frage. Was war eine alte Schrift? Genauso gut konnte es auch ein Buch aus dem letzten oder vorletzten Jahrhundert sein. Ich befürchtete, dass der Professor sich jetzt wieder einmal in den Gedanken hineinsteigern würde, dass die Sache hoffnungslos sei, und dann würde es nicht lange dauern, bis er zur Flasche griff und alles wieder in den alten Bahnen verlief.

Wir fanden das Haus, gingen die Treppe hoch bis in den dritten Stock und klopften an. Die Nachbarhäuser waren den Bomben zum Opfer gefallen, und ihre Ruinen neben dem stehen gebliebenen Haus gemahnten an Gunst und Ungunst des Schicksals.

Die Tür öffnete sich einen Spalt, und das Gesicht einer Frau erschien. Sie sah verwundert von einem zum anderen. In der Wohnung hörte man ein Kind weinen.

»Frau Kamphaus?«, fragte der Professor. »Hilde Kamphaus?«

»Ja«, sagte die Frau.

»Die Sekretärin von Arthur Glockner hat uns gesagt, wo Sie wohnen. Sie meinte, wir sollten mit Ihnen sprechen, wegen eines alten Buchs, das Sie Herrn Glockner überlassen haben.«
Die Frau starrte zuerst den Professor an, dann mich. Aus ihren Augen sprach Misstrauen.
»Wer sind Sie?«, fragte sie.
»Wir kommen aus Dänemark …«, begann der Professor, verstummte aber gleich wieder, da er sich nicht sicher war, wie präzise er dieser Frau die Reise schildern sollte, die uns bis zu ihrer Tür geführt hatte.
»Wir suchen nach einem Buch«, sagte er, »einem alten Buch.«
»Einem Buch?«
»Ja. Wir haben gehört, dass dieses Buch hier bei Ihnen war.«
»Er hat sie nicht gestohlen!«, rief Hilde Kamphaus.
»Sie? Gestohlen?«
»Das hat er nicht getan.«
»Wer?«
»Mein Mann. Er hat sie nicht gestohlen, er hat sie gefunden.«
»Ihr Mann?«
»Ja. Er hat gesagt, wenn ich irgendwann einmal Geld bräuchte, sollte ich versuchen, diese Bücher zu verkaufen. Ich will nicht, dass die Polizei glaubt, er hätte sie gestohlen.«
»Wir sind nicht von der Polizei«, sagte ich. »Dürfen wir vielleicht hereinkommen?«
Die Frau zögerte.
»Er war ein guter Mensch. Er hätte nie und nimmer Bücher gestohlen. Er hat sie gefunden und wusste nicht, wem sie gehörten, deswegen hat er sie an sich genommen.«
»Das bezweifle ich nicht, glauben Sie mir«, sagte der Pro-

fessor. »Wir suchen auch nicht nach irgendwelchen Schuldigen. Dürfen wir Ihnen ein paar Fragen stellen?«
Der Professor war höflich, aber hartnäckig. Die Frau wusste nicht so recht, wie sie reagieren sollte. Sie fühlte sich offensichtlich unwohl bei dem Gedanken, unbekannte Männer in ihre Wohnung zu lassen. Sie sah uns unschlüssig an.
»Ich habe keine Zeit«, sagte sie. »Ich habe nichts Unrechtes getan.«
»Selbstverständlich nicht!«, beeilte ich mich zu sagen.
»Es wird nur ein paar Minuten dauern«, erklärte der Professor. »Bitte seien Sie so freundlich, tun Sie uns den Gefallen.«
Das Weinen des Kindes war unterdessen lauter geworden, und nach einigem Zögern öffnete uns Hilde Kamphaus die Tür, verschwand dann aber sofort in einem Zimmer. Als sie wieder zurückkam, trug sie ein kleines Kind auf dem Arm, das sich jetzt beruhigt hatte, aber uns mit den gleichen zweifelnden Augen ansah wie die Mutter.
»Was wollen Sie von mir?«, fragte die Mutter.
»Wir möchten nur etwas über das Buch erfahren, das Sie zu Herrn Glockner gebracht haben, und möglicherweise ebenfalls etwas über die Bücher, die Ihr Mann gefunden hat.«
»Hermann ist vor zwei Jahren gestorben«, sagte Hilde. »Ein Arbeitsunfall. Er arbeitete auf dem Bau. Ein Gerüst ist zusammengebrochen, und dabei kamen drei Männer ums Leben.«
»Das muss schrecklich gewesen sein«, sagte der Professor voller Anteilnahme. »Mein aufrichtiges Beileid.«
Hildes Zuhause war ärmlich, aber anheimelnd. Es bestand aus Wohnzimmer, Küche und einem weiteren Zimmer, in dem sie mit ihren beiden Kindern schlief. Sie hielt ihre Tochter auf dem Arm; ihr Sohn, der schon

sechs Jahre war, spielte noch draußen. Sie hatte ein ovales Gesicht und dunkelblonde Haare. Dunkle Ringe unter den Augen ließen sie mitgenommen aussehen. Sie trug einen schwarzen Rock, dicke schwarze Strümpfe und abgetragene Pantoffeln. Sie wirkte geradeheraus und aufrichtig, aber ihre Miene verriet die Hoffnungslosigkeit eines Menschen, den der Kampf ums Dasein zermürbt hat.

»Und was geschah damals? Hat er Bücher gefunden?«

»Haben Sie mit Herrn Glockner gesprochen?«

»Ja, aber er wollte nichts mit uns zu tun haben.«

»Er hat versprochen, mich wieder einzustellen, aber ich habe noch nichts von ihm gehört.«

»War das, nachdem Sie ihm das Buch gegeben haben?«

»Ja. Ich wusste nicht, zu wem ich damit gehen sollte. Er sammelt Bücher, und er war der Einzige, von dem ich wusste, dass er Geld hat.«

»Soweit ich weiß, ist er aber kein Fachmann auf diesem Gebiet, sondern Amateur.«

»Darüber weiß ich nichts. Alle, die bei ihm arbeiten, wissen, dass er sich für Bücher interessiert.«

»Sie haben nicht versucht, damit zu einem Antiquariat zu gehen?«, fragte ich.

»Mir ist als Erstes Herr Glockner eingefallen«, sagte Hilde Kamphaus. »Ich habe bei ihm gearbeitet, und er versprach mir, mich wieder einzustellen, nachdem ich ihm das Buch gegeben hatte.«

»Was hat er genau gesagt?«

»Er glaubte, dass es etwas mit Island zu tun hatte, und weil er Geschäftspartner in Island hatte, wollte er sich erkundigen, ob die etwas über dieses Buch wüssten.«

»Wie lange ist das her?«, fragte der Professor.

»Es ist bestimmt bald ein Jahr her«, antwortete Hilde Kamphaus.

»Hat er Ihnen etwas für das Buch bezahlt?«, fragte ich.
»Ja.«
»Wie viel?«
»Zwanzig Mark«, sagte sie.
Der Professor und ich sahen uns an.
»Ist es wertvoll?«, fragte Hilde Kamphaus und sah wieder von einem zum anderen. »Ist es mehr wert als das?«
»Wie hat Ihr Mann diese Bücher gefunden?«, fragte der Professor.
»Er hat sie in irgendwelchen Ruinen in der Nähe der Tauentzienstraße gefunden. Dort waren sie gerade dabei, die Trümmer wegzuräumen, weil da auf dem Grundstück ein neues Gebäude errichtet werden sollte. Sie haben oft etwas in solchen Trümmern gefunden.«
»Wissen Sie, wo diese Ruinen waren?«
»Nein, nicht genau, in irgendeiner Geschäftsstraße da.«
»Hätte dort vielleicht ein Antiquariat gewesen sein können?«
»Das kann gut sein«, sagte Hilde Kamphaus. »Er hat gesagt, dass da viele Bücher in den Trümmern herumlagen.«
»Wie lange ist das her?«
»Ein paar Jahre.«
»Aber Sie haben erst vor einem Jahr versucht, die Bücher zu verkaufen.«
»Ja, aber bloß dieses, weil ich glaubte, ich würde dafür am meisten bekommen. Ich habe das nicht gern gemacht, denn dieses Buch hatte es Hermann und mir irgendwie besonders angetan.«
»Können Sie mir das Buch beschreiben?«, fragte der Professor.
Hilde Kamphaus überlegte. »Der Einband war braun. Ich wollte es eigentlich gar nicht verkaufen. Ich hätte es gern behalten, aber ...«
»Das passt«, sagte der Professor und sah mich an. »Die

Handschrift wurde im achtzehnten Jahrhundert in braune Deckel eingebunden.«
»Sie haben natürlich nicht darin lesen können?«, sagte ich zu Hilde Kamphaus.
»Nein«, antwortete sie. »Ich konnte diese Schrift nicht entziffern. Ich konnte kein einziges Wort verstehen. Die Schrift war ganz klein, und ich fand sie wunderschön. Das Buch war nicht groß, eher wie ein Taschenbuch, und es war ziemlich schmutzig. Ich weiß gar nicht, ob Buch das richtige Wort dafür ist. Es hätte eine alte Handschrift sein können. Es sah so aus, als hätte es armen Leuten gehört und wäre in einer Küche wie dieser aufbewahrt worden.«
»Waren die Blätter uneben?«, fragte der Professor.
»Ja, und da waren auch Löcher drin, und das Buch war unglaublich leicht. Federleicht.«
Der Professor schaute mich an. Seine Anspannung war ihm deutlich anzusehen.
»Ich kann mich erinnern, dass ganz unten auf einer Seite ein kleines Gesicht gezeichnet war.«
»Das ist das Buch«, flüsterte der Professor. »Sie hat den *Codex Regius* hier bei sich aufbewahrt.«
»Und Sie haben dieses Buch Herrn Glockner gegeben?«, fragte ich.
»Ja, Herr Glockner hat das Buch jetzt, zumindest habe ich es ihm gegeben.«
»Wissen Sie, was er damit machen wollte?«
Hilde Kamphaus schüttelte den Kopf. Das Kind auf ihrem Arm war unruhig geworden, und sie setzte es auf den Boden. Das Mädchen fing wieder an zu weinen und sah zu seiner Mutter hoch.
»Was für Bücher hat Ihr Mann sonst noch gefunden?«
»Es waren noch zwei andere, aber die waren ganz anders als dieses.«
Ich ging in die Hocke, um die Aufmerksamkeit des Kin-

des auf mich zu lenken, damit der Professor sein Gespräch mit Hilde Kamphaus in Ruhe zu Ende bringen konnte. Das Kind hörte auf zu weinen und sah mich mit großen Augen an. Ich lächelte und streichelte ihm über den Kopf. Hilde Kamphaus holte die beiden anderen Bücher aus dem Schlafzimmer und zeigte sie dem Professor. Er warf einen Blick darauf und gab sie ihr zurück. Das Mädchen war durch die ungewohnte Aufmerksamkeit, die es von mir bekam, etwas abgelenkt worden, aber jetzt begann es wieder zu weinen, und die Mutter nahm es wieder auf den Arm.

»Wie heißt sie?«, fragte ich.

»Sie heißt Maria und will am liebsten immer bei ihrer Mama sein«, sagte Hilde Kamphaus und drückte das Kind an sich.

Ich musste lächeln.

»Können Sie mir noch etwas darüber sagen, wie Ihr Mann diese Bücher gefunden hat?«, fragte der Professor.

»Er sagte mir, dass dieses eine Buch in einem kleinen Reisekoffer gewesen war, eingeschlagen in ein Stück Stoff. Es war das einzige Buch in dem Köfferchen. Die anderen beiden hat er unter irgendwelchen Brettern gefunden, die da herumlagen. Würden Sie mir jetzt sagen, wer Sie sind? Was ist so bedeutend an diesem Buch?«

»Das Buch gehört Island und ist der wertvollste Besitz unserer Nation«, sagte der Professor. »Es wurde in Dänemark aufbewahrt, aber dort gestohlen, und wir versuchen, es zurückzubekommen. Wir hoffen, dass es eines Tages wieder nach Island heimkehren wird. Wenn dies wirklich das richtige Buch ist, haben Sie uns unschätzbare Hilfe geleistet, und wir bedanken uns dafür.«

»Sie müssen mit Herrn Glockner sprechen, wenn Sie das Buch zurückhaben wollen«, sagte sie. »Er hat es.«

»Ja, wir werden mit Glockner reden«, sagte der Professor.

»Und wenn es sich tatsächlich um das Buch handelt, werde ich dafür sorgen, dass Sie den Finderlohn erhalten, der Ihnen zusteht.«
»Das ist nicht nötig«, sagte Hilde Kamphaus. »Es tat mir leid, das Buch weggeben zu müssen. Ich mochte es und hätte es gerne behalten. Es war ein schönes Gefühl, dieses alte Buch in den Händen zu halten.«
»Ich werde dafür sorgen, dass Sie belohnt werden«, sagte der Professor und verneigte sich vor Hilde Kamphaus, als er ihr zum Abschied die Hand schüttelte.

Hilde Kamphaus' Beschreibung zufolge konnte kein Zweifel daran bestehen, dass wir dem *Codex Regius* auf die Spur gekommen waren, und für mich hatte es ganz den Anschein, als nehme der Elan des Professors mit jedem Schritt zu, während wir uns zur nächsten Straßenbahnhaltestelle sputeten.
»Eine fabelhafte Frau«, sagte er, »wirklich fabelhaft.«
»Was nun?«, fragte ich und musste mir alle Mühe geben, mit ihm Schritt zu halten.
»Jetzt begreife ich, warum der junge Orlepp urplötzlich in Kopenhagen aufgetaucht ist. Der Alte weiß wirklich nicht, was aus der Handschrift wurde, nachdem er sie in Berlin zu Geld gemacht hatte – falls er sie denn verkauft hat. Sie ging in den Trümmern verloren und steckte die ganze Zeit in ihrem Köfferchen. Sein Sohn sollte herausfinden, ob ich etwas über sie in Erfahrung gebracht hatte. Ich war mir aber ganz sicher, dass er sie hatte und nur hinter den verschollenen Seiten der Lücke her war. Wie dämlich kann man doch sein! Und ich Trottel habe sie dann auch noch sozusagen mit der Nase darauf gestoßen.«
Der Professor legte noch einen Schritt zu. »Sie dürfen dieses Buch nicht bekommen. Das muss verhindert werden!«

»Müssen wir nicht noch einmal zu diesem Glockner gehen?«
»Oh ja, mit dem Kerl müssen wir uns noch einmal unterhalten, am besten noch heute Abend bei ihm zu Hause. Hast du gehört, was er ihr für den *Codex Regius* gegeben hat, der verfluchte Geizkragen?«
»Sie hat sehr schön über das Buch gesprochen«, sagte ich. Unterdessen überlegte ich, ob ich es riskieren sollte, etwas ins Gespräch zu bringen, was mir eingefallen war, als Hilde vom Tod ihres Mannes erzählt hatte. Irgendwie spukte mir diese Idee schon seit geraumer Zeit im Kopf herum, vielleicht unbewusst, aber durch die Aussage von Hilde Kamphaus hatte sie größere Bedeutung erhalten. Aus bestimmten Gründen zögerte ich allerdings, diese Idee dem Professor zu unterbreiten.
»Einfach fabelhaft, diese Frau«, sagte der Professor noch einmal.
Ich nahm meinen Mut zusammen. »Aber … Da ist etwas, das ich … Nein, lassen wir das, es spielt keine Rolle.«
»Was ist? Was meinst du?«
»Also … Es heißt ja oft … Ich meine, im Zusammenhang mit solchen alten Sachen ist doch oft die Rede davon, besonders wenn es sich um wichtige und bedeutende Dinge handelt …«
Der Professor verlangsamte seinen Schritt und blieb dann stehen. »Heraus damit«, sagte er.
»Mir ist da bloß so eine Idee gekommen, ich weiß auch nicht, warum. Vielleicht war es, weil ich hörte, wie Hildes Mann, der den *Codex Regius* in einem Koffer gefunden hat, ums Leben kam.«
»Ja«, sagte der Professor und wartete ungeduldig auf die Fortsetzung.
Ich ließ es darauf ankommen. »Bist du irgendwann einmal

auf Geschichten gestoßen, dass ein Fluch mit dem *Codex Regius* verbunden ist?«
Der Professor starrte mich wie vom Donner gerührt an. »Wovon redest du eigentlich?«
»Könnte es sein, dass dem *Codex Regius* ein Fluch folgt?«
»Könntest du mir das bitte etwas näher erläutern?«
»Es kommt mir so vor, als sei nichts als Unheil mit dieser Handschrift verbunden.«
»So wie in meinem Fall, meinst du?«
»Du hast dich bestimmt ganz furchtbar gefühlt«, erlaubte ich mir zu sagen. »Und dann dieser Bauer, den du in dem Grab auf Island gefunden hast. Der Arbeiter, der das Buch hier in Berlin gefunden hat, Hildes Mann. Und ...«
»Und was?«
»Nein, ich ...«
»Mit dem *Codex Regius* ist kein Fluch verbunden!«, sagte der Professor mit Nachdruck. »Aberglaube und Mumpitz! Hör bloß mit solchem Unsinn auf. Ich war der Meinung, du wolltest Wissenschaftler werden. Hast du noch alle Tassen im Schrank?«, sagte er und setzte sich wieder in Bewegung. »Hör bloß mit dem Schwachsinn auf!«
Mir wollte das aber nicht aus dem Kopf gehen, und in der Straßenbahn auf dem Heimweg zur Pension redeten wir wenig.
Frau Bauer war sichtlich erregt, als sie uns in Empfang nahm.
»Habt ihr die Zeitungen gesehen?«, stöhnte sie, als wir ins Haus kamen. Sie schien unter Schock zu stehen.
»Die Zeitungen?«, fragte der Professor. »Nein, wir haben keine Zeitungen gesehen. Was steht drin?«
»Herr Professor«, sagte sie, die ihn normalerweise nie so formell anredete, »ich kann nicht glauben, was da steht.«
Sie blickte sich ängstlich um, als befürchtete sie, dass die

anderen Pensionsgäste uns hören könnten, und ging dann mit uns in die Küche.
»Was ist los?«, fragte der Professor und versuchte, sie zu beruhigen.
»Ich kann es einfach nicht glauben, das muss ein Missverständnis sein«, wisperte Frau Bauer.
»Nun sag doch schon, was los ist!«
»Hinrich Färber«, sagte Frau Bauer. »Man hat ihn gestern Abend mehr tot als lebendig in seinem Haus gefunden. Es steht in allen Zeitungen, habt ihr das nicht gelesen?«
»Nein, wir haben keine Zeitungen gelesen. Was … Wer? Wer hat diesen Färber überfallen?«
»Gott steh euch bei«, sagte Frau Bauer. »Ich weiß nicht, was ich mit euch machen soll. Das ist entsetzlich, ganz einfach entsetzlich!«
»Mit uns?«, fragte ich völlig verwirrt. »Was meinen Sie damit?«
»Ihr wisst nicht, wie ernst die Lage ist«, sagte Frau Bauer, nahm eine Zeitung zur Hand und reichte sie dem Professor.
Er nahm sie entgegen und überflog die erste Seite, wo der Überfall auf Färber kurz gemeldet wurde, und dann schlug er sie innen auf, wo ausführlicher über den Vorfall berichtet wurde. Ich sah, dass er beim Weiterlesen blutrot anlief.
»Das ist doch nicht möglich«, sagte er erregt.
»Siehst du jetzt, was ich meine?«, stöhnte Frau Bauer.
»Herr des Himmels«, sagte der Professor, »das können sie doch nicht im Ernst glauben!«
»Der Diener ist Zeuge«, sagte Frau Bauer. »Er hat ihn gefunden.«
»Was ist los?«, fragte ich ziemlich erschrocken über diese Reaktion.
»Was soll ich bloß tun?«, fragte Frau Bauer. »Was soll ich

mit euch anfangen? Muss ich nicht mit der Polizei sprechen? Wäre es nicht am besten, wenn ihr mit der Polizei sprechen würdet?«
»Wir wollen nichts Unüberlegtes tun«, sagte der Professor.
»Was ist los?«, fragte ich noch einmal.
Der Professor reichte mir die Zeitung.
»Sie glauben, dass wir die Täter sind«, sagte er.
»Was?!«
»Sie glauben, dass wir Hinrich Färber überfallen haben. Dass wir ihn halb totgeschlagen haben!«
Ich starrte ihn an, und das Einzige, was mir einfiel, war der Fluch, der mit dem *Codex Regius* verbunden war. Unser Abenteuer konnte nur mit Schrecken enden.

Neunzehn

Ich sehe noch ganz genau die Miene des Professors vor mir, als sich herausstellte, dass man uns mit dem Überfall auf Hinrich Färber in Verbindung brachte. Er sah mich an wie ein Mann, der im Begriff war, den Boden unter den Füßen zu verlieren. Er sank auf einen Stuhl nieder und starrte fassungslos vor sich hin. Ich nahm die Zeitung zur Hand und versuchte zu verstehen, was dort stand. Es war genau, wie er gesagt hatte, wir waren die beiden Männer, von denen es hieß, dass sie Färber am vergangenen Abend kurz vor dem Überfall besucht hatten. Wir seien wahrscheinlich wieder zurückgekehrt und so brutal über ihn hergefallen, dass er bewusstlos ins Krankenhaus eingeliefert werden musste und in Lebensgefahr schwebte.

Wenn ich an diese Zeit und an die stumme Verzweiflung des Professors in Frau Bauers Küche zurückdenke, sehe ich, über was für eine enorme innere Kraft er trotz allem verfügt hatte. Seine Welt stand vor dem Zusammenbruch. Er hatte sich nicht nur die kostbarste aller isländischen Handschriften rauben lassen, sondern außerdem auch die verschollenen Seiten aus dem *Codex Regius*, und sein Lehrstuhl an der Universität in Kopenhagen stand auf mehr als wackligen Beinen. Und jetzt drohte in Deutschland möglicherweise noch die Anklage wegen gefährlicher Körperverletzung. Er musste doch damals gedacht haben, dass alles verloren war. Ich tat das auf jeden Fall, und ich schämte mich nicht dafür. Ich war der Meinung, dass wir zur Polizei gehen müssten, um die Karten auf den Tisch zu legen. Was dabei herauskommen würde, war unmöglich vorauszusehen. Es war so gut wie sicher, dass wir verhaftet und in Untersuchungshaft gesteckt werden würden, solange man über unsere Schuld oder Unschuld befand. Er hatte doch sicher auch an den Wirbel gedacht, den die Nachricht auslösen würde, dass zwei Isländer eines gewalttätigen Überfalls auf einen deutschen Bürger verdächtigt wurden und sich in deutschem Polizeigewahrsam befanden. Dies war zwar ein Makel, der für immer an uns haften bleiben würde, aber viel schwerer fiel ins Gewicht, dass der *Codex Regius* auf ewig und alle Zeit verloren war. Der erpresserische Raub von damals würde ans Licht kommen, ebenso wie die Tatsache, dass der Professor ihn die ganzen Jahre verschwiegen hatte.

Ich war außer mir vor Entsetzen und hatte schreckliche Angst, als ich begriff, was da im Gange war. Ich wäre dem Professor am liebsten ins Gesicht gesprungen und hätte ihm ordentlich meine Meinung gesagt, weil er uns in eine solche Lage gebracht hatte, doch ich bekam kein Wort heraus. Mir fehlten einfach jegliche Worte. Ich starrte auf den Artikel in der Zeitung und musste gegen Übelkeit ankämpfen. Der Schweiß brach mir aus, und ein Gefühl des Unwohlseins, das ich nur schwer beschreiben kann, stieg in mir hoch; es war ein ganz ähnliches Gefühl wie in Schwerin, als sich die Zellentür hinter uns schloss.

»Was steht in den anderen Zeitungen?«, fragte der Professor, der sich nach dem ersten Schock wieder etwas gefangen zu haben schien.

Frau Bauer zeigte uns weitere Zeitungen, die sie gekauft hatte; in allen wurde von dem unmotivierten Überfall auf den Kunsthändler Hinrich Färber berichtet. Sein Diener Klaus, der uns an der Tür in Empfang genommen hatte, war der Hauptgewährsmann der Polizei und offensichtlich auch der Presse. Er hatte ausgesagt, dass an diesem Abend zwei verdächtige Männer vor der Tür von Färbers Haus gestanden und darum gebeten hatten, ihn sprechen zu dürfen. Dem habe sein Herr selbstverständlich zugestimmt. Die Männer seien ins Haus gekommen, und Herr Färber habe eine kurze Unterredung mit ihnen gehabt, ihn dann aber bald gerufen, um die Männer wieder hinauszubegleiten. Sie seien ziemlich erregt gewesen, und der Diener Klaus glaubte, gehört zu haben, dass sie seinem Herrn gedroht hatten. Nachdem die Besucher das Haus verlassen hatten, habe Herr Färber sich noch eine Weile in seinem Arbeitszimmer aufgehalten, bevor er zu Bett gegangen sei. Das hatte der Diener auch kurze Zeit später gemacht. In der Nacht hatte er nichts bemerkt, erst als er nächsten Morgen wie immer um Punkt halb acht seinem Herrn das Frühstück bringen wollte, fand er ihn schwer verletzt im Schlafzimmer. Die Täter waren durch eine Hintertür in die Küche eingebrochen, hatten sich dann zu Färbers Schlafzimmer hinaufgeschlichen und ihn dort attackiert.

Als wir Färber besuchten, hatten wir beide unsere Namen gesagt, und wie es sich für einen guten Diener gehörte, erinnerte er sich an sie und hatte sie der Polizei und den Reportern mitgeteilt. Unsere Namen standen also in allen Zeitungen, mit dem Hinweis, dass die Polizei sich unbedingt mit diesen unverhofften Gästen, von denen man annahm, dass sie aus Island kamen, unterhalten müsse. In den Meldungen wurde auch gesagt, dass Färber allein lebte und kinderlos war und dass es kein greifbares Motiv für diesen brutalen Überfall gab.

»Wird jetzt in Deutschland nach uns gefahndet?«, stöhnte ich, als mir endlich der volle Ernst der Lage klar wurde.

»Es hat ganz den Anschein«, sagte der Professor.

»Ich kann es nicht fassen. Was sollen wir machen?«

»In erster Linie müssen wir versuchen, Ruhe zu bewahren.«
»Wer kann es auf Färber abgesehen haben?«
»Anscheinend wir«, sagte der Professor.
»Was wollt ihr tun?«, flüsterte Frau Bauer und spähte ängstlich auf den Flur hinaus.
»Wie kommen die denn darauf, dass wir das getan haben, dass wir diese scheußliche Gewalttat begangen haben?«, sagte ich. »Das ist doch völlig absurd. Unglaublich. Es handelt sich um ein schreckliches Missverständnis, das wir sofort aus der Welt schaffen müssen.«
»Vielleicht wäre es am ratsamsten, zur Polizei zu gehen«, sagte der Professor nachdenklich. Ich sah, dass er angefangen hatte, unsere Optionen zu überdenken, das Problem zu analysieren und Lösungen zu finden, herauszufinden, was zu tun war und wie am besten auf diese Nachricht zu reagieren sei.
»Bestimmt werden sie in Hotels und Pensionen nach euch suchen«, warf Elsa Bauer ein. »Was soll ich ihnen sagen?«
Wir sahen beide den Professor an.
»Wir brauchen nur ein bisschen Zeit«, sagte er.
»In was hast du uns da hineingeritten?«, sagte ich verzweifelt.
»Wir haben nichts verbrochen, Valdemar, vergiss das nicht.«
»Spielt das irgendeine Rolle? Sie glauben, dass wir den Mann überfallen haben. Wir werden gesucht. Vielleicht kommen sie zu der Überzeugung, dass wir ihn umgebracht haben. Es heißt ja, dass seine Chancen schlecht stehen. Was dann? Was, wenn er stirbt?!«
»Warum geht ihr nicht zur Polizei, redet mit denen und bringt die Sache ins Reine?«, schlug Frau Bauer vor.
Der Professor sah sie an.
»Es sei denn ... Du hast doch nicht ...?!«
»Wir haben es nicht getan, meine liebe Freundin«, sagte

der Professor. »Wir sind nicht über Färber hergefallen. Ich weiß, dass du das nicht ernsthaft glaubst. Es ist so absurd, dass ich kaum Worte dafür finden kann, ohne dass ich mir vorkomme wie ein Idiot. Wir haben ihn besucht und uns mit ihm unterhalten, aber dann sind wir gegangen und von dort direkt hierhergekommen und ins Bett gegangen. Du warst noch auf.«

»Ihr seid ziemlich spät gekommen«, sagte Frau Bauer.

»Elsa«, sagte der Professor, »wir haben nichts getan. Wir haben mit ihm gesprochen und sind dann gegangen.«

»Dann geht doch zur Polizei und erklärt denen das«, sagte Frau Bauer.

»Hat sie da nicht Recht? Wäre es nicht am besten, wenn wir das täten?«, sagte ich verstört.

»Wir wollen nichts überstürzen«, sagte der Professor.

»Überstürzen?! Wir stehen unter dem Verdacht, dass wir versucht haben, einen Menschen umzubringen«, fauchte ich.

»Ganz ruhig, Valdemar, das wird schon alles wieder. Wir müssen nur noch gewisse Dinge erledigen, bevor wir zur Polizei gehen.«

»Erledigen? Was denn?«

»Und dann bringen wir das ins Reine. Es dürfte überhaupt kein Problem sein.«

»Kein Problem? Nach uns wird gefahndet!«

»Glaubt ihr, dass es etwas mit dem zu tun hat, weswegen ihr hier seid?«, fragte Frau Bauer.

Der Professor sah mich an.

»Glaubst du nicht, dass es etwas mit dem *Codex Regius* zu tun hat?«, fragte ich.

»Ich habe keine Ahnung, aber wir wissen natürlich, dass Joachim von Orlepp ebenfalls hinter der Handschrift her ist.«

»Würde er so etwas fertigbringen?«

Der Professor zuckte mit den Achseln. »Ich halte es für äußerst wahrscheinlich, dass sie dahinterstecken, Valdemar. Alles deutet darauf hin. Sie sind uns nach Schwerin gefolgt, und es kann gut sein, dass sie uns auch hier in Berlin auf den Fersen waren, ohne dass wir es gemerkt haben.«

»Und was müssen wir dann zuerst noch tun?«, fragte ich.

»Was meinst du?«

»Du hast gesagt, wir müssten zuerst noch etwas Bestimmtes erledigen, bevor wir zur Polizei gehen.«

»Ja, wir müssen noch einen Besuch machen«, sagte der Professor.

»Einen Besuch?«, fragte Frau Bauer.

»Bei wem?«, fragte ich.

»Wir müssen noch einmal mit diesem Glockner reden«, sagte der Professor.

»Mit Glockner?«

»Wir gehen zuerst zu ihm und dann zur Polizei.«

»Aber …«

»Der *Codex Regius* geht vor«, erklärte der Professor entschlossen.

»Aber …«

»Kein Aber, Valdemar, so wird es gemacht, und wir müssen uns beeilen. Elsa, falls die Polizei kommt und nach uns fragt, brauchst du nicht zu lügen. Sag ihnen, sie sollen auf uns warten. Wir werden uns stellen, sobald wir von Glockner zurück sind.«

Es war schon spät, als wir Frau Bauer verließen. Wir schlichen wie Verbrecher zur Hintertür hinaus, und sie sah uns mit besorgter Miene nach. Sie bat den Professor inständig, vorsichtig zu sein. Er küsste sie auf beide Wangen und sagte ihr, sie solle sich keine Sorgen machen, es würde alles gut ausgehen, aber irgendwie klang er nicht sehr überzeugend. Wir trauten uns nicht, ein Taxi zu nehmen oder mit der Straßenbahn zu fahren. Frau Bauer rechnete damit, dass wir zu Fuß mindestens eine Stunde bis zu Glockners Haus brauchen würden, und sie ermahnte uns noch einmal, sehr vorsichtig zu sein. Schweigend gingen wir auf schmalen Wegen durch Hinterhöfe, und in den Fenstern sah ich, dass die Leute sich anschickten, zu Bett zu gehen. Das strahlte Ruhe und Frieden aus, um den ich sie beneidete. Ich wünschte mir, ich wäre wieder in Dänemark oder vielleicht sogar in Island und dass nichts von dem, was ich in den letzten Tagen durchgemacht hatte, je passiert wäre. Mir war es unbegreiflich, wie ich in dieser mir völlig unbekannten und fremden Stadt zu einem gesuchten Verbrecher geworden war. Ich konnte nicht anders darauf reagieren als mit Angst und Wut, Letztere wurde immer stärker und richtete sich gegen den Professor.

»Siehst du, was du geschafft hast?«, sagte ich zu ihm, der mir mit seinem Stock wie immer einen Schritt voraus war.

»Was denn?«, hörte ich ihn sagen.

»Was denn?! Du hast uns zu Verbrechern gemacht, nach denen gefahndet wird!«

»Das stimmt natürlich so nicht, Valdemar. Ich habe nichts gemacht. Weshalb bist du so wütend auf mich?«

»Du und dein verdammter *Codex Regius*«, sagte ich.

»Es ist überflüssig, den *Codex Regius* da hineinzuziehen.«

»Es liegt ein Fluch über dem Buch«, sagte ich. »Ein Fluch! Sieh Färber an, er ringt mit dem Tod. Alle, die etwas mit dem Buch zu tun haben, müssen dran glauben.«

»Komm mir bloß nicht schon wieder mit diesem idiotischen Fluch«, sagte der Professor und beschleunigte seine Schritte.

»Dass muss dich doch auch nachdenklich stimmen!«

»Ich glaube nicht, dass Färber je mit dem *Codex Regius* in Berührung gekommen ist«, sagte der Professor. »Darüber wissen wir nichts. Hüte dich vor Aberglauben, Valdemar. Er verdummt die Menschen.«

Darauf wusste ich nichts zu sagen, und ich folgte dem Professor stumm durch die dunklen Straßen Berlins zu Glockners Privatadresse. Ich war wütend auf ihn, weil er mich in seine Jagd nach dem Codex hineingezogen hatte, mit diesen Folgen, doch natürlich wusste ich im Innersten, dass er keine direkte Schuld an unserer Lage hatte. Er konnte nichts dafür, dass Färber in seinem Haus überfallen worden war. Es musste nicht einmal etwas mit der Handschrift zu tun haben. Genauso gut konnte er Diebe in seinem Haus überrascht haben, und dabei war es zu Handgreiflichkeiten gekommen. Der Professor war entschlossen, sich der Polizei zu stellen, und bei dem Gedanken fühlte ich mich etwas besser. Vielleicht könnten wir unseren guten Ruf schon heute Abend wiederherstellen. Die Polizei musste doch sehen, dass wir gar nichts mit dem Anschlag zu tun hatten, wir waren zu diesem Zeitpunkt gar nicht in dem Haus gewesen. Außer der Tatsache, dass wir am Abend des Überfalls ein kurzes Gespräch mit Färber geführt hatten, verband uns nichts mit diesem Mann. Höchstwahrscheinlich war er mitten in der Nacht überfallen worden, als wir in Elsa Bauers Pension waren. Sie konnte das bestätigen. Es musste doch auch andere Zeugen als nur den Diener Klaus geben, die andere Männer beobachtet hatten, die um Färbers Haus herumgeschlichen und eingebrochen waren und die schreckliche Tat verübt hatten.

So etwa waren meine Gedankengänge, als ich hinter dem Professor herrannte. In meiner Verzweiflung versuchte ich, alles zum Positiven hin auszulegen. Indem ich mir einredete, dass es uns bestimmt gelingen würde, die Polizei davon zu überzeugen, dass wir Färber nie und nimmer hätten überfallen können, und dass die Polizei irgendwelche Indizien gefunden hatte, die das unterstützten, wurde ich nach und nach etwas ruhiger. Aber vollkommen beruhigt war ich nicht, und ich hatte Angst vor dem, was kommen würde.

Nach seinem Haus zu urteilen, lebte Glockner in ähnlichem Reichtum wie Färber. Es war eine dreigeschossige Villa im Gründerzeitstil, die nach dem Krieg wieder aufgebaut worden war. Hilde Kamphaus hatte uns gesagt, dass er seit kurzem geschieden war. Seine beiden Kinder aus dieser Ehe waren aber bereits erwachsen und von zu Hause ausgezogen. In einigen Fenstern des Erdgeschosses war Licht, aber die anderen Stockwerke lagen im Dunkeln. Nachdem der Professor geklingelt hatte, warteten wir vor der Haustür, aber drinnen rührte sich nichts. Es hatte beinahe den Anschein, als habe der Besitzer das Haus auf einen Sprung verlassen und das Licht brennen lassen. Wir betätigten die Klingel noch einmal und warteten weiter. Dann klopfte der Professor an, erst leise und höflich, dann energischer.

»Sollen wir auf ihn warten?«, fragte ich.

»Vielleicht ist es sogar besser, wenn er nicht zu Hause ist«, sagte der Professor, ging ein paar Schritte am Haus entlang und bog um die Ecke. Ich blickte ihm verblüfft nach und rannte dann hinter ihm her in den gepflegten Garten hinter dem Haus.

Ich sah, wie der Professor auf der Rückseite des Hauses in die Fenster hineinspähte, und zu meinem Entsetzen begriff ich, dass er versuchte, sie zu öffnen. Beim Gartentor angekommen, fasste er an die Klinke, um festzustellen, ob sie verschlossen war.

»Was machst du da«, zischte ich und blickte mich verstohlen um. Glücklicherweise war der Garten voll hoher Bäume, und wir befanden uns im Schutz der Dunkelheit.

»Wir müssen da hinein«, sagte der Professor.

»Hinein?«

»Der *Codex Regius* könnte hier im Haus sein.«

»Das weißt du doch gar nicht!«, sagte ich und packte ihn am Arm. »Lass uns vorne vor dem Haus warten. Wir können doch nicht hier einbrechen!«

»Du machst, was du willst, Valdemar, aber ich muss da rein«, sagte der Professor und befreite sich aus meinem Griff. »Wenn du hier Wache stehen willst, wäre ich dir sehr dankbar, doch du darfst selbstverständlich tun, was du möchtest.«

»Wir stecken doch schon tief genug in der Patsche«, stöhnte ich. »Mach es doch bloß nicht noch schlimmer! Bitte!«

»Mach dir keine Sorgen, das wird schon alles«, sagte der Professor, und ich beobachtete entsetzt, wie er mit seinem Stock eine Scheibe einschlug. Er hatte ein Taschentuch um den Knauf gebunden, um das Geräusch zu dämpfen, und er ging so fachmännisch vor, dass mir der Gedanke kam, er tue das nicht zum ersten Mal.

»Du bist wahnsinnig«, sagte ich. »Ich mache nicht mehr mit. Ich will damit nichts mehr zu tun haben. Ich bin weg. Mach's gut, ich bin auf dem Weg nach Dänemark!«

Ich stampfte fuchsteufelswild davon und ließ ihn im Garten zurück. Am Haus vorbei gelangte ich wieder auf die Straße, die ich entlangging, ohne eine Ahnung zu haben, wo ich mich befand und wohin ich gehen sollte. Ich verlangsamte meine Schritte und blickte mich um. Ich wusste überhaupt nicht, wo ich war. Ich war dem Professor wie immer blind gefolgt und hatte nicht darauf geachtet, welchen Weg wir genommen hatten. Genauso wenig wusste ich, was ich tun sollte. Sollte ich mich zum nächsten Polizeirevier begeben und mich stellen? War das nicht das, was der Professor ohnehin tun wollte – allerdings erst, nachdem er dort eingebrochen war? Ich hatte einen ohnmächtigen Zorn auf diesen Mann, der sich immer durchsetzte und nie auf das hörte, was ich sagte, er nahm keine Rücksicht, auf nichts, der verdammte Kerl. Was ich sagte oder

tat, spielte überhaupt keine Rolle. Weshalb musste er mit mir im Schlepptau auf der Suche nach diesem verdammten Buch durch halb Europa vagabundieren? Warum konnte er mich nicht einfach in Ruhe lassen?
Allmählich wurde mir aber klar, dass ich die größte Wut auf mich selbst hatte und auf die Wahrheit, die mir aufgegangen war, nachdem ich den Professor besser kennengelernt hatte. Ich war wütend darüber, was für ein Feigling ich war im Vergleich zur Unerschrockenheit des Professors. Was für ein Schwächling ich war, im Vergleich zu seinem Durchhaltevermögen. Was für ein Nichtskönner im Vergleich zu seiner Kompetenz. Ich weiß, sie war vielleicht nicht erstrebenswert, diese Art von Mut, die dazu gehörte, in ein Haus einzubrechen, aber wenn viel auf dem Spiel stand, musste man bereit sein, Risiken einzugehen, und das war ich nicht. Es bedurfte eines leidenschaftlichen Engagements, um sich solchen Gefahren auszusetzen, wie sie der Professor seit dem Krieg durchlebt hatte, und darüber verfügte ich nicht. Es bedurfte großer Stärke, ein derartiges Geheimnis ganz allein mit sich herumzutragen. Dass der Professor in diesem Konflikt manchmal Niederlagen einstecken musste, zeigte doch nur, dass er auch nur ein Mensch war. Und was war ich selbst? Ein Angsthase, der sich aus dem Staub machte, wenn wirklich etwas auf dem Spiel stand? Wenn der Professor mich am meisten brauchte?
Ich blieb stehen und verwünschte mich selbst. Dann machte ich kehrt und rannte zurück, bis ich wieder bei Glockners Villa angelangt war. Im Garten hinter dem Haus war der Professor nirgends zu sehen, und ich suchte das Fenster, das er eingeschlagen hatte, um ins Haus zu gelangen. Er hatte die Hand durch das Loch in der Scheibe gesteckt und die Verriegelung geöffnet. Ich brauchte das Fenster nur aufzustoßen, um ins Haus zu gelangen. Ich befand mich

in einer Küche und traute mich nicht, nach dem Professor zu rufen. Ich trat in einen Gang, wo eine große Standuhr die Sekunden zählte. Zu beiden Seiten befanden sich Türen, und ich öffnete die erste. Es war stockfinster, sodass ich die Hand nicht vor Augen sah, aber dem Geruch nach zu urteilen, befand ich mich in einer Vorratskammer. Ich ging wieder auf den Flur und glaubte, an seinem Ende eine Treppe zu erkennen, die nach oben führte. Ich ging hinauf und gelangte in ein großes Arbeitszimmer.

Im gedämpften Schein einer kleinen Schreibtischlampe sah ich, wie sich der Professor über einen Mann beugte, und mir kam es so vor, als sei es Glockner. Ein kleiner Tisch war umgekippt.

»Bist du wieder da?«, fragte der Professor, ohne hochzublicken.

»Was ist geschehen? Ist das nicht Herr Glockner?«

»Glockner ist tot«, sagte der Professor. »Er ist erdrosselt worden, soweit ich sehen kann, mit einem dünnen Stahldraht, den er noch um den Hals hat. Es kann noch nicht sehr lange her sein.«

Der Professor war die Ruhe selbst.

»Was?!«, flüsterte ich. »Ermordet! Er ist ermordet worden?«

»Es hat ganz den Anschein.«

»Das kann doch nicht wahr sein! Was ist passiert?«

»Ich weiß es nicht.«

»Was sollen wir tun?«

»Wir sollten Ruhe bewahren«, sagte der Professor.

»Ruhe bewahren! Müssen wir nicht schleunigst aus dem Haus?! Wir können doch nicht hierbleiben! Was, wenn jemand kommt? Los, komm, wir müssen hier weg!«

»Ruhig Blut, Valdemar«, sagte der Professor und machte keine Anstalten, sich zu rühren.

»Ruhig Blut?!«, sagte ich in panischer Angst. »Wie kann

man da noch ruhig Blut bewahren? Das wird uns doch wieder in die Schuhe geschoben! Begreifst du das nicht? Dieser Mord wird uns zur Last gelegt werden!«
»Es ist sehr wichtig, Valdemar, dass wir Ruhe bewahren. Am besten wartest du unten. Ich möchte mich hier noch ein wenig umsehen.«
»Hast du gesehen, wer das war?«
»Nein, ich habe ihn so vorgefunden.«
Ich trat einen Schritt näher und sah den leblosen Körper von Glockner mit dem Siegelring am kleinen Finger.
»Komm ihm nicht zu nahe«, sagte der Professor und blickte hoch. »Ich kann dir nicht empfehlen, dir die Leiche genauer anzusehen. Ein erwürgter Mann bietet keinen sehr schönen Anblick.«
»Ich kann es nicht fassen«, ächzte ich verzweifelt.
»Ich habe hier nichts angerührt, und das sollten wir auch tunlichst vermeiden.«
»Wer ist zu so etwas fähig?«
»Jetzt muss rasch gehandelt werden«, sagte der Professor. »Ich habe den Verdacht, dass Färber und Glockner von denselben Tätern überfallen wurden, und außerdem glaube ich, dass sie an derselben Sache interessiert sind wie wir, nämlich daran, den *Codex Regius* in die Hände zu bekommen. Möglich, dass es Orlepp junior ist, aber es könnte auch jemand sein, den wir nicht kennen. Wer auch immer es ist, er schreckt nicht vor einem Mord zurück. Wir müssen sehr auf der Hut sein, Valdemar, man weiß nie, was in den Köpfen von solchen Mördern vor sich geht. Ich weiß nicht, was Glockner ihm gesagt hat, bevor er erwürgt wurde, aber es würde mich nicht wundern, wenn er die Begegnung mit uns erwähnt hätte.«
»Meinst du, dass wir auch in Gefahr sind?«
»Ich glaube nicht«, sagte der Professor, und obwohl er ganz ruhig sprach, um mir meine Angst zu nehmen, spürte ich,

wie mir ein Schauder den Rücken hinunterlief. Ich warf rasch einen Blick hinter mich und trat unwillkürlich einen Schritt näher an den Professor heran.

»Glaubst du, dass der Mörder vielleicht noch im Haus sein könnte?«

Der Professor richtete sich auf und sah sich in dem Arbeitszimmer um. Er ging zum Schreibtisch, wühlte in losen Papieren und öffnete Schubladen. Er nahm ein Taschentuch in die Hand, um keine Fingerabdrücke zu hinterlassen.

»Nein, ich denke, er ist fort. Er hat aus Glockner herausbekommen, was er wissen wollte.«

»Müssen wir nicht die Polizei verständigen?«

Der Professor zog eine Grimasse. »Das könnte zu spät sein.«

»Zu spät?«

»Pass auf, dass du nichts anrührst. Wir sind nie hier drinnen gewesen. Wir müssen alles so hinterlassen, wie es war. Ich habe den Verdacht, dass Glockner seinen Mörder gekannt hat. Es sei denn, man hat ihm gedroht. Auf jeden Fall hat er ihn selbst ins Haus gelassen und hier ins Arbeitszimmer geführt. Der Mörder ist nicht eingebrochen.«

»Nein, aber wir sind hier eingebrochen.«

»Das ist richtig, wir sind eingebrochen«, sagte der Professor. »Die Polizei wird aber davon ausgehen, dass das der Mörder war.«

»Wir müssen zur Polizei gehen und ihnen sagen, wie das alles zusammenhängt«, sagte ich.

Der Professor schwieg.

»Wir hatten vor, zur Polizei zu gehen«, erinnerte ich ihn, »das hast du versprochen.«

»Das weiß ich, aber die Situation hat sich inzwischen etwas geändert, findest du nicht?«

»Was meinst du damit?«

»Das musst du doch auch sehen, Valdemar. Wir stehen unter Verdacht, Färber überfallen zu haben, und jetzt stehen wir bei der Leiche von Glockner. Was genau möchtest du der Polizei erzählen?«
»Die Wahrheit?«
»Dass wir in dieses Haus eingebrochen sind und Glockners Leiche gefunden haben?«
»Ja.«
»Und du denkst, dass sie uns das abnehmen werden?«
»Das müssen sie tun. Sie müssen uns das glauben.«
»Sie müssen überhaupt nichts«, sagte der Professor. »Am besten finden sie nie heraus, dass wir hier im Haus waren. Wir können nicht zur Polizei gehen. Nicht jetzt. Nicht sofort.«
»Das ist ja der reinste Irrsinn! Wie kommen wir da je wieder raus? Was können wir tun? Was sollen wir tun?«
»Wir müssen mutig und unerschrocken sein, Valdemar, und ...«
»Wie kann man mutig und unerschrocken sein?«, schnaubte ich den Professor an. »Wie kannst du so ruhig sein? Siehst du nicht die Leiche da? Er ist mit einem Stahldraht erdrosselt worden, und du sagst, wir sollen die Ruhe bewahren?!«
»Es nutzt überhaupt nichts, sich so aufzuführen, Valdemar«, sagte der Professor barsch. »Reiß dich zusammen! Wir müssen herausfinden, was Glockner mit dem *Codex Regius* gemacht hat, dazu sind wir hierhergekommen. Wir müssen herausfinden, ob er ihn bereits verkauft hat oder noch hier bei sich zu Hause aufbewahrt. Verstanden? Und jetzt lass mich nicht wieder solchen Schwachsinn hören!«
Der Professor wandte sich wieder dem Schreibtisch zu und zog eine Schublade nach der anderen auf. Die untersten beiden waren verschlossen. Mit einem Brieföffner gelang es ihm, die eine zu öffnen. Er kramte darin herum, fand

aber nichts von Belang. Er öffnete die unterste Schublade auf dieselbe Weise und sah hinein.
»Moment mal«, sagte er.
»Was?«
Er nahm ein Blatt heraus, das mit einer Büroklammer an einem Briefumschlag befestigt war. Ein Brief an Glockner auf Deutsch. Als ich versuchte, dem Professor über die Schulter zu gucken, glaubte ich zu sehen, dass er vor einigen Wochen in Reykjavík geschrieben worden war.
»Was ist das?«, fragte ich.
»Sigmundur?«, sagte der Professor zu sich selbst, und das Erstaunen in seiner Stimme war nicht zu überhören.
»Was für ein Sigmundur?«
»Ich kenne ihn aus Reykjavík. Noch ein Bibliophiler. Er hat mit Glockner korrespondiert.«
»Sigmundur?«
»... *und bestätige unseren Termin im Oktober*«, las der Professor laut. »*Ich werde die genannte Summe dabeihaben und hoffe, dass das Treffen zur vereinbarten Zeit und in der Form stattfinden wird, die wir ausgemacht haben. Mein Klient ist Ihnen außerordentlich dankbar, dass Sie ihn auf dieses Buch aufmerksam gemacht haben, und lässt Ihnen versichern, dass es die Geschäftsbeziehungen zwischen den beiden Firmen festigen und fördern wird. Wie Sie wissen, hat er ein aufrichtiges und reges Interesse an alter isländischer Literatur und verfügt bereits jetzt über eine ansehnliche Sammlung. Mir selbst ist es eine große Ehre, bei dieser geschäftlichen Transaktion Mittelsmann zu sein. Darüber hinaus obliegt mir die Aufgabe sicherzustellen, dass es sich tatsächlich um das bewusste Buch handelt. Wir wollen Ihnen damit nichts unterstellen, Sie verstehen, dass das nur die üblichen Gepflogenheiten sind. Mein Klient lässt Ihnen auch ausrichten, dass diese Transaktion unter Einhaltung äußerster Diskretion vonstattengehen muss.*«

Der Professor las jetzt stumm weiter.
»Anscheinend haben sie sich hier erst vor kurzem getroffen, vielleicht sogar innerhalb der letzten vierundzwanzig Stunden«, sagte er nachdenklich, nachdem er den Brief zu Ende gelesen hatte. »Sigmundur und Glockner. Der Käufer ist Isländer und lebt in Island, hat wahrscheinlich geschäftliche Kontakte zu Glockner. Er hat den alten Sigmundur nach dem Buch geschickt. Sigmundur wird wohl schon wieder auf dem Heimweg sein.«
Er nahm den Brief noch einmal in Augenschein.
»Was steht da?«, fragte er, indem er mir das Schreiben reichte.
»Wo?«
»Hier, diese Zahlen, was ist das?«
Soweit ich sehen konnte, hatte jemand ganz unten auf den Brief von Sigmundur die Zahlen Zwei und Neun gekritzelt.
»Bedeutet das der zweite Neunte, der zweite September?«, fragte ich.
»Zwei und neun? Neunundzwanzig? Ist das nicht neunundzwanzig?«
»Vielleicht.«
»Was geschieht am Neunundzwanzigsten?«
»Das mag Gott wissen.«
»Falls es sich um ein Datum handelt.«
»Was könnte es sonst sein?«
»Neunundzwanzig ist eine Primzahl«, sagte ich.
»Primzahl? Was bedeutet das?«
»Ich habe keine Ahnung.«
»Primzahl?«
»Hat Glockner das dahin geschrieben?«
»Es ist nicht Sigmundurs Schrift«, sagte der Professor. »Sie könnte von Glockner stammen.«
Wir blickten beide zu Glockners Leiche hinüber.

»Wenn die Mörder ebenfalls hinter dem Buch her sind, hat er ihnen wahrscheinlich von Sigmundur erzählt«, sagte der Professor. »Sie haben Glockner auf dieselbe Weise gefunden wie wir, indem sie zuerst bei Färber waren.«
»Glaubst du wirklich, dass es dieselben Täter sind?«, flüsterte ich.
»Das Buch ist das Einzige, von dem ich mir vorstellen kann, dass es diese Männer verbunden hat. Jetzt ist einer von ihnen tot, und der andere schwebt in Lebensgefahr.«
»Und wir beide auch«, fügte ich hinzu. »Du und ich. Wir stehen auch in Verbindung damit! Glaubst du, dass dieser Sigmundur jetzt den *Codex Regius* hat?«
Der Professor kramte weiter in der Schublade, in der der Brief gelegen hatte, und fand ein paar Schwarz-Weiß-Fotos. Sie waren allem Anschein nach in Glockners Arbeitszimmer gemacht worden. Sie zeigten eine alte eingebundene Pergamenthandschrift, den Deckel vorne und zwei aufgeschlagene Seiten. Der Professor holte tief Luft, als er sah, was dort abgebildet war.
»Das ist das Buch«, murmelte er vor sich hin. »Das sind Fotos vom *Codex Regius*! Glockner hat das Buch in den Händen gehabt. Es hat hier auf dem Schreibtisch gelegen! In diesem Zimmer!«
Der Professor verstummte, während er sich die Fotos ansah. Ich beobachtete ihn und traute mich kaum zu atmen. Er schien seinem Ziel einen Schritt näher gekommen zu sein. Ich fragte mich nur, ob ihm klar war, in welcher gefährlichen Lage er sich befand. Die brutalen Überfälle auf Färber und Glockner hatten der Suche nach dem *Codex Regius* ganz neue Dimensionen verliehen. Ich glaube, keiner von uns zweifelte daran, dass die Gewalttaten etwas mit der Handschrift zu tun hatten und dass wir in der gleichen Gefahr schwebten wie die beiden Deutschen.
»Er hat dem Käufer Fotos geschickt, um ihm das Objekt zu

zeigen«, sagte der Professor schließlich. »Um nachzuweisen, dass es sich um das richtige Buch handelt. Sigmundur hat sie sich angeschaut. Er ist der Unterhändler. Er ist der Experte. Sigmundur versteht sich auf einiges, er hat sicherlich Profit gewittert und sich überdies geschmeichelt gefühlt, den Mittelsmann spielen zu dürfen. Der Käufer hat ihn eingeschaltet, um ganz sicherzugehen, dass alles mit rechten Dingen zugeht, dass Glockner sie nicht betrügen will. Sigmundur hätte es besser wissen müssen, ihm ist bekannt, dass ein Fund wie dieser gemeldet werden muss, da führt kein Weg dran vorbei.«

»Wer ist der Käufer?«

»Wahrscheinlich ein Geschäftspartner von Glockner. Vielleicht ein Großhändler, ein Reeder oder Fischexporteur. Er ist jedenfalls zahlungskräftig.«

»Sollten wir nicht machen, dass wir hier wegkommen?«, gab ich zu bedenken. Ich wollte ungern noch länger in Glockners Haus bleiben.

»Richtig«, sagte der Professor, während er Sigmundurs Brief und die Fotos in die Tasche steckte. »Nichts wie weg!«

»Glaubst du, dass dieser Sigmundur Glockner umgebracht hat?«

Der Professor sah mich verwundert an. »Sigmundur ist ein Tattergreis, der nicht einmal einem Bewusstlosen etwas anhaben könnte.«

Ich versuchte zu lächeln. »Ich habe vorhin etwas voreilig reagiert«, sagte ich verlegen. »Hoffentlich kannst du mir meine Dummheit verzeihen.«

»Mach dir keine Gedanken, ich verstehe dich gut«, sagte der Professor. »Diese Angelegenheit ist bitterernst. Wir müssen herausfinden, auf welchem Weg Sigmundur wieder nach Island reist. Ob er von Deutschland aus fährt oder über Dänemark. Wir müssen ihn finden und ihm klarmachen, dass der *Codex Regius* nicht käuflich erwerbbar ist. Niemand kann diese Handschrift sein Eigen nennen, das muss er verstehen. Er muss sie uns überlassen.«

»Glaubst du, dass Glockner seine Reisepläne gekannt hat?«, fragte ich und warf einen letzten Blick auf die Leiche, bevor wir das Arbeitszimmer verließen.

»Ich fürchte, ja«, sagte der Professor und rannte die Treppe hinunter. »Ich bezweifle aber, dass Sigmundur weiß, in was für einer gefährlichen Lage er sich befindet.«

Plötzlich schoss mir ein anderer Gedanke durch den Kopf, und ich zupfte den Professor am Ärmel. »Falls dieser Orlepp und seine Leute uns die ganze Zeit auf den Fersen waren …«, begann ich entsetzt.

»Ja?«

»Sie schrecken vor nichts zurück.«

»Was willst du sagen, Valdemar?«

»Wie haben sie Färber gefunden? Wir haben ihn nur über Umwege ausfindig gemacht.«

»Ja?«

»Und als Nächstes gingen sie zu Glockner.«

»Ja.«

»Nachdem wir mit ihm gesprochen hatten.«

Der Professor starrte mich an. »Hilde Kamphaus!«, rief er und raste los. »Sie könnten uns zuerst zu Hilde gefolgt sein!«

Zwanzig

Ich war mir vollkommen im Klaren darüber, wie bizarr der Gang der Ereignisse und wie unerhört gefährlich unsere Reise geworden war. Was in Århus und später in Schwerin als spannende Recherche im Hinblick auf eine längst in Vergessenheit geratene Geschichte einer gewissen Rósa Benediktsdóttir aus dem siebzehnten Jahrhundert begonnen hatte, war plötzlich in Berlin zu einem Mordfall ausgeartet, der sich mühelos mit dem Professor und mir in Verbindung bringen ließ. Nie hätte ich mir träumen lassen, dass ich einmal in einer derartigen Situation landen würde, ein Junge, der in den Westfjorden behütet bei seiner Tante aufgewachsen war. Hätte irgendjemand mir gesagt, dass all diese hanebüchenen Dinge passieren würden, hätte ich ihn ausgelacht.

Ich hatte allerdings kaum Zeit, um über so etwas nachzudenken, solange die Ereignisse ihren Lauf nahmen, und im Nachhinein bezweifle ich, dass wir irgendetwas hätten anders machen können. Ich war nur ein Trabant des Professors, er bestimmte die Marschrichtung, doch ehrlich gesagt hatte auch er zu diesem Zeitpunkt nur noch zu einem sehr geringen Maße Einfluss auf den Gang der Dinge.

Die Straßenbahnen fuhren um diese Zeit nicht mehr, und wir eilten durch die menschenleeren Straßen Berlins auf der Suche nach einem Taxi. Der Professor ließ jetzt völlig außer Acht, dass wir vorsichtig sein mussten, er stapfte mit dem Stock in der Hand vorwärts und fluchte darüber, dass keine Taxis unterwegs waren. Erst nach zehn Minuten stießen wir auf eines, das wir anhielten. Der Professor schärfte mir ein, meinen Mund nicht aufzumachen, und sagte dem Taxifahrer in makellosem Deutsch, wo wir hinwollten.

Die Tür des Hauses, in dem Hilde Kamphaus lebte, war unverschlossen, und ich nahm die Treppen im Sturmschritt. Der Professor war langsamer, er versuchte aber schnaufend und keuchend, mir so schnell wie möglich zu folgen. Ich klopfte an die Wohnungstür und lauschte, aber nichts rührte sich. Ich klopfte wieder. Als der Professor oben angekommen war, hämmerte er mit seinem Stock gegen die Tür. Nichts geschah. Wir sahen uns besorgt an.

»Wir müssen die Tür aufbrechen«, sagte der Professor.

Die Tür zur Wohnung nebenan öffnete sich, und ein bulliger, etwa sechzigjähriger Mann steckte den Kopf heraus.

»Was soll denn dieser Krach?«, fragte er.

»Entschuldigen Sie die Störung«, sagte der Professor höflich. »Wir sind auf der Suche nach Hilde Kamphaus. Wissen Sie, wo sie sein könnte?«

»Keine Ahnung«, sagte der Mann und taxierte uns argwöhnisch. »Was wollt ihr von ihr?«

»Sind Sie ihr heute Abend irgendwann begegnet?«, fragte der Professor, ohne auf seine Frage einzugehen.

Der Mann kam nicht ins Treppenhaus, sondern blieb in der Tür stehen, als sei er auf alles gefasst.

»Nein, ich habe sie heute Abend nicht gesehen – und ihre Gören auch nicht.«

»Waren vielleicht andere Leute hier im Haus?«

»Nein, niemand.«

»Vielen Dank«, sagte der Professor mit einem knappen Lächeln, »und entschuldigen Sie noch einmal die Störung.«

Der Mann sah uns noch eine ganze Weile an und schien darauf zu warten, dass wir gingen, aber als das nicht geschah, schloss er die Tür.
Der Professor war im Begriff, die Tür zu Hildes Wohnung aufzutreten, als sie mit ihren beiden Kindern im Treppenhaus erschien.
»Sie schon wieder?«
»Dem Himmel sei Dank«, sagte der Professor und ging ihr entgegen.
Glücklicherweise wusste Hilde nichts von all dem, was in den letzten vierundzwanzig Stunden vorgefallen war. Über unseren Besuch an diesem Abend war sie genauso erstaunt wie über den ersten. Die Kinder drängten sich an ihre Mutter, als sie uns sahen, und ließen sie erst los, als wir in der Küche waren. Wir berichteten ihr, was geschehen war, dass Glockner ermordet worden war und dass Färber, der uns an ihn verwiesen hatte, schwer verletzt im Krankenhaus lag; die Verbrecher seien wahrscheinlich hinter demselben Buch her wie wir, der alten Handschrift, die Hilde aufbewahrt hatte. Sie sagte, dass niemand sie an diesem Abend belästigt hätte, und sie erklärte, keine Feinde zu haben. Sie sah uns zweifelnd an und schien wirklich nicht zu wissen, wovon wir sprachen.
Der Professor versuchte, ihre Ängste zu beschwichtigen und damit gleichzeitig auch unsere eigenen. Er sagte ihr, dass sie vermutlich nicht in Gefahr sei. Die Spur des Buches, nach dem wir suchten, führe jetzt ganz überraschend nach Island. Er wollte aber unbedingt ganz auf Nummer sicher gehen und fragte Hilde Kamphaus, ob sie eine Freundin oder Verwandte hätte, bei der sie zwei oder drei Tage unterkommen könnte. Hilde Kamphaus sah, dass der Professor es ernst meinte, dass seine Besorgnis echt war und dass sie wegen des Buchs möglicherweise in Gefahr schwebte. Obwohl sie nicht ganz begriff, worum es ging, gab sie ohne

weitere Fragen nach und sagte, sie habe eine Schwester in der Nähe von Berlin. Der Professor drückte ihr einen Geldschein in die Hand.
»Reicht das für das Taxi bis dorthin?«
»Ja«, sagte Hilde Kamphaus.
Hilde Kamphaus sah ihn an.
»Ihnen ist es ernst damit«, sagte sie.
»Leider ja«, sagte der Professor. »Wir können kein Risiko eingehen.«
»Weshalb setzen Sie sich nicht mit der Polizei in Verbindung?«, fragte sie. »Die helfen Ihnen bestimmt.«
Das Gesicht des Professors verzerrte sich. »Dann müssten wir unsere Suche unterbrechen und würden Zeit verlieren«, sagte er. »Das müssen wir unbedingt vermeiden.«
»Aber die Polizei könnte Ihnen doch auch bei der Suche behilflich sein«, sagte sie.
»Ich fürchte, nein«, sagte der Professor. »Dazu ist die Sache viel zu kompliziert.«
»Sie glauben, dass wir es getan haben«, rutschte es mir in der Erregung heraus.
»Was getan haben?«
Der Professor sah mich grimmig an. »Die Polizei hat uns im Verdacht, diesen Färber überfallen zu haben«, sagte er mit erzwungener Ruhe. »Das ist natürlich nicht wahr«, fügte er hinzu. »Aber wenn wir zur Polizei gehen würden, würden wir sehr viel Zeit verlieren und damit vielleicht die letzte Chance zunichtemachen, das Buch wiederzufinden.«
»Sie müssen ihm glauben«, sagte ich. »Wir haben uns nichts zuschulden kommen lassen.«
»Und Sie kommen hierher, weil Sie sich meinetwegen Sorgen machen?«
»Ja.«
»Wissen Sie, wer die Täter sind?«

»Nein«, sagte der Professor. »Wir sind nicht sicher, wer das getan hat, aber wir vermuten, dass es dieselben waren, die auch Glockner angegriffen und umgebracht haben.«
Hilde stand auf. »Wir besuchen meine Schwester«, sagte sie.
Sie packte ein paar Sachen in eine Tasche und auch etwas von ihren Essensvorräten, und kurze Zeit später waren wir schon aus der Wohnung heraus und eilten die Treppe hinunter.
Ich sah, dass der bullige Nachbar seine Tür wieder einen Spalt geöffnet hatte, als wir das Haus verließen.
Hilde Kamphaus gelang es nach einigem Warten, ein Taxi zu ergattern, und wir verabschiedeten uns von ihr. Der Professor bedankte sich noch einmal bei ihr, dass sie das Buch Islands gehütet hatte, und sie wünschte uns von ganzem Herzen, dass wir es wiederfinden würden.
»Ich danke Ihnen, dass Sie an mich gedacht haben«, sagte sie.
»Seien Sie auf der Hut«, sagte der Professor.
Wir sahen dem Taxi nach, bis es um eine Ecke bog.
»Auf denn, Valdemar«, sagte der Professor, als es verschwunden war, »jetzt gilt es, diesen Hampelmann von Sigmundur zu finden!«

Der Professor wollte nicht das Risiko eingehen, noch einmal ein Taxi zu benutzen. Er war überzeugt, dass eine Beschreibung von uns beiden veröffentlicht worden war. Den Rückweg zu Frau Bauers Pension legten wir auf wenig befahrenen Straßen zurück und brauchten mehr als zwei Stunden dazu. Als wir uns dem Haus endlich näherten, sahen wir, dass dort die Hölle los war. Streifenwagen mit zuckendem Blaulicht standen davor, und zahlreiche Polizisten, uniformiert und auch in Zivil, hatten es umstellt. Die Haustür stand offen. Ich glaubte, Frau Bauer hinter einem Fenster zu erkennen, war mir aber nicht sicher. Wir waren sofort stehen geblieben, als wir um die Straßenecke gebogen waren und gesehen hatten, was sich da abspielte. Die Polizei fahndete nach uns und hatte offensichtlich bereits herausgefunden, wo wir in Berlin logierten. Sie hatten nur einen Tag dazu gebraucht.

»Sie waren schneller, als ich dachte«, sagte der Professor, während wir um die Ecke spähten.

»Frau Bauer hat sie nicht abwimmeln können«, sagte ich.

»Nein, wohl kaum. Sie hat noch nie in ihrem Leben gut lügen können. Sie haben natürlich auch unser Gepäck gefunden. Ich dachte, wir hätten etwas mehr Zeit.«

»Bist du sicher, dass du nicht mit ihnen sprechen willst?«

»Ja, ganz sicher. Aber ich kann es dir natürlich nicht verbieten. Wenn du zu ihnen hinübergehen möchtest, darfst du das gerne tun. Ich muss zuerst Sigmundur finden.«

Ich brauchte nicht lange zu überlegen. »Ich komme mit dir.«

»Gut.«

»Wie willst du aus Berlin heraus und nach Dänemark kommen?«

»Das wird sich zeigen.«

»Und Sigmundur? Wie willst du ihn finden?«

»Ich bin mir da noch nicht sicher«, sagte der Professor, »aber der Mann reist wohl meistens über Kopenhagen, wenn er in Europa unterwegs ist. Wenn das stimmt, dürfen wir keine Zeit verlieren. Wir können ihn möglicherweise in Kopenhagen finden. Falls nicht, müssen wir nach Island.«

»Nach Island?«

»Wir folgen dem *Codex Regius*. Falls Sigmundur ihn hat, ist er auf dem Weg nach Island.«

»Was … Wie sollen wir aus Berlin herauskommen?«

»Hast du einen Führerschein?«

»Nein, ich bin noch nie Auto gefahren.«
»Ich habe auch keine große Erfahrung damit«, sagte der Professor und zog einen Autoschlüssel aus seiner Tasche. »Aber die liebe Elsa hat gesagt, ich würde mich schnell wieder daran gewöhnen.«
»Elsa? Elsa Bauer?«
»Sie hat ihren Wagen ein paar Straßen weiter geparkt, falls wir in Schwierigkeiten geraten sollten. Sie hat gesagt, ich darf ihn nehmen, wenn ich keinen anderen Ausweg mehr weiß. Der Tank ist voll.«
Frau Bauers Auto war ein schwarzer Volkswagen. Der Professor brauchte eine geraume Zeit, um sich auf ihn einzustellen, aber als er endlich mit der Kupplung zurechtkam, verlief die Fahrt relativ reibungslos.
»Ich bin seit Gittes Tod nicht mehr Auto gefahren«, sagte er und ließ im gleichen Augenblick die Kupplung zu schnell kommen; das Auto machte einen solchen Satz, dass ich mit dem Kopf gegen das Dach stieß.
Wieder wunderte ich mich, wie gut er sich in Berlin auskannte. Er steuerte das Auto kreuz und quer, aber zielstrebig durch ruhige Straßen aus der Stadt hinaus, bis wir die ländlichen Vororte im Ostteil der Stadt erreichten, und bald befanden wir uns auf den wenig befahrenen Landstraßen im Osten Deutschlands. Hier gab es keinerlei Straßenbeleuchtung mehr, und nur die Scheinwerfer des Autos wiesen uns den Weg nach Norden. Ich fragte ihn nicht mehr danach, wie er uns über die dänische Grenze bringen wollte. Die Polizei musste doch inzwischen herausgefunden haben, dass wir dort lebten und wahrscheinlich dorthin zurückkehren würden. Ganz gewiss hatten sie die Grenzpolizei alarmiert. Ich gab mir Mühe, den Gedanken, dass man wahrscheinlich inzwischen sowohl in Dänemark als auch in Island von der Fahndung wusste, zu verdrängen. Falls dem Professor

dies Kopfzerbrechen bereitete, brachte er es jedenfalls nicht zur Sprache. Seine Gedanken kreisten wohl einzig und allein um den *Codex Regius* und die verschollenen Seiten der Lücke.

»Wenn man es richtig bedenkt«, sagte ich, »ist es vielleicht ja eine gute Sache, wenn der *Codex Regius* wieder auf dem Weg nach Island ist?«

Wir waren lange über eine holperige Schotterstraße gefahren. Wir hatten keine Karte dabei. Ich wusste nicht, wie gut er sich in dieser Gegend Ostdeutschlands auskannte, hätte mich aber um kein Geld in der Welt getraut, ihn danach zu fragen. Durch das angenehme Ruckeln des Autos war ich ziemlich schläfrig geworden, und auch das Motorengeräusch wirkte recht einlullend. Der Professor sagte mir, ich solle einfach ein Nickerchen machen, aber es gelang mir nicht, richtig einzuschlafen. All das, was auf unserer Reise passiert war, ließ mir keine Ruhe – Glockners Leiche, die Situation, in der der Professor und ich uns befanden, unsere Flucht.

»Es ist nicht egal, wie mit dem *Codex Regius* verfahren wird«, sagte der Professor unvermittelt.

Er bat mich, seine Schnupftabaksdose aus der Jackentasche zu holen und sie zu öffnen. Ich fasste in seine Tasche und fand die Dose. Als ich die Hand herauszog, sah ich, dass ich ein anderes, kleineres Döschen mit erwischt hatte.

»Aus welcher willst du?«, fragte ich.

Er sah aus den Augenwinkeln auf die Dosen.

»Aus der mit dem Schnupftabak«, sagte er.

Ich öffnete die Dose und hielt sie ihm hin. Er streckte die Hand aus, nahm sich mit den Fingerspitzen eine ordentliche Prise und sog sie schniefend ein. Ich schloss die Dose wieder.

»Man kann sich diese Handschrift nicht einfach durch Kauf und Verkauf aneignen, so wie man mit Fisch handelt«, fuhr er fort, während er sich mit dem Zeigefinger unter der Nase herwischte. »Sie ist nicht das Eigentum von irgendwelchen Leuten. Seit dem Zeitpunkt, als sie in die Hände von Bischof Brynjólfur gelangte, gehört sie der ganzen Nation. Sie gehört den Isländern. Es darf nicht sein, dass sie gestohlen und irgendwohin verkauft wird, wo sie dann weiterverkauft und womöglich wieder gestohlen wird – ein einziger Teufelskreis.«

»Wenn wir den Käufer in Island finden ...«

»Ich hoffe doch sehr, dass sie gar nicht erst nach Island gelangt«, unterbrach mich der Professor. »Sie wird zwar zum Schluss dort enden, davon bin ich überzeugt, aber zur richtigen Zeit und auf dem richtigen Wege. Nicht auf diesem Wege, das geht nicht.«

Wir fuhren weiter durch die Finsternis.

»Mach das kleine Döschen für mich auf«, sagte der Professor.

Ich hielt immer noch die beiden Dosen in der Hand, die ich aus der Jackentasche des Professors gefischt hatte.

»Dieses hier?«, fragte ich, indem ich die kleinere Dose hochhielt. Sie war sehr leicht und aus Holz und hübsch bemalt.

»Ja, mach es auf.«

Als ich den Deckel abnahm, kam ein feines weißes Pulver zum Vorschein.

»Gib mir ein bisschen davon auf meinen Handrücken«, sagte er und streckte seine Hand aus.

Ich tat wie geheißen, und er schnupfte das Pulver.

»Was ist das?«, fragte ich.

»Man nennt es Amphetamin«, sagte der Professor. »Ich mische das manchmal in den Schnupftabak. Es hält einen wach und munter.«

»Amphetamin?«, sagte ich fragend.

»Mein Apotheker besorgt mir das«, sagte der Professor.

»Dadurch wird die Wirkung des Schnupftabaks enorm gesteigert.«
Ich hatte schon von diesem Stoff gehört, aber nie selbst davon Gebrauch gemacht. Ich wusste von Studenten in Island, die so etwas im Prüfungsstress nahmen.
»Vor vielen Jahren war ich einmal in Paris«, sagte der Professor. »Da habe ich den Louvre besucht und bin vor der Mona Lisa gestanden, dem größten Meisterwerk der italienischen Renaissance. Ich musste daran denken, warum dieses Gemälde berühmter ist als alle anderen. Es stammt natürlich von Leonardo da Vinci, und von dem gibt es gar nicht mal so viele Gemälde. Dieses Bild hat auch eine bedeutende Geschichte, es wurde ebenfalls geraubt. Mona Lisas Lächeln fasziniert die Menschen seit Jahrhunderten. Über ihr schwebt eine Gelassenheit, ein vollkommener Gleichmut, und wir spüren, dass sie ein Geheimnis bewahrt, das wir nicht kennen. Mit diesem Geheimnis lächelt sie seit Jahrhunderten in die Welt. Und dann fiel mir der *Codex Regius* ein, und ich begann zu überlegen, was die Italiener wohl darüber denken, dass die Mona Lisa in französischem Besitz ist und de facto die Hauptattraktion in einem französischen Museum darstellt.«
Der Professor wich einem Loch auf der Straße aus.
»Du meinst, dass du den *Codex Regius* beispielsweise nicht im Louvre sehen möchtest?«, fragte ich und kippte gegen die Tür.
»Weder dort noch in der Königlichen Bibliothek in Kopenhagen oder zu Hause bei irgendeinem isländischen Geldsack«, sagte der Professor, der wieder auflebte. »Sie gehört in ein isländisches Handschriftenmuseum. Es wird dazu kommen, dass die Dänen uns die Handschriften zurückgeben, davon bin ich überzeugt, und der *Codex Regius* wird hoffentlich dabei sein. Es ist unsere Pflicht, dieses Buch zu

hüten und heil an kommende Generationen weiterzugeben. Ein solches Kleinod kann nicht einem einzigen Menschen gehören.«

»Aber man kann doch nicht die Geschichte immer wieder neu schreiben. Der Gang der Geschichte hat dafür gesorgt, dass die Mona Lisa in einem Pariser Museum gelandet ist. Und der *Codex Regius* gelangte in die Königliche Bibliothek. Es ist schwierig, das Rad der Geschichte zurückzudrehen. Liegt das in unserer Hand?«

»Im Augenblick sieht der Gang der Geschichte vor, dass der *Codex Regius* in Privatbesitz übergeht. Findest du nicht, dass man etwas dagegen unternehmen muss?«

»Was wissen wir darüber? Vielleicht will der neue Besitzer ihn ja an die Königliche Bibliothek in Kopenhagen zurückgeben.«

»Das ist doch wohl alles andere als wahrscheinlich.«

»Geht es nicht in erster Linie darum, dass du Angst davor hast, dass alles auffliegt?«, erlaubte ich mir zu fragen. »Dass du die ganzen zehn Jahre nicht die Wahrheit über das Buch gesagt hast? Dreht es sich nicht in Wirklichkeit darum? Es wäre vielleicht möglich gewesen, die Handschrift in einer gemeinsamen Aktion von Dänen, Deutschen und Isländern zu finden, aber du hast nie gesagt, dass das Buch gar nicht mehr da ist. Ist das nicht der wahre Grund dafür, dass wir steckbrieflich gesucht werden und hier irgendwo in Deutschland im Auto von Frau Bauer auf der Flucht sind?«

»Du solltest versuchen, etwas zu schlafen«, sagte der Professor. »Jetzt redest du wieder Unsinn. Unglaublich, was du so daherschwafeln kannst, Valdemar, wenn du müde bist.«

»Du weißt, dass dein Verhalten vollkommen entschuldbar war«, sagte ich. »Niemand würde dir Vorwürfe machen, das weißt du. Die Nazis haben Kunstschätze geraubt, wo immer sie hinkamen, viele von den kostbarsten Kunstwerken Europas. Hitler hat davon geträumt, ein gigantisches Kunstmuseum zu bauen, das er mit diesen geraubten Kunstwerken füllen wollte. Es sollte in Linz entstehen, du kennst die Geschichte. Im Vergleich zu solchem Größenwahnsinn ist der *Codex Regius* beinahe eine Lappalie.«

»Es kann schon sein, dass ich das korrigieren will, was im Krieg schiefgelaufen ist, und das Buch wieder an seinen Platz stellen möchte, ohne dass alles an die große Glocke gehängt wird. Es kann gut sein, dass ich insofern stur bin, als ich die Dinge an ihrem Platz haben möchte, aber das lässt sich nun einmal nicht ändern.«

»Ich verstehe bloß nicht, weshalb du dir solche Vorwürfe machst. Alle müssten doch Verständnis für die Situation aufbringen können, in der du dich befunden hast.«

Der Professor holte tief Atem.

»Du hast sicher irgendwelche Ausgaben der Edda gelesen«, sagte er.

»Ja, natürlich«, antwortete ich.

»Hast du darin irgendeine Lieblingspassage, einen Lieblingsabschnitt oder so etwas?«

Ich überlegte. »Ich weiß nicht, ob ich da etwas Bestimmtes nennen kann«, sagte ich, denn ich interessierte mich eigentlich mehr für die Isländersagas, zögerte aber, das zuzugeben.

»Ich habe eine besondere Vorliebe für das *Atli-Lied*«, sagte der Professor. »Dort findet sich die Quintessenz aller Heldendichtung und des Heldenmuts. Sie handeln von Männern, die über den Tod triumphieren. Gunnar und Högni, das sind meine Leute.«

»Gunnar und Högni?«

Der Professor lächelte:

Da lachte Högni,
als zum Herzen sie schnitten
dem kühnen Kämpfer,
ihm fiel nicht ein zu klagen.
Blutig auf einer Schale
brachten sie es Gunnar.

Ich versuchte, mich an die tragischen Geschehnisse des *Atli-Lieds* zu erinnern, doch der Professor kam mir zuvor und erzählte mir die Geschichte, während das Auto stetig gen Norden rollte. Er sprach darüber, dass die meisten Heldengedichte in der Edda etwas mit dem Gold im Rhein zu tun hatten, das Sigurd der Drachentöter dem Drachen Fáfnir auf der Gnitterheide abgewonnen hatte. Den Hunnenkönig Atli gelüstete es nach dem Gold, das die Brüder Gunnar und Högni Sigurd abgenommen und im Rhein versenkt hatten. Atli lud sie zu einem Fest ein, und sie nahmen die Einladung trotz der Warnung treuer Freunde an; sie waren bereit, ihrem Schicksal unerschrocken ins Auge zu blicken, was immer es für sie bereithielt. Bei diesem Fest nahm Atli die beiden gefangen und verlangte von ihnen, ihm das Versteck des Goldes zu verraten, aber die Brüder weigerten sich, den Ort preiszugeben. Als Atli sie durch Foltern dazu zwingen wollte, bat Gunnar darum, ihm das Herz seines Bruders Högni zu bringen. Högni sah seinem Tod mit beispiellosem Heldenmut entgegen und lachte, als ihm das Herz bei lebendigem Leib herausgeschnitten wurde. Atli merkte nicht, in welche Falle er getappt war, denn damit war Gunnar der Einzige, der wusste, wo das Gold versteckt war. Er weigerte sich, Atli den Ort zu verraten, und wurde in die Schlangengrube geworfen, wo er die Harfe spielte, bis sein Leben erlosch. Atli hat nichts über das Gold herausfinden können.

»Das ist das großartigste Lied in der Edda«, erklärte der Professor, »und es kann gut sein, dass ich mich davon beeinflussen ließ.«

Er schwieg eine Weile.

»Ich war entschlossen, nicht nachzugeben«, fuhr er dann fort. »Ich glaubte damals im Shell-Haus, ich sei bereit, meinem Tod ins Auge zu blicken, und ich wollte ihn mit offenen Armen empfangen. Aber es stellte sich heraus, dass ich ein Feigling war. Ich war nicht stark genug, als es darauf ankam. Und so wurde uns der *Codex Regius* geraubt. Im entscheidenden Augenblick hielt ich der Belastung nicht stand.«

»Aber …«

»So war es, und wir brauchen keine weiteren Worte darüber zu verlieren.«

Dieses Bekenntnis verschlug mir die Sprache. Er hatte mir einen dieser seltenen Einblicke in seine Seele gegeben, in seine Auffassung der alten Heldengedichte, mit denen er sich identifizierte und in denen er das Vorbild für sein eigenes Leben sah. Er hatte versagt. Er hatte seine Helden verraten, er hatte den *Codex Regius* verraten, aber in allererster Linie sich selbst.

»Ich hätte sie mir lieber das Herz herausschneiden lassen und über sie lachen sollen, als zu Kreuze zu kriechen«, sagte er so leise, dass ich ihn kaum verstehen konnte.

»Ich war lange Zeit wie von Sinnen«, fuhr er nach einiger Zeit fort, »viele Wochen, viele Monate lang. Dann ging der Krieg zu Ende, die Zeit verstrich, und später gelangte ich zu der Überzeugung, dass niemand mir glauben würde, dass alle denken würden, ich hätte das alles nur erfunden. Einige sind der Ansicht, dass ich eine Marionette der Nazis gewesen sei. Was sollte ich dazu sagen? Es gab da Leute, die nur zu gern glauben wollten, dass ich den Nazis das Buch auf einem silbernen Tablett präsentiert hätte. Dass ich ein doppeltes Spiel gespielt und mit ihnen kollaboriert hätte. Wie hätte ich diese Leute überzeugen können? Wer hätte mir geglaubt?«

Das Auto zuckelte in der Dunkelheit vorwärts. Ich wusste nicht, was ich darauf erwidern sollte. Ich begriff diese Welt, an die er glaubte, in der er zu Hause war, nicht so richtig.

»Besitzt jemand die Mona Lisa?«, fragte ich nach langem Schweigen. »Gehört sie nicht der ganzen Welt, auch wenn die Franzosen sie aufbewahren?«

»Ich denke nicht so international wie du«, antwortete der Professor. »Nach meinem Verständnis wird sie immer in Italien zu Hause sein.«

»Und der *Codex Regius* in Island.«

»Nirgendwo anders. Diese Handschrift ist einzigartig auf der Welt, genau wie die Mona Lisa. Den Text gibt es in vielen Ausgaben, genauso wie es unzählige Nachdrucke der Mona Lisa gibt, aber es gibt nur ein Original, nur einen *Codex Regius.*«

Von der Landschaft, durch die wir fuhren, war nichts zu erkennen, ich sah nur das Scheinwerferlicht und das von ihm beleuchtete Stück der Straße, die uns aus Deutschland herausführen sollte.

»Wer ist dieser Sigmundur?«, fragte ich nach einigem Schweigen. »Was weißt du von ihm?«

»Falls Glockner wegen des Codex umgebracht worden ist, befürchte ich, dass Sigmundur in großer Gefahr schwebt, ohne es zu wissen«, sagte der Professor. Da die Straße jetzt etwas besser war, gab er Gas und warf einen Blick auf seine Armbanduhr.

Dann erzählte er mir, dass Sigmundur der Sohn eines Kaufmanns aus Reykjavík war, der das Geschäft seines Vaters geerbt und in den Bankrott getrieben hatte. Er hatte sich im Studium auf das Mittelalter konzentriert, konnte sowohl Griechisch als auch Latein und hielt sich für einen Experten in alten isländischen Handschriften, was der Professor jedoch sehr bezweifelte. Sigmundur sammelte Bücher und erbte die große Bibliothek seines Großvaters. Als das Geschäft nicht mehr florierte, eröffnete er ein Antiquariat. Der Professor sagte, dass Sigmundur sich mehrmals um eine Stelle an der Universität beworben hätte, aber immer abgewiesen worden sei. Er hatte Artikel in Zeitschriften veröffentlicht und merkwürdige Theorien über den Ursprung der Isländer aufgestellt, die völlig konträr zu den akzeptierten Erkenntnissen waren. Er hatte sogar ein Buch herausgegeben, in dem er seine Hypothesen darlegte, aber kaum jemand hatte sich dafür erwärmen können. Er war bekannt dafür, dass er die Dänen hasste, weil sie die Isländer jahrhundertelang unterdrückt hatten, und er war der Überzeugung, dass die Zeit von 930 bis 1262, in der man vom isländischen Freistaat sprach, Anfang und Ende der isländischen Blütezeit darstellte. Solche Zeiten würde es nie wieder in Island geben.

»Er ist so ein typischer Eigenbrötler«, fügte der Professor hinzu. »Wenn es irgendjemanden gibt, der es originell finden würde, den *Codex Regius* nach Island zu schmuggeln, dann er.«

»Würde er imstande sein, das Buch zu identifizieren?«

»Ja, er hat es in der Königlichen Bibliothek mit eigenen Augen gesehen.«

»Besitzt er dieses Geschäft in der Ingólfsstræti?«, fragte ich, denn ich erinnerte mich an ein Antiquariat dort, das ich manchmal besucht hatte, wenn ich durch die Stadt gebummelt war, und an ein altes, weißhaariges Männchen, das hinter Bücherstapeln hockte und Kinder, die sich in den Laden verirrten, rigoros aus dem Geschäft scheuchte.

»Ja, genau da war Sigmundur, als ich das letzte Mal von ihm hörte«, sagte der Professor. »Er reist manchmal nach Kopenhagen und von da aus durch Skandinavien, nach

Deutschland und in andere Länder und stöbert nach Büchern, aber soweit ich weiß, hat er nie etwas Bedeutendes gefunden.«

Ein neuer Tag kündigte sich im Osten an. Der Professor am Steuer wirkte ungewöhnlich aufgekratzt, aber ich war todmüde und nickte immer wieder auf dem Beifahrersitz ein. Dabei gingen mir all die unfassbaren Dinge durch den Kopf, die sich ereignet hatten, seit ich mein Studium – falls man es denn ein Studium nennen konnte – an der Universität Kopenhagen aufgenommen und den Professor kennengelernt hatte. Ich musste an meine Tante denken. Sie hatte mich zwar darum gebeten, dem Professor Grüße auszurichten, aber sie hatte nur wenige Worte über ihn verloren. Bei meinem letzten Besuch in den Westfjorden, bevor ich zum Studium ins Ausland gegangen war, hatte ich sie gefragt, ob sie ihn persönlich kennen würde, aber keine Antwort darauf erhalten. Sie erklärte, über ihn gehört zu haben, dass er ein angesehener Gelehrter und ohne Zweifel eine Kapazität auf seinem Gebiet sei, sodass ich sehr viel von ihm lernen könne. Meine Tante machte nie viele Worte.

Ich stöhnte. Die Sonne erhob sich über dem Horizont. Gut möglich, dass der Professor spürte, dass ich an Island dachte.

»Vermisst du Island?«, fragte er.

»Nein, eigentlich nicht«, sagte ich. »Obwohl ich im Augenblick wegen dieses furchtbaren Schlamassels, in den wir hineingeraten sind, lieber dort wäre.«

»Ich vermisse es manchmal«, sagte der Professor. »Dann sehne ich mich danach, auf diesen unmöglichen Straßen durch das Land zu reisen. Ich vermisse die isländische Kühle und die blauen Berge in der Ferne. Ich vermisse es, wenn der Winter hereinbricht, ein richtiger Winter mit Massen von Schnee und Stürmen, die tagelang anhalten können. Ich sehne mich danach, Treibeis zu sehen. Ich vermisse auch die langen Tage im Frühsommer, wenn die Sonne nicht untergeht, sondern sich nur etwas senkt und die Sommernacht mit diesem eigenartig kühlen Licht erhellt.«

Der Professor verstummte. Ich hatte immer noch keine Vorstellung, wie er uns über die dänische Grenze bringen wollte, und vermied es, allzu viel darüber nachzudenken.

»Hast du es gut bei deiner Tante gehabt?«, fragte er.

»Ja«, antwortete ich.

»Wann hast du deine Mutter zuletzt getroffen?«, fragte er und redete wie gewöhnlich nicht lange um die Sache herum.

Ich zögerte einen Augenblick, denn ich erinnerte mich an unsere letzte Begegnung; ich saß mit ihr in einem Café, und wir hatten einander nicht das Geringste zu sagen. Sie war wie immer geschmackvoll gekleidet und hatte knallroten Lippenstift aufgelegt. Ich fühlte mich irgendwie schüchtern dieser unbekannten Frau gegenüber, die doch meine Mutter war.

»Sie war vor etwa zwei Jahren in Island«, sagte ich nachdenklich. »Ich habe sie in Reykjavík getroffen. Meine Adresse hatte sie von meiner Tante, und eines Tages stand sie vor meiner Zimmertür.«

Es war Dezember, und sie trug einen dicken Pelzmantel und stand vor der Tür zu meinem Zimmer. Ich erschrak. Ich hatte sie jahrelang nicht gesehen.

»Da bist du ja, mein Liebling«, sagte sie, als ich die Treppe hinaufkam. »Kommst du von der Universität?«

»Ja«, sagte ich zögernd.

»Wie kalt das hier auf dem Flur ist. Ich hoffe, in deinem Zimmer ist es nicht so kalt.«

Ich hatte ein Zimmer auf dem Frakkastígur gemietet, oben

unter dem Dach, wo es drei Zimmer mit separatem Eingang gab. Eine steile Treppe führte hinauf in den kleinen Flur, und meine Mutter in ihren feinen Sachen war dort hinaufgekraxelt.

»Freust du dich denn nicht, mich zu sehen?«, fragte sie.

»Ich wusste gar nicht, dass du im Lande bist«, sagte ich und merkte, wie ungeschickt ich mich dabei anstellte, der Frage auszuweichen.

»Komm«, sagte sie, »ich möchte mit dir in ein Café gehen.«

Ich nickte zustimmend und stellte meine Tasche ins Zimmer. Wir spazierten zuerst zusammen den Laugavegur hoch, und ich fand es seltsam, vor aller Augen an ihrer Seite zu gehen. Ich weiß, dass es dummes Zeug ist, aber es kam mir so vor, als starrten die Leute uns an und tuschelten über die Frau in dem tollen Mantel mit der modischen Tasche über der Schulter, die an der Seite dieses ungelenken, in einen schäbigen Mantel gekleideten Jungen ging, der ihr Sohn war und um den sie sich fast sein ganzes Leben lang nie gekümmert hatte. Dann gingen wir unter den weihnachtlichen Lichterketten, die über die Straße gespannt waren, den Laugavegur wieder hinunter und setzten uns ins Hotel Borg. Meine Mutter bestellte sich einen Likör zum Kaffee. Als sie den getrunken hatte, winkte sie den Kellner herbei und bat um einen Gin Tonic, wenn er so freundlich sein möge.

»Wie hältst du es mit dem Alkohol, mein lieber Valdemar?«, fragte sie.

Unterwegs hatten wir die meiste Zeit darüber gesprochen, weshalb sich meine Tante da in den Westfjorden abschuftete, und meine Mutter sagte, es sei die reinste Tragödie, dass sie nie einen anständigen Mann getroffen hätte. »Es ist kein Spaß, eine alte Jungfer zu werden«, sagte sie lächelnd, und ich musste wieder einmal daran denken, wie verschieden die beiden Schwestern waren.

»Vom Alkohol halte ich mich möglichst fern«, antwortete ich.
»Das ist gut«, sagte sie.
»Wie lange wirst du bleiben?«, fragte ich. »Ich meine, in Reykjavík.«
»Wir sind erst vor ein paar Tagen in Keflavík gelandet«, sagte sie. »Gerald, mein neuer Mann, ist auf dem Weg nach Korea. Ich weiß kaum, wo das auf dem Globus liegt, aber dort ist Krieg, das weißt du sicher, nicht wahr? Das müsst ihr doch auch hier gehört haben. Die führen doch immer irgendwo Krieg, diese Amis.«
Ich nickte.
»Er soll da irgendeinen Büroposten übernehmen. Ach, ich weiß nicht ... Erzähl mir lieber etwas über dich. Deine Tante hat gesagt, dass du fleißig studierst.«
»Ja«, sagte ich.
»Und am Ende wirst du vielleicht Professor?«
Sie sagte das so, als fände sie das nichts Besonderes, und ich erinnere mich, dass ich überlegte, was für sie wohl etwas Besonderes war. Ich fragte sie aber nicht danach.
»Ich überlege, ob ich mein Studium in Kopenhagen fortführen soll«, sagte ich.
»Da war ich schon einmal«, erklärte sie.
Und dann musste sie mir natürlich ausführlich berichten, wie es in Kopenhagen gewesen war: Sie erzählte mir Geschichten von Leuten, die ich gar nicht kannte, und von ihren Reisen in die vielen anderen Städte. Und Geschichten über sich selbst in Amerika. Mir wurde auf einmal klar, dass sie mich gar nicht besucht hatte, um etwas über mich zu erfahren. Meine Tante hatte Recht, wie immer. Meine Mutter dachte an niemand anderen als an sich selbst, und wenn sich das Gespräch nicht um sie drehte, langweilte sie sich. Nie hatte ich das so deutlich gemerkt wie da im Hotel Borg, als sie unentwegt über die Reisen redete, die sie mit

ihrem neuen Mann Gerald unternommen hatte, und darüber, was sie von der Welt gesehen hatte, den Eiffelturm und alles mögliche andere, was ich sofort wieder vergaß. Ich spürte schmerzhaft, dass ich keinerlei Verbindung zu dieser unbekannten Person hatte. An diesem seltsamen Nachmittag, als sie mich überraschend besuchte und sich einen Augenblick bemühte, Interesse für meine Angelegenheiten aufzubringen, kam ich mir vollkommen überflüssig vor.

»Du bist aber schweigsam«, sagte sie, als der Kellner ihr einen weiteren Gin Tonic brachte.

Ich fand nicht, dass ich höflich sein musste. Ich fand, dass ich dieser Frau gegenüber keine Verpflichtungen mehr besaß. Deswegen sagte ich es einfach geradeheraus, aber zuerst musste ich mich räuspern. Ich blickte mich im Restaurant um. Da war außer uns fast niemand.

»Ich wollte dich schon lange nach etwas fragen«, sagte ich. »Wir haben irgendwann früher einmal darüber gesprochen – oder zumindest ich.«

»Um was geht es, mein Liebling?«, fragte sie und trank einen Schluck. Vielleicht hatte sie schon einen kleinen Schwips.

»Wer ist mein Vater?«, fragte ich ganz direkt.

Sie stellte das Glas ab.

»Haben wir nicht häufig genug darüber geredet?«, sagte sie.

»Im Grunde genommen nicht«, entgegnete ich. »Du hast mir nie etwas darüber gesagt. Ich weiß nicht, wer es ist. Und meine Tante weiß es auch nicht.«

»Mein Liebling«, sagte sie. Es hatte den Anschein, als wolle sie weiterreden, aber dann brach sie ab.

»Ich habe dich bereits früher gefragt«, sagte ich. »Ich habe versucht, mit dir darüber zu sprechen.«

Sie sah mich an. Ihr roter Lippenstift klebte am Glas, und

jetzt holte sie ihr Kosmetiketui aus der Tasche und zog sich die Lippen nach.
»Du klingst, als seist du böse auf deine Mutter«, sagte sie und betrachtete sich in einem kleinen Handspiegel.
»Ich bin nicht böse«, sagte ich. »Aber weißt du es? Weißt du überhaupt, wer mein Vater ist?«
Sie sah mich an, ohne zu antworten.
»Oder spielt es überhaupt keine Rolle für dich?«, sagte ich und spürte Wut in mir aufsteigen.
»Ich hätte mich vielleicht besser um dich kümmern sollen«, sagte sie und steckte ihr Kosmetiktäschchen wieder ein.
»Du hast dich nie für mich interessiert«, sagte ich. »Du interessierst dich nur für dich selbst. Du hast nie etwas mit mir zu tun haben wollen, und ich habe mich schon seit langem damit abgefunden. Ich möchte bloß wissen, wer mein Vater ist, ob ich ihn treffen kann, ob er weiß, dass es mich gibt. Ich hätte gern gewusst, ob er weiß, dass ich sein Sohn bin.«
Meine Mutter blickte verlegen in alle Richtungen. Es bestand keine Gefahr, dass irgendjemand uns hörte.
»Vielleicht war es ein Fehler, dich zu besuchen«, sagte sie. »Du bist immer so reizbar.«
»Nein«, sagte ich und stand auf. »Es war ein Fehler, mich in die Welt zu setzen. Das war der einzige Fehler.«

Ein Stein prallte so heftig von unten gegen das Auto, dass ich hochschreckte und den Professor ansah.
»Scheiße, das ist ja wie auf den isländischen Straßen«, sagte er. »Ich dachte, du seist eingeschlafen.«
»Nein, ich habe nachgedacht.«
»Über deine Mutter?«
»Ja, auch über sie.«
Ich spürte, dass er mit sich kämpfte, ich sah ihn von der

Seite an. Es war, als wollte er mir etwas sagen, aber er ließ es bleiben.
»Wo sind wir?«
»Wir sind bald in Sassnitz. Von dort kommen wir über die Ostsee nach Dänemark.«
»Und wie?«
»Da wird sich schon etwas finden.«
Als wir nach Sassnitz kamen, fuhr der Professor schnurstracks zum Hafen und stellte den Wagen in einer stillen Seitenstraße ab. Möglicherweise fahndete man bereits nach diesem Auto, und der Professor wollte es an einer möglichst unauffälligen Stelle parken. Unsere Fahrt war bis dahin ohne Zwischenfälle verlaufen. Wir hatten nur einmal angehalten, um zu tanken, und keinerlei Aufmerksamkeit erregt. Der Professor deutete auf eine Kneipe unten am Hafen und sagte mir, ich solle dort auf ihn warten. Ich wusste nicht, was er vorhatte, war aber zu müde, um danach zu fragen. Wir waren die ganze Nacht durchgefahren. Wir mussten irgendwie den Rest des Tages in Sassnitz totschlagen, denn der Professor hatte vor, auf die Dunkelheit zu warten. Daraus bestand jetzt unser Leben.
Ich ließ mich in dieser Kneipe auf eine Bank an einem leeren Tisch fallen und bestellte beim Wirt ein Bier. Dann saß ich nur da, starrte vor mich hin, schlürfte mein Bier und wartete auf den Professor. Es war so warm in dem Lokal, dass mir ziemlich bald der Kopf auf die Brust sank, und bevor ich mich versah, war ich eingeschlafen.
Ich wachte davon auf, dass der Professor mich rüttelte. Er hatte sich an den Tisch gesetzt und bereits einen halben Krug Bier geleert. Die Schnupftabaksdosen standen vor ihm auf dem Tisch, und mit einem Taschenmesser vermischte er den Tabak mit Amphetamin. Von dieser Mischung gab er eine Prise auf die Messerspitze und schnupfte sie, und

anschließend gab er eine weitere Prise auf die Spitze und führte sie zum anderen Nasenloch.

»Bist du wach?«, fragte er, als ich mich aufgerichtet hatte.

»Ich weiß es nicht«, antwortete ich. »Ist es schon Abend?«

»Ja.«

»Brauchst du eigentlich gar keinen Schlaf?«, fragte ich.

»Nicht, solange ich das hier habe«, sagte er und steckte die Dosen wieder in die Tasche. »Wir müssen los. Bist du bereit?«

»Bereit zu was?«

»Zu einer kleinen Seefahrt«, sagte der Professor und leerte sein Bierglas. »Du machst den Mund nicht auf, bis wir losgefahren sind.«

»Was?«

»Ich habe einen Mann gefunden, der uns helfen wird. Ich habe ihm gesagt, dass wir zwei Ostdeutsche wären, die nach Dänemark rüberwollen, aber er sagte, er bräuchte keine Erklärungen dafür, weshalb wir nicht legal über die Grenze könnten, ich müsste ihm einfach den festgesetzten Preis bezahlen. Er hat ein kleines Boot, wahrscheinlich ist er Schmuggler.«

»Wer? Über wen redest du?«

»Den Kerl auf dem Fischerboot.«

Als wir zum Hafen hinuntergingen, war es bereits stockfinster. Dort wartete ein Mann auf uns, der auf die fünfzig zuging, er trug eine Jeans und Gummistiefel und dazu einen dicken Anorak und eine Schiffermütze. Er begrüßte den Professor per Handschlag und gab mir ebenfalls die Hand. Dessen eingedenk, was der Professor gesagt hatte, gab ich keinen Ton von mir. Der Mann führte uns zu seinem kleinen Boot. Wir sprangen an Bord, und bald tuckerten wir aus dem Hafen heraus. Der Mann, von dem ich nie erfuhr, wie er hieß, schien sich hervorragend auszukennen. Er steuerte das Boot sicher in die Dunkelheit hinein,

wobei er sich an seinen Kompass und seine Armbanduhr hielt. Nach einer halben Stunde Fahrt machte er Licht an Bord, erhöhte die Fahrt und nahm Kurs auf Gedser, eine kleine Hafenstadt an der Südspitze der Insel Falster.
Ich weiß nicht, wie lange wir schon unterwegs waren, als weit hinter uns am Horizont ein Licht auftauchte, über das Meer strahlte und unseren Seemann ziemlich unruhig machte. Er fluchte und legte den Fahrthebel auf volle Kraft voraus. Dann rief er etwas, was ich nicht verstand. Der Professor rief ihm zu, dass das möglicherweise ein deutsches Küstenwachboot sein könnte. Der Lichtkegel wurde rasch größer, und der Professor wandte sich mir zu.
»Er sagt, wir sollen ins Meer springen. Wir sind nicht weit vom Land.«
»Ist das die Küstenwache?«
»Ja.«
Ich starrte in die Dunkelheit hinaus. »Ich sehe kein Land«, sagte ich.
»Er sagt, wir bräuchten höchstens zehn Minuten zu schwimmen. Los!«
Der Seemann brüllte uns etwas zu. Der Professor und ich sahen uns in die Augen, und dann blickte ich wieder in Richtung des Lichtstrahls, der sich rasch näherte.
»Los jetzt!«, rief der Professor und zog mich mit. Bevor ich mich versah, klatschten wir auf das Wasser. Das Meer war eiskalt, und ich rang nach Atem, als ich wieder auftauchte. Der Professor kam ebenfalls prustend und keuchend an die Oberfläche.
Wir sahen unserem Boot nach und beobachteten, wie das Küstenwachboot etwas langsamer wurde und mit einem Schwenk unserem Boot den Kurs verlegte. Wir hörten, wie dem Seemann etwas zugerufen wurde, der seine Fahrt vermindert hatte.
»Los jetzt«, keuchte der Professor, »bevor wir erfrieren.«

Wir schwammen los und blickten nicht mehr zurück.
Ich weiß nicht, wie lange wir im Meer waren, bevor wir völlig unterkühlt und abgekämpft das dänische Ufer erreichten. Wir versuchten, unsere Sachen so gut wie möglich auszuwringen, und um wieder warm zu werden, marschierten wir sofort los. Als die Sonne aufging, ließen wir uns von ihren Strahlen wärmen. Der Professor hatte uns tatsächlich heil zurück nach Dänemark gebracht.
Am Abend dieses Tages trafen wir mit dem Zug endlich wieder in Kopenhagen ein. Auf der Bahnfahrt erholte ich mich zwar ein wenig und der Professor auch, aber trotzdem waren wir am Ende unserer Kräfte. Es war ein milder und schöner Abend, obwohl die letzte Oktoberwoche angebrochen war. Wir gingen gerade über den Rathausplatz, als der Professor plötzlich abrupt innehielt.
»Was war das?«, fragte er und starrte nach oben.
»Was ist los?«, sagte ich und begriff nichts. Ich war irgendwie immer noch nicht ganz wieder bei mir. Das Einzige, wonach ich mich sehnte, war ein gutes Bett und so lange zu schlafen wie möglich. Im Stillen hoffte ich, dass es dem Professor gelingen würde, uns aus der fatalen Lage, in die er uns hineinmanövriert hatte, herauszulavieren, aber ich hatte den Verdacht, dass das Wunschdenken eines erschöpften Menschen war.
»Warte«, sagte er. »Ich weiß nicht, ob ich das richtig gelesen habe.«
»Was?«
»Schau mal auf das Leuchtschild von *Politiken*. Die Nachricht kommt gleich wieder.«
Ich blickte in dieselbe Richtung wie er und sah auf einem großen Leuchtschild der Zeitung *Politiken* die neuesten Nachrichten durchlaufen. Ich hatte schon manchmal dort auf dem Rathausplatz gestanden, um innerhalb von wenigen Minuten die neuesten Nachrichten aus aller Welt zu

erfahren, aber in dem Augenblick war ich eigentlich nicht in der Verfassung, um noch Nachrichten aufnehmen zu können.

»Komm«, sagte ich. »Vergiss es.«

»Warte noch, mein Freund«, sagte der Professor. »Sie erscheint gleich wieder.«

Ich tat wie geheißen und starrte auf die Leuchtschrift auf dem länglichen Schild oben an dem Gebäude, das fast über die ganze Front ging. Die Nachrichten liefen von rechts nach links durch. Eine war aus Paris, und dann kam eine Waschmittelanzeige, aber dann erschien sie wieder, die Nachricht, die den Professor auf dem Rathausplatz so aus der Fassung gebracht hatte.

LITERATURNOBELPREIS AN HALLDÓR LAXNESS.

Einundzwanzig

Es ist nicht ganz einfach, exakt zu schildern, was in den nächsten Tagen geschah. Diese abenteuerlichen Ereignisse jenes längst vergangenen Herbstes, als ich die Bekanntschaft des Professors machte, sind inzwischen in der Betriebsamkeit des Alltags so fern und unwirklich geworden, dass es mir manchmal so vorkommt, als hätte ich das meiste davon nur geträumt. Hat sich das wirklich so zugetragen, oder haben Zeit, Erinnerungen, Träume und Reflexionen darüber, was geschehen ist, den Verlauf der Ereignisse abgeändert, etwas hinzugefügt oder gar verfälscht? Ich weiß, dass ich manches nie vergessen werde, solange ich lebe, es wird mir bis zur letzten Stunde lieb und wert sein, genau so, wie ich es erlebt habe. Das steht unumstößlich fest. Es sind die kleinen Dinge, bei denen ich mir nicht so sicher bin. Die Zeit hat sie in den Schleier des Vergessens gehüllt, oder, was noch schlimmer ist, sie hat möglicherweise das Wahre und Richtige entstellt. Deswegen sollte man sich hüten, dem, was ich sage, vorbehaltlos Glauben zu schenken. Wenn ich ganz ehrlich sein soll, sollte man sich vielleicht am meisten davor hüten, den Schilderungen meiner eigenen Leistungen zu trauen. Es kann sein, dass ich versuche, meinen Anteil bedeutender darzustellen, als er in Wirklichkeit war, und dass ich eher wiedergebe, wie ich in bestimmten Situationen hätte reagieren wollen, als wie ich tatsächlich reagiert habe. Vielleicht liegt das in der menschlichen Natur. Ich

selbst vertraue meinem Gedächtnis nicht. Es hat seit jeher dazu tendiert, mich in Schutz zu nehmen.
Erst im Nachhinein wurde mir klar, welche großen Ereignisse sich damals abgespielt hatten, und nur allmählich vermochte ich, die Bedeutung all dessen, was sich zugetragen hatte, zu erfassen. Erst als die Zeit mir Distanz zu unseren Abenteuern verliehen hatte, konnte ich voll und ganz die Seelenqualen des Professors nachvollziehen und das Bedürfnis verstehen, das ihn antrieb. Ich hätte ihm möglicherweise eine größere Hilfe sein können. Er sah in den mittelalterlichen Handschriften Werte, die ich erst später schätzen lernte, und auch in dieser Hinsicht hat er großen Einfluss auf mein Leben gehabt. Ich hatte das Studium der Nordischen Philologie hinter mich gebracht, ohne die zeitlose Bedeutung der Handschriften zu begreifen. Ihm gelang es, mir das Verständnis dafür nahezubringen, dieses leidenschaftliche Interesse in mir zu wecken, das danach für immer in mir brennen sollte.
Da standen wir also stumm auf dem Rathausplatz und warteten darauf, dass die Nachricht ein weiteres Mal über das Leuchtschild von *Politiken* lief. Für uns war das eine Nachricht von Weltrang, aber andere, die auf dem Rathausplatz unterwegs waren, schenkten ihr kaum Beachtung. Ein Mann stand ganz in unserer Nähe, der auf dasselbe zu warten schien wie der Professor und ich: dass diese Nachricht ein weiteres Mal leuchtend oben am Gebäude entlanglief und durch die ganze Welt ging. Und dann kam sie. Literaturnobelpreis an Halldór Laxness.
»Phantastisch«, hörte ich den Professor laut sagen, als die erste Überraschung verflogen war. »Was für ein Triumph!«
Der Mann, der in der Nähe stand und genau wie wir zu der Laufschrift hochsah, hörte die Worte des Professors und kam zu uns herüber.

»Ja, ist das nicht grandios?«, sagte er auf Isländisch.
Er war also Isländer. Er bot uns eine Zigarette an, die wir dankend ablehnten, er jedoch zündete sich eine an.
»Ich komme von einer großen Reise zurück«, sagte er, »und das ist das Erste, was ich hier in Kopenhagen sehe. Was für eine Nachricht!«
»Er hat ihn wirklich verdient«, sagte der Professor.
Der Mann kam mir bekannt vor, ich glaubte, irgendwann einmal ein Bild von ihm in einer Zeitung gesehen zu haben, aber ich konnte mich nicht an seinen Namen erinnern.
»In der Tat«, sagte der Mann, ohne sich vorzustellen. Er war um die dreißig, trug einen Hut und hatte seinen Mantel über den Arm gelegt. Er war mittelgroß, untersetzt, und seine Zähne standen etwas vor. Sein Lächeln hellte seine Augen auf. Man hörte ihm an, dass er aus Nordisland kam.
»Von was für einer Reise bist du zurückgekommen?«
»Aus China«, sagte der Mann. »Es war eine Journalistenreise, und wir fahren in zwei Tagen mit der *Gullfoss* nach Hause.«
»Mit der *Gullfoss*? Fährt die in zwei Tagen?«
»Ja.«
»Valdemar, was haben wir heute für ein Datum?«, fragte der Professor.
Ich überlegte, aber ich wusste es nach all den sich überstürzenden Ereignissen der letzten Tage nicht mehr genau. Irgendwie stand ich völlig neben mir.
»Wir haben den siebenundzwanzigsten Oktober«, sagte der Journalist.
»Und ist übermorgen der Neunundzwanzigste?«
Der Journalist lächelte.
»Genau, wie ich gedacht habe«, flüsterte der Professor. »Sigmundur reist immer auf dieselbe Weise.«
»Was?«, fragte ich.

»Neunundzwanzig«, sagte er, »die Zahlen auf dem Brief im Schreibtisch bei Glockner.«

»Ja.«

»Am Neunundzwanzigsten läuft die *Gullfoss* von Kopenhagen aus. Glockner hat das von Sigmundur erfahren und sich notiert.«

»Die *Gullfoss*?«

»Ja, natürlich. Sigmundur reist mit der *Gullfoss* nach Hause, da bin ich mir ganz sicher.«

Der Journalist sah fragend von einem zum anderen.

»Du bist also Journalist?«, wandte sich der Professor lächelnd wieder an ihn.

»Ich arbeite für die *Tíminn*«, sagte der Mann. Er streckte seine Hand aus, stellte sich vor, und wir begrüßten uns. Und dann erinnerte ich mich natürlich an ihn. Er war Schriftsteller und hatte im letzten Frühjahr einen Roman herausgegeben, der wegen seines Themas und seiner Freizügigkeit viel Aufsehen erregt hatte. Es war eines der beiden Bücher, die ich mir vor der Abreise gekauft und mit nach Kopenhagen genommen hatte.

Die Nachricht lief ein weiteres Mal über das Leuchtschild, und ich sah, wie sie sich in den Fenstern der umliegenden Häuser spiegelte.

»Phantastisch«, sagte der Professor ein weiteres Mal.

Der Journalist ließ die Zigarette auf die Straße fallen und trat sie aus. Anschließend verabschiedete er sich von uns.

»Wir müssen in Erfahrung bringen, ob Sigmundur eine Passage auf der *Gullfoss* gebucht hat«, sagte der Professor und stiefelte mit dem Stock in der Hand los. Seine Schritte waren beschwingter denn je.

Auf dem Weg nach Kopenhagen hatten wir darüber gesprochen, dass wir nicht zu uns nach Hause gehen konnten. Die deutsche Polizei hatte zweifellos ihre dänischen Kollegen eingeschaltet. Wir mussten einige Tage untertauchen. Ich hatte keine Ahnung, wie der Professor uns an Bord der *Gullfoss* bringen wollte, falls wir diesem Sigmundur dorthin folgen mussten. Nach uns wurde gefahndet, und wir konnten wohl kaum zur Filiale der Eimskip-Reederei gehen und uns eine Fahrkarte kaufen. Ich folgte dem Professor und dem Klacken des Stocks. Er führte uns über die Vestergade, und bald befanden wir uns in der Krystalgade.

Der Professor blieb vor einem dreistöckigen Haus stehen und sah daran hoch, bevor er auf eine Klingel drückte. Es verging eine Weile, bevor die Tür geöffnet wurde. Eine Frau, die etwa zehn Jahre jünger war als der Professor, erschien. Er kannte sie augenscheinlich sehr gut, denn die beiden begrüßten sich herzlich. Er stellte mich ihr vor, und wir gaben uns die Hand. Dann ließ sie uns herein. Sie lebte im Erdgeschoss des Hauses in einer kleinen, geschmackvoll eingerichteten Wohnung. Es war bereits spät, aber sie setzte Kaffee für uns auf und servierte ihn im Wohnzimmer. Zu meiner großen Verwunderung erklärte der Professor ihr in allen Einzelheiten den Grund für unseren Besuch und verheimlichte ihr dabei nichts. Sie musste über das Verschwinden des *Codex Regius* Bescheid wissen, obwohl der Professor mir gegenüber behauptet hatte, dass außer uns beiden keine lebende Seele davon wusste. Er berichtete ihr von unserer Suche und unseren Reisen und von allem, was sich in Deutschland ereignet hatte, dass nach uns gefahndet würde, ohne dass wir uns etwas hatten zuschulden kommen lassen, und dass wir für ein paar Tage einen Unterschlupf bräuchten. Die Frau hörte uns ruhig zu und zeigte keinerlei Anzeichen von Überraschung. Sie goss uns Kaffee ein und stellte Brot und Käse auf den Tisch. Ich war völlig ausgehungert und schlang das Angebotene hinunter. Als sie das bemerkte, lächelte sie und holte mehr.

Als wir uns an der Haustür die Hand gaben, hatte die Frau mir ihren Namen gesagt, sie hieß Vera. Sie machte einen sehr ruhigen Eindruck, und ich hatte das Gefühl, dass sie dem Professor eine sehr vertraute Freundin war, an die er sich wenden konnte, wann immer er das Bedürfnis dazu verspürte. Das sah man ihrem Umgang miteinander an, der von gegenseitiger Achtung und Freundschaft zeugte. Ich hätte den Professor zu gern gefragt, wer diese gute Freundin war. Gleichzeitig schoss mir an diesem Abend ein weiterer Gedanke durch den Kopf: Die engsten Vertrauten des Professors, sowohl in Dänemark als auch in Deutschland, waren offensichtlich Frauen in den besten Jahren, die bereit waren, alles für ihn zu tun.

Als der Professor mit seinem Bericht fertig war, saß Vera zunächst eine Weile stumm da, als bräuchte sie etwas Zeit, um das, was sie gehört hatte, zu verarbeiten.

»Ihr könnt selbstverständlich bei mir unterkommen«, sagte sie. »Ich habe aber nur ein Extrazimmer, wie du weißt, das ihr euch teilen müsst. Ich hoffe nur, dass du den jungen Mann nicht in irgendwelche gefährlichen Dinge verwickelst.«

Der Professor sah mich an. »Der kommt schon klar. Und entschuldige bitte, Vera, dass wir dir zur Last fallen, aber ich wusste nicht, wohin wir uns wenden sollten. Wir haben eine anstrengende Reise hinter uns.«

»Und das Buch?«

»Ich bin überzeugt, dass Sigmundur übermorgen mit der *Gullfoss* nach Island reisen wird. Wir müssen ihn uns möglichst noch hier in Kopenhagen schnappen und ihm ins Gewissen reden. Falls der *Codex Regius* wirklich in seinen Händen ist und ich ihn, seien es auch nur fünf Minuten, sprechen kann, bin ich mir ganz sicher, dass er ihn mir aushändigen wird, obwohl er etliche Schrauben locker hat.«

»Ich habe hier in den Zeitungen nichts über euch und diese Gewalttaten gelesen«, sagte Vera. »Aber du hast Recht, du solltest auf jeden Fall sehr vorsichtig sein. Ich bin froh, dass du dich an mich gewandt hast.«
Sie stand auf. »Ihr seid ja völlig erschöpft«, sagte sie. »Ich werde euch das Zimmer zeigen. Einer muss auf dem Boden schlafen, denn das Sofa hier im Wohnzimmer ist zu klein, und ich habe leider keine Extramatratze.«
»Das macht ihm gar nichts aus«, sagte der Professor.
Vera lächelte. »Ihr habt kein Gepäck?«
»Das mussten wir in Deutschland zurücklassen«, sagte ich.
Sie wünschte uns eine gute Nacht und ließ uns beide im Zimmer allein.
Der Professor legte sich sofort ins Bett.
»Du weißt, dass man heutzutage auch von Kopenhagen nach Reykjavík fliegen kann«, sagte ich.
»Ich kann mir nicht vorstellen, dass der alte Sigmundur sich einem Flugzeug anvertraut«, erklärte der Professor, und damit war die Sache ausdiskutiert.
Ich versuchte, mich da in der Enge auf dem Fußboden zurechtzubetten. Vera hatte zwei Decken auf den Boden gelegt und mir eine dritte gereicht, mit der ich mich zudecken konnte. Ich schlief in meinen Kleidern, die inzwischen ungemein gelitten hatten. Dasselbe galt für den Professor. Wir sahen aus wie Landstreicher.
»Wer ist diese Frau?«, fragte ich.
»Sie ist einmalig, findest du nicht?«, antwortete der Professor.
»Woher kennst du sie?«
»Vera und ich kennen uns schon sehr lange. Sie hat mir im Laufe der Jahre oft geholfen.«
»Sie weiß vom *Codex Regius*«, sagte ich. »Ich dachte, dass niemand außer uns Bescheid weiß.«

»Vera weiß alles«, sagte der Professor.
»Ihr müsst eine sehr gute Beziehung zueinander haben«, sagte ich.
»Ja. Schon immer.«
»Woher kennst du sie?«, wiederholte ich.
Der Professor richtete sich halb auf und stützte sich auf den Ellbogen.
»Sie ist die Schwester von Gitte«, sagte er. »Sie waren Zwillingsschwestern.«

Als ich spät am nächsten Morgen erwachte, war mein ganzer Körper steif, und mein Rücken schmerzte von dem harten Fußboden. Der Professor war nicht im Zimmer. Ich zog meine Jacke an, ging auf den Flur und rief nach Vera, fand aber schnell heraus, dass niemand in der Wohnung war. Ich ging in die Küche, suchte nach dem Kaffee und kochte mir eine Tasse. Ich fand Brot und Orangenmarmelade und genoss in Ruhe mein Frühstück, doch nach all diesen abenteuerlichen Erlebnissen in Deutschland und der Nacht auf dem harten Fußboden war ich immer noch ganz durcheinander. Ich saß nur da und starrte gedankenverloren vor mich hin, als ich im Flur Geräusche hörte. Ich stand auf. Vera kam mit einer großen Einkaufstüte zurück.
Sie wünschte mir einen guten Morgen, als würde ich schon seit Ewigkeiten bei ihr wohnen. Ich fragte sie, ob sie wisse, wo der Professor sei. Sie sagte, er versuche herauszufinden, ob Sigmundur tatsächlich in der Stadt war und ob er eine Passage auf der *Gullfoss* gebucht hatte.
»Er wollte dich nicht wecken«, sagte sie. »Er dachte, es würde dir guttun auszuschlafen.«
»Sehr nett von ihm«, sagte ich.
»Er ist gar nicht so übel«, sagte sie und zog sich den Mantel aus. »Möchtest du noch Kaffee?«

»Ja, vielen Dank. Der Kaffee, den ich gekocht habe, war dünn und nahezu ungenießbar.«
Ich setzte mich zu ihr in die Küche und sah ihr zu, wie sie frischen Kaffee aufgoss. Sie hatte frisches Gebäck gekauft und stellte es für mich auf den Tisch. Ich musste an die Worte des Professors denken, dass Vera und Gitte Zwillingsschwestern waren. Ich hätte gern mehr gewusst, traute mich aber nicht, direkt danach zu fragen, Vera konnte das als aufdringlich empfinden. Ich saß also schweigend und ziemlich verlegen in ihrer Küche und hoffte, dass der Professor bald zurückkehren würde.
»Er wollte nicht lange wegbleiben«, sagte Vera lächelnd. »Und er hat gesagt, du sollst das Haus möglichst nicht verlassen.«
»Das ist wahrscheinlich am besten so«, sagte ich niedergeschlagen.
»Es wird schon alles gut enden«, sagte sie tröstend. »Er hat so viele Jahre wegen dieses Buchs gelitten. Ich hoffe nur, dass er es zurückbekommt, damit das, was im Krieg schiefgelaufen ist, wieder in Ordnung gebracht werden kann.«
»Er hat dir also davon erzählt.«
»Ja, natürlich.«
Sie setzte sich mit dem Kaffee zu mir, der himmlisch war im Vergleich zu der Plörre, die ich fabriziert hatte, und begann, sich nach mir und meiner Herkunft zu erkundigen, ob ich aus Reykjavík käme und was ich in Kopenhagen machte. Ich versuchte, höflich darauf zu antworten. Sie spürte, dass ich etwas zurückhaltend war, und lächelte.
»Hat er hier bei Kriegsende gewohnt?«, fragte ich zögernd. »Bei dir?«
»Hat er dir davon erzählt?«
»Er hat mir erzählt, was im Shell-Gebäude passiert ist.«
»Er hielt sich in den Wochen danach hier bei mir auf, bis die Nazis aus Dänemark flohen. Das, was da im Shell-Ge-

bäude passiert ist und wie sie ihm das Buch geraubt haben, hat ihn furchtbar mitgenommen. Ich glaube, dass er sich nie davon erholt hat. Dieses Buch bedeutet ihm alles.«

»Er hat mir gesagt, dass du und seine verstorbene Frau Gitte Zwillingsschwestern wart«, sagte ich.

»Das ist richtig, ich kam sieben Minuten nach ihr auf die Welt, doch sie hat sie Jahrzehnte vor mir verlassen. Tuberkulose ist eine furchtbare Krankheit. Sie musste so lange leiden, und das setzte ihm grauenvoll zu. Es war so furchtbar für ihn, Gitte sterben zu sehen.«

»Sie hatten keine Kinder«, sagte ich, um irgendetwas zu sagen.

»Nein.«

Sie trank einen Schluck Kaffee. Der Verkehrslärm aus der Stadt drang bis in die Krystalgade.

»Sie waren gegen ihn«, sagte Vera.

»Gegen ihn? Wer?«

»Meine Familie. Mein Vater hat versucht zu verhindern, dass sie heiraten. Er wollte nicht zulassen, dass irgendein dahergelaufener Isländer seine Tochter heiratet. Meine Mutter geriet außer sich, als sie hörte, dass Gitte mit ihm zusammen war. Sie haben mit allen Mitteln versucht, diese Ehe zu verhindern.«

»Das muss schwierig für Gitte gewesen sein.«

»Nach der Hochzeit haben sie ihre Tochter völlig fallen lassen«, sagte Vera. »Er hat das Haus meiner Eltern nie betreten dürfen. Papa und Mama haben jegliche Verbindung zu Gitte abgebrochen, aber ich natürlich nicht. Ich weiß, dass sie sich mit Gitte und ihm ausgesöhnt hätten, wenn sie sich bloß dazu durchgerungen hätten, ihn kennenzulernen.«

»War es, weil er Isländer war?«

»Sie kannten ihn natürlich überhaupt nicht, er war einige Jahre älter als Gitte, und, ja, er war Ausländer. Ein mittelloser Isländer aus einer unbedeutenden Familie. Hier hielt man nicht viel von Isländern. Es hat nichts genutzt, ihnen zu sagen, dass er Akademiker ist und eine Koryphäe auf seinem Gebiet. Für sie war er ein windiger Künstlertyp.«

Ich dachte darüber nach, ob es stimmen konnte, was sie über die dänische Einstellung Isländern gegenüber gesagt hatte, denn ich erinnerte mich daran, dass viele Isländer in früheren Zeiten verantwortliche Positionen am dänischen Hof und andere hohe Ämter innegehabt hatten.

»Meine Familie war total versnobt«, fuhr Vera fort. »Mein Vater war königlicher Hofschneider, und das war Grund genug, sich für etwas Besseres zu halten.«

Ich traute mich nicht, sie zu fragen, ob sie jemals geheiratet hatte. Anzeichen dafür waren nirgends zu sehen, nichts in der Wohnung erinnerte an etwas wie ein Familienleben.

»Aber Gitte liebte ihn und ließ sich glücklicherweise nicht davon abhalten, ihn zu heiraten«, erzählte sie weiter. »Wir standen einander sehr nahe, wie es ja meist bei Zwillingen der Fall ist, und ich wusste genau, wie sehr sie ihn liebte. Ich lernte ihn natürlich auch kennen, und mir war sehr bald klar, was Gitte in ihm sah. Ich wusste genau, wonach sie suchte und weswegen sie sich nicht umstimmen ließ. Es ging nicht um ein aufsässiges junges Mädchen.«

Bei diesen Erinnerungen musste Vera unwillkürlich lächeln.

»Das muss aber auch schwierig für ihn gewesen sein«, warf ich ein.

»Er hat sehr darunter gelitten. Es kam ihm so vor, als würde er Gitte aus ihrer Familie reißen. Er hatte das Gefühl, nicht gut genug für sie sorgen zu können, was natürlich falsch war. Sie war sehr glücklich mit ihm.«

Vera holte die Thermoskanne und goss nach.

»Ihr Tod hat ihn furchtbar mitgenommen«, sagte sie.

»Wart ihr euch sehr ähnlich?«, fragte ich.
»Äußerlich gesehen ja. Gitte war vielleicht zurückhaltender. Aber sie verstand es, das Leben zu genießen, und darum habe ich sie manchmal beneidet. Ich habe sie beneidet um das Glück, von dem sie immer umgeben war, sogar in ihrer Krankheit. Nur eines hat sie zutiefst bedauert, nämlich, dass sie keine Kinder bekommen hatten.«
In diesem Augenblick ging die Wohnungstür auf, und der Professor kam hereingestürmt.
»Er fährt mit der *Gullfoss!*«, erklärte er. »Genau, wie ich vermutet hatte. Der alte Sigmundur reist morgen mit der *Gullfoss* nach Island.«

Zweiundzwanzig

Die Nachrichten aus Deutschland, dass wir des Überfalls auf den Kunsthändler Färber und des Mordes an Großhändler Glockner verdächtigt wurden, waren bis nach Dänemark vorgedrungen. Den Professor schien es völlig kaltzulassen, dass wir auch für den Mord an Glockner verantwortlich gemacht wurden. Glockners Sekretärin hatte uns vermutlich anhand der polizeilichen Beschreibung identifiziert. Er machte sich allenfalls Gedanken darüber, dass es dadurch nicht so einfach sein würde, auf die *Gullfoss* zu kommen. Wir konnten wohl kaum ganz normal eine Fahrkarte kaufen und an Bord spazieren. Und auf dem Schiff würden wir uns irgendwo verstecken müssen. Wir überlegten, ob wir Sigmundur auf dem Kai abpassen könnten, bevor er an Bord ging, um ihm gut zuzureden und ihn zu Verstand zu bringen, doch der Professor machte sich auch jetzt schon Gedanken darüber, wie wir uns auf das Schiff schmuggeln könnten, falls alle Stricke rissen.

Ich schlug vor, uns zu stellen, die ganze Wahrheit zu sagen und es der Polizei zu überlassen, Sigmundur und die Handschrift zu finden. Es handelte sich um Diebesgut aus Kriegszeiten, das erpresserisch geraubt worden war, und er müsse den *Codex Regius* einfach wieder zurückgeben. Wir hätten ganz gewiss das Recht auf unserer Seite, und der Käufer in Island könne niemals darauf bestehen, die Handschrift zu behalten. Dann bekäme der Professor das Kleinod zurück, und wir könnten uns von dem Verdacht befreien, diese Gewalttaten auf Färber und Glockner verübt zu haben.

»Das hört sich alles ganz gut an«, sagte der Professor, als wir am Nachmittag vor dem Auslaufen der *Gullfoss* in Veras Wohnzimmer saßen. Sie machte irgendwelche Besorgungen, und wir beide waren allein in der Wohnung. »Ich befürchte aber, dass die uns unverzüglich an die Deutschen ausliefern, wenn wir uns hier stellen«, fuhr er fort. »Niemand wird auf das hören, was wir zu sagen haben, höchstens, wenn der größte Wirbel vorbei ist, und dann ist es zu spät. Meiner Meinung nach ist es besser, die Sache selbst in die Hand zu nehmen und aufzuklären und sich dann erst zu stellen. Der *Codex Regius* ist zum Greifen nahe. Wir dürfen ihn uns nicht durch die Lappen gehen lassen. Der neue Besitzer könnte ein Spekulant sein, der ihn womöglich schon wieder weiterverkauft hat, das wissen wir gar nicht. Wir wissen nur, dass Sigmundur die Handschrift hat und wir ihn abfangen können.«

»Und was ist mit denen, die Färber und Glockner überfallen haben?«

»Die sind wohl nicht mehr hinter uns her«, sagte der Professor. »Sie wissen inzwischen ganz sicher, dass wir das Buch nicht haben.«

»Aber was ist, wenn sie Sigmundur finden?«

»Versuchen wir, optimistisch zu sein«, sagte der Professor. Ich traute mich nicht, ihn nach dem zu fragen, was Vera mir morgens in der Küche erzählt hatte über Gittes Familie und die Ablehnung, die ihm entgegengebracht worden war. Auch wenn wir zusammen so viel durchgestanden hatten, dass es für ein ganzes Leben reichen würde, fand ich, dass ich ihn nicht gut genug kannte, um mit ihm über private Dinge zu reden. Vielleicht hatte ich zu viel Respekt vor ihm. Ich besaß auch nicht dieses nimmermüde und alles hinterfragende Interesse an allem Möglichen zwischen Himmel und Erde, das er an den Tag legte. Auch der Altersunterschied schlug zu meinen Ungunsten zu Buche. Er konnte mich nach Belieben von oben herab behandeln, mich seinen Jungen nennen und dergleichen. Mir war in meiner Erziehung beigebracht worden, älteren Menschen gegenüber höflich zu sein, und für mich war es ganz selbstverständlich, mich auch dem Professor gegenüber so zu verhalten. Etwas in seiner Art bewirkte, dass er überall und jederzeit ernst genommen wurde, und man brachte ihm instinktiv Respekt entgegen. Zwar war seine Selbstachtung ein wenig – manche würden sagen, stark – in Mitleidenschaft gezogen worden, aber ich kannte niemanden, der mehr Integrität ausstrahlte, auch wenn ihm das Schicksal zu der Zeit, als ich ihn kennenlernte, einen Tiefschlag nach dem anderen versetzte.

Ich traute mich deswegen nicht, ihn nach seinen Privatangelegenheiten zu fragen. So etwas war zwischen uns bislang noch nie zur Sprache gekommen. Deswegen war ich mehr als verwundert, als er in Veras Wohnzimmer auf einmal begann, von Gitte zu erzählen. Der Professor, erschöpft, wie er nach den Ereignissen der letzten Tage war, hatte gut geschlafen. Wir aßen zusammen zu Mittag, und wieder spürte ich, wie gut sie sich verstanden, ich sah es ihnen an, wie vertraut sie miteinander sprachen.

Er zog die Dose mit dem weißen Pulver heraus.

»Glaubst du, dass dieses Zeug gut für dich ist, das du da dem Tabak beimischst?«, fragte ich.

»Es hilft«, sagte er. »Es macht einen entschlossener und klarer im Kopf. Wenn die Wirkung nachlässt, geht es einem allerdings hundsmiserabel, man hat höllische Angstzustände und Depressionen. Ich kann es dir eigentlich kaum empfehlen, Valdemar. Doch du möchtest es vielleicht ausprobieren?«

»Nein danke. Ist das nicht gefährlich?«

Der Professor zuckte mit den Achseln. »Was ist nicht gefährlich?«, fragte er gleichgültig.
Er schloss die Schnupftabaksdose wieder und spielte mit ihr, wie er es so häufig tat. Er war tief in Gedanken versunken. Ich fühlte mich nach dem Essen ziemlich schlapp. Als ich mir erlaubte, unsere gegenwärtige Situation ein wenig ins Lächerliche zu ziehen, indem ich sagte, ich hätte mir nicht vorstellen können, dass es so angenehm sei, auf der Flucht zu sein, sah ich, dass er grinste.
»Du hast mit Vera geredet?«, fragte er nach längerem Schweigen.
»Nicht viel«, sagte ich und war sofort auf der Hut.
»Sie hat mir gesagt, ihr hättet euch über Gitte unterhalten«, sagte er.
»Ja, es kam die Rede auf sie.«
»Ihre Familie kam nicht einmal zur Beerdigung«, sagte er. »Außer Vera kam niemand. Kannst du dir vorstellen, dass es so hartherzige Menschen gibt?«
Ich wusste nicht, was ich darauf antworten sollte. »Vera hat mir gesagt, dass niemand sie hätte besser pflegen können, als du es getan hast«, sagte ich schließlich.
»Hast du jemals einen nahen Angehörigen verloren, Valdemar?«, fragte er.
»Nein«, sagte ich und dachte daran, dass es da auch nicht viele gab.
»Es ist schwierig, so etwas zu beschreiben. Worte dafür zu finden, wie einsam man wird und wie entsetzlich es ist, wenn ein Mensch im besten Alter sterben muss. Der Verlust steht dir jeden Tag, den du noch zu leben hast, vor Augen.«
»Das kann ich mir gut vorstellen.«
»Nichts schmerzt so sehr wie das. Ein Teil von dir selbst stirbt, aber dieser Teil kommt nicht unter die Erde, sondern begleitet dich ab da. Er folgt dir, wohin auch immer du

gehst, und hält die Erinnerung wach. Der Tod in dir selbst. Man weiß zwar im Innersten ganz genau, dass einem das Leben nichts schuldig ist, dass man nichts von ihm verlangen kann, trotzdem wird man aber die Trauer und den Verlust nie los.« Der Professor verstummte.

»Ich vermisse manchmal eine Mutter«, sagte ich nach langem Schweigen. »Nicht meine Mutter, wie sie ist, sondern die Mutter, die ich gerne hätte haben wollen.«

Als der Professor mich ansah, zwinkerte er so, als habe er etwas ins Auge bekommen.

»Es war schlimm, sie zu verlieren«, sagte er.

Das Schweigen, das jetzt entstand, hielt lange an, da keiner von uns es durchbrechen mochte. Ich musste an Vera denken. Es musste sehr seltsam sein, einen geliebten, dahingeschiedenen Menschen in dessen Zwillingsschwester vor sich zu sehen. Der Professor konnte an ihr beobachten, wie Gitte sich entwickelt hätte und gealtert wäre.

»Es muss dir ein Trost gewesen sein, Vera zu haben«, sagte ich schließlich.

»Ein unschätzbarer Trost«, antwortete er.

»Sie sind sich ähnlich?«

»Ja, äußerlich sehr.«

Wir schwiegen wieder.

»Ihr ist das vollkommen klar«, sagte der Professor plötzlich, als könne er meine Gedanken lesen. »Vera sieht das jedes Mal, wenn ich sie anschaue. Wir haben auch darüber gesprochen. Wir sind eng befreundet. Sie hat nie geheiratet. Es hat ganz den Anschein, als sei es manchen Leuten nicht vergönnt, eine Familie zu gründen.«

»Hat sie irgendwelche Verbindung zu ihrer Familie?«

»Nein. Ihre Eltern sind beide gestorben. Nach Gittes Tod hat sie die Verbindung zu ihnen vollständig abgebrochen. Sie hat zwei Brüder, zu denen sie keinerlei Kontakt hat. Der eine führt die Familientradition weiter und schneidert für die königliche Familie. Ein blasierter Schnösel. Bildet sich Gott weiß was ein, ohne irgendetwas vorweisen zu können.«

Er schwieg wieder eine Weile und sagte dann: »Ich möchte einen solchen Verlust nicht noch einmal durchstehen müssen.«

»Nein«, sagte ich, »das verstehe ich gut.«

Er sah mich an. »Bist du dir sicher?«

»Ja?«

»Wenn die Männer, die Färber und Glockner überfallen haben, diejenigen sind, die ich dafür halte, weiß ich nicht, ob du mit mir auf die *Gullfoss* gehen solltest. Du bist viel zu jung, um das Risiko einzugehen, in deren Klauen zu geraten.«

»Was meinst du damit?«

»Das, was ich sage. Wir wissen nicht, was uns erwartet. Ich kann die Verantwortung für dich nicht mehr übernehmen. Ich glaube, du bleibst am besten hier bei Vera.«

»Hier bei Vera?«

»Wenn mir etwas zustößt, gehst du zur Polizei und sagst ihnen die Wahrheit. Vera wird deine Aussage stützen, ebenso wie Frau Bauer in Berlin.«

»Wenn dir etwas zustößt? Was sollte dir zustoßen?«

»Ich weiß es nicht, aber ich finde es nicht ratsam, dass du weiterhin dabei bist. Die Sache ist viel gefährlicher, als ich je vermutet hätte. Diese Männer schrecken vor nichts zurück. Ich möchte nicht, dass sie dir etwas antun.«

»Bislang hat es dir nichts ausgemacht. Wieso hat sich da jetzt etwas geändert? Wovon redest du?«

»Ich möchte nicht, dass dir etwas zustößt, Valdemar.«

»Ich werde in Deutschland wegen Mordes gesucht! Was kann mir Schlimmeres passieren? Ich fahre mit dir«, sagte ich und klang mutiger, als ich mich fühlte.

Es hatte Zeiten gegeben, in denen ich froh gewesen wäre,

einer so gefährlichen Reise, wie sie uns bevorstand, zu entgehen, aber nie im Leben hätte ich nun zugelassen, dass der Professor es ganz allein mit Orlepp und seinen Kumpanen aufnahm. Das hatte auch gar nichts mit Mut zu tun, sondern mit Vernunft. Gemeinsam waren wir in einer stärkeren Position.

»Ich hätte dich nie in diese Angelegenheit hineinziehen dürfen«, sagte der Professor. »Ich hätte das alles allein in den Griff bekommen müssen.«

»Du kannst nicht ohne mich fahren«, sagte ich.

»Meiner Meinung nach wäre das aber besser.«

»Wieso sollte es besser sein? Wir stehen diese Sache zusammen durch!«

»Würdest du die Entscheidung darüber bitte mir überlassen? Ich kann nicht gleichzeitig auf dich aufpassen und mich mit diesen Leuten anlegen.«

»Auf mich aufpassen? Ich wüsste nicht, dass du je auf mich aufgepasst hättest!«

»Valdemar ...«

»Ich komme mit dir«, sagte ich.

Wir hörten, wie die Wohnungstür aufging. Vera war wieder zurück. Wir standen beide auf. Der Professor gab mir zu verstehen, dass wir das Thema wechseln sollten, wir würden später weiterreden.

»Das sind ja reizende Dinge, die man in der *Berlingske Tidende* über euch liest«, sagte Vera und reichte dem Professor die Zeitung, die sie gekauft hatte. »Angeblich hat die deutsche Polizei diverse Anhaltspunkte, dass diese beiden Fälle in Berlin miteinander verknüpft sind.«

Der Professor schlug die Zeitung auf. Die Nachricht stand auf Seite zwei. Dort hieß es, dass zwei Isländer im Zusammenhang mit Mord und versuchtem Totschlag gesucht würden; unsere Namen standen ebenfalls dort. Die Gründe, weshalb die deutsche Polizei nach uns fahndete, waren

knapp zusammengefasst, und außerdem vermutete man, dass wir wahrscheinlich nach Dänemark entkommen waren.
»Das wird alles auch in Island durch die Presse gehen«, sagte der Professor leise zu sich selbst.
»Halldór ist in Kopenhagen«, sagte Vera.
»Wer?«
»Halldór Laxness«, antwortete Vera. »Er ist gerade aus Schweden zurückgekommen und befindet sich auf dem Weg nach Island. In der Zeitung wird über die Pressekonferenz berichtet, die hier in Kopenhagen stattgefunden hat.«
Der Professor blätterte in der Zeitung. »Ja, hier steht es. Unglaublich, einfach unglaublich.«
»Ich komme mit dir«, wiederholte ich, »und damit basta.«
Vera sah uns abwechselnd an, sie schien zu spüren, dass wir uns gestritten hatten.
»In Ordnung, Valdemar«, sagte der Professor und sah von der Zeitung hoch. »Aber du tust dann genau das, was ich sage, und nichts anderes.«

Am nächsten Morgen machten wir uns auf den Weg nach Amager. Er ging hundert Meter voraus, ich folgte ihm. Wir trauten uns nicht, direkt die Strandgade entlangzuspazieren, wo die *Gullfoss* vertäut war, sondern pirschten uns durch kleine, wenig belebte Gässchen und Sträßchen zum Asiatisk Plads vor. Wir platzierten uns an einer unauffälligen Stelle und sahen, wie die Passagiere einer nach dem anderen beim Schiff eintrafen. Einige kamen in der milden Herbstluft geruhsam zu Fuß dahergeschlendert, andere fuhren im Auto vor, das mit Sachen vollgestopft war, die man in Kopenhagen eingekauft hatte. Sigmundur sahen wir nicht, aber ich bemerkte den untersetzten Journalisten, mit dem wir auf dem Rathausplatz gesprochen hatten. Er stand rauchend an der Gangway und schien auf jemanden zu warten. Seine Blicke gingen in Richtung Strandgade, und er unterhielt sich mit dem Matrosen, der den Zugang zum Schiff bewachte, aber zu dieser Tageszeit nicht sehr beschäftigt wirkte. Menschen passierten, ohne dass er irgendetwas kontrollierte. An die hundert Leute hatten sich inzwischen beim Schiff eingefunden, und das rege Gewimmel war von Rufen und Schreien begleitet. Fracht wurde an Bord gehievt, Schiffshändler folgten ihrer Ware bis in den Laderaum, Passanten plauderten mit Passagieren, und zahlreiche Hafenarbeiter waren mit Säcken und Stückgut beschäftigt. Taschen und Koffer der Passagiere wurden an Bord getragen. Einige Passagiere der ersten Klasse lehnten an der Reling und schauten dem lebhaften Treiben unten auf dem Pier zu.

Beim Verlassen von Veras Wohnung hatte der Professor mir gesagt, dass er sich auf der *Gullfoss* auskannte, weil er schon einmal mit ihr gereist war. Außerdem hatte er, genau wie viele andere Isländer in Kopenhagen, manchmal am Anlegekai gestanden, wenn sie in den Hafen einlief. Das Schiff war wie ein kleines Stück Island, die Atmosphäre an Bord, die Passagiere, das Essen, die Zeitungen, und man hörte Isländisch. Wer in Kopenhagen lebte oder sich dort für längere Zeit aufhielt, hatte das Gefühl, nach Hause zu kommen, wenn er für eine kurze Zeit an Bord ging, den fernen Duft von Island spürte und Nachrichten von daheim erhielt.

»Dort!«, sagte der Professor auf einmal. »Da ist der Kerl!«

Ich blickte in die Richtung, in die er zeigte, und sah einen schmächtigen alten Mann in schwarzem Mantel, der sich der Gangway näherte und an Bord gehen wollte. Er trug einen kleinen Koffer in der Hand.

»Das ist er!«, sagte der Professor. »Komm, Valdemar, es geht los!«

»Weißt du, wann das Schiff ablegt?«
»Ja, es ist nicht mehr lange bis dahin. Wir dürfen keine Zeit verlieren.«
Bevor ich mich versah, befanden wir uns mitten in dem Gewimmel beim Schiff. Der Professor ging schon die Gangway hoch, und im gleichen Augenblick hörte ich, wie der Matrose aufgeregt rief: »Da ist er!«
Mein Herz setzte einen Schlag aus. Ich sah, wie der Professor mit dem Stock in der Hand zusammenzuckte, als sei er vom Blitz getroffen worden. Man hatte uns entdeckt. Ich drehte mich zu dem Matrosen um.
»Wir brauchen nur ein paar Minuten«, flüsterte ich bittend.
»Dort!«, rief der Matrose und achtete überhaupt nicht auf mich, sondern deutete in Richtung Strandgade.
Als ich dorthin blickte, sah ich zwei angeregt ins Gespräch vertiefte Männer die Straße entlangkommen. Den einen erkannte ich sofort, es war Halldór Laxness.
Ich wollte dem Professor gerade zu verstehen geben, dass der Matrose gar nicht uns gemeint hatte, aber dann sah ich, dass er bereits auf dem Schiff verschwunden war. Ich blickte wieder in die Richtung, aus der Halldór kam. Die beiden Männer näherten sich dem Schiff.
Die Umstehenden begannen unwillkürlich zu klatschen, als er näher kam. Inzwischen war ich ebenfalls an Bord. Ich bemerkte eine Gruppe Studenten, die sich unten auf dem Pier versammelt hatten und dem Nobelpreisträger zujubelten. Der Kapitän stand am Ende der Gangway und nahm Laxness in Empfang, als er die Schiffsplanken betrat. Ich vergaß alles um mich herum, denn ich stand ganz in der Nähe und sah, wie sie sich die Hände schüttelten. Ich war dem Dichter nie persönlich begegnet. Er war tadellos gekleidet, trug einen Hut und einen langen Mantel und begrüßte den Kapitän mit einer leichten Ver-

neigung. Meine Tante war immer voller Bewunderung gewesen, wenn sie über ihn gesprochen hatte. Sie war fasziniert davon, wie er über die Schwachen und Benachteiligten schrieb und sich in deren Lage hineinversetzen konnte. Ich hatte ebenfalls fast alle seine Werke gelesen und fand sie großartig.

Ich kam erst wieder zu mir, als mich eine kräftige Hand am Ärmel riss und wegzog. Es war der Professor.

Wir wussten nicht, wo Sigmundur logierte, aber der Professor ging davon aus, dass es in der ersten Klasse war. Ein angenehmer Essensgeruch empfing uns dort. Der Professor stiefelte den Gang entlang und klopfte bei sämtlichen Kabinen an. Wenn niemand antwortete, riss er die Tür einfach auf. Die meisten Kabinen waren unverschlossen. In einigen waren bereits Leute, die ihre Sachen auspackten, und dann bat der Professor um Entschuldigung und erklärte, sich in der Kabine geirrt zu haben. Ein Zittern durchlief das Schiff, als die Maschine angeworfen wurde. Es konnte nicht mehr lange dauern, bis es ablegen würde.

Sigmundur fanden wir nirgends.

Im Speisesaal war niemand, und nur zwei Personen saßen im Rauchsalon. Auch in der zweiten und dritten Klasse fanden wir ihn nicht.

»Wo kann der dämliche Kerl bloß sein?«, schimpfte der Professor, als wir zwischen den Liegeplätzen in der dritten Klasse standen. Die Passagiere dort waren meist junge Leute, die gerade nach ihren Pritschen suchten oder ihre Habseligkeiten verstauten, sonnengebräunte Europareisende, ausgelassen und freudestrahlend.

»Glaubst du, dass Joachim von Orlepp an Bord ist?«, fragte ich.

»Warte hier, und verhalte dich unauffällig«, sagte der Professor, ohne auf meine Frage zu antworten. »Ich werde herausfinden, wo Sigmundur untergebracht ist.«

Im nächsten Augenblick war er verschwunden, und ich stand wie bestellt und nicht abgeholt in der dritten Klasse herum. Das Schiff konnte jeden Augenblick ablegen, und ich war als blinder Passagier an Bord. Ich ging wieder an Deck und sah, wie sich die Passagiere an der Reling aufstellten, um sich zu verabschieden und mitzuerleben, wie das Schiff in See stach. Die letzten Gepäckstücke wurden an Bord gebracht. Die Hafenarbeiter, die das Schiff abgefertigt hatten, standen in einiger Entfernung und rauchten. Die Gangway würde jeden Augenblick hochgezogen werden. Die Schiffsmaschinen dröhnten. Ich hielt Ausschau nach dem Professor, sah ihn aber nirgends.
Und dann kam Bewegung in das Schiff, und es glitt langsam vom Kai weg.
Ich schlich mich wieder hinunter in die dritte Klasse. Dort war außer mir zu dem Zeitpunkt niemand. Die jungen Leute waren alle an Deck, um die Ausfahrt mitzuerleben. Von der dritten Klasse gelangte man in den vorderen Laderaum. Ich öffnete die Persenning, die ihn von der dritten Klasse abtrennte, und versteckte mich in der Dunkelheit zwischen Säcken und Kisten.
Nach kurzer Zeit spürte ich, wie das Schiff volle Fahrt lief. Die *Gullfoss* war auf dem Weg nach Island.

Dreiundzwanzig

Ich weiß nicht, wie viel Zeit verstrich, bis ich mich aus meinem Versteck heraustraute. Ich hatte mich bei einer Palette mit Halbzentner-Zuckersäcken ausgestreckt und war wohl etwas eingenickt. Der Professor war nicht zurückgekommen, und der schreckliche Gedanke beschlich mich, dass er möglicherweise Sigmundur gefunden und es noch geschafft hatte, an Land zu kommen, bevor die *Gullfoss* abgelegt hatte, und mich hier allein zurückgelassen hatte. In der dritten Klasse war es sehr unruhig, nachdem die *Gullfoss* ausgelaufen war, und es war nicht einfach, den richtigen Moment abzupassen, um den Laderaum zu verlassen und dabei kein Aufsehen zu erregen. Es gelang mir schließlich hinauszukommen, als ein junges Paar, das nach einem stillen Plätzchen suchte, den Laderaum betrat und direkt vor meiner Nase begann, sich abzuknutschen. Ich räusperte mich, als die Umarmungen hitziger wurden. Die beiden waren zu Tode erschrocken, als sie mich zwischen den Zuckersäcken erblickten. Ich lächelte freundlich und drückte mich an ihnen vorbei. Wir gaben einander zu verstehen, dass von dieser Begegnung niemand erfahren würde. Sie fuhren fort, sich zu küssen, während ich durch die dritte Klasse schlenderte und an Deck ging.

Ich musste den Professor finden. Ich hatte keine Ahnung, was aus ihm geworden war und weshalb er mich einfach allein ließ. Hatte er Sigmundur gefunden? Konnte es tat-

sächlich sein, dass er gar nicht mehr an Bord war? Oder waren dem Professor von Orlepp und seine Leute über den Weg gelaufen, mit schlimmen Folgen?
Ich versuchte, mich weiterhin so unauffällig wie möglich zu verhalten, und ging zu den Kabinen der zweiten Klasse, um nach dem Professor zu suchen. Ich traute mich ehrlich gesagt nicht recht in die erste Klasse, denn soweit ich wusste, achtete man sehr darauf, dass sich da keine ungeladenen Passagiere aus der zweiten und dritten Klasse herumtrieben. Der Besatzung in die Hände zu fallen wäre das Letzte, was ich mir gewünscht hätte, ich, der unbedeutendste von allen Passagieren – und ein blinder dazu. Wie alle hatte ich Geschichten von der ersten Klasse auf der *Gullfoss* gehört, über das Mittagsbüfett und das Dinner am Abend, wenn die Passagiere der ersten Klasse sich in Schale warfen und der Kapitän illustre Gäste an seinen Tisch bat; ich hatte von dem Rauchsalon gehört, in dem ein Klavier stand und wo manchmal auch getanzt wurde, die Damen in langen Kleidern und die Herren im Smoking. Nach dem Aufenthalt im Laderaum hatte ich argen Hunger, und bei dem Gedanken an die Köstlichkeiten an Bord krampfte sich mein Magen zusammen, was es nur noch schlimmer machte.
Ich sondierte das Terrain an Deck, als ich plötzlich Stimmen hörte. Zwei Männer unterhielten sich lebhaft und kamen auf mich zu. Ich bog rasch in einen Quergang ein und presste mich dicht an die Wand. Die Männer blieben an der Reling stehen und rauchten. Ich hörte, dass sie über irgendeine Zusammenkunft sprachen, wenn die *Gullfoss* in Leith anlegen würde.
»Ich habe mir erlaubt, dem Konsul in Edinburgh ein Telegramm zu schicken«, sagte der eine Mann.
Die Stimme kam mir bekannt vor, und ich streckte meinen Kopf so weit wie möglich vor, um zu erspähen, wer

da sprach. Es war der Journalist vom Rathausplatz. Als ich genauer hinschaute, sah ich, dass der andere Mann Halldór Laxness war. Sie vertraten sich offenbar nach dem Abendessen die Beine.

»... und dann muss man mit etlichen Reportern rechnen«, hörte ich den Journalisten sagen. »Ich habe mit dem Kapitän gesprochen, er meint, dass die Pressekonferenz am besten im Rauchsalon stattfinden sollte, vielleicht insgesamt so etwa eine Stunde lang, und zwar gleich, wenn das Schiff in Leith angelegt hat.«

Halldór nickte zustimmend.

»Haben die denn überhaupt Interesse an etwas anderem als Politik?«, hörte ich ihn fragen, bevor sie mit der Rauchwolke, die sie umgab, wieder verschwanden.

Ich wagte mich wieder aus meinem Versteck heraus und lief dem Professor direkt in die Arme, der ganz in der Nähe gestanden hatte und nun den beiden Männern nachblickte.

»Da bist du ja, du kleiner Dummkopf«, flüsterte er.

»Wo bist du gewesen?«, zischelte ich.

»Ich habe Sigmundur ausfindig gemacht.«

»Hast du ihn gefunden?«

»Komm mit, ich glaube, ich weiß, wo er ist.«

Ich war so unendlich erleichtert, den Professor wiedergetroffen zu haben und zu wissen, dass er mich nicht allein hier an Bord zurückgelassen hatte, dass ich ihm am liebsten um den Hals gefallen wäre, aber das tat ich natürlich nicht. Wahrscheinlich hätte er mir eins mit seinem Stock versetzt. Aber mein Herz schlug leichter, als ich ihm zur ersten Klasse und in den Kabinengang folgte. Er ging schnurstracks zur Kabine Nummer vierzehn und klopfte an.

»Nach dem, was ich erfahren habe, reist er immer in derselben Kabine«, flüsterte er.

Er klopfte ein weiteres Mal an. »Vorhin war er auch nicht

hier«, sagte er immer noch im Flüsterton und spähte den Gang entlang. »Wenn er jetzt nicht antwortet, brechen wir die Tür auf.«
Er klopfte noch einmal an und hielt sein Ohr an die Tür. Von drinnen hörte man nun ein Rascheln, und kurz darauf öffnete sie sich. Ein kleiner, grauhaariger Mann, derselbe, den ich zuvor im schwarzen Mantel hatte an Bord gehen sehen, glotzte uns an. Er war im Unterhemd, hatte aber noch seine schwarze Smokinghose an und hielt ein Glas Cognac in der Hand.
»Du!«, sagte er verblüfft, als er den Professor erblickte. Dann schien er sich zu besinnen und wollte die Kabinentür zuschlagen, aber zu spät, der Professor hatte seinen Stock dazwischengeklemmt, und wir drückten die Tür auf.
»Willkommen an Bord, Sigmundur«, sagte der Professor und drängte sich in die Kabine. Ich folgte ihm, schloss sorgfältig die Tür und bezog Stellung mit dem Rücken zu ihr. Sigmundur hatte eine kleine Einzelkabine. Zwei Flaschen Cognac standen auf einem kleinen Tisch unter dem Fenster. Sigmundur schien die Seereise auf seine ganz eigene Weise zu genießen.
Der Professor griff nach dem Koffer von Sigmundur, und ohne ein weiteres Wort zu verlieren, kippte er dessen Inhalt auf den Boden. Er riss das Kopfkissen vom Bett, warf es Sigmundur vor die Füße und hob die Matratze hoch.
»Wo ist es?«, fragte er wütend. »Wo ist das Buch?«
»Was hat das zu bedeuten?«, entgegnete Sigmundur, der sich nach dem unerwarteten Überfall so langsam wieder zu fangen schien. »Was soll denn diese Unverschämtheit? Was willst du von mir?«
»Den *Codex Regius*, Sigmundur, ich will den *Codex Regius* und kein dummes Geschwätz!«
»Den *Codex Regius*? Wovon redest du eigentlich?«
»Ich weiß, dass du ihn hast«, sagte der Professor.

»Ich war der Meinung, du hättest ihn, ich dachte, du arbeitest an einer neuen Ausgabe«, sagte Sigmundur.
Der Professor sah ihn scharf an. »Wir waren bei deinem Berliner Freund, diesem Glockner. Wir wissen, was ihr vorhabt, und du solltest dich schämen, Sigmundur.«
»Ich kenne keinen Glockner«, sagte Sigmundur und sah von einem zum anderen.
»Ein Glück für dich, denn er ist tot. Wir haben ihn in seinem Haus, auf dem Fußboden liegend, gefunden. Kein schöner Anblick.«
»Tot?«, ächzte Sigmundur. Er konnte seine Überraschung nicht verbergen. Seine Augen weiteten sich, und ihm war anzusehen, dass ihm der Schreck in die Glieder gefahren war.
»Hast du keine Zeitung gelesen?«, fragte der Professor. »Sie glauben, dass wir das getan haben. Kennst du einen Mann namens Färber?«
Sigmundur schüttelte den Kopf.
»Der ringt mit dem Tod«, sagte der Professor. »Und als Nächstes bringen sie dich um, Sigmundur! Du kannst dich glücklich schätzen, dass wir dich als Erste gefunden haben.«
»Mich umbringen? Weshalb? Wer?«
»Sie sind hinter dem *Codex Regius* her, und ich gehe nicht davon aus, dass du für sie ein Hindernis darstellst.«
Sigmundur glotzte den Professor und mich an. Dann blickte er auf seinen Cognac und fand es bestimmt bedauerlich, dass er ihn nicht in Ruhe genießen konnte. Er gab aber nicht nach, sah dem Professor sogar direkt in die Augen.
»Ich habe keine Ahnung, was du da faselst«, sagte er verstockt. »Ich kenne keinen Glockner und noch weniger einen Färber, und ich habe nicht die geringste Ahnung, wo der *Codex Regius* ist – wenn du ihn nicht mehr hast. Es

wäre mir sehr lieb, wenn du mich in Ruhe lassen und aus meiner Kabine verschwinden würdest, bevor ich jemanden kommen lasse, der dich hinauswirft.«
Der Professor sah ihn lange an. Sigmundur war keine Reaktion anzumerken. Er trank einen Schluck Cognac.
»Ich weiß noch nicht, was sie mit Färber gemacht haben, aber Glockner haben sie mit einem dünnen Stahldraht erdrosselt.«
Sigmundur verschluckte sich an seinem Cognac.
»Durchaus denkbar, dass sie hier an Bord sind«, sagte der Professor. »Und sie suchen nur nach einer Person, nämlich nach dir.«
»Macht, dass ihr hier rauskommt«, sagte Sigmundur, während er sich den Mund abwischte. »Ich habe nichts mit euch zu bereden. Macht, dass ihr rauskommt, bevor ich um Hilfe rufe. Ich weiß nicht, worüber du redest. Ich habe den *Codex Regius* nicht.«
»Und was hast du in Deutschland gemacht?«
»Woher willst du wissen, dass ich in Deutschland war?«
»Ich weiß, dass du dich mit Glockner getroffen hast.«
»Was soll denn dieser Quatsch?«
»Ich versuche, dir klarzumachen, dass du in Lebensgefahr schwebst, ich versuche, dir zu helfen!«
»Wer würde mich schon umbringen wollen?«, sagte Sigmundur. Und so, wie er da vor uns stand, dieses schmächtige Männchen, das offensichtlich gerne dem Alkohol zusprach, fand ich, dass niemand ein Interesse daran haben konnte, ihm etwas anzutun. Der Professor ließ nicht locker. Er packte Sigmundur am Kragen und zog ihn zu sich heran.
»Du bist in Lebensgefahr«, fauchte er durch zusammengebissene Zähne. »Glockner hat ihnen gesagt, wem er das Buch übergeben hat, bevor sie ihn umgebracht haben. Wir haben deinen Brief an Glockner gefunden. Wir haben auch

die Fotos gesehen, ich nehme an, du hast Abzüge davon erhalten.«
»Ich weiß absolut nicht, worüber du redest.«
»Sigmundur!«
»Ich kenne keinen Glockner«, sagte Sigmundur unbeirrt.
»Was hast du mit dem *Codex Regius* gemacht?«
»Ich habe ihn nicht.«
Der Professor ließ Sigmundur los. »Wir wissen, dass du Glockner die Handschrift abgekauft hast, und du bist Zwischenhändler für einen Käufer in Island.«
Sigmundur schwieg. Er sah erst mich an, dann wieder den Professor und trank einen weiteren Schluck Cognac, den er diesmal ohne Schwierigkeiten hinunterbekam. Der Professor holte den Brief und die Fotos aus seiner Tasche, die er aus Glockners Schreibtisch hatte mitgehen lassen, und warf alles auf den kleinen Tisch mit den Cognacflaschen.
»Hier ist dein Brief an Glockner.«
Sigmundur nahm den Brief zur Hand und besah sich die Fotos.
»Gesetzt den Fall, dass das alles stimmt«, sagte er schließlich, »solltest du dann nicht froh darüber sein, dass das Buch auf dem Weg nach Island ist, wo es hingehört?«
»Nicht auf diese Weise«, sagte der Professor.
»Von den Dänen kriegen wir die Handschriften nie zurück«, sagte Sigmundur. »Das sind Wunschvorstellungen, und das weißt du selbst ganz genau.«
»Sie werden sie uns eines Tages zurückgeben. Willst du damit vielleicht andeuten, dass dein Käufer in völlig gemeinnütziger Absicht handelt?«
»Wenn wir die Möglichkeit haben, die Handschriften wieder nach Island zu bringen, auf welche Weise auch immer, egal, ob wir sie von Spekulanten kaufen oder nicht … Ich für meinen Teil finde das hervorragend.«
»Was hast du für das Buch gezahlt?«

»Ich habe das Buch nicht. Ich habe auch nichts gezahlt, versuch doch endlich mal, das zu begreifen. Du wirst mich nie dazu bringen, etwas anderes zu sagen.«
Der Professor überlegte. Die Atmosphäre hatte sich etwas entspannt. Sigmundur nippte wieder an seinem Cognac.
»Ich weiß, dass du das Buch dabeihast«, sagte der Professor.
Sigmundur zuckte mit den Achseln.
»Und wenn sich die Seiten der Lücke im Codex in meinen Händen befänden?«
»Die Seiten der Lücke?«, wiederholte Sigmundur sichtlich verblüfft.
»Wir haben sie in Schwerin gefunden, im Grab von einem gewissen Ronald D. Jörgensen. Ich habe die Seiten hier«, sagte der Professor und klopfte auf seine Brusttasche.
Sigmundur starrte ihn ungläubig an. »In Schwerin?«
Der Professor nickte.
»Zeig mir die Blätter«, sagte Sigmundur.
»Zeig mir den *Codex Regius.*«
Sigmundur schüttelte den Kopf.
»Ich weiß, du glaubst mir nicht, aber trotzdem sage ich es dir noch einmal: Ich habe den *Codex Regius* nicht. Zeig mir die verschollenen Seiten.«
»Und was ist, wenn ich besser bezahle?«, sagte der Professor.
Sigmundur gab ihm keine Antwort darauf.
»Was wäre, wenn wir den Codex und die verschollenen Seiten wieder zusammenfügen würden? Wir beide, du und ich? Fändest du das nicht die Sache wert?«
»Was willst du dafür bekommen?«, fragte Sigmundur.
»Ich habe nicht vor, die Seiten zu verkaufen«, antwortete der Professor.
Sigmundur trank wieder einen Schluck Cognac. »Und was nun?«

Der Professor hatte bislang an sich gehalten, doch jetzt riss ihm der Geduldsfaden, und er rastete aus: »Nicht zu fassen, was für ein unglaublicher Idiot du bist!«, schrie er. »Ich hoffe sehr, dass die dich schnappen und über Bord werfen! Du hast es nicht besser verdient, du verdammter Hornochse!«

»Verrate mir doch eins, lieber Professor«, sagte Sigmundur auf einmal in etwas anderem Ton und tat so, als hätte er die Kraftausdrücke überhört. »Mir ist da nämlich etwas eingefallen. Wie kommt es eigentlich, dass der *Codex Regius* auf einmal in Europa zum Verkauf angeboten wird, wie du behauptest? Ist das nicht eine äußerst ernste Angelegenheit? Ich meine, für dich?«

»Mensch, halt die Klappe!«

»Wäre das nicht eine fürchterliche Blamage, falls das Buch auf einmal in Island auftauchen würde, und zwar im Besitz einer Privatperson? Würdest du dann nicht Rede und Antwort stehen müssen?«

Der Professor schien Sigmundur mit seinen Blicken töten zu wollen, und einen Moment dachte ich, er würde sich auf ihn stürzen.

»Soweit ich sehen kann, wäre es wohl am besten, den Mantel des Schweigens über das Ganze zu breiten, zumindest im Augenblick, am besten für dich und für den jungen Mann, den du bei dir hast. Und für mich, den du der Hehlerei bezichtigst. Ist es nicht am besten für alle, so zu tun, als sei nichts vorgefallen? Es sei denn, du hast vor, allen auf die Nase zu binden, wie dir der *Codex Regius* abhandengekommen ist!«

Der Professor würdigte ihn keiner Antwort.

»Und da ist noch etwas, was mich brennend interessieren würde, falls das alles stimmt, was du sagst.«

Der Professor wartete darauf, dass Sigmundur fortfuhr.

»Wie hast du es geschafft, andere Wissenschaftler an der

Nase herumzuführen? Was hast du ihnen eigentlich weisgemacht? Da sind doch viele, die gespannt auf deine Forschungsergebnisse warten.«

Der Professor gab ein paar Flüche von sich, schob mich von der Tür weg und stiefelte auf den Gang. Ich sah Sigmundur an.

»Hast du das Buch?«, fragte ich.

»Mach, dass du rauskommst, du dämlicher Bengel!«, kreischte er.

»Du bist in großer Gefahr, egal, ob du das Buch hast oder nicht. Es ist mehr als wahrscheinlich, dass Glockner deinen Namen genannt hat, bevor er umgebracht wurde. Der Professor könnte dir helfen.«

»Ich brauche keine Hilfe von ihm. Mach, dass du rauskommst, und lass deine Visage bloß nicht mehr bei mir blicken!«

Ich holte den Professor am Ende des Gangs ein, und wir gingen an Deck.

»Was jetzt?«, fragte ich.

»Der Idiot lügt natürlich«, sagte der Professor. »Ich darf mich nicht so provozieren lassen.«

»Er glaubt, er hätte die Oberhand behalten.«

»Er kann natürlich nicht zugeben, dass er den Codex hat, dann muss er ihn nämlich hergeben, er verliert seine Provision, und der Käufer bekommt ihn niemals in die Hände. Wir sind reichlich naiv, Valdemar. Es ist naiv zu glauben, dass man in solchen Leuten irgendwelche Ehrgefühle wecken kann. Denen geht es nur um eines, und das ist Geld.«

»Aber er ist in großer Gefahr, wenn er das Buch bei sich hat.«

»Das ist seine Sache«, erklärte der Professor. »Unsere Aufgabe ist es, die Handschrift zu finden. Sigmundur kann mich von mir aus am Arsch lecken.«

»Was ist, wenn er die Wahrheit sagt? Wenn er den *Codex Regius* gar nicht hat?«

»Sigmundur hat ihn«, sagte der Professor. »Er will uns nur provozieren. Er hat ihn aber wohl kaum in seiner Kabine, dazu ist er mit seinem Cognac in der Hand viel zu selbstsicher aufgetreten. Er muss ihn irgendwo an Bord versteckt haben. Vielleicht bewahrt jemand anderes das Buch für ihn auf. Der *Codex Regius* ist hier irgendwo, und wir müssen ihn finden.«

»Eines ist aber positiv an der ganzen Sache«, bemerkte ich.

»Und das wäre?«

»Bislang sind wir von Orlepp und seinen Kumpanen noch nicht begegnet. Sie scheinen die *Gullfoss* verpasst zu haben. Das ist doch positiv.«

»Sei dir da nicht so sicher«, sagte der Professor. »Es fällt mir schwer zu glauben, dass die irgendetwas verpassen.«

»Und was nun? Was machen wir jetzt?«

»Wir behalten Sigmundur im Auge«, sagte der Professor. »Vielleicht können wir ihn morgen zur Vernunft bringen. Aber zuerst müssen wir uns etwas zu essen besorgen und uns ein Plätzchen auf dem Schiff suchen, wo wir unsere Lage überdenken können. Ich weiß einen Raum, in dem wir uns ausruhen können, aber ob es dir da gefallen wird, weiß ich nicht.«

»Wo denn?«

»Hast du etwas gegen Hitze?«

»Nicht dass ich wüsste«, sagte ich.

Im Laufe des Abends war es wesentlich kühler geworden, und ich war froh, dass wir die Nacht nicht unter freiem Himmel verbringen mussten. Das Versteck, auf das der Professor angespielt hatte, war eine Art Stauraum für Gepäckstücke. Er sagte mir, dass er auch manchmal als Arrestzelle verwendet würde. Da käme nie jemand hin. Dicht an der Vorderwand des Raumes mussten die Abgasrohre der Maschine liegen, die Hitze war deswegen nahezu unerträglich. Hier wurden manchmal Krawallmacher einquartiert, denen nicht anders beizukommen war, meist wegen Trunkenheit. Man sperrte sie so lange dort ein, bis sie ihren Rausch ausgeschlafen hatten. Ich überlegte, ob ich den Professor fragen sollte, wieso er von der Existenz dieses Raums wusste, aber ich ließ es bleiben. Wir schlichen dorthin, ohne von irgendwem bemerkt zu werden. Die Tür zu dem Raum war mit einem simplen Hängeschloss versehen. Der Professor fand ganz in der Nähe einen Eisenklotz, und es gelang ihm, damit das Schloss aufzuschlagen. Die Hitze drinnen war entsetzlich, fast vierzig Grad. Wir achteten darauf, die Tür einen Spalt offen zu lassen, damit wir Luft bekamen.

Der Professor ließ sich schweigend auf einem Reisekoffer nieder. Ich dachte an all die Tiefschläge, die er hatte einstecken müssen, und daran, wie nahe er jetzt seinem Ziel war. Er war überzeugt, dass Sigmundur gelogen hatte, was ja durch dessen Brief an Glockner bestätigt wurde. Natürlich saß er jetzt da und überlegte, mit welchen Methoden er Sigmundur auf seine Seite ziehen könnte. Nach der Erfahrung mit dem ersten Zusammentreffen würde es schwierig werden.

»Und was wirst du tun, wenn du den *Codex Regius* wieder in der Hand hast?«, fragte ich.

Der Professor sah mich an. »Du meinst, wenn ich ihn finde?«

»Wirst du dich stellen? Gleich hier an Bord?«

»Ja, das habe ich vor. Auf diese Weise käme die Handschrift auch an die zuständigen Instanzen und würde an ihren Platz in Kopenhagen zurückgebracht.«

»Und niemand würde dir Vorwürfe machen, dass du diesen Schatz einfach mit dir herumträgst, du bist schließlich der bedeutendste Sachverständige in Bezug auf diese Handschrift.«

»Nein, es würde nur als Nachlässigkeit meinerseits ausgelegt werden, dass ich den *Codex Regius* auf eine Reise mitgenommen habe. Es werden aber sowieso nur noch ein paar Jahre vergehen, bis diese Handschrift – und auch alle anderen – ganz offiziell an Island zurückgegeben werden.«

»Du glaubst wirklich, dass das geschehen wird?«

»Ja, es wird geschehen, und du wirst es erleben, Valdemar. Was mich betrifft, bin ich mir da nicht so sicher. Ich glaube aber, es wird nicht mehr lange dauern.«

»Aber die Mörder? Du bist sie doch nicht los!«

»Bis jetzt habe ich noch keinen von diesen Wagneriten an Bord gesehen, falls es tatsächlich sie waren, die Glockner umgebracht haben.«

»Das liegt doch eigentlich auf der Hand.«

»Kann sein.«

»Mir graut davor, ihnen wieder zu begegnen«, sagte ich. »Ich würde am liebsten nie wieder etwas mit ihnen zu tun haben.«

»Der Umgang mit solchen Leuten ist nie ein Vergnügen«, sagte der Professor.

»Ja, das stimmt wohl«, sagte ich.

»Für sie gelten keine anderen Gesetze als die eigenen, und Menschenleben bedeuten ihnen gar nichts. Solche Leute wird es immer geben, und sie werden uns immer Grauen einflößen. Es erfordert Mut, in so einer Situation nicht einfach wegzulaufen. Ihre einzigen Antriebskräfte sind Angst und Wut, und ihre Methoden sind durchweg niederträchtig.«

»Übernachten die Passagiere, die häufiger mit der *Gullfoss* fahren, eigentlich immer in den gleichen Kabinen?«, fragte ich.

»Was meinst du damit?«

»Du hast gesagt, dass Sigmundur immer in derselben Kabine reist.«

Der Professor überlegte
»Das stimmt«, sagte er. »Soweit ich weiß, hat er immer dieselbe Kabine.«
»Gibt es dafür einen besonderen Grund?«, fragte ich.
»Möglicherweise«, antwortete der Professor. »Meinst du damit, dass er da in seiner Kajüte etwas versteckt haben könnte?«
Ich zuckte die Achseln. Er stand auf.
»Ich werde mal sehen, ob ich den Kerl nicht zur Vernunft bringen kann«, sagte er. »Du wartest hier, es könnte einige Zeit dauern.«
»Was hast du vor?«
»Mir fällt schon etwas ein«, sagte der Professor.
Und mit diesem orakelhaften Ausspruch war er verschwunden. Ich blieb allein zurück und wusste nicht, was ich mit mir anfangen sollte. Die Hitze in diesem neuen Versteck war mörderisch, deswegen zog ich mir ein paar Sachen aus, legte mich auf das gestapelte Gepäck und war im Handumdrehen eingeschlafen.
Als ich aufwachte, war der Morgen schon weit fortgeschritten. Vollkommen ausgedörrt und ziemlich steif nach dieser unbequemen Nacht auf den Koffern kroch ich an Deck. Die *Gullfoss* steuerte den Hafen in Leith an, und der Professor war nirgends zu sehen.
Ich stand an der Reling und sah zu, wie das Schiff am Pier anlegte. Die Gangway wurde heruntergelassen, und diejenigen, die sich für ein paar Stunden Edinburgh ansehen wollten, strömten von Bord. Ein großer Bus wartete auf sie. Die Hafenarbeiter begannen gleich mit dem Löschen und erneuten Beladen des Schiffs. Ich bemerkte eine Gruppe von Männern in Mänteln, die darauf warteten, an Bord gelassen zu werden. Einige hatten Kameras umhängen. Ich erinnerte mich an das Gespräch, das ich gehört hatte, als der Journalist vom Rathausplatz und Halldór Laxness über

das Deck geschlendert waren. Sie hatten Reporter und eine Pressekonferenz im Rauchsalon erwähnt, zu der diese Leute offensichtlich eingeladen worden waren.
Ich war völlig ausgehungert, und nach der Nacht in der Nähe des Schornsteins kam ich vor Durst fast um. Deshalb beschloss ich, mich unter die Journalisten zu mischen, um in die erste Klasse zu gelangen. Auf jedem der Tische im Rauchsalon standen Platten mit Kanapees und Karaffen mit alkoholischen und nicht alkoholischen Getränken. Die vielen Reporter, Journalisten und Fotografen füllten den Salon, darunter auch der Mann vom Rathausplatz, der alles genau aufschrieb, was sich dort abspielte. Während ich Schnittchen in mich hineinstopfte und meinen Durst mit Wasser löschte, wurde Halldór Laxness nach allem Möglichen zwischen Himmel und Erde befragt. Das meiste davon habe ich wieder vergessen. Ich erinnere mich aber, dass er einen hellen, braun gesprenkelten Tweedanzug trug und brillant auf alle Fragen antwortete. Ein Blatt mit seinem Lebenslauf und allgemeinen Informationen über ihn, die vermutlich die isländische Botschaft in London für die englische Presse zusammengestellt hatte, wurde verteilt.
Ich hörte, wie eine Frau Halldór Laxness fragte, ob er ein *country gentleman* sei, was ich nicht so richtig begriff, und er wurde auch danach gefragt, wo er seine Garderobe schneidern ließ. Jemand bat darum, den Nobelpreisträger an Deck fotografieren zu dürfen, und Halldór Laxness entsprach diesem Wunsch. Ich versuchte, mich so unauffällig wie möglich zu verhalten, als der Salon sich leerte.
Nach kurzer Zeit wurde die Pressekonferenz fortgesetzt. Laxness gab sich witzig und aufgeräumt und wirkte völlig gelassen. Er wurde danach gefragt, wieso er nichts über sich selbst sagen wolle, worauf er antwortete, alles, was zu sagen sei, stünde in seinem Pass. Als einer fragte,

worum es in seinen Büchern ginge, empfahl er ihm, sie zu lesen.
Ich ließ meine Blicke langsam durch den Raum schweifen. Urplötzlich gefror mir das Blut in den Adern, als ich sah, dass sich außer mir noch jemand unter falscher Flagge in den Salon geschmuggelt hatte. Ich hatte ihn zunächst gar nicht bemerkt, aber als meine Blicke auf ihn fielen, hätte ich vor Schreck fast laut aufgeschrien. Er schien mich nicht gesehen zu haben. Ich versuchte, nicht in sein Blickfeld zu geraten, und beobachtete ihn aus der Ecke heraus, in der ich stand. Wo war bloß der Professor jetzt, wo er am meisten gebraucht wurde? Der Mann trug einen Hut und einen langen Mantel, und auf den ersten Blick unterschied er sich nicht von den anderen im Raum. Er war wahrscheinlich mit den englischen Presseleuten an Bord gekommen, und ich hatte ihn in der Menge nicht bemerkt. Er tat so, als notiere er sich das, was Laxness sagte, aber ich sah, dass er etwas unruhiger wirkte als die Reporter; er schien nach einer Möglichkeit zu suchen, den Salon zu verlassen, bevor die Pressekonferenz zu Ende war.
Dann beobachtete ich, wie er sich aus dem Rauchsalon schlich und zum Speisesaal hinunterging. Dort war gerade das legendäre Mittagbüfett aufgebaut worden, und mir lief das Wasser im Mund zusammen, als ich den langen Tisch sah, der sich unter kaltem Schinken, geräuchertem Lamm- und Schweinefleisch, geräuchertem und mariniertem Lachs und vielen anderen Gaumenfreuden bog. Die Passagiere aus der ersten Klasse fanden sich einer nach dem anderen ein, einige standen bereits am Büfett. Kellner und Köche eilten geschäftig hin und her. Der Mann, dem ich folgte, achtete auf nichts um sich herum, sondern durchquerte rasch den verlockend duftenden Speisesaal und begab sich zu demselben Gang, in dem auch die Kabine von Sigmundur lag. Der Mann klopfte an eine Tür am Ende des

Gangs, und ich hörte ihn etwas sagen. Die Tür öffnete sich, und er verschwand in der Kabine.
Das Herz hämmerte in meiner Brust.
Am liebsten hätte ich um Hilfe gerufen, nach dem Professor gerufen, nach irgendjemandem gerufen, aber ich tat nichts dergleichen. Ich wusste weder aus noch ein.
Den Mann, dem ich quer durch den Speisesaal gefolgt war, hatte ich zuletzt gesehen, als der Professor und ich in Schwerin festgenommen worden waren. Er war der Mann, der dem Professor die verschollenen Seiten des *Codex Regius* aus der Hand gerissen hatte.
Joachim von Orlepp.

Vierundzwanzig

Die *Gullfoss* dampfte bereits wieder aus dem Hafen von Leith heraus, und ich hatte den Professor immer noch nicht gefunden. Die Presseleute hatten das Schiff nach beendeter Pressekonferenz verlassen, und die Passagiere, die sich Edinburgh angesehen hatten, waren alle wieder an Bord. Vor uns lag die mehrtägige Überfahrt nach Island, vor der ich mich mehr fürchtete, als Worte beschreiben können.

Ich wusste nicht, wie ich den Professor wiederfinden sollte, und gelangte so langsam zu der Überzeugung, dass ihm etwas zugestoßen war. Ich behielt von Orlepps Kabine im Auge, sauste aber zwischendurch immer mal wieder zum Gepäckaufbewahrungsraum, falls der Professor dort nach mir suchen sollte. Ich hielt mich die meiste Zeit an Deck auf, weil ich davon ausging, dass die Besatzung mich für einen von den Passagieren halten würde, und das klappte.

Gegen Abend öffnete sich von Orlepps Kabinentür, und ich sah den Mann herauskommen, der auf dem Friedhof in Schwerin bei ihm gewesen war. Helmut hieß er, wie ich mich zu erinnern glaubte. Er ging zum Speisesaal und kehrte nach einiger Zeit mit einem Tablett zurück, auf dem drei Teller standen. Also schienen drei Männer in dieser Kabine zu sein, und ich überlegte, wer der dritte sein könnte.

Auf dem Schiff war die Beleuchtung angegangen. Die Passagiere der ersten Klasse hatten sich in Schale geworfen und kamen aus ihren Kabinen, um sich in den Rauchsalon zu begeben und vor dem Essen noch einen Drink zu sich zu nehmen. Im abendlichen Zwielicht drangen Klänge des Klaviers nach draußen, und der Duft des Essens vermischte sich mit der salzigen Meeresluft. Ich beneidete diese Menschen um ihren Luxus. Sie schienen ein völlig sorgloses Leben zu führen und jede Stunde an Bord in vollen Zügen zu genießen. Nachmittags legte man sich etwas hin, um sich anschließend elegant zu kleiden und an einem opulenten Dinner teilzunehmen. Nach dem Essen konnte man nach Belieben bei einem Glas Wein oder bei einem Kartenspiel entspannen.

Ich versuchte die ganze Zeit verzweifelt, mir Klarheit über die Situation zu verschaffen.

Konnte es sein, dass sie den Professor in ihrer Kabine hatten?

War der dritte Teller für ihn?

Ich wusste nicht, wie ich die Situation einschätzen sollte. Je mehr Zeit verstrich, desto mehr Sorgen machte ich mir um den Professor. Ich hatte Angst und fühlte mich einsam. Als er den Gepäckaufbewahrungsraum verließ, hatte er nur gesagt, dass er Sigmundur zur Vernunft bringen wolle, aber ich wusste nicht genau, was er damit gemeint hatte. Ich hatte nicht gesehen, dass Helmut mit Joachim von Orlepp an Bord gekommen war. Konnte er schon in Kopenhagen eingestiegen sein und den Professor gesehen haben? Hatte er ihn womöglich über Bord gehen lassen? Außer mir würde ihn niemand vermissen, und ich konnte mit niemandem über meine Befürchtungen sprechen.

Sollte ich zum Kapitän gehen und ihm sagen, wie das alles zusammenhing? War jetzt der richtige Moment gekommen? Oder sollte ich dem Professor mehr Zeit lassen?

War es möglich, dass sie ihn in ihrer Kabine hatten?

Wer sonst konnte der dritte Mann in dieser Kabine sein?

Sigmundur konnte ich nirgendwo unter den Passagieren entdecken. Ich ging zu seiner Kabine, klopfte an, aber niemand antwortete. Ich versuchte, die Tür zu öffnen, aber sie war verschlossen. Ich flüsterte den Namen des Professors, doch es kam keine Reaktion.
In meiner Verzweiflung suchte ich das ganze Schiff ab und ging hoch zum Oberdeck in der Hoffnung, entweder auf Sigmundur oder auf den Professor zu stoßen. Die Klaviermusik wurde immer deutlicher, je mehr ich mich dem Rauchsalon näherte, und die lebhaften Gespräche der Passagiere drangen zu mir heraus.
Ich stolperte über einen Haufen Taue, der an der Reling lag. Bei näherem Hinsehen erwiesen sie sich als eine Strickleiter, und mir kam eine erstaunlich verwegene Idee. Ich nahm die Strickleiter mit und band sie oberhalb der Kabine fest, in der wahrscheinlich von Orlepp und Helmut untergebracht waren. Noch bevor ich den Gedanken zu Ende gedacht hatte, warf ich die Leiter über die Reling und kletterte vorsichtig an der Außenwand des Schiffes nach unten. Glücklicherweise war kein Seegang, das Wetter war mild, und das Schiff durchpflügte ruhig die Wellen, ohne zu schlingern. Ich weiß nicht, was sonst passiert wäre, denn mir wurde schon immer schnell schwindlig. Das Meer war tief unter mir, aber ich bemühte mich, nicht daran zu denken, und vermied es, nach unten in die Wellen zu sehen. Ich stieg bis zu der Kabine hinunter, wo ich von Orlepp vermutete. Zu meiner herben Enttäuschung waren die Vorhänge vor dem Fenster zugezogen, sodass ich nichts sehen konnte. Es war nicht einfach für einen ungeübten Menschen wie mich, da in einer straffen Strickleiter an der Schiffswand zu hängen. Mir taten die Arme weh, und ich bekam einen Krampf im Bein. Ich verlagerte mein Gewicht auf das andere Bein und überlegte, was zu tun sei, als ich bemerkte, wie der Vorhang aufgezogen wurde, das

Fenster sich öffnete und jemand einen Aschenbecher ins Meer leerte.
Ich wartete eine Weile ab, bevor ich mich näher heranschob und ganz vorsichtig den Kopf vorstreckte, um in die Kabine hineinzuspähen. Als Erstes sah ich ein Bett, auf dem ein großer Koffer lag. Daneben saß ein Mann, und ich glaubte zu erkennen, dass es Helmut war. Als ich mich noch etwas weiter vorbeugte, sah ich Joachim von Orlepp bei der Kabinentür, er stand seitlich zu mir und unterhielt sich anscheinend mit einer dritten Person, die ich nicht sehen konnte. Ich konnte nicht hören, was gesagt wurde, hatte aber den Eindruck, dass das Gespräch in großer Eintracht verlief. Neben Joachim von Orlepp war ein Spiegel, über den ich einen weiteren Teil der Kabine einsehen konnte.
Es verschlug mir den Atem, als ich auf dem Tisch, an dem der Dritte saß, die verschollenen Seiten aus dem *Codex Regius* erblickte.
Sie hatten sie mit an Bord genommen!
Ich war mir sicher, dass es sich um die Pergamentseiten handelte. Und sie lagen da drinnen bei ihnen einfach so auf dem Tisch herum. Ich erkannte sie sofort, obwohl ich sie in Schwerin nur ein einziges Mal bei schlechtem Licht gesehen hatte.
Ich starrte angestrengt in den Spiegel, um die Pergamentseiten besser in den Blick zu bekommen, als sich eine Hand auf sie legte. Ich sah nicht, wer da saß, ich sah nur eine alte, runzlige, knochige Hand mit langen Fingernägeln. Damit wusste ich immerhin, dass der dritte Mann in der Kabine nicht der Professor war. Als der Mann sich langsam vorbeugte, erschien sein Profil im Spiegel. Es war ein sehr alter Mann, den ich nie zuvor gesehen hatte, mit braunfleckiger Glatze, die von zottigen Haarsträhnen umrahmt war, mit blutleeren, ausgemergelten Wangen und einer mächtigen Adlernase.

Er blickte in den Spiegel, und einen Augenblick konnte ich in seine schwarzen, grausamen Augen sehen.
Und er sah mich ebenfalls.
Er deutete im Spiegel auf mich und stieß einen zeternden Schrei aus.
Ich schrak zusammen und machte mich unverzüglich daran, die Strickleiter wieder hochzuklettern. Als ich einen Blick nach unten warf, erschien gerade Joachim von Orlepps Kopf im Fenster, er sah zu mir hoch und zog den Kopf gleich zurück. Ich flog die Strickleiter hoch und war in Windeseile wieder an Deck. Ich ließ die Leiter einfach hängen, stürmte ein paar Stufen nach unten und durch eine Tür nach drinnen, eine Treppe hinunter und durch eine weitere Tür, und ehe ich mich versah, befand ich mich im Rauchsalon, wo morgens die Pressekonferenz stattgefunden hatte.
Ich durchquerte ihn ganz gemächlich und versuchte, keine Aufmerksamkeit zu erregen. Ich beschleunigte meine Schritte auf dem Weg durch den Speisesaal und hatte den Eingangsbereich erreicht, als ich sah, dass die Kellner ihr Augenmerk auf mich richteten. Es war nur zu offensichtlich, dass ich da nichts zu suchen hatte. Und wieder rannte ich oder besser gesagt sprang ich weiter nach unten, bis ich den Gepäckaufbewahrungsraum wiederfand. Dort verbarg ich mich, zu Tode erschrocken, und wagte nicht, mich zu rühren.
Sie waren also an Bord, Joachim von Orlepp, Helmut und dann noch dieser Greis, den ich nicht kannte und der seine Hand auf die verschollenen Seiten gelegt hatte, als gehörten sie ihm. Noch nie in meinem Leben hatte ich einen so widerwärtigen Gesichtsausdruck gesehen wie dort im Spiegel, als er mich bemerkt hatte, und mir lief ein Schauder den Rücken herunter, als ich an das Gezeter dachte, das er ausgestoßen hatte.

Ich weiß nicht, wie viel Zeit verstrich. Ich wusste beim besten Willen nicht, was als Nächstes zu tun war. Der Professor hatte die ganze Zeit das Kommando gehabt, und jetzt, wo er nicht mehr da war, wusste ich nicht, was weiter von mir erwartete wurde. Wieder spielte ich mit dem Gedanken, den Kapitän über alles zu informieren, aber ich zögerte, denn ich war mir nicht ganz sicher. Der Professor wollte die Angelegenheit ohne Einbeziehung anderer regeln, zumindest bis der *Codex Regius* wieder in unseren Händen war. Er hatte vorgehabt, noch einmal mit Sigmundur zu sprechen. Ich wusste nicht, was er gemeint hatte, als er sagte, er wolle versuchen, ihn zur Vernunft zu bringen. Als ich an Sigmundurs Kabine angeklopft hatte, hatte niemand geantwortet. Das Einzige, was mir nun einfiel, war, es noch einmal bei ihm zu versuchen.

In dieser Absicht schlich ich wieder aus dem Gepäckraum. Die Kabinen von Sigmundur und Joachim von Orlepp befanden sich auf demselben Gang, und ich stand zunächst zögernd an Deck, entschloss mich aber dann doch, es bei Sigmundur zu versuchen. Auch wenn ich Gefahr lief, Joachim von Orlepp und Helmut zu begegnen.

Ich klopfte leise an, aber genau wie zuvor erfolgte keine Reaktion.

Ich klopfte noch einmal fester, fasste dann an den Türknauf und rüttelte daran. Ich legte das Ohr an die Tür und glaubte, drinnen irgendwelche Geräusche zu hören. Ich klopfte ein weiteres Mal und flüsterte Sigmundurs Namen. Wieder hörte ich Geräusche und ein dumpfes Stöhnen, und schließlich gab es von innen einen dumpfen Schlag an der Tür.

Ich nahm Anlauf und warf mich mit meinem ganzen Gewicht gegen die Tür. Sie gab sofort nach, und ich stürzte in die Kabine. Als ich wieder aufstand, sah ich, dass Sigmundur, an Händen und Füßen gefesselt, im Bett lag. Es war ihm gelungen, mit den Füßen gegen die Tür zu treten, und das hatte ich gehört. Sigmundur starrte mich an und gab irgendwelche Laute von sich, die bestimmt Verwünschungen waren, aber sie waren nicht zu verstehen, weil er einen Knebel im Mund hatte.

Ich nahm ihm den Knebel ab, und er holte tief Luft.

»Dieser verfluchte Professor!«, schrie er. »Wo ist er? Wo ist der Scheißkerl?«

In Sigmundurs Kabine herrschte ein unbeschreibliches Chaos. Es sah aus wie nach einem Bombenangriff. Eine der Cognacflaschen war zu Boden gegangen, und die ganze Kabine stank nach Alkohol. Hinter dem Bett befand sich eine doppelte Wand, die aufgebrochen worden war. Schnapsflaschen und Zigarettenstangen lagen überall verstreut.

»Was ist das denn?«, fragte ich und deutete auf das Zeug.

»Das geht dich einen Scheißdreck an!«, antwortete Sigmundur fuchsteufelswild. »Wo ist der Professor?«

»Ist das Schmuggelware?«, fragte ich. »Ist das eine doppelte Wand? Was ist passiert?«

»Passiert? Er ist hier bei mir eingedrungen und hat mich gefesselt! Und hat mir alles Mögliche angedroht, falls ich ihm nicht sage, wo der *Codex Regius* ist.«

»Hattest du ihn da drinnen aufbewahrt?«, sagte ich und steckte den Kopf durch die Öffnung in der Wand.

»Weißt du, wo er ist?«, fragte Sigmundur, ohne auf meine Frage einzugehen.

»Nein, ich suche ihn selbst, ich habe ihn den ganzen Tag nicht gesehen.

»Er ist über mich hergefallen.«

»Und?«

»Und er hat das Buch genommen«, sagte Sigmundur. »Er hat mir den *Codex Regius* weggenommen, der verfluchte Hund! Er hat mich gefesselt und mir das Buch gestohlen!«

Ich löste ihm erst die Fesseln an den Füßen und anschließend die an den Händen. Er massierte sich die Handgelenke.

»Wo ist der Professor?«, fragte er und klang nun etwas ruhiger.

»Hast du hier Schmuggelware verstaut?«, fragte ich.

Er sah mich mit resignierter Miene an.

»Ich kenne einen von der Besatzung«, sagte er. »Er gibt mir diese Kabine, wenn ich sie brauche. Ich bezahle den Steward extra dafür. Er kriegt immer seinen Anteil.«

»Und der *Codex Regius* war hier drin?«

»Ja, er steckte hier in der Wand.«

»Und der Professor hat ihn jetzt in den Händen!«

»Ja.«

»Wo ist er?«

»Weißt du das nicht?«

»Nein, ich bin auf der Suche nach ihm. Hat er dir gesagt, was er vorhat?«

»Nein, nur, dass es jetzt ausgestanden sei.«

»Ausgestanden?«

»Ja, die Suche sei zu Ende. Er hatte das Buch ja wieder in der Hand. Es hätte nicht viel gefehlt, und er hätte mir vor Freude einen vorgeheult. Dann rannte er hinaus und schloss die Tür hinter sich. Er sagte, er würde später bei mir hereinschauen, wenn ich mich beruhigt hätte. Ist da noch etwas von dem Cognac übrig?«

Ich reichte ihm die Flasche, und er nahm einen Schluck.

»Ich weiß nicht, was der Käufer dazu sagen wird«, stöhnte er. »Der wird alles andere als erfreut sein, dass er mir gestohlen wurde. Er hat dafür bezahlt.«

»Wann war das? Wann ist er über dich hergefallen?«

»Irgendwann in der vergangenen Nacht.«

»In der vergangenen Nacht?!«

»Ja, ich habe hier stundenlang gefesselt und geknebelt gelegen.«

Ich trat auf den Gang hinaus und blickte in die Richtung der Kabine von Joachim von Orlepp. Ich hatte keine Ahnung, was aus dem Professor geworden war, und ich befürchtete das Allerschlimmste. Er schien nicht zum Kapitän gegangen zu sein, wie es seine Absicht gewesen war, sobald er den *Codex Regius* wieder in Händen hätte. In dem Fall wären Joachim von Orlepp und Helmut arretiert und in den Gepäckraum beim Schornstein gebracht worden. Wenn der Professor Sigmundur in der vergangenen Nacht überfallen hatte, war Joachim von Orlepp zu dem Zeitpunkt noch nicht an Bord gewesen. Es war aber nicht auszuschließen, dass der Professor Helmut in die Finger geraten war.

»Was hast du vor?«, fragte Sigmundur, als ich wieder die Kabine betrat.

»Ich weiß es nicht«, sagte ich.

»Was ist mit diesen Männern, die angeblich hinter mir her sind?«, fragte er, und seine Stimme klang ängstlicher als gestern, als der Professor ihm von ihnen erzählt hatte.

»Haben sie sich nicht mit dir in Verbindung gesetzt?«

»Nein.«

»Sie sind an Bord«, sagte ich. »Du solltest vorsichtig sein, aber ich denke, dass sie das Interesse an dir schnell verlieren, wenn sie erfahren, dass nun der Professor das Buch hat.«

»Sind sie tatsächlich so gefährlich, wie ihr gesagt habt?«

»Ja, sie sind sehr gefährlich. Es sind Mörder.«

»Haben sie wirklich Glockner ermordet?«

»Ja. Und sie haben auch versucht, einen anderen Deutschen umzubringen, Färber.«

»Um an den *Codex Regius* heranzukommen?«

»Ja.«

»Ist ihnen das Buch so viel wert?«

»Ja«, sagte ich. »Ihr Chef hat dem Professor das Buch im Krieg geraubt, aber dann ist es ihm später selbst abhandengekommen. Sein Sohn versucht, es wiederzubekommen, und scheint dabei vor nichts zurückzuschrecken. Er betrachtet es als sein Eigentum. Menschenleben spielen für ihn in diesem Zusammenhang keine Rolle.«

»Was sind das für Leute?«

»Verfluchte Wagneriten«, flüsterte ich.

Sigmundur sah mich verständnislos an und wollte gerade etwas sagen, als ich ihm bedeutete zu schweigen. Ich hörte Schritte draußen auf dem Gang und schloss die Tür. Jemand ging an der Tür vorbei, und als ich sie wieder öffnete, sah ich Helmut auf dem Weg zum Deck. Ich bat Sigmundur inständig, das, was ich ihm gesagt hatte, für sich zu behalten, zumindest bis ich in Erfahrung gebracht hätte, was los war. Ich schärfte ihm ein, sehr vorsichtig zu sein und darauf zu achten, dass er sich immer unter Menschen aufhielt. Dann schlich ich hinter Helmut her.

Er war unten auf dem Promenadendeck, lehnte sich ganz gelassen an die Reling und starrte aufs Meer hinaus. Außer ihm waren nur wenige Passagiere an Deck. Er schob sich am hinteren Laderaum vorbei zu den achteren Aufbauten, wo sich die zweite Klasse befand. Ich stellte mich so, dass er mich nicht sehen konnte, und war sehr auf der Hut, falls Joachim von Orlepp nachkommen würde oder vielleicht sogar der Alte, den ich im Spiegel gesehen hatte.

Als Helmut sicher zu sein glaubte, dass niemand ihn beobachtete, verschwand er zu meiner Überraschung in einem kleinen Häuschen, das sich auf dem Deck befand, und machte die Tür hinter sich zu. Nach etwa zehn Minuten tauchte Joachim von Orlepp auf und wiederholte das Spiel. Er lehnte sich zunächst in aller Ruhe an die Reling, blickte eine Weile aufs Meer hinaus und schlenderte dann das Deck entlang, bis er vor dem Häuschen stand. Er vergewisserte sich, dass niemand ihn sah, und verschwand genau wie Helmut darin.

Ich wartete darauf, dass sie wieder zum Vorschein kamen, und zerbrach mir den Kopf darüber, was sie da machten. Ich traute mich nicht, ihnen zu folgen, sondern wartete geduldig ab, was passieren würde. Ich hatte nicht die geringste Ahnung, was sie da in dem kleinen Kabäuschen wollten, das sich auf dem Achterdeck der *Gullfoss* befand. Es war nicht viel größer als eine Latrine und bot kaum Platz für zwei.

In der Abendstille hörte man, wie irgendjemand die neuesten Schlager auf dem Klavier spielte. Auf dem Deck standen einige Leute, die sich zuprosteten und anschließend die Gläser in hohem Bogen hinter sich ins Meer warfen. Die Tür des kleinen Häuschens öffnete sich nach gut einer Stunde, und Joachim von Orlepp erschien. Er ging geradewegs zurück zur ersten Klasse. Zehn Minuten später tauchte Helmut auf und folgte ihm.

Ich ließ geraume Zeit vergehen, bevor ich mich zu dem Häuschen hintraute. Ich öffnete vorsichtig die Tür. Als Erstes sah ich einiges Gerümpel auf dem Boden, rostige Ketten und Malutensilien, Eimer und Pinsel. Ich machte die Tür hinter mir zu und stieß an einen Deckel auf dem Boden. Als ich ihn wegschob, kam ein Mannloch zum Vorschein, durch das man in den Laderaum gelangen konnte. Ich kletterte vorsichtig die Sprossenleiter hinunter und schob den Deckel über mir wieder an seinen Platz. Eine nackte Birne beleuchtete einen Teil des Laderaums. Ich flüsterte den Namen des Professors und lauschte, hörte aber keine Reaktion.

Ich ging vorsichtig Schritt für Schritt weiter, an aufgestapelten Kästen mit Konservendosen und Säcken mit Mehl und Zucker vorbei, bis ich in den hinteren Teil des Laderaums kam. Dort war es fast stockfinster.

Ich lauschte wieder und hörte nun ein leises Stöhnen.

»Bist du da?«, flüsterte ich.

Das Stöhnen verstärkte sich.
Ich trat näher, und meine Blicke fielen auf etwas am Boden Liegendes, ich erkannte undeutlich die Umrisse eines Menschen. Ich bückte mich. Ich hatte den Professor gefunden. Er lag neben einem Berg von Säcken, war geknebelt und an Händen und Füßen gefesselt, ganz ähnlich, wie er selbst zuvor Sigmundur gefesselt hatte.
Ich nahm ihm den Knebel aus dem Mund.
»Gott sei Dank«, stöhnte er und holte tief Atem. »Binde mich los, bevor sie wiederkommen. Wir müssen uns in Sicherheit bringen. Joachim ist an Bord! Und Helmut auch!«
»Ich weiß. Ich habe sie gesehen. Hast du das Buch?«
»Schnell, mach mich los.«
Ich fingerte an den Fesseln herum, die aber so fest verknotet waren, dass ich sie nicht aufbekam. Es war auch alles andere als hilfreich, dass ich noch nie in meinem Leben so verzweifelt und so verstört gewesen war. In der Dunkelheit trat ich auf etwas und hätte mich beinahe der Länge nach hingelegt. Es war der Stock des Professors.
»Wo bist du gewesen?«, fragte der Professor.
»Wo *ich* gewesen bin? Ich habe den ganzen Tag nach dir gesucht! Aber was hast du eigentlich gemacht?«
»Sie haben mich überwältigt, als ich von Sigmundur kam«, sagte der Professor. »Sigmundur hat das Buch in seiner Kabine gehabt, direkt vor unserer Nase! Ich war gerade auf dem Weg zum Kapitän.«
»Joachim ist in Schottland an Bord gekommen«, sprudelte es aus mir heraus. »Er und Helmut haben eine Kabine zusammen. Und da ist noch ein weiterer Mann, ein widerwärtiger Kerl mit kohlrabenschwarzen Augen. Er hat mich gesehen! Sie kamen hinter mir her und ...«
»Halt, Valdemar, nicht so schnell. Was hast du gesehen?«
»Wer ist dieser alte Kerl bei ihnen?«, fragte ich. »Sie sind

zu dritt in dieser Kabine. Ich habe bloß zwei gesehen, aber es waren drei Teller auf dem Tablett, und ich dachte, sie hätten dich da in der Kabine. Deswegen bin ich außen am Schiff zu der Kabine runtergeklettert ...«

»Ganz ruhig, Valdemar. Zu der Kabine runter?«

»Ja, und dabei habe ich gesehen, dass sie dich nicht hatten, stattdessen war da ein alter Mann bei ihnen.«

Atemlos berichtete ich ihm, was ich gemacht hatte, wie ich außen am Schiff gehangen und zu ihnen hineingespäht hatte.

»Sie haben die verschollenen Seiten dabei!«, sagte ich, als ich mich auf einmal an das Wichtigste erinnerte. »Hier an Bord! Sie haben die verschollenen Seiten dabei.«

Der Professor starrte mich an. »Was sagst du da?!«

»Ich habe sie drinnen in der Kabine bei ihnen gesehen. Die verschollenen Seiten der Lücke. Der Alte hatte seine Hand draufgelegt. Es waren die Seiten!«

»Kann das wirklich wahr sein?«, stöhnte der Professor.

»Es waren die Pergamentseiten«, wiederholte ich. »Sie haben sie dabei.«

»Wir müssen sie wiederbekommen, Valdemar. Kriegst du den Knoten nicht auf?«

»Nein, dieser verdammte Knoten lässt sich kein bisschen lockern!«

»Hast du kein Messer dabei?«, fragte er.

»Nein.«

»Wer war dieser dritte Mann bei ihnen? Was glaubst du? Wer war das?«

»Er hatte eine riesige Adlernase, eingefallene Wangen und schwarze Augen. Ich schwöre, dass sie schwarz waren. Ich habe noch nie so etwas Furchtbares gesehen wie diese Augen, als er mich im Spiegel ansah.«

Ich spürte, dass der Professor erstarrte.

»Wer ist das?«, fragte ich.

»Kann es sein, dass …«
Der Professor verstummte.
»Was? Wer?«
»Der alte Orlepp«, flüsterte er.
»Der alte Orlepp … Joachims Vater? Ist der nicht tot?«
»Offenbar nicht, wenn er an Bord dieses Schiffes ist.«
»Joachim kam mit einer Gruppe von Presseleuten aufs Schiff, aber Helmut und den Alten habe ich zu dem Zeitpunkt nicht gesehen.«
»Sie können entweder schon in Kopenhagen an Bord gekommen sein oder erst in Leith, ohne dass wir es gemerkt haben. Glockner hat ihnen gesagt, dass Sigmundur mit der *Gullfoss* fahren wollte und dass das Schiff in Leith anlegt. Möglicherweise sind sie nach Edinburgh geflogen und dort an Bord gegangen.«
»Glaubst du, dass sich der alte von Orlepp wegen des *Codex Regius* aus seinem Versteck herausgewagt hat?«
»Ich weiß es nicht, aber deiner Beschreibung zufolge kann es eigentlich niemand anderes sein als er. Wir müssen die verschollenen Seiten wieder an uns bringen! Ich befürchte, dass …«
Der Professor verstummte. Meine Augen hatten sich an die Dunkelheit gewöhnt, und ich konnte nun sein Gesicht sehen und erkennen, wie viele Sorgen er sich machte. Ich sah auch, dass man ihn geschlagen hatte. Die Lippen waren aufgesprungen, und unter seiner Nase war Blut.
»Was haben sie mit dir gemacht?«, fragte ich.
»Sie wissen, dass ich das Buch habe.«
»Du hast ihnen nichts gesagt?«
»Ich weiß nicht, wie das hier enden wird, Valdemar«, sagte der Professor. »Wir können jetzt nicht zum Kapitän gehen. Wir müssen zuerst wieder an die Seiten kommen. Sie könnten sie vernichten, wenn sie merken, dass die Besatzung hinter ihnen her ist.«

»Ich bin sicher, dass zum Schluss alles gut wird«, versuchte ich, ihn aufzumuntern, ohne meinen eigenen Worten zu glauben. Ich mühte mich angestrengt mit den Knoten ab. Der Gesichtsausdruck dieses Greises ging mir nicht aus dem Sinn, die schwarzen Augen im Spiegel und die Hand, die auf mich deutete, als sei ich zum Tode verurteilt.
»Was ist passiert? Wie haben sie dich schnappen können?«
»Sie haben mich überrumpelt.«
»Wie?«
»Es war Helmut, hier oben an Deck. Er ist bewaffnet. Nimm dich vor ihm in Acht, Valdemar. Sie müssen von diesem Laderaum gewusst haben. Ich war auf dem Weg zum Kapitän. Ich wollte ihn über die ganze Geschichte informieren und ihm das Buch aushändigen, wie wir es besprochen hatten.«
»Haben sie dich gleich hier unten hingebracht?«
»Ja. Sie hatten das anscheinend sorgfältig vorbereitet. Ich hatte keine Chance.«
»Wo ist das Buch?«
In diesem Augenblick schien es mir, als würde der Knoten etwas nachgeben.
»Still!«, flüsterte der Professor.
Ich hielt sofort inne, und wir lauschten beide. Jemand kletterte in den Laderaum hinunter.
»Versteck dich!«, zischte der Professor. »Steck mir den Knebel wieder rein! Schnell, schnell!«
Ich tat wie geheißen und konnte gerade noch hinter einem Stapel mit Kartons verschwinden, bevor Joachim von Orlepp und Helmut beim Professor auftauchten. Ich versuchte, mucksmäuschenstill zu sein, wagte kaum zu atmen und rührte mich nicht.
»Diesmal haben wir sie dabei«, hörte ich Joachim von Orlepp sagen.

Ich schob mich vorsichtig etwas vor, sodass ich den Professor sehen konnte. Joachim und Helmut standen neben ihm. Helmut nahm dem Professor den Knebel ab. In seiner Hand glänzte etwas, was ich für eine Pistole hielt. Joachim hielt eine Taschenlampe in der Hand.

»Mein Vater sagt, dass du lügst«, erklärte Joachim. »Er sagt, dass wir alle verfügbaren Methoden anwenden sollen, um aus dir herauszupressen, wo du die Edda versteckt hast. Wir wissen, dass sie hier an Bord ist.«

Der Professor schwieg.

»Helmut war früher Schreiner«, fuhr Joachim von Orlepp fort. »Er versteht sich auf alle möglichen Werkzeuge.«

Helmut grinste.

»Er ist besonders geschickt mit der Kneifzange«, sagte Joachim.

Ich sah wieder auf das, was Helmut in der Hand hielt. Es war keine Pistole, die er hielt, sondern eine Zange, und ich überlegte, was in aller Welt er damit hier unten im Laderaum wollte.

»Du machst mir keine Angst«, sagte der Professor.

»Warten wir es ab«, sagte Joachim. »Warten wir ab, wie viel du aushältst.«

Der Professor ließ seinen Blick von einem zum anderen wandern, und er blieb schließlich an der Zange in Helmuts Händen hängen.

»Wie viel Schmerz kannst du ertragen?«, fragte Joachim.

Der Professor würdigte ihn keiner Antwort.

»Was glaubst du wohl, was ein flinker Schreiner mit so einer Kneifzange alles machen kann?«

»Er kann sie dir in den Arsch jagen«, erwiderte der Professor.

Helmut trat ihm mit aller Kraft in die Seite. Ich hörte den Professor aufstöhnen.

»Ich glaube, es ist nicht klug, Helmut zu provozieren«,

sagte Joachim ruhig, als sei nichts vorgefallen. »Vor allem nicht, wenn man an Händen und Füßen gefesselt ist.«
Er kniete neben dem Professor nieder.
»Ich könnte dir den Knebel wieder anlegen, aber ich möchte hören, wie du schreist«, sagte er, und eine unerträgliche Gleichgültigkeit schwang in seiner Stimme mit.
Helmut griff nach den Händen des Professors und riss an den Fesseln, sodass der Professor herumgeworfen wurde und mit dem Rücken zu den Deutschen lag. Ich begriff nicht, was Helmut vorhatte, und dachte zuerst, er wolle ihm die Fesseln lösen. Der Professor ballte die Hände zu Fäusten, doch Helmut schlug mit der Zange darauf. Da ging mir auf, dass der Professor versuchte, seine Finger zu schützen, indem er sie in den Handflächen verbarg. Ich kapierte plötzlich, was da vor sich ging. Helmut gelang es, den kleinen Finger des Professors zu packen, und er setzte die Kneifzange an. Dann sah er zu Joachim hoch.
»Sag mir, was du mit der Edda gemacht hast!«, befahl Joachim.
»Ich habe sie nicht«, sagte der Professor.
»Du hast sie doch!«, sagte Joachim.
Er riss den Professor an den Haaren.
»Sag mir, wo sie ist.«
»Sigmundur hat das Buch noch«, sagte der Professor.
»Damit hast du es schon einmal versucht«, sagte Joachim. »Wir kommen gerade von ihm. Er sagt, du seist in seine Kabine gekommen, hättest die doppelte Wand entdeckt und das Buch an dich genommen. Soweit ich sehen konnte, hat er die Wahrheit gesagt. Seine Kabine sah ehrlich gesagt nicht sehr schön aus.«
»Er lügt.«
Der Professor wollte Zeit gewinnen. Ich hätte versucht, mich aus dem Laderaum zu entfernen und Hilfe zu holen,

falls das irgendwie möglich gewesen wäre, ohne dass sie mich bemerkt hätten.
Joachim nickte Helmut zu.
Helmut drückte zu. Ich sah, dass der Finger anfing zu bluten.
Der Professor schrie auf. Ich würgte im Stillen.
»Wo ist die Edda?«, fragte Joachim.
Helmut sah ihn an. Er schien darauf zu brennen, den Finger abkneifen zu dürfen.
Joachim grinste den Professor an. »Wo ist das Buch?«
Der Professor konnte vor Schmerz kaum sprechen.
»Wo ist das Buch?«, fragte Joachim ein weiteres Mal.
»Leck mich am Arsch!«, fauchte der Professor.
Joachim nickte Helmut wieder zu, der noch einmal fester zudrückte.
Der Professor brüllte.
Ich hielt es nicht mehr in meinem Versteck aus.
Helmut war im Begriff, den Finger abzutrennen, als ich schreiend auf ihn zulief und ihm mit aller Kraft ins Gesicht trat. Joachim sprang auf. Helmut schien der Tritt überhaupt nichts auszumachen, er schüttelte sich nur und erhob sich ebenfalls.
»Valdemar!«, rief der Professor.
Helmut hob den Arm und versetzte mir mit dem Handrücken eine so heftige Ohrfeige, dass ich gegen die Kartons taumelte. Dann kam er auf mich zu und stieß mir mit voller Kraft seine Faust ins Gesicht.
Der Schmerz war unerträglich. Mir wurde schwarz vor Augen, und ich verlor die Besinnung.

Fünfundzwanzig

Hätten wir irgendetwas anders machen können? Noch heute nagen Zweifel an mir.

Unsere Lage war hoffnungslos. Der Professor hatte so manches in seinem Leben durchgemacht, ohne sich dabei unterkriegen zu lassen, aber in der Situation, in der wir uns nun befanden, bestand kaum Hoffnung, dass wir uns gegen diese skrupellosen Männer, die nicht vor Folterungen zurückschreckten, wehren konnten. Aber er gab nie auf. Noch nicht einmal da unten im Laderaum der *Gullfoss*, als es keinerlei Ausweg mehr zu geben schien. Sein Überlebenswille und sein Mut waren bewundernswert. Er wusste, wie ich mich fühlte, und sprach mir Mut zu, er versuchte, mir die Situation, in der er sich befand, vor Augen zu führen und mich spüren zu lassen, dass er nicht bereit war, zum zweiten Mal vor diesen Männern zu kapitulieren, egal, was kommen würde.

Ich war wie gelähmt vor Angst. Das alles war so unbegreifbar und bedrohlich. Nie in meinem Leben hatte ich eine Pistole gesehen, geschweige denn, dass ich damit in Berührung gekommen war, und ich hatte keine Vorstellung von dem, was da noch auf uns zukommen würde. Vor lauter Angst war ich fast dem Wahnsinn nahe.

Als ich wieder zu mir kam, lag ich, an Händen und Füßen gefesselt, neben dem Professor bei den Mehlsäcken.

»Alles in Ordnung mit dir?«, flüsterte der Professor. »Ich kann in dieser Finsternis nichts sehen.«

Ich erinnerte mich an das, was vorgefallen war, erinnerte mich an die Kneifzange und den Hieb, den ich abbekommen hatte.
»Sind sie weg?«, fragte ich angstvoll.
»Ja, aber sie werden bald wiederkommen.«
»Hast du ihnen gesagt, wo das Buch ist?«
»Nein, noch nicht.«
»Was ist mit deinem Finger?«
»Mit mir ist alles in Ordnung, Valdemar. Wie geht es dir? Tut dir der Kopf nicht furchtbar weh?«
Mein Gesicht brannte nach dem Fausthieb.
»Wo sind sie hin?«
»Ich habe versucht, Zeit zu gewinnen.«
»Was hast du gemacht?«
»Ich habe sie auf eine falsche Fährte geschickt. Vorhin zu Sigmundur. Jetzt noch einmal woandershin. Sie werden bald wieder da sein, und dann, fürchte ich, werden sie keine Gnade walten lassen.«
»Du hast das Buch, oder nicht?«
»Ja.«
»Du musst es ihnen geben.«
»Nicht, solange ich lebe, Valdemar, so viel steht fest. Von mir bekommen die den *Codex Regius* nicht.«
Ich dachte über seine Worte nach. Mir wurde klar, dass er bereit war, sein Leben für diese Handschrift zu opfern.
»Willst du mir verraten, wo er ist?«
»Es ist das Beste, wenn du so wenig wie möglich weißt.«
Ich ließ mir seine Worte durch den Kopf gehen. Er hatte Recht damit. Ich würde den Verhörmethoden von Joachim und Helmut nicht standhalten können.
»Aber spielt das alles überhaupt noch eine Rolle?«, fragte ich besorgt. »Es reicht doch, wenn sie glauben, dass ich etwas wissen könnte.«
»Mach dir nicht zu viele Gedanken, mein Freund.«

Mein Gesicht schmerzte. Sie würden binnen kurzem zurückkehren, und uns stand Schreckliches bevor. Ich sah die Kneifzange in Helmuts Händen vor mir.

»Vielleicht solltest du ihnen doch sagen, wo das Buch ist«, schlug ich zögernd vor.

»Das kann ich nicht«, sagte der Professor.

»Wir könnten es ihnen später wieder wegnehmen.«

»Ich befürchte, dass sie uns keine Chance lassen, später noch irgendetwas zu machen.«

Als ich über diese Worte nachdachte, wurde mir klar, dass unser Leben in der Hand dieser Männer lag. Unter diesem Aspekt hatte ich unsere Situation bis dahin noch nicht betrachtet. Er jedoch ließ sich nichts anmerken, sondern wirkte entschlossen wie eh und je.

»Meinst du, dass ...«

»Ich glaube, sie werden keine Zeugen zurücklassen wollen.«

»Aber ...«

Ich verstummte bei dem Gedanken daran, wie hoffnungslos unsere Lage war.

»Ich weiß, wie schwer das ist, Valdemar«, sagte der Professor.

»Du glaubst, dass es nichts bringt, wenn du ihnen den *Codex Regius* überlässt?«, fragte ich.

»Nein.«

»Was können wir tun?«

»Wir können versuchen, mutig zu sein.«

»Mutig? Ich fürchte, ich bin kein sehr mutiger Mensch.«

»Du bist mir zu Hilfe gekommen.«

»Sie wollten dir einen Finger abkneifen.«

»Trotzdem, du hast dich einfach auf sie gestürzt. Ich habe ja immer gesagt, dass du Mumm in den Knochen hast.«

»Mumm in den Knochen«, wiederholte ich verzweifelt.

»Denk an das *Atli-Lied*«, sagte der Professor.

»Das *Atli-Lied*?«

»Denk an Gunnar und Högni. Wir sollten versuchen, so wie sie zu denken.«

Ich rief mir wieder die Geschichte von Gunnar und Högni ins Gedächtnis. Der Professor wollte, dass wir uns ein Beispiel an ihnen nehmen und Furchtlosigkeit zeigen sollten. Verlangte er wirklich von mir, dass ich meinem Tod mit einem Lächeln auf den Lippen entgegensah? War er bereit, mich in den Tod zu schicken? War er bereit, mich zu opfern?

»Du hast den *Codex Regius* also wieder«, sagte ich.

»Ja, ich habe das Buch wieder«, antwortete der Professor. »Das hättest du miterleben sollen, Valdemar. Sigmundur reist aus gutem Grund immer in derselben Kabine. Die falsche Wand war ganz einfach zu finden, und da befand sich der Codex. Zum ersten Mal seit zehn Jahren habe ich ihn wieder in der Hand gehalten, ein unbeschreibliches Gefühl. Er ist unbeschädigt. Er ist gut aufbewahrt worden. Er ist völlig in Ordnung. In all der Zeit ist er nicht zu Schaden gekommen. Es war, als hätte ich ihn erst gestern aus dem Regal geholt.«

Ich beglückwünschte ihn. Ich wusste nicht, was ich sonst sagen sollte. Es war ihm endlich gelungen, den *Codex Regius* wiederzufinden. Ob er dieses Glück jemals würde auskosten können, stand auf einem anderen Blatt. Zum Schluss würde er ihn doch von Orlepp aushändigen müssen. Unsere Lage war einfach hoffnungslos.

»Valdemar, ich ...«

Der Professor zögerte.

»Was?«

Er blieb stumm. Er schien mit sich zu ringen, ob es der richtige Zeitpunkt war oder ob er noch damit warten sollte, mir das zu sagen, was ihm auf dem Herzen lag.

»Da ist noch etwas, was ich dir sagen muss, und ich

möchte es tun, bevor es zu spät ist. Ist alles in Ordnung mit dir?«

»Nein … Eigentlich nicht. Was ist mit deinem Finger?«

»Es geht schon. Es blutet nur noch ganz wenig.«

»Hat das nicht entsetzlich weh getan?«

»Doch, sehr.«

»Was wolltest du mir sagen?«

»Ich … Ich möchte dir danken. Ich möchte dir dafür danken, dass du mir in all diesen Bedrängnissen beigestanden hast.«

Seine Stimme klang ernst.

»Du brauchst mir für nichts zu danken«, sagte ich.

»Doch, Valdemar. Ich weiß, dass ich ziemlich rüde zu dir war, als du das erste Mal zu mir kamst. Ich hoffe, du kannst mir das verzeihen. Ich hätte dich freundlicher in Empfang nehmen sollen.«

»Da gibt es nichts zu verzeihen.«

»Ich hätte vielleicht das Empfehlungsschreiben nicht zum Fenster hinauswerfen sollen.«

Ich musste ein wenig lächeln. »Es war ja kein so bedeutender Brief. Dafür brauchst du dich nicht zu entschuldigen. Es …«

»Ja?«

»Es ist mir eine große Ehre gewesen, dich begleiten zu dürfen«, sagte ich.

Er schwieg.

»Eine ganz besondere Ehre«, sagte ich.

»Ich danke dir, Valdemar. Ich bin sehr froh, das zu hören. Du hast mir sehr geholfen, viel mehr, als ich je gedacht hätte.«

Wir schwiegen lange.

»Ich hoffe, du wirst dein Studium fortsetzen«, sagte er. »Ich hoffe, dass ich dich nicht davon abgebracht habe.«

»Nein, das hast du nicht getan.«

»Du kennst meine Auffassung«, sagte der Professor. »Es gibt nichts Wichtigeres als unsere mittelalterlichen Handschriften. Nichts! Das musst du begreifen und dich immer daran erinnern.«
»Das wird mir immer klarer.«
»Es wird deine Aufgabe sein, in Zukunft das Buch Islands zu hüten.«
»Ich werde mein Bestes tun.«
»Ich weiß, dass du das wirst.«
Das ferne Dröhnen aus dem Maschinenraum des Schiffs und das sanfte Schlingern ließen mich etwas ruhiger werden, aber trotzdem hatte ich entsetzliche Angst, auch wenn ich das dem Professor gegenüber nicht erwähnte.
»Was sollen wir tun?«, fragte ich nach langem Schweigen.
»Tun?«, sagte der Professor, und obwohl ich nichts sah, kam es mir so vor, als lächelte er. »Wir können wenig tun. Es hängt alles von ihnen ab. Aber es ist noch nicht vorbei, Valdemar, es ist noch längst nicht vorbei.«
»Wo ist der *Codex Regius*?«
»Näher, als du denkst«, sagte der Professor. »Denkst du manchmal über den Tod nach, Valdemar?«
»Nicht oft. Aber im Augenblick durchaus.«
»Hast du Angst vor dem Tod?«
»Nicht mehr als jeder andere, glaube ich. Weshalb fragst du mich danach?«
»Du hast gesehen, wie sie mit Glockner verfahren sind.«
»Ja.«
»Diese Männer schrecken vor nichts zurück.«
»Ja, das weiß ich.«
»Du solltest nicht an den Tod denken müssen. Er kommt sowieso schon früh genug. Sogar für einen alten Kerl wie mich, der ein langes Leben hinter sich hat. Bevor du dich versiehst, bist du weg, verschwunden, gestorben. Die Welt geht weiter ihren Gang, alles bleibt beim Alten. Ber-

lin bleibt an seinem Platz, Kopenhagen auch und Island. Aber du und ich werden lange verschwunden sein, und es gibt keine Menschenseele mehr auf der ganzen Welt, die sich daran erinnert, dass wir einmal gelebt haben. Du bist jung und glaubst, dass es nie geschehen wird, aber ich sage dir, der Tod kommt immer im nächsten Augenblick, auch wenn du das Glück haben solltest, ein hohes Alter zu erreichen. Im nächsten Augenblick, Valdemar! Du kommst unter die Erde, und einen Augenblick später sind fünfhundert Jahre vergangen. Der *Codex Regius* wird alles überdauern. Er wird uns alle überleben. Nicht wir bewahren ihn, sondern er bewahrt uns. Er ist unser zukünftiges Leben. Er ist unsere Geschichte in der Vergangenheit, Gegenwart und Zukunft. Er hat die Jahrhunderte überdauert und wird noch viele Jahrhunderte leben. Er hat ganze Weltreiche kommen und gehen sehen, Weltkriege haben getobt, er hat bitterste Armut und technischen Fortschritt erlebt; Columbus ist zu seinen Zeiten nach Amerika gesegelt, und jetzt wird darüber geredet, dass die Menschen in den Weltraum fliegen. Eines Tages werden sie auf dem Mond landen, und der *Codex Regius* wird Zeuge dessen sein, denn er ist unsere Geschichte, die Geschichte der Erde und die Geschichte der Zeit.«

Der Professor holte tief Atem. »Er ist die Zeit selbst, Valdemar. Unser armseliges Erdendasein spielt überhaupt keine Rolle im Vergleich zu dieser Handschrift. Wir sind nur ihre Hüter.«

Ein langes Schweigen folgte seinen Worten.

»Ich möchte, dass du das nie vergisst, was auch immer geschehen mag«, sagte er.

»Du wirst ihnen das Buch also nicht überlassen?«, fragte ich.

»Das kann ich nicht«, antwortete der Professor. »Das darf nicht geschehen.«

»Aber wenn ... Wenn es ums Überleben geht?«
Der Professor schwieg.
»Leider, Valdemar, leider«, flüsterte er. »Das geht nicht. Niemals werde ich diesen Männern den *Codex Regius* überlassen. Eher sterbe ich.«
»Und ich auch.«
»Ich hoffe, du verstehst das, Valdemar. Sie bekommen den *Codex Regius* nicht.«
In diesem Augenblick erinnerte ich mich an eine Vorlesung über diese Handschrift an der Universität in Island, als die Eddalieder behandelt wurden. Hier unten im Laderaum der *Gullfoss* kamen mir die Worte von Dr. Sigursveinn wieder in den Sinn, dass die Helden dieser Lieder sich für gewöhnlich in einer Situation befinden, in der es nur zwei Alternativen gibt, und beide sind gleich verhängnisvoll. Mein Entsetzen, als mir klar wurde, dass unter solchen Umständen die Helden meistens Taten verrichteten, die unerträgliches Leid für sie heraufbeschworen, lässt sich kaum beschreiben.

Sechsundzwanzig

In diesem Augenblick hörten wir Schritte, und bald standen sie wieder vor uns, Joachim und Helmut. Ein Grinsen umspielte Joachim von Orlepps Lippen.

»Mein Vater hat mir gesagt, es gäbe eine ganz sichere Methode, damit du klein beigibst«, sagte er.

»Ach, tatsächlich?«, fragte der Professor höhnisch. »Ihr habt also nichts gefunden?«

»Natürlich war da nichts«, sagte Joachim noch immer grinsend. »Aber jetzt ist es vorbei mit diesen Spielchen.«

»Was habt ihr mit Sigmundur gemacht?«

Joachim zuckte mit den Achseln. »Möglicherweise hat er einen Unfall gehabt. Vielleicht ist er über Bord gegangen. Auf See passieren doch allerlei Unfälle.«

»Habt ihr die Seiten der Lücke hier mit an Bord?«, fragte der Professor.

»Mein Vater trennt sich nie von ihnen.«

»Er ist also noch am Leben?«

»Er sehnte sich nach Europa«, sagte Joachim. »Das Exil in Südamerika war unerträglich für ihn. Deshalb haben wir ihn zurückgebracht, und zwar über Italien, und jetzt lebt er wieder in Deutschland, an der Schweizer Grenze.«

»Der alte Scheißkerl«, sagte der Professor.

»Er freut sich darauf, dich wiederzutreffen.«

»Der Junge da hat also die Pergamentseiten bei uns gesehen?«, sagte Joachim mit einer Kopfbewegung in meine Richtung.

»Ich muss mit deinem Vater reden«, erklärte der Professor.
»Sag uns, was du mit der Edda gemacht hast.«
»Sag ihm, dass ich ihn sprechen will«, sagte der Professor.
»Das wird nichts bringen.«
»Sei dir da nicht so sicher.«
»Wir verstehen nicht, wieso der Junge hier nicht zum Kapitän gegangen ist«, sagte Joachim und sah mich an. »Das hätte er tun sollen, sobald er wusste, dass wir an Bord waren. Wir haben eigentlich damit gerechnet, dass der Kapitän uns holen lassen würde. Warum hat er das nicht getan?«
Er hatte das Wort an mich gerichtet, aber ich antwortete ihm nicht.
»Weshalb nicht?«, wiederholte er. »Weshalb dieses Zaudern? Ihr hättet doch leicht Hilfe holen können. Wir befinden uns doch sozusagen in Island. Dieser Kahn hier ist isländisches Hoheitsgebiet!«
Joachim sah wieder den Professor an. »Was hast du mit der Edda vor?«, fragte er.
»Ich werde sie wieder nach Dänemark bringen. Eines Tages wird die Handschrift dann nach Island zurückkehren.«
»Sie ist auf dem Weg nach Island.«
»Aber nicht so, wie es sein sollte«, entgegnete der Professor.
»Nicht, wie es sein sollte«, stieß Joachim hervor. »Weshalb hat der Junge uns nicht verpfiffen? Worauf wartet ihr?«
Der Professor antwortete ihm nicht.
»Du hast auch deine kleinen Geheimnisse, nicht wahr?«, sagte Joachim von Orlepp.
Der Professor schwieg.
»Du möchtest wohl nicht, dass irgendjemand über die Edda Bescheid weiß«, sagte Joachim so verwundert, als sei er urplötzlich auf eine erstaunliche und mehr als offensichtliche Lösung gestoßen.

Der Professor gab ihm keine Antwort.
»Du bist ganz und gar in eigener Mission unterwegs! Du bist in einer hochnotpeinlichen Lage wegen der Handschrift, weil du sie dir hast wegnehmen lassen. Du hast niemandem davon erzählt, stimmt's?«
Der Professor schwieg beharrlich.
»Deswegen hat man uns in Ruhe gelassen. Als ich den Jungen da außen am Schiff herumklettern sah, habe ich nicht kapiert, warum man uns nicht sofort arretiert hat. Er wusste, dass wir an Bord waren, aber er hat niemandem Bescheid gesagt ...«
»Was war mit Färber?«, fragte der Professor unvermittelt, um Joachim abzulenken. »Wie habt ihr von ihm erfahren?«
Joachim flüsterte Helmut etwas zu. Der packte mich daraufhin an den Schultern und zog mich hoch. Meine Beine waren taub geworden, und er schob mich zu Joachim hin.
»Ihr beiden seid wie Hänsel und Gretel«, sagte Joachim. »Ihr hinterlasst überall Brotkrumen, wo ihr auch hingeht. Natürlich sind wir dir gefolgt, genauso, wie wir das in Schwerin gemacht haben. Ich stand die ganze Zeit in Verbindung mit meinem Vater, und als er erfuhr, dass ihr bei Färber wart, sagte er mir, ich solle mich mal mit ihm unterhalten. Sie kannten sich von früher. Helmut ist da vielleicht etwas zu weit gegangen, als Färber Widerstand leisten wollte.«
»Er hat euch von Glockner erzählt?«
»Nachdem Helmut die Kontrolle über sich verloren hatte, boten wir Färber an, ihm zu helfen, falls er uns sagen würde, was wir wissen wollten. Wir haben ihn nach deinem Besuch befragt, und bevor er das Bewusstsein verlor, sagte er, er habe euch an Glockner verwiesen. Er ging davon aus, dass Glockner die Edda hatte und versuchte, sie zu Geld zu

machen. Da kamen wir aber ein wenig zu spät, und Glockner war nicht so kooperativ wie Färber. Wir mussten die Informationen über den Käufer und seine Rückreise nach Island buchstäblich aus ihm herausquetschen.«

»Und du warst es, der dafür gesorgt hat, dass wir in Schwerin freigelassen wurden?«

»Ja, denn wir wussten eines: Wenn jemand die Edda wiederfinden würde, dann du. Und das hat sich ja auch als richtig erwiesen. Du hast uns unschätzbare Dienste geleistet.«

»Wieso ist Erich das Buch abhandengekommen?«

»Ich weiß, was du versuchst«, sagte Joachim. »Du willst Zeit gewinnen. Du versuchst, einen Ausweg aus der Bredouille zu finden, in der du jetzt bist.«

»Ich bin nur neugierig«, sagte der Professor. »Ich bin sehr neugierig im Hinblick auf alles, was den *Codex Regius* betrifft.«

»Er wollte die Handschrift in Berlin verkaufen, aber es gab nur wenige, die Geschäfte mit ihm machen wollten. Mein Vater bewahrte sie in einem kleinen Koffer auf, der ihm während eines schlimmen Bombenangriffs in einem unterirdischen Bunker gestohlen wurde. Er hat in allen Berliner Antiquariaten danach gesucht. Es gab auch andere Bücher, die er verkaufen wollte, aber er war auf der Flucht und hatte an vieles zu denken. Dann wurde er von den Russen geschnappt. Wie ist die Edda in Glockners Hände gelangt?«

»Ein Bauarbeiter hat den Koffer in irgendwelchen Trümmern gefunden. Und das Buch wurde einige Jahre wie ein wertvoller Schatz in seinem Heim gehütet. Er starb, und nach seinem Tod versuchte seine Frau, Wertsachen zu verkaufen, unter anderem den *Codex Regius*. Sie kannte Glockner ein wenig und wusste, dass er Bücher sammelte.«

»Dieses Buch ist ganz schön herumgekommen.«

»Das kann man wohl sagen.«

»Und wo ist es jetzt?«, fragte Joachim.
»Ich muss mit deinem Vater reden«, erklärte der Professor.
Joachim sah Helmut an und dann mich. »Erschieß ihn«, befahl er Helmut in ganz alltäglichem Ton.
»Nein!«, rief der Professor.
Helmut zückte die Pistole und richtete sie auf meinen Kopf.
»Mein Vater hat mir gesagt, dass das bei dir wirken würde«, sagte Joachim und blickte grinsend auf den Professor hinunter.
»Lasst ihn aus dem Spiel!«
»Sag mir, wo die Edda ist.«
Der Professor sah mir in die Augen. »Sei tapfer«, sagte er.
Ich traute mich nicht, mich zu bewegen. Ich schielte aus den Augenwinkeln zu Helmut hinüber; die Mündung der Waffe war nur ein paar Zentimeter von mir entfernt. Sein Finger war am Abzug. Ich sah wieder auf den Professor, der hilflos bei den Mehlsäcken lag. Ich erinnerte mich an Emmas Schicksal, ihr Leben war in seine Hände gelegt worden.
»Sag mir, wo das Buch ist«, sagte Joachim.
»Halt ihn da raus«, sagte der Professor.
»Helmut«, sagte Joachim.
Helmut trat mit erhobener Pistole einen Schritt zurück.
Joachim wandte sich an mich.
»Dann erschieß ihn doch«, rief der Professor. »Hoffentlich kannst du so gut zielen, dass es nur einen Schuss braucht.«
Joachim starrte ihn an. »Hast du gesagt, dass ich ihn erschießen soll?«
»Tu das nicht«, flüsterte ich.
»Tu dir keinen Zwang an. Und mir kannst du auch gern eine Kugel verpassen. Genau wie ihm, in den Kopf!«
Joachim starrte den Professor an. Mir strömten die Tränen über die Wangen. Ich versuchte, tapfer zu sein, wie der

Professor gesagt hatte, aber das war mit einer Pistolenmündung an der Schläfe nicht einfach. Ich zitterte vor Angst und befürchtete, dass meine Beine mir den Dienst versagen würden. Am liebsten hätte ich mich auf den Boden geworfen und um Gnade und Erbarmen gefleht.

»Was meinst du damit, Mann?«, fragte Joachim.

»Erschieß ihn!«, rief der Professor, und unter großen Mühen gelang es ihm, auf die Beine zu kommen. »Das juckt mich nicht! Erschieß den Studenten!«

Ich sah, dass der Professor seine Worte ernst meinte.

»Nein«, rief ich, »sag das nicht!«

Helmut starrte zuerst den Professor an und dann Joachim. Er wartete auf den Befehl.

»Dann wirst du nie etwas über das Buch erfahren«, sagte der Professor. »Ihr widerliches Nazi-Gesocks! Erschießt uns ruhig beide. Schneidet uns das Herz heraus, und wir werden über euch lachen!«

Joachim glotzte ihn an. Es war dem Professor gelungen, ihn für einen Moment aus dem Gleichgewicht zu bringen. Helmut sah ratlos von einem zum anderen.

In diesem Augenblick hörten wir, wie der Deckel beim Einstieg bewegt wurde. Jemand kletterte die Treppe zum Laderaum hinunter. Ich wollte um Hilfe rufen, aber Helmut hielt mir die Hand vor den Mund und zog mich hinter einen Stapel Säcke. Joachim tat dasselbe mit dem Professor und knipste die Taschenlampe aus. So standen wir Seite an Seite und konnten uns nicht rühren.

Zwei Männer kamen in den Laderaum hinunter. Ich sah sie nicht, hörte aber, wie sie sich etwas zuflüsterten. Sie kamen erst in unsere Richtung, verschwanden dann aber hinter den Mehlsäcken, und nach einer Weile hörten wir das Klirren von Flaschen. Ich überlegte, ob sie nach dem Alkohol schauten, den sie in Island einschmuggeln wollten; vielleicht ging es auch einfach darum, sich ein paar

Flaschen zu holen. Einer von den beiden lachte laut auf. Nach einigen Minuten gingen sie wieder zur Sprossenleiter zurück. Ich versuchte, mich aus Helmuts eisernem Griff zu befreien, um auf uns aufmerksam zu machen, aber gegen seine Kräfte vermochte ich nichts auszurichten. Wir hörten, dass der Deckel wieder über das Loch geschoben wurde.

Dann geschah es.

Es war mir wohl trotz allem gelungen, den Knoten an den Handfesseln des Professors etwas zu lockern, und irgendwie hatte er es geschafft, sich schließlich ganz von ihnen zu befreien. Im nächsten Moment hatte er Joachim beim Hals gepackt, und dann wälzten sie sich in erbittertem Kampf auf dem Fußboden. Helmut war für einen Augenblick abgelenkt und wollte Joachim zu Hilfe kommen, aber ich stieß ihm mit aller Kraft meine zusammengebundenen Fäuste in den Bauch. Helmut schien überhaupt nichts zu spüren und glotzte mich nur blöde an. Joachim war es inzwischen gelungen, eine Pistole aus der Manteltasche zu ziehen, und legte sie auf den Professor an. Ich schrie: »Pass auf! Er hat eine Pistole!«

Der Professor ließ Joachims Hals sofort los und griff nach der Waffe, die sich im nächsten Moment auf mich und Helmut richtete.

Ein Schuss ging los.

Zu meinem Erstaunen sah ich, dass Helmut zusammensackte und umfiel.

Joachim starrte fassungslos auf Helmut. Der Professor nutzte diesen Moment, um ihm die Pistole zu entreißen. Der Professor krabbelte wieder auf die Beine. Joachim lag immer noch am Boden und starrte Helmut an, als würde er seinen Augen nicht trauen.

»Ist er tot?«, fragte der Professor.

»Ich glaube, ja«, sagte ich.

Unter Helmuts Kopf bildete sich eine Blutlache. Joachim stand auf, ohne seine Blicke von ihm abzuwenden. Der Professor hatte die Pistole in der Hand, zielte aber auf niemanden.
Joachim bückte sich und fasste an Helmuts Hals, um den Puls zu fühlen.
»Er ist tot«, sagte er. »Ich habe ihn erschossen.«
Der Professor richtete die Pistole auf Joachim.
»Binde Valdemar los«, befahl er.
»Was hast du vor?«, fragte Joachim.
»Ich will deinen Vater treffen«, sagte der Professor. »Meinst du, dass er bereit ist, die verschollenen Seiten der Lücke gegen dich auszutauschen?«
Joachim begann, meine Handfesseln zu lösen. Ich war darauf gefasst, dass er irgendwelche Tricks anwenden würde, aber offensichtlich hatte ihn der unfreiwillige Treffer völlig aus der Fassung gebracht.
Als ich frei war, begann ich, den Professor von seinen Fußfesseln zu befreien, und stellte mich dabei genauso ungeschickt an wie zuvor bei den Handfesseln. Währenddessen stand Joachim unbeweglich neben der Leiche von Helmut. Endlich gelang es mir, die Knoten zu lösen, und der Professor war ebenfalls frei.
»Valdemar«, sagte er. »Du gehst jetzt zu deinem Alten und sagst ihm, dass ich ihn treffen möchte. Sag ihm, dass Joachim in unserer Gewalt ist und dass ich bereit bin, mit ihm über die Seiten der Lücke zu verhandeln.«
»Was soll ich ihm genau sagen?«
»Dass sein Sohn Mist gebaut hat und dass Helmut tot ist.«
»Aber wenn er sich weigert, dich zu treffen?«
»Das wird er nicht tun«, erklärte der Professor.
»Und ihr?«
»Joachim und ich werden hinten aufs Bootsdeck gehen. Sag ihm, dass er sich dort einfinden soll.«

»Du versuchst wohl immer noch, alles geheim zu halten?«, sagte Joachim, der sich wieder zu fangen schien.
»Schnauze, du Arschloch«, sagte der Professor.
»Willst du wirklich so tun, als sei nichts von dem hier geschehen?«
»Wir werden sehen«, sagte der Professor.
Ganz in der Nähe lag ein Stapel mit Jutesäcken. Der Professor befahl Joachim, Helmut in einen zu stecken und ihn zur Sprossenleiter zu tragen.
»Wir werfen ihn über Bord.«
»Willst du ihn einfach ins Meer werfen?«
»So was soll schon öfter vorgekommen sein.«
»Alles, um das Geheimnis zu wahren«, sagte Joachim.
»Du warst es doch, der ihn erschossen hat«, erklärte der Professor.
Es war schon nach Mitternacht, als wir aus dem Laderaum hochkletterten. Inzwischen hatte der Wind stark aufgefrischt. Joachim und ich bugsierten Helmut die Leiter hoch. Das war alles andere als einfach, aber wir schafften es schließlich irgendwie. Ich ging voraus, dann folgte Joachim, der mit seinen gefesselten Händen Probleme damit hatte, Helmut hochzuschieben. Als Letzter kam der Professor, der seine Blicke nicht von Joachim abwendete und die Pistole ständig auf ihn gerichtet hielt.
Wir schleppten Helmut zur Reling, und ohne ein weiteres Wort zu verlieren, hoben wir ihn hoch und ließen ihn über Bord gehen.
»Geh jetzt, und sag Erich, dass er uns auf dem Bootsdeck treffen kann«, sagte der Professor.
»Du hast das Buch doch nun wieder, und wir sind frei. Weshalb gehen wir nicht zum Kapitän und informieren ihn über alles, was passiert ist, und lassen ihn diese Orlepps festnehmen?«
»Ich fürchte, dass der alte Erich die Pergamentseiten nur

aus der Hand gibt, wenn wir ihm die Gelegenheit dazu geben«, flüsterte er. »Ich glaube, wenn er sich in die Enge getrieben fühlt, wird er sie vernichten. Wir müssen ihm eine Alternative bieten und abwarten. Wenn er sich weigert, gehen wir zum Kapitän. Wir können wegen der Seiten kein Risiko eingehen.«

»Was für eine Sicherheit hat er?«

»Mein Wort«, sagte der Professor. »Das genügt ihm.«

Der Professor sagte mir, was er Vater und Sohn als Gegenleistung für die wiedergefundenen Seiten der Lücke anbot, und mit dieser Botschaft ging ich zur ersten Klasse und klopfte bei Erich von Orlepp an die Tür. Ich hörte ein Rascheln von drinnen, dann öffnete sich die Tür einen Spalt.

»Der Professor schickt mich«, sagte ich. »Er will mit dir verhandeln.«

Von Orlepps Augen weiteten sich, als er mich erblickte.

»Wo ist Joachim?«, fragte er.

»Es hat einen Unfall gegeben«, sagte ich. »Helmut ist tot. Wir haben den *Codex Regius* immer noch. Und der Professor will auch die verschollenen Seiten der Lücke zurück. Er will mit dir verhandeln. Er hat noch keine Meldung gemacht. Niemand an Bord weiß, wer ihr seid. Er ist bereit, euch zwei Tage Vorsprung zu lassen, wenn wir in Reykjavík angekommen sind. Das müsste genügen, um zu entkommen.«

Erich von Orlepp starrte mich durch den Spalt an.

»Wenn du nicht darauf eingehst, wird sich der Professor an den Kapitän wenden. Ihr werdet festgenommen.«

Von Orlepp zeigte keinerlei Reaktion.

»Wir sind auf dem Bootsdeck, du hast fünf Minuten«, sagte ich und drehte mich auf dem Absatz um.

Siebenundzwanzig

Ein stürmischer Wind pfiff uns um die Ohren, während wir auf dem Bootsdeck warteten. Ich starrte in das weiß aufschäumende Kielwasser des Schiffs, das in der Dunkelheit verschwand. Der Professor steckte seine Schnupftabaksdose in die Tasche zurück und stützte sich auf seinen Stock. Er hatte sich eine ordentliche Prise zu Gemüte geführt, die, soweit ich sehen konnte, zum größten Teil aus dem weißen Pulver bestand, und er hatte den kleinen Finger mit einem Taschentuch umwickelt, das voller Blut war.

»Glaubst du, dass er darauf eingeht?«, fragte ich und riss mich vom Kielwasser los. Ich musste sehr laut sprechen, um den Lärm des Winds zu übertönen.

»Schwer zu sagen. Er hat noch ein paar Minuten. Warten wir ab.«

»Wirst du zum Kapitän gehen?«

»Ja«, sagte der Professor. »Da bleibt mir gar nichts anderes übrig. Ich möchte nicht noch einmal hier an Bord mit diesen Männern aneinandergeraten, das kommt nicht in Frage. Du siehst, wozu sie imstande sind. Der Himmel mag wissen, was sie mit Sigmundur gemacht haben.«

»Der hat wohl denselben Weg genommen wie Helmut.«

»Kann sein. Auf See fragt niemand danach, wenn jemand verschwindet.«

Joachim saß bewegungslos mit dem Rücken zur Reling auf den Deckplanken und verfolgte uns mit seinen Bli-

cken. Es hatte den Anschein, als habe er sich komplett aufgegeben.
»Da«, sagte der Professor mit einem Mal und schaute in Richtung des Decks der ersten Klasse. »Kommt da nicht jemand?«
Als ich hinsah, kam Erich von Orlepp vom Deck der ersten Klasse heruntergehumpelt. Er spähte verstohlen in alle Richtungen, bevor er zu uns auf das Bootsdeck hochstieg. Wieder blickte er sich gründlich nach allen Richtungen um, als wolle er sich vergewissern, dass nur wir beide auf ihn warteten. Er sah Joachim an der Reling sitzen.
»Durchsuch ihn, Valdemar«, sagte der Professor. »Er könnte etwas bei sich tragen.«
Von Orlepp musterte mich verächtlich.
Ich gehorchte.
»Ich finde nichts«, sagte ich.
»Alles in Ordnung mit dir?«, fragte er seinen Sohn.
Joachim nickte beschämt.
»Was ist mit Helmut passiert?«
»Dein Sohn hat ihm eine Kugel in den Kopf gejagt«, sagte der Professor. »Ich könnte mir gut vorstellen, dass das eine der wenigen verdienstvollen Taten in seinem Leben gewesen ist.«
»Du!«, fauchte von Orlepp.
»Hast du die verschollenen Seiten der Lücke dabei?«, fragte der Professor.
»Woher weiß ich, dass du nicht doch zum Kapitän gehst und ihm alles erzählst, wenn du sie erst einmal in den Händen hast?«
»Du kannst mir vertrauen. Für den Fall, dass du mir sie jetzt aushändigst. Sonst wird es zu keiner Übereinkunft kommen.«
»Diese Seiten werde ich dir niemals überlassen.«

»Dann eben nicht.«
»Ich habe ihm gesagt, dass er nicht mitkommen soll«, warf Joachim ein und stand auf. »Aber er hat ja noch nie auf mich gehört.«
»Was habt ihr mit Helmut gemacht?«, fragte der alte von Orlepp.
»Er ging über Bord«, sagte der Professor. »Und damit gibt es einen Schurken weniger auf dieser elenden Welt.«
Aus von Orlepps schwarzen Augen schossen Blitze.
»Hast du die Edda?«, zischte er.
»Ja«, sagte der Professor.
»Wo? Ich sehe sie nicht.«
»Joachim hat zumindest die verschollenen Seiten gefunden«, sagte Erich von Orlepp.
»Er hat sie natürlich nicht gefunden«, sagte der Professor. »Er hat sie gestohlen, genau wie ihr den *Codex Regius* gestohlen habt und überhaupt alles raubt, was anderen heilig ist!«
»Du hast also das Shell-Haus immer noch nicht vergessen?«, sagte von Orlepp. »Und das Mädchen. Wie hieß sie noch gleich?«
»Emma«, sagte der Professor. »Sie hieß Emma. Und ich habe sie nicht vergessen.«
»Die kleine Emma, ganz richtig. Eine hübsche Studentin, die dich in die Widerstandsbewegung hineingezogen hat.«
»Wo hast du das Buch?«, fragte Joachim.
»Mach dir darüber keine Gedanken.«
Ich sah den Professor an. Er trug den braunen Ledermantel, den er auf der ganzen Reise angehabt hatte. Seit ich ihn kannte, hatte ich ihn nie in einem anderen Mantel gesehen.
»Du lügst, du hast die Edda gar nicht!«, sagte Joachim.
»Mir kam die Handschrift in Berlin abhanden«, sagte

der alte von Orlepp. »Ich hatte versucht, sie zu Geld zu machen, uns fehlte Geld zum Bestechen, du verstehst. Ich beabsichtigte aber, sie zurückzukaufen, wenn der größte Wirbel sich gelegt hatte. Wir können es so formulieren: Ich wollte sie für Geld verleihen. Sie befand sich in einem Antiquariat in der Nähe der Tauentzienstraße, aber das Haus fiel einem Bombenangriff zum Opfer. Der Mann, der sie mir abkaufen wollte, kam dabei um. Ich suchte in den Trümmern nach dem Buch, aber dann kamen die Russen. Das weißt du selbstverständlich alles schon, nachdem du so weit gekommen bist.«

»Ich habe einiges herausgefunden. Vieles ist mir aber noch immer ein Rätsel.«

»Du hast bestimmt darüber gegrübelt, weshalb Joachim und ich so brutal vorgehen und alles daransetzen, um die Edda zu besitzen«, sagte Erich von Orlepp.

»Ja, das habe ich tatsächlich getan«, sagte der Professor. »Obwohl ein Mörder wie du mir keine Erklärung für so etwas zu geben braucht. Sie nützt dir und deinesgleichen ja nichts mehr, nicht im politischen Sinne.«

»Ich höre, dass du mir immer noch gram bist«, sagte von Orlepp.

»Spiel dich nicht so auf«, sagte der Professor. »Du bedeutest mir nichts und hast es nie getan.«

»Der *Codex Regius* ist ein unschätzbares und einzigartiges Kunstwerk«, sagte von Orlepp. »Ihr Wert für uns, die wir an ein neues Deutschland glauben, lässt sich nicht in Worte fassen. Wir haben einen interessierten Käufer, einen sehr einflussreichen und mächtigen Industriellen, dem unser Traum von einem Wiedererstehen Deutschlands ebenfalls sehr am Herzen liegt. Er hat große Zukunftspläne für die Edda, wenn erst mal wieder der richtige Nährboden dafür geschaffen ist. Er begreift die Bedeutung dieser Handschrift. Aber das ist natürlich nicht das Wichtigste, Herr

Professor, ihr ideologischer Wert. Der Kunstwert ist es, den ich ...«
Von Orlepp hielt inne.
»Das Kunstwerk Edda. Es hat auf der gesamten Welt nicht seinesgleichen.«
»Der *Codex Regius* hat nichts mit dem Wahnsinn zu tun, für den ihr steht. Nicht das Geringste«, sagte der Professor.
»Hast du Wagner vergessen? Der Ring des Nibe...«
»Ich will nichts von euch verdammten Wagneriten hören! Ihr habt euch den Stoff und die Lieder unter falschen Prämissen angeeignet!«
»Möchtest du sie sehen?«, fragte von Orlepp. »Ich habe sie dabei, wir können zum ersten Mal seit Jahrhunderten die Lücke in der Edda mit den verschollenen Seiten füllen.«
»Tu das nicht!«, sagte Joachim. »Die beiden sitzen nämlich auch ganz dick in der Tinte. Niemand weiß, dass die Handschrift gestohlen wurde. Der Herr Professor hat das die ganzen Jahre geheim gehalten. Und ich bezweifle sehr, dass irgendjemand überhaupt weiß, dass die beiden an Bord sind. Ich glaube, sie sind blinde Passagiere. Und sie haben garantiert auch die Edda immer noch nicht wiedergefunden.«
Erich von Orlepp zögerte.
Der Professor reichte mir die Pistole und sagte mir, dass ich auf ihre Beine zielen sollte, falls ich mich nicht traute, sie zu erschießen.
»Es ist schon einige Jahre her, dass ich dieses kleine Geheimfach in meinem Mantel eingenäht habe«, sagte der Professor und hantierte im Innenfutter des Mantels herum. »Für den Fall der Fälle.«
Ich konnte nicht erkennen, was er da machte, aber als sein Arm wieder zum Vorschein kam, hielt er den *Codex Regius* in der Hand.

»Hier ist die Handschrift«, sagte er und sah Joachim an. »Du hättest gründlicher suchen sollen.«
Erich von Orlepp starrte auf den *Codex Regius* und griff in seine Tasche.
»Sieht nach nichts aus«, sagte Joachim.
Erich von Orlepp zog die verschollenen Seiten aus der Tasche und reichte sie dem Professor.
»Ich vertraue dir«, sagte er.
»Ihr bekommt zwei Tage«, sagte der Professor und nahm die Seiten entgegen. »Nicht mehr und nicht weniger.«
Er blickte wie in Trance auf die Pergamentseiten. Dann öffnete er die Handschrift und fügte sie ein.
Der *Codex Regius* war wieder vollständig.
Mir wurde ganz feierlich zumute. Der *Codex Regius* war wieder vollständig!
Der Professor holte die Seiten wieder heraus und nahm sich Zeit, um sie genauer zu betrachten. Für einen Augenblick schien er Ort und Zeit vergessen zu haben. Ich sah die Freude in seinen Augen, die so lange daraus verbannt gewesen war.
»Jetzt«, brüllte Erich von Orlepp seinem Sohn zu, und im nächsten Moment spürte ich einen lähmenden Schmerz im Gesicht, als Joachim mit zusammengebundenen Fäusten zuschlug und mir die Pistole entwand.
»Zuerst den Jungen. Erschieß ihn zuerst«, befahl Erich seinem Sohn. »Gönnen wir dem Herrn Professor noch ein paar Höllenqualen, bevor wir ihn ebenfalls in den Tod schicken.«
Der Professor sah mich verwirrt an. Das Blatt hatte sich im Handumdrehen vollkommen gewendet. Joachim stand breit grinsend vor uns, die Pistole in der Hand.
Ich sah den Professor ratlos an. »Entschuldige«, war das Einzige, was ich herauspressen konnte. Ich hatte auf meinem Posten versagt.

»Untersteh dich«, schnaubte der Professor Joachim an.
Joachim ließ sich nicht beirren. Er hob die Pistole und richtete sie auf mich. Meine Knie wurden weich.
»Schieß!«, bellte von Orlepp.
»Tu dem Jungen nichts!«, bat der Professor.
»Her mit der Edda!«, schrie von Orlepp.
»Dieses Buch bekommst du nie!«, rief der Professor, und im nächsten Moment hatte er den *Codex Regius* in hohem Bogen aufs Meer hinausgeschleudert.
»Professor!«, kreischte von Orlepp, der dem Buch fassungslos hinterherstarrte. Er traute seinen Augen nicht. »Bist du wahnsinnig geworden?«, schrie er.
Ich war ebenfalls entsetzt über den Professor. Er hatte das vernichtet, was für ihn das Wertvollste überhaupt war, den *Codex Regius*. Jetzt war die Handschrift für alle Ewigkeit verloren. Er musste endgültig den Verstand verloren haben, das Kleinod aller Kleinodien über Bord zu werfen.
»Geh zurück in deine Kabine«, zischte Joachim seinem Vater zu und wandte für einen Augenblick seine Augen von uns ab.
Der Professor sah das. Er hatte es geschafft, uns alle aus der Fassung zu bringen.
Er schlug mit seinem Stock nach der Waffe und fiel über den alten von Orlepp her. Ein Schuss ging mit einem seltsamen Knall los, und die Kugel schlug ins Wasser ein. Ich reagierte blitzschnell und stürzte mich auf den jungen Orlepp. Der hatte sich sofort wieder gefangen und richtete die Waffe auf mich. Der Professor hielt Erich von Orlepp an der Reling mit eisernem Griff umklammert. Joachim schwankte zuerst, richtete dann aber die Pistole auf ihn.
Ich schrie dem Professor zu.
Ein Schuss ging los und traf ihn in den Rücken.
Ein weiterer Schuss traf ihn am Hinterkopf.

Ich sprang Joachim an und warf ihn zu Boden. Der Professor fiel mit von Orlepp im Arm über Bord.
Ich packte Joachim mit beiden Händen am Hals und drückte so fest zu, wie ich konnte, und schlug den Kopf ein ums andere Mal auf die Deckplanken, bis sie sich von seinem Blut rot färbten und er das Bewusstsein verlor. Ich hätte ihn umbringen können.
Ich wollte ihn sterben sehen.
Im letzten Moment kam ich zu mir. Ich war kein Mörder. Ich ließ seinen Hals los und hob die Pistole auf, die ihm aus der Hand gefallen war. Die Pergamentseiten konnte ich nirgends entdecken.
Joachim lag bewusstlos am Boden. Eine seltsame Ruhe ergriff von mir Besitz, und ich weiß nicht, wie viel Zeit verstrich, bis ich durch das Tosen des Wetters hindurch einen Laut vernahm, der außen von der Bordwand kam. Als ich hinsah, erblickte ich eine Hand, die sich durch das Speigatt am Deck festklammerte. Ich richtete mich langsam auf, schaute über die Reling und sah den Professor, der am Schanzkleid hing. Er war schwer verwundet, der Kopf war blutüberströmt, aber er klammerte sich immer noch fest. Ich beugte mich über die Reling, so tief ich konnte, und mir gelang es, ihn in dem Augenblick beim Handgelenk zu packen, als sein Griff sich lockerte.
Er blickte hoch und sah mich.
Seine Lippen formten meinen Namen.
Ich merkte, dass er zu schwer für mich war, und schrie aus Leibeskräften um Hilfe.
»Ich bin … verletzt«, hörte ich ihn stöhnen. »Ich habe keine Kraft in …«
Seine Hand begann, meiner zu entgleiten. Die andere hing an seiner Seite herunter und hielt die Pergamentseiten umklammert.
»Es ist vorbei«, sagte er.

»Nein!«, brüllte ich. »Greif mit der anderen Hand nach der Reling!! Lass die Seiten los!«
»Ich kann ... nicht ...«
Der Wind trug seine Worte davon.
»Versuch es!«, schrie ich.
»Hüte das Buch«, hörte ich ihn stöhnen. »Hüte ... das Buch Islands, Valdemar!«
»Nicht!«
»Sprich ... mit ...«
»Nicht loslassen!«
»Geh zu ...«
Ich spürte, dass ich ihn aus dem Griff verlor.
»... Halldór!«, rief der Professor am Ende seiner Kräfte.
Seine Hand entglitt meiner, und ich sah, wie die Wellen ihn nahmen und davontrugen. Ich schrie laut auf vor Angst und Entsetzen, ich schlug mit Fäusten auf die Reling ein und trat dagegen, aber ich konnte nichts mehr tun. Er war verschwunden.
Finsternis und Meer hatten ihn verschlungen.

Ich weiß nicht, wie viel Zeit verstrich, bis ich ein weiteres Mal den Gang in der ersten Klasse betrat und leise an die Tür der Kabine von Halldór Laxness klopfte. Der Professor hatte mir aufgetragen, zu Halldór zu gehen, aber ich wusste nicht, weshalb. Ich konnte mir nicht vorstellen, dass er einen anderen Halldór gemeint hatte. Nach einer Weile öffnete sich die Tür. Der Dichter sah mich mit ernster Miene an.
»Du musst Valdemar sein«, sagte er.
Ich nickte.
»Es ist also nicht gut ausgegangen?«, fragte Halldór.
»Der Professor ist tot«, sagte ich. »Er ist über Bord gegangen.«
Halldór sah mich lange an. Ich sah, dass ihm die Nachricht

naheging, obwohl er versuchte, sich nichts anmerken zu lassen.
»Er hat eigentlich fast damit gerechnet«, sagte Laxness. »Mein Beileid, Valdemar. Er hat hier Zuflucht bei mir gesucht, verstehst du. Ich hatte gehofft, dass wir beide uns nicht unter diesen Umständen treffen müssten.«
»Nein, ich verstehe«, sagte ich. »Der *Codex Regius* ist auch verloren. Er ... er hat ihn ins Meer geworfen.«
»Komm herein«, sagte Halldór. Ich betrat die Kabine, und er schloss die Tür hinter uns.
»Der Professor wollte mich nicht tiefer in die Sache hineinziehen«, sagte er.
»Nein«, sagte ich immer noch wie gelähmt nach den Ereignissen auf dem Bootsdeck.
»Er hat mir untersagt, irgendetwas zu unternehmen, und ich konnte ihn nicht davon abbringen. Er sagte mir, dass etwas schiefgelaufen wäre, wenn du hier vor meiner Tür erscheinen würdest. Der Professor war ein sehr eigensinniger Mann.«
»Er hat mir gesagt, ich solle zu Ihnen gehen.«
»Ich habe ihm nahegelegt, zum Kapitän zu gehen.«
»Er war auf dem Weg zu ihm, als sie ihn geschnappt haben«, sagte ich. »Und dann fand er heraus, dass sie die verschollenen Seiten hier an Bord hatten, und er befürchtete, dass sie die vernichten würden, wenn wir den Kapitän einschalten würden. Er hat versucht, sie ihnen selbst abzunehmen.«
Halldór ging zum Schreibtisch in der Kabine und kam mit einem kleinen Päckchen zurück, das in braunes Papier eingeschlagen und mit einem weißen Band verschnürt war. »Er sagte mir, ich solle es dir übergeben. Das hier ist das Original. Pass gut darauf auf.«
»Das Original?«
»Er sagte, du würdest das verstehen. Er sagte, dass ich es

den zuständigen Stellen in Reykjavík aushändigen solle, falls keiner von euch beiden zu mir käme.«

Ich nahm das Päckchen entgegen. Ich brauchte eine Weile, um zu begreifen, was Halldór da gesagt hatte, aber dann entrang sich mir ein Seufzer der Erleichterung, als es mir endlich klar wurde. Der Professor hatte also nicht den *Codex Regius* auf dem Bootsdeck dabeigehabt, sondern die Kopie, die gefälschte Pergamenthandschrift, die er in seiner Verzweiflung selbst angefertigt hatte. Die hatte er die ganze Zeit in seinem Mantel gehabt. Er hatte sie über Bord geworfen, um Vater und Sohn aus der Fassung zu bringen. Auf diese Weise hatte er mein Leben gerettet.

»Ich danke Ihnen«, sagte ich und konnte meine Freude nur schwer verhehlen. »Er hat also nicht …«

»Spar dir das Siezen«, sagte Halldór. »Es wäre ihm unmöglich gewesen, den *Codex Regius* zu vernichten.«

»Er hat seinetwegen Furchtbares durchlitten.«

»Ist es schnell gegangen?«

»Ja, eigentlich schon«, sagte ich.

»Und die verschollenen Seiten?«

»Die sind mit ihm untergegangen.«

»Und dieser Orlepp?«

»Er ging auch über Bord. Sein Sohn lebt, aber er wird keine Schwierigkeiten machen. Ich habe ihn an der Reling auf dem Bootsdeck festgebunden. Ich … Ich muss mit dem Kapitän sprechen. Vielen Dank für die Hilfe. Und dafür, dass du die Handschrift in Verwahrung genommen hast.«

»Es war mir ein Vergnügen«, sagte Halldór. »Es war mir wirklich ein Vergnügen, Valdemar. Ich bedaure nur außerordentlich, dass es so schrecklich ausgegangen ist. Es freut dich vielleicht zu hören, dass er sehr gut über dich gesprochen hat. Er meinte, wir könnten viel Gutes von dir erwarten.«

»Vielen Dank. Du weißt, dass …«
»Was?«
»Du weißt, er wollte nicht, dass Aufhebens von alldem gemacht wird«, sagte ich.
»Das hat er mir deutlich zu verstehen gegeben«, sagte Halldór.
»Ich werde mein Bestes tun, es so zu halten.«
»Natürlich«, sagte Halldór und verabschiedete sich mit einem festen Händedruck von mir. »Ich weiß, dass du dein Bestes tun wirst.«

1971

Ich besitze ein Foto des Professors, das ich später in seinem Büro fand. Es liegt hier vor mir auf dem Tisch. Die Aufnahme wurde nach seinem Examen gemacht. Er steht vor dem Runden Turm, neigt sich in Richtung der Kamera und hat eine Hand auf die Hüfte gestützt. Die Zukunft steht dem hochbegabten jungen Mann offen, aber er sieht keinen Anlass zu lächeln, sondern scheint wach und fragend in die Zukunft zu blicken. Sie ist nicht zu übersehen, seine Entschlossenheit; sein Charakter lässt sich an seiner Miene ablesen. Er ist bereit, es mit dem Leben aufzunehmen, was auch immer es für ihn bereithält.

Damals wusste er nicht, dass es auf dem Grund des Atlantiks enden würde. Der Professor war der dritte Mann in der seltsamen Geschichte der verschollenen Seiten, der sie mit in sein Grab nahm, und dieses Mal waren sie für alle Zeiten im Meer verschollen.

Manchmal sehe ich mir die Filmaufnahmen von der Ankunft der *Gullfoss* im Hafen von Reykjavík am 4. November 1955 an, von denen ich mir vor ein paar Jahren Kopien besorgt habe. Es war ein großer Tag im Leben der Nation. Eine unüberschaubar große Menschenmenge nahm den Nobelpreisträger im Hafen von Reykjavík in Empfang, und es wurden Reden zu seinen Ehren gehalten. Er stand an diesem hoffnungsvollen Morgen in der Steuerbordnock der *Gullfoss* und war von Presseleuten umringt. Während er der isländischen Nation dankte und sich alle Augen auf ihn richteten, ergriff ich die Gelegenheit beim Schopf – in einer Szene sieht man, wie sich während der Ansprache des Nobelpreisträgers ein junger Mann an Land schleicht und in der Menschenmenge untertaucht. Das bin ich, mit dem *Codex Regius* in der Tasche. Ich erinnere mich an Laxness' Ansprache an die Nation oben vom Brückennock und weiß noch, dass es mich dabei siedendheiß durchzuckte: Danke du mir nicht für diese Lieder; du hast mir alle zuvor geschenkt.

In der vergangenen Woche, am 21. April, wiederholte sich die Szene, als ein weiterer großer Tag im Leben der Nation anbrach, genau an demselben Ort. Die Dänen hatten endlich nachgegeben und brachten uns die Handschriften zurück. Ich befand mich an Bord der dänischen Korvette *Vædderen*, die die isländischen Handschriften auf der schönsten Reise meines Lebens nach Island zurückführte. Auch wenn die *Vædderen* ein gutes Schiff ist, war ich auf der Reise stets in Sorge. Wir haben im Laufe der Jahrhunderte unersetzliche Kostbarkeiten beim Transport übers Meer verloren. Doch auf dieser Reise verlief alles nach Wunsch, und das Gefühl, das mich durchrieselte, als wir in den Hafen von Reykjavík einliefen, ist nicht zu beschreiben. Wieder hatte sich eine unüberschaubar große Menschenmenge versammelt, um den nationalen Kulturschätzen einen würdigen Empfang zu bereiten. Der Premierminister hielt eine Rede. Das isländische Fernsehen berichtete zum ersten Mal direkt von einem Ereignis. Ich verfolgte alles vom Deck der *Vædderen* mit und sah, wie das Buch Islands, der *Codex Regius*, nach jahrhundertelangem Exil als erste Handschrift von einem dänischen Matrosen wieder an Land getragen wurde.

Ich musste unwillkürlich lächeln, als ich daran dachte, wie ich vor vielen Jahren mit dem *Codex Regius* an Land geschlichen war, ohne dass jemand davon wusste oder wissen durfte. Jetzt kam er zum zweiten Mal nach Hause, aber unter ganz anderen Umständen. Im späteren Verlauf des Tages saß ich im Festsaal der Universität, als der isländische Kultusminister das Buch Islands im Namen des isländischen Volkes entgegennahm. In diesem Augenblick musste ich an den Professor denken. »Hast du je in deinem Leben etwas Schöneres gesehen?«, hätte er gesagt.

An jenem Tag, bevor wir uns seinerzeit an Bord der *Gullfoss* geschmuggelt hatten, hatten wir uns in Veras Wohnung unterhalten. Die verschollenen Seiten der Lücke kamen ins Gespräch, wie so oft, nachdem sie uns in Schwerin entwendet worden waren. Ich fragte ihn, was er tun würde, wenn wir sie wiederbekämen.

»Ich würde sie der Edda zurückgeben«, sagte er.

»Du würdest sie nicht selbst besitzen wollen?«

»Niemand kann sie besitzen.«

»Und du würdest sie wieder einfügen?«, sagte ich.

Er antwortete nicht gleich.

»Es ist schon irgendwie komisch, sich das vorzustellen«, sagte er schließlich.

»Was?«

»Sie mit ins Grab zu nehmen, wie die alte Rósa Benediktsdóttir«, sagte er.

Ich weiß nicht, ob er das ernst meinte oder ob er sich einen Spaß mit mir erlauben wollte, wie er das manchmal tat, aber es sollte dann schließlich doch so kommen, dass er diese Pergamentseiten mit in den Tod nahm. Sie gingen mit ihm unter. Ich bezweifle, dass er sich hätte retten können, wenn er die Seiten losgelassen hätte, und ich glaube, dass ihm das klar war, so schwer verwundet und geschwächt, wie er war. Er hatte es nicht geschafft, mir die Blätter hochzureichen. Möglicherweise war es ihm auch ein letzter Trost, dass ihm die fehlenden Seiten des *Codex Regius* ins nasse Grab folgen würden.

Nach Beendigung meines Studiums erhielt ich eine Stelle am Handschrifteninstitut in Kopenhagen und unterrichtete ebenfalls an der Universität. Als die Handschriften nach Island zurückgebracht wurden, kehrte auch ich zurück, und ich gedenke, in Zukunft hier zu arbeiten. Ich werde den so alten, doch immer gleich jungen *Codex Regius* an seinem Aufbewahrungsort an der Suðurgata jeden Tag aufs Neue begrüßen. Viele Jahre sind vergangen, und ich bin gealtert, wie man mir durchaus ansehen kann. Aber der *Codex Regius* hat keine neuen Falten bekommen; er ist so zeitlos, wie er war, als er 1643 in Bischof Brynjólfurs Hände gelangte. Und er wird besser gehütet als je zuvor.
Ich habe nie jemandem gesagt, dass wir die verschollenen Seiten gefunden haben. Dann hätte ich die ganze Geschichte erzählen müssen, und das wollte ich nicht. Joachim von Orlepp wurde noch an Bord der *Gullfoss* festgenommen und dort einquartiert, wo der Professor und ich uns versteckt hatten, im Gepäckaufbewahrungsraum, der auch als Arrestzelle verwendet wurde. Es stellte sich heraus, dass die deutsche Polizei Indizien gefunden hatte, die Helmut mit dem Mord an Glockner in Verbindung brachten und ihn belasteten, unter anderem Fingerabdrücke. Hinzu kam, dass Färber den brutalen Überfall überlebte und Joachim von Orlepp als einen der Täter identifizieren konnte. Sigmundur wurde lebend gefunden, er sagte aus, dass Orlepp zusammen mit einem anderen Mann in seine Kabine eingedrungen sei, der dort alles kurz und klein geschlagen habe. Er behauptete, nichts von der doppelten Wand, dem Schnaps und den Zigaretten gewusst zu haben. Er vermutete, dass die beiden Männer sich in Bezug auf seine Person geirrt hatten. Mir gelang es, mit Sigmundur zu sprechen, nachdem man ihn gefesselt und geknebelt im Maschinenraum gefunden hatte, und er begriff sofort, worauf ich hinauswollte, als ich darauf zu sprechen kam,

wie heikel diese Angelegenheit sei. Er war zwar immer noch empört darüber, dass der Professor ihm diese brutalen Kerle auf den Hals gehetzt hatte, aber er erklärte, den *Codex Regius* mit keinem Wort erwähnen zu wollen. Es gelang mir, ihn in diese Verschwörung hineinzuziehen. Er war zum Schluss der Meinung, dass sowohl ihm als auch dem Käufer auf Island ein Gefallen damit getan würde, den Mantel des Schweigens über alles zu breiten.

Ich wollte dem Professor um jeden Preis Deckung geben. Das sagte ich Joachim von Orlepp, bevor ich ihn dem Kapitän überantwortete. Es war ihm außerordentlich nahegegangen, mit ansehen zu müssen, wie sein Vater den Tod fand, und jeglicher Widerstand seinerseits war gebrochen. Helmut war nicht als Passagier registriert gewesen, und niemand würde ihn oder den Professor vermissen. Der alte von Orlepp war unter dem Namen seines Sohnes an Bord gegangen, und Joachim, der sich in Leith an Bord geschmuggelt hatte, trat einfach an seine Stelle. Wir kamen überein, es so darzustellen, als sei Joachim die ganze Zeit allein am Werke gewesen. Er hätte vorgehabt, isländische Kunstschätze in Reykjavík zu stehlen, und der Professor und ich seien ihm per Zufall in Deutschland auf die Schliche gekommen und nach Dänemark gefolgt, ohne davon gewusst zu haben, dass wir polizeilich gesucht wurden. Davon hätten wir erst erfahren, als wir nach Kopenhagen kamen. Der Professor sei dann zur Polizei gegangen, um sie über das Vorhaben von Orlepps zu unterrichten, und das hatte viel länger gedauert als erwartet. Wegen der Abreise der *Gullfoss* hatte ich keine andere Möglichkeit gesehen, als Joachim von Orlepp auf den Fersen zu bleiben und als blinder Passagier an Bord zu gehen. Als er entdeckte, dass ich hinter ihm her war, hatte er mich brutal attackiert.

Diese meine Version wurde von Joachim von Orlepp nicht angefochten. Ihm reichte es wahrscheinlich, in Deutschland wegen Mordes und gefährlicher Körperverletzung angeklagt zu werden. Auf diese Weise wurde nie bekannt, dass der Professor an Bord gewesen war. Bei dem kleinen Nachspiel im Zusammenhang mit der Auslieferung von Orlepps an die deutsche Polizei erwähnte ich den *Codex Regius* mit keinem Wort. Genauso wenig kam Joachim von Orlepp auf seinen Vater zu sprechen und ich auch nicht.

Ich gab vor, nichts über den Verbleib des Professors zu wissen.

Ich hörte davon, dass die Direktoren der Königlichen Bibliothek und des Handschrifteninstituts den *Codex Regius* unter all den Handschriften wiederfanden, an denen der Professor geforscht hatte. Ich war bereits einige Tage zuvor nach Kopenhagen zurückgekehrt. Unter anderem hatte ich Vera einen Besuch abgestattet. Das Buch fand sich zwischen den anderen Manuskripten, und niemand wunderte sich darüber.

Ich berichtete Vera, was in jener schicksalhaften Nacht an Bord der *Gullfoss* vorgefallen war. Sie lauschte stumm meinen Ausführungen und dankte mir beim Abschied für meinen Besuch, Gittes schweigsames Ebenbild.

Sie starb zwei Jahre später, und ich war einer der wenigen, die ihr die letzte Ehre erwiesen.

An dem Tag, an dem die *Gullfoss* auslief, hatte der Professor eine Summe, die fünf Monatsgehältern von ihm entsprach, an Hilde Kamphaus in Berlin überwiesen, mit den besten Wünschen für eine gute Zukunft. Ihren Brief, in dem sie sich wortreich für seine Großzügigkeit bedankte, fand ich unter der Korrespondenz des Professors.

Wie so oft erwies sich die Zeit als guter Verbündeter in einer Verschwörung des Schweigens. Etwa ein Jahr nach dem Tod des Professors hörte ich eine Theorie über sein urplötzliches und unerklärliches Verschwinden aus den akademischen Kreisen in Kopenhagen. Es war nur eine von vielen, an denen er selbst seinen Spaß gehabt haben würde, und sie passte haargenau zu all den Geschichten über Isländer früherer Zeiten in dieser Stadt. Es hieß, dass seine Alkoholexzesse und unklare Zeitungsmeldungen aus Deutschland und Dänemark ihn so furchtbar mitgenommen hatten, dass er sich zum Schluss, seines Lebens überdrüssig, von Langebro gestürzt hätte.

Ich pflegte meine Mutter auf ihrem Totenbett, sie starb viel zu jung. Sie war damals nach Island zurückgekehrt, wieder einmal geschieden. Sie hatte Krebs, und ihr blieben nur noch wenige Monate. Das war 1963. Ich nahm mir unbezahlten Urlaub, fuhr nach Island und pflegte sie zusammen mit meiner Tante. Zu diesem Zeitpunkt hatte ich es längst aufgegeben, nach meinem Vater zu fragen. Meine Mutter hielt meine Hand und sagte mir, sie habe immer versucht, das Leben in vollen Zügen zu genießen, und sie bereue nichts. Meine Tante, Gott hab sie selig, starb vier Jahre später.

In Veras Wohnung hatte der Professor mit mir über das Gefühl des Verlusts gesprochen, bevor er zu seiner letzten Reise aufgebrochen war. Erst nachdem das Meer ihn verschlungen hatte, begriff ich voll und ganz, was er versucht hatte, mir zu sagen. Seitdem ist kein Tag vergangen, an dem ich den Professor nicht vermisst oder an ihn gedacht oder ihn vor mir gesehen habe, so wie ich und kein anderer ihn kannte. Mit diesem Verlust habe ich gelebt, und wenn ich mich vielleicht auch in gewissem Sinne damit abgefunden habe und viel Zeit seitdem verstrichen ist, ist es immer noch sehr schwer. Ich verlor einen Freund, einen Seelengefährten und einen Lehrvater in demselben Mann.

Er lehrte mich, mit den Handschriften, dem kostbarsten Kulturerbe unserer Nation, umzugehen, und er bereicherte mein Wissen darüber, was in ihnen überliefert ist. Ich habe nach besten Kräften versucht, ihm nachzueifern, ich habe unterrichtet und geforscht und nicht zuletzt nach alten Dokumenten gesucht, nach ganzen Handschriften oder Fragmenten, Briefen und anderen Dokumenten aus alter Zeit – und manchmal auch welche gefunden. Nichts von dem kann es aber an Bedeutung mit den verschollenen Seiten der Lücke aufnehmen.

Er nannte uns die Hüter der Zeit. Ich verstehe jetzt besser, was er damit meinte. Nichts war in seinen Augen wertvoller als der *Codex Regius*, und den kleinen Augenblick, den er unser irdisches Dasein nannte, verwendete er dazu, ihn zu hüten. Er wusste, dass wenige andere Kunstschätze auf der Welt sich durch vergleichbare Schlichtheit und Bescheidenheit auszeichnen wie diese Handschrift. Trotz ihrer Unscheinbarkeit ist ihre Lebenskraft unbegrenzt, und ihre winzig geschriebenen Wörter sind Riesen in der Kulturgeschichte. Sie ist beinahe lebendig. Das Pergament dehnt sich aus und zieht sich zusammen je nach Feuchtigkeitsgrad, sodass es ganz den Anschein hat, als atme sie.

Ich weiß, dass der Professor nicht vergeblich gestorben ist. Er war ein größerer Held, als er sich selbst je zugestanden hätte, und sah seinem Schicksal gefasst entgegen.

Da lachte Högni, als zum Herzen sie schnitten dem kühnen Kämpfer.

So will ich mich an ihn erinnern. Ich bewahre eine seiner Schnupftabaksdosen auf, und sein Stab begleitet mich.

In alle Zukunft.

Isländische Handschriften

Von Coletta Bürling

In keinem anderen Land des Nordens sind im Mittelalter so viele Pergamentmanuskripte entstanden wie ausgerechnet im kleinsten von ihnen, Island. Eine schlüssige Antwort auf die Frage nach dem Grund für die geradezu hyperaktive literarische Produktion auf der Insel im Nordatlantik ist bis heute nicht gefunden worden, aber man nimmt an, dass der rege Kontakt, den die Isländer zu kulturellen Zentren außerhalb Skandinaviens (in England, Deutschland, Frankreich und Holland) gepflegt haben, wichtige geistige Anstöße und Anregungen gegeben hat. Der erste isländische Bischof beispielsweise, der 1056 geweiht wurde, erhielt seine Ausbildung in Herford.

Nach der Einführung des Christentums als Staatsreligion im Jahre 1000 n. Chr. machten die Isländer Bekanntschaft mit kirchlichen Gebrauchstexten, die auf Pergament geschrieben waren. Nachdem sie sich die notwendigen Kenntnisse und Fähigkeiten im Lesen und Schreiben, im Herstellen von Kalbshäuten und Tinte erworben hatten, waren es zwar zunächst die Gesetze des 930 gegründeten Staates, die niedergeschrieben wurden, aber schon bald begann man auch, die Geschichte des jungen Landes aufzuarbeiten. Island ist das am spätesten besiedelte Land in Europa und hat wie keine andere Nation Kenntnisse über seine Ursprünge.

Wichtig ist in diesem Zusammenhang vor allem die Tatsache, dass von Anfang an nicht nur auf Latein, sondern auch in der Landessprache geschrieben wurde. Das Schreiben war im Gegensatz zu anderen Ländern nicht gelehrten Mönchen vorbehalten, sondern wurde seit jeher auch außerhalb klösterlicher Mauern praktiziert, was mit der sehr eigenständigen kirchlichen Organisation im Inselstaat zusammenhing. So waren die Handschriften auch nicht zum Verbleib in den Klöstern bestimmt. Sehr bald gewann der Aspekt der Unterhaltung für die schriftliche Abfassung von Texten an Bedeutung. Spannende Stoffe aus der eigenen Vergangenheit, die in den Isländersagas festgehalten und überliefert wurden, boten sich an, um an langen Winterabenden vorgelesen zu werden. Wer etwas auf sich hielt, legte sich eine Bibliothek zu. Von der Saga vom weisen Njáll, der umfangreichsten isländischen Saga, existieren beispielsweise auch heute noch vierundzwanzig Pergament- und über vierzig Papierabschriften. Anders als die Handschriften aus anderen Ländern Europas sind die isländischen Handschriften durch den häufigen Gebrauch meist dunkel und verschmutzt. Im Laufe der Zeit gingen sie durch viele mehr oder weniger saubere Hände und wurden in rußigen Torfhöfen aufbewahrt. In späteren Jahrhunderten, nachdem das Papier und der Buchdruck die alte Kunst des Schreibens auf Pergament abgelöst hatte, wurden die für uns heute so wertvollen Handschriften häufig genug zweckentfremdet; schöne Beispiele dafür finden sich in der Handschriftenausstellung im Kulturhaus in Reykjavík. So wurden alte Pergamentseiten als Schuhsohlen verwendet, als Zuschneidemuster für Kleidung oder man stanzte Löcher hinein, um sie als Sieb zu verwenden.

Erst im 17. und 18. Jahrhundert gewannen die alten Schriften wieder an Bedeutung. Humanistische Gelehrte im ganzen

Norden waren bestrebt, die eigene Geschichte wieder zu beleben. Die alten isländischen Codices waren die besten Quellen dafür. Bischof Brynjólfur Sveinsson (1605-1675) sammelte isländische Pergamenthandschriften und sandte um die Mitte des 17. Jahrhunderts den *Codex Regius* und die Handschrift *Flateyjarbók* in die Königliche Bibliothek in Kopenhagen, denn in Island gab es zu dieser Zeit keine adäquate Aufbewahrungsmöglichkeit. Der größte Handschriftensammler aber war zweifellos Árni Magnússon (1663-1730). Er war Professor an der Universität Kopenhagen und bereiste in den Jahren von 1702 bis 1712 Island, um eine Volkszählung durchzuführen. Dabei hatte er Gelegenheit, im ganzen Land nach Handschriften zu forschen. Die dabei entstandene Sammlung ist nach ihm benannt (Arnamagnäanische Sammlung) und war überaus umfangreich, doch fiel ein Teil davon 1729 dem großen Brand von Kopenhagen zum Opfer.

Die Mehrzahl der überlieferten Codices sind im 14. und 15. Jahrhundert entstanden, die ältesten Fragmente stammen aus dem 12. und 13. Jahrhundert. Die insgesamt etwa siebenhundert Handschriften, die uns erhalten blieben, sind nur ein Bruchteil dessen, was einst vorhanden war; man schätzt, dass an die neunzig Prozent der Handschriften verloren gegangen sind.

Die wichtigste isländische Handschrift ist zweifelsohne der *Codex Regius*. Er enthält Götter- und Heldenlieder des Nordens, die sogenannte *Lieder-Edda*, ohne die unsere Kenntnisse über die Mythologie des heidnischen Nordens wesentlich geringer wären. Nicht zuletzt deswegen wurde diese äußerlich so unscheinbar wirkende Handschrift zusammen mit *Flateyjarbók* als erste nach Island zurückgebracht, nachdem der Handschriftenstreit zwischen Dänemark und Island zu einem gütlichen Ende gebracht worden war. Man wagte damals jedoch nicht, diese unschätzbaren Bücher auf dem Luftweg zu überbringen, der Seeweg wurde für sicherer befunden. Aus isländischer Sicht bedeutete dies nach einhundertfünfzig Jahren in gewissem Sinne den eigentlichen Schlusspunkt im Unabhängigkeitskampf – die wertvollsten Kulturschätze, die diese Insel je hervorgebracht hat, waren zurückgekommen.

Mord und Machtmissbrauch im friedlichen Island

Arnaldur Indriðason
TODESROSEN
Island-Krimi
Aus dem Isländischen
von Coletta Bürling
304 Seiten
Gebunden in Leinen mit
Schutzumschlag
ISBN 978-3-7857-1612-0

In einer hellen isländischen Sommernacht wird die Leiche eines jungen Mädchens gefunden. Sie liegt auf dem mit Blumen geschmückten Grab des isländischen Freiheitskämpfers Jón Sigurðsson. Kommissar Erlendur und seine Kollegen Sigurður Óli und Elinborg von der Kripo Reykjavík sehen sogleich, dass es sich bei der Toten um eine Drogenabhängige handelt. Warum wurde sie gerade auf dieses Grab gelegt? Was sollte mit dieser Inszenierung erreicht werden? Die Ermittlungen erweisen sich als heikel, denn namhafte Persönlichkeiten gehören zum Kreis der Verdächtigen …

Spannend und vielschichtig. Der zweite Fall für Kommissar Erlendur.

editionLübbe

sveinn sveina er stendr fyr sundit handan. H. s. Hvat er sa
karl karla er kallar vm vaginn. Þ. s. Ferþu mic vm sundit fęþi ec
þic amorgon meis hefi ec a baki verra mat en betr. At
ec i hvild aþr ec heiman fór sildr oc hafra. saþr em ec en þes.
Árliga verkom hrósar þu verþinom. veitztu fyr gorla. daprt
ero þin heimkynni dauþ hygg ec at þin moþir se. Þ. s. Þat segir þu
nu er hverrom þicci mest at vita at min moþir dauþ se.
Þeygi er sem þu þriu bu eigir goþ. berbeinn þu stendr oc hef
brautingia gervi. þeki at þu hafir brækr þinar. Styrþu hi
ngat eikionni ec mun þer stæþna kenna eþa hverr a scipit
er þu heldr viþ landit. Hildolfr sa heitir er mic halda b
aþ rekkr inn raþsvinni er byr i raþseyiar sundi. baþat h
hleyþimenn flytia eþa hrossa þiofa goþa eina oc þa er ec ger
va kunna segþu til nafns þins ef þu vill vm sundit fara.
Segia mun ec til nafns mins þott ec seccr siac oc vm alt eþli. ec
em oþins sonr meila broþir en magna faþir. þruþvalldr goþa
viþ þic kna þu her dæma. hins vil ec nu spyria hvat þu heitir.
Harbarþr ec heiti hylc vm nafn sialldan. Hvat scaltu of ha
nafn hylia nema þu sakar eigir. En þott ec sakar eiga þa
mun ec forþa fiorvi mino fyr slicom sem þu ert nema ec
feigr se. Harm liotan mer þicci i þvi at vaþa vm vaginn til þin
oc vęta ogur minn. scylda ec launa kogursveini þinom
kangin yrþi ef ec komumc yfir sundit. Her mun ec standa
oc þin heþan biþa. fanntaþu mann in harþara at hru
ngni dauþan. Hins viltu nu geta er viþ hrungnir deildom
sa inn storuþgi iotunn er or steini var hofuþit a. þo let ec
hann falla oc fyr hniga. hvat vanntu þa meþan harbarþr. Var ec m
fiolvari fimm vetr alla i ey þeiri er algrǿn heitir. vega ver þar
knattom oc valfella margs at freista mans at kosta.
Hversu snunuþo yþr konor yþrar. Sparkar atto ver konor
ef oss at spǫcom yrþi. horscar atto ver konor ef oss hol
lar væri. þær or sandi sima undo oc or dali diupom grund
vm grofo varþ ec þeim einn ǫllom efri at raþom hvilda ec